河出文庫

キャロル

P・ハイスミス
柿沼瑛子 訳

kawade bunko

河出書房新社

目次

キャロル
第一部 7
第二部 211
あとがき 442
二〇一〇年版序文 448
訳者あとがき 455

エドナ、ジョーディ、そしてジェフへ

キャロル

第一部

1

昼食時、フランケンバーグ・デパートの社員食堂は喧噪《けんそう》をきわめていた。空《あ》いている席はひとつもなく、レジ脇《わき》の木製の仕切りの背後には人々が次々と押し寄せて列をなしている。すでに料理をのせたトレーを手にした人々は割り込める場所はないか、席を立ちそうな人はいないかと長テーブルのあいだをうろうろしていたが、どこもいっぱいだ。食器がぶつかり合う音や、椅子《いす》が床にこすれる音、話し声や歩き回る足音、回転式ゲートの回る音がむき出しの壁に反響し、まるで一台の巨大な機械がうなりをあげているようだった。

テレーズは目の前の砂糖入れに『フランケンバーグへようこそ』というパンフレットを立てかけ、落ち着かない気分で料理を口に運んでいた。このぶ厚い冊子はすでに先週の新人研修の初日に全部目を通していたが、今はほかに読むものもない。社員食堂では何か集中できるものがないと居心地が悪かった。そこで勤続十五年の従業員に与えられるという三週間の特別休暇の説明を読み返しながら、本日の温料理定食を食べていた。

灰色がかったローストビーフひと切れと丸いマッシュポテトのグレイビーソースがけ、そしてグリーンピースの小山と小さな紙のカップに入ったマスタード。テレーズはフランケンバーグで十五年間勤め上げたらどんな気分がするものか、考えてみたが想像もつかなかった。パンフレットは「勤続二十五年で四週間の休暇」と謳《うた》っている。夏冬の休暇に利用できるキャンプ施設もあった。いっそ教会も造ればいいのに、それに赤ちゃんを産むための産院も。フランケンバーグは監獄さながらに組織されたデパートだ。テレーズは時々、自分もその歯車のひとつなのだと考えてはぞっとした。

手早くページをめくるうちに、見開き二ページにわたって大きな黒字で書かれた文句が目に飛びこんできた。『あなたはフランケンバーグ向きの人材ですか？』

テレーズは食堂の窓へ目を上げて別のことを考えようとした。サックス・フィフス・アベニューに黒と赤のすてきなノルウェー・セーターがあった。もしこれまで見てきたよりも見栄えのいい財布を二十ドル以内で買えなかったら、リチャードのクリスマス・プレゼントはあのセーターにしよう。今度の日曜日はケリー夫妻とウェストポイントへホッケーの試合を見に行くかもしれない。正面の大きな四角い窓は誰かの絵を連想させる――誰だっけ。モンドリアンだ。窓の小さな四角い一隅が白い空に向かって開いているが、そこから出入りする鳥はいない。デパートを舞台にした芝居ならどんなセットがいいだろう。考えはまたデパートに戻った。

でも君は違うだろ、テリー、とリチャードはいう。ほかの店員たちと違って、数週間後にはそこから間違いなく脱け出せるとわかっているんだから。今度の夏をフランスで過ごすこともできるんだよ。リチャードはそういっていた。そうかもしれない。リチャードは一緒に来てほしいといっていたし、テレーズにも断る理由などなかった。リチャードは友人のフィル・マッケルロイから手紙を受け取り、そこには翌月に劇団の仕事をテレーズに世話できるかもしれないと書かれていたという。テレーズはフィルに会ったことはないが、仕事の話はあまりあてにしていなかった。なにしろ九月からニューヨークの劇場を片端から当たっても、ひとつの仕事にもありつけなかったのだ。誰がこの真冬に、舞台美術家の見習いに、しかもほんのひよっこに仕事をくれるだろう。今度の夏にリチャードとヨーロッパに行くというのも現実味がなかった。オープンカフェにリチャードと座る。ともにアルルを散策し、ヴァン・ゴッホが描いた場所を見つける。ふたりでしばらく腰を落ち着けて絵を描く町を選ぶ。どれもぴんと来なかった。デパートで働いているこの数日のうちに、ますますそんな気がしてきた。

テレーズはフランケンバーグの何が苦痛なのか自分でもわかっていた。リチャードには話す気にもなれないことだ。このデパートは、テレーズが物心ついた頃からずっといとわしく思ってきたものの集合体だった。無駄な行為や無意味な雑用のせいで、やりたいこと、やれたかもしれないことから遠ざけられているような気がする。売り上げ金を入れた袋の扱いの煩雑さや、コートを預けたり、タイムレコーダーを押すといったわずらわしさは、かえって仕事の効率を下げているとしか思えなかった。そればかりでなく、ひとりひとり隔絶され、いるべきでない場所にいるために、意味やメッセージ、愛であれなんであれ、それぞれの人が抱えているものを表現できないでいる。まるでテーブルあるいはソファで交わされる、死んだ動かぬものの上を漂っているかのようなむなしい会話、心の琴線《きんせん》に触れることのない会話のようだ。あえて誰かが琴線に触れようとしても、あいかわらず仮面のような顔と、おためごかしにすら思えないほど陳腐きわまりない台詞《せりふ》しか返ってこない。そしてまた、デパートのなかは来る日も来る日も同じ顔ぶれで、わずかな人々とも会話がありそうで実際にはなく、あるいは話しかけることができないために孤独感がいや増していく。通り過ぎてゆくバスを見上げると、乗客がものいいたげにこちらを見ているというのとはわけが違う。少なくとも車中の顔であれば、一度きりで永遠に目の前から消えるのだから。

毎朝テレーズは地階にあるタイムレコーダーを押す列に並び、正社員と臨時社員を無意識のうちに見分けながら、いったいどうしてこんなところに来てしまったのだろうかと思わずにはいられない。もちろん求人広告に応じたからだが、こんなことになるとは思ってもいなかった。そして舞台美術の仕事ができなければ自分にはどんな仕事があるのだろう。テレーズはこれまでいくつもの紆余曲折《うよきょくせつ》を経験してきており、十九歳の今も不安でいっぱいだった。

「人を信じるようにならなければいけませんよ、テレーズ。忘れないで」シスター・アリシアは口癖のようにいっていたものだ。テレーズは何度となくこの言葉を自分に言い聞かせてきた。

「シスター・アリシア」嚙《か》みしめるようにささやくと、その響きに心が安らいだ。

皿を下げる係の若者が近づいてくるのを見て、テレーズは椅子の上で背筋を伸ばすとフォークを取り上げた。

シスター・アリシアの姿は今でもあざやかに目に浮かぶ。顔は陽《ひ》を受けたピンク色の石のように角張って赤らみ、糊《のり》のきいた青い修道服の胸元が膨《ふく》らんでいた。大柄ないかつい姿が廊下の角《かど》を曲がってあらわれ、食堂の白塗りのテーブルのあいだを歩く。つぶらな青い瞳《ひとみ》は、幾千もの場所で少女たちのなかから必ずテレーズを見つけ出した。シスター・アリシアのピンク色をした薄い唇は変わらず一文字に結ばれてはいても、テレーズに向けられる眼差しは、ほかのどの少女を見るときとも違っていた。テレーズは、薄紙で包んだ毛糸の緑の手袋をもらったときのことを覚えている。テレーズの八歳の誕生日、シスター・アリシアはにこりともせず、言葉もろくに添えずに手袋を直接手渡してくれたのだ。やはり一文字に結ばれたシスターの唇が開かれ、『算数の試験に受からなくてはいけませんよ』という言葉が発せられた。テレーズが試験に受かるかどうかを気にかけてくれる人なんてほかに誰がいただろう。テレーズはもらった手袋を学校のブリキのロッカーの奥にしまいこみ、シスター・アリシアがカリフォルニアへ去ってから何年ものあいだ取っておいた。白い包装紙がくたびれて古代の布のようによれよれになっても手袋を使わず、しまいには小さくてはめられなくなってしまった。

誰かが砂糖入れを動かしたひょうしに、立てかけておいた小冊子が倒れた。

テレーズは向かいに座る女性の手元に目を向けた。ふっくらとした年齢を感じさせる女の手がコーヒーをスプーンでかきまわし、震えるほど力をこめてロールパンを割って、テレーズと同じ定食の茶色いグレイビーソースにぐいぐい押しつけている。手はあかぎれで荒れ、指関節のしわは汚れて黒ずんでいたが、巧妙な細工を施した銀の台にあざやかな緑の石がはめこまれた指輪を右手に、金の結婚指輪を左手にはめ、爪《つめ》の隅《すみ》には赤いマニキュアの残りがこびりついている。グリーンピースをフォークですくい上げる手を見れば、目を上げなくてもその顔は想像できた。フランケンバーグで働く五十代の中年女性の例に漏れず、絶え間ない疲労と不安に打ちひしがれ、目は老眼鏡の底でゆがみ、頬紅《ほおべに》を塗りたくっても、その下の灰色のくすんだ肌を隠すにはいたっていない。そんな顔を正視する気にはなれなかった。

「あなた、新人さんね？」その声は喧噪のなかでやけに甲高《かんだか》く、くっきりと響いた。ほとんど美声といってもいいほどだ。

「はい」答えて視線を上げると、見覚えのある顔がそこにあった。ここで働く中年の女店員の顔に浮かぶ疲労をテレーズに初めて意識させた顔だ。店内に人気《ひとけ》がなくなった六時半頃、この女性が中二階から大理石の階段をよたよたと下りてくるのを見かけたことがあった。女性は外反母趾《がいはんぼし》のできた足をかばうように太い大理石の手すりで身を支えていた。あのときテレーズは心のなかで思わずつぶやいていた。あの人は病人でもなければ、浮浪者でもない。ただここで働いているだけなんだ。

「仕事には慣れた？」

その女性が今、テレーズに微笑《ほほえ》みかけている。目元や口元にも無数のしわが寄っていたが、目だけはいきいきと輝き、親しみがこもっていた。

「仕事には慣れた？」話し声や食器の音がいっそうけたたましくなったので、女性はもう一度繰り返した。

テレーズは唇を湿らせて答える。「ええ、ありがとうございます」

「ここは気に入った？」

テレーズはうなずいた。

「お済みですか」白いエプロンをした若い男が有無をいわせぬ動作で女性の皿に親指をかけようとした。

女性は遠慮がちながら拒む仕草をし、缶詰の桃のスライスが入った皿を引き寄せた。スプーンですくいあげられるたびに、ぬらりとしたオレンジ色の小魚のような桃が、女性の口に入ったひと切れを残して滑り落ちていく。

「わたしは三階のセーター売り場にいるの。わからないことがあったらいつでも売り場に来て声をかけてね。ミセス・ロビチェク、ミセス・ルビー・ロビチェクよ。従業員番号は五四四」まるで邪魔が入ったり、引き離される前に伝えておかなければといいたげな、せわしない口調だった。

「ありがとうございます」突然、女性からあらゆる醜悪さが消えたような気がした。眼鏡の奥の赤茶色の瞳は優しく、テレーズを思いやっていた。テレーズの心臓は息を吹き返したかのようにどきどきと波打ち始める。女性が席を立ち、そのずんぐりとした姿が仕切りの背後で待っている人込みにまぎれて見えなくなるまで見送っていた。

テレーズはミセス・ロビチェクを訪ねていくようなことはなかったが、毎朝八時四十五分頃デパートにぱらぱらと吸い込まれていく従業員のなかに、あるいはエレベーターのなかや、社員食堂でもその姿を目で探さずにはいられなかった。あれから一度も会うことはなかったが、デパートのなかに見つけたい相手がいると気分が浮き立った。それだけで世界はまったく違って見えた。

朝、テレーズは七階の職場に来るたびに、必ずといっていいほどおもちゃの汽車の前で足を止めた。この列車はエレベーター近くの台ひとつを占めている。おもちゃ売り場の奥の床を走り回っているような大きくて立派なものではないが、ちっぽけなピストンが上下するさまには、大型の汽車にはない激しさが感じられた。閉じられた楕円形《だえんけい》の軌道上を、怒りと憤懣《ふんまん》をまき散らしながら走る汽車にテレーズは魅了されていた。

ボッボーッ！　列車は汽笛を上げながら張り子のトンネルめがけて突っ込んでいく。やがてふたたび姿をあらわしながらまたしてもボッボーッ！と叫ぶ。

この小さな汽車はテレーズが朝エレベーターから出るときも、仕事を終えて帰る夕方も走り続けていた。まるで毎朝スイッチを入れる者の手を呪《のろ》っているかのように。列車が鼻先を大きく振りながらカーブを曲がり、直線コースを暴走する姿を見るたびに、テレーズは暴虐非道な主人を怒り狂いながら、むなしく追いかけているような気がしてならなかった。汽車は三両の高級寝台客車《プルマン》を連結し、その窓からはミニチュアの人形が無表情な横顔をのぞかせている。客車のうしろには本物の木で作られた、ミニチュアの木材を積んだ無蓋《むがい》の貨車が一両と、まがい物の石炭を積んだ貨車が一両続いていた。しんがりの車掌車は振りきれんばかりにカーブを曲がり、置いていかれぬよう母親のスカートを握りしめる子供さながらに汽車にしがみついていた。それはまるで閉じ込められているうちに頭がおかしくなってしまった者を、疲れを知らない死人を、あるいは檻《おり》のなかを精緻なパターンを描いてぐるぐる歩き回っている、セントラルパーク動物園の優美なキツネを思わせた。

今朝《けさ》、テレーズは汽車の前で一瞬立ち止まり、すぐに持ち場の人形売り場に向かった。九時五分、フロアの広い一角を占めるおもちゃ売り場はにわかに活気を帯びる。緑の布カバーが細長いテーブルから次々に取り払われる。機械仕掛けのおもちゃがボールを投げ上げては受け止め、射的では標的が当たるたびにくるくると回り、テーブルに並ぶ農場の動物たちはキーキー、コッコッ、あるいはメエエと鳴き声をあげる。テレーズの背後では、日がな太鼓《たいこ》をたたいている大きなブリキの兵隊がエレベーターをにらみつけ、くたびれた調子で「ラッタッタッタ」という音をたて始めた。工作台からは新しい粘土の匂いが漂い、テレーズが幼い頃に通っていた学校の美術室や、彼女が鉄の柵越しに鼻を押しつけるようにしてのぞきこんでいた、学校の裏庭にある地下貯蔵室を――本物の墓だとも噂《うわさ》された――思い出させた。

人形売り場の責任者であるミセス・ヘンドリクソンが、ストックの棚から人形を取り出しては脚を開かせてガラスのカウンターに座らせていく。

テレーズはカウンターの前に立っているミス・マートゥッチに挨拶《あいさつ》をしたが、ミス・マートゥッチは現金袋の紙幣とコインを数えるのに夢中で、リズミカルに上下する頭で一度深くうなずき返すのがやっとだった。テレーズも自分の現金袋の中味を勘定して、売り上げ伝票を入れた封筒用の白い紙片に二十八ドル五十セントという金額を書き込み、金種ごとにレジの引き出しにしまった。

その頃になると、朝一番の客たちがエレベーターからどっと降りてくる。客たちは一瞬ためらい、おもちゃ売り場に来た人が決まって見せる、まごついたような、いくらか驚いたような表情を浮かべてから、あちこちへと売り場を回り始めるのだった。

「ミルク飲み人形はあるかしら」ひとりの女性客が訊《たず》ねる。

「このお人形をいただきたいんだけれど。ドレスは黄色でね」別の女性は人形をテレーズの前に押しやり、テレーズはストック棚を振り返って客の希望する人形を取りにいく。

テレーズは女性客の口と頬の辺りが自分の母親に似ていることに気がついた。かすかにあばたの残る両の頬にダークピンクのルージュをさし、その谷間にある真っ赤な薄い唇には無数のたてじわが走っている。

「ミルク飲み人形はこの大きさしかないの？」

売り込む必要などない。人々はみな人形を求めてくるのだから。とにかくクリスマスに贈る人形がほしいのだ。テレーズはただ身をかがめ、箱を引っ張り出して青い目の代わりに茶色い目の人形を探したり、ミセス・ヘンドリクソンを呼んで、ショーケースの鍵《かぎ》を開けてもらい――ミセス・ヘンドリクソンは注文の人形が在庫にないのを確かめると、しぶしぶながら開けてくれる――あとはカウンターのうしろの通路をひとっ走りして、包装カウンターに山積みにされた箱のなかに購入された人形を置いてくればいい。運搬係が何度もやってきて箱を運び去っても、箱の山は大きくなるいっぽうで、いつも崩れかけていた。子供自身が売り場に来ることはほとんどない。人形はサンタクロースが届けてくれるものであり、その代理人たちは必死の形相でつかみかからんばかりに手を伸ばしている。それでもこれらの人々の胸には、いくばくかの善意の心があるに違いなかった。ミンクやクロテンの毛皮をまとい、おしろいを塗りたくった高飛車な女たちにさえも。そういう客はたいてい一番横柄であり、一番大きくて一番値の張る人形をさっさと買っていく。本物の髪を使い、着せ替えの服もついているような人形を。一方、貧しい人々の心のなかにはもっと確実な愛がある。彼らは自分の順番を辛抱強く待ち、あの人形はいくらですかと遠慮がちに質問し、残念そうに首を振って去っていく。たかだか身長三十センチそこそこの人形が十三ドル五十セントもするのだ。「本当に馬鹿みたいに高「持っていって」テレーズは彼らにそういってやりたかった。

い人形だけどかまわないわ。どうせデパートは痛くもかゆくもないんだから」

だが安っぽい布のコートを着た女や、みすぼらしいマフラーに顎《あご》を埋めて背中を丸めた気弱そうな男は、未練がましげにほかのカウンターにちらちらと目をやりながらエレベーターへ引き返していく。人形が目当てだった客はほかのものなど買う気にならないのだ。人形は生きているも同然、赤ん坊にも等しい特別なクリスマス・プレゼントだった。

めったにないとはいえ、子供がやってくることもたまにはある。たいていは小さな女の子、ごくまれに男の子が、親に手をしっかりと握られてカウンターに近づいてくる。テレーズはその子が気に入りそうな人形を出してやる。辛抱強く何体も見せていくと、ついにある人形を見て子供の顔がぱっと輝く。すべてはこの表情を引き出すためであり、子供は決まってその人形を持ち帰ることになるのだった。

仕事帰りのある夕方、テレーズは通りの向かいのドーナツショップにミセス・ロビチェクの姿を見かけた。テレーズもまたしばしば家路につく前にこのドーナツショップでコーヒーを飲んでいくことがあった。ミセス・ロビチェクは店の奥の長い曲線を描くカウンターの端で、ドーナツをコーヒーのマグカップに浸していた。

マグカップやドーナツを手にした女性客がひしめきあう店内をテレーズはかき分けるようにして進んでいった。ミセス・ロビチェクのすぐそばまでたどりつくと、息を切らしながら「お疲れさまです」と声をかけ、ただコーヒーを飲みに来ただけというふりをしてカウンターのほうを向いた。

「お疲れさま」返ってきた声はあまりに無愛想で、テレーズはたちまち心が沈みこんでいくのを感じた。

テレーズはミセス・ロビチェクの顔をふたたび見る気にはなれなかった。なのに、ふたりの肩と肩はぴったりくっついている！　テレーズがコーヒーを半分飲み終えた頃になって、ようやくミセス・ロビチェクがけだるげに口を開いた。「これからインディペンデント線で帰るの。ここから抜けだせればの話だけど」社員食堂で会ったときとはまるで別人のような暗い声だ。そこにいるのは、階段をよたよたと下りてくる、猫背の年老いた女性だった。

「大丈夫よ。行きましょう」テレーズは元気づけるように答えた。

テレーズは人ごみをかき分けるように先へ進んでドアに向かった。テレーズもインディペンデント線を使っている。ふたりは地下鉄の駅の入り口で渋滞している人の波に身を滑り込ませ、水面に浮いた小さなごみが排水溝に吸い込まれていくように、ゆっくりと、だがいやおうなく地下に向かって流されていった。ふたりとも降りるのは同じレキシントン・アベニューだったが、ミセス・ロビチェクは三番街のすぐ東の五十五丁目に住んでいるとのことだった。テレーズは夕食を買いにいくというミセス・ロビチェクにつきあってデリカテッセンに入った。テレーズも自分の夕食の買い物をしてもよかったのだが、なぜかしらミセス・ロビチェクの前ではためらわれた。

「おうちに何か食べるものはあるの？」

「いえ、あとで何か買います」

「それならわたしのところで一緒に食べない？　わたしはひとり住まいだから遠慮しないで」ミセス・ロビチェクはそういうと、微笑むよりは楽だといわんばかりに肩をすくめてみせた。

テレーズは一瞬、あたりさわりのない言葉で断ろうと思ったが、すぐに思い直した。

「それじゃあ、お言葉に甘えて」そのとき、陳列棚の上にあるセロハンに包まれたケーキが目に入った。大きな茶色い煉瓦《れんが》を思わせるフルーツケーキで、上に赤いチェリーが並んでいる。テレーズはミセス・ロビチェクへの手土産《てみやげ》にそのケーキを買うことにした。

着いた先はテレーズの住まいに似たり寄ったりのアパートメントだったが、褐色砂岩造りの建物ははるかに暗くて陰鬱《いんうつ》な印象を与えた。廊下の明かりは消えていて、ミセス・ロビチェクが三階の廊下の明かりをつけたときには、あまり掃除が行き届いていないことが見て取れた。ミセス・ロビチェクの部屋もお世辞にもきれいとはいえず、ベッドも整えられていない。目覚めたときも眠りにつくときと同じように疲れているのだろうか。テレーズを部屋の中央に立たせたまま、ミセス・ロビチェクは受け取った買い物袋を手に、足を引きずるように簡易キッチンへ向かった。家に入ってしまえば人目を気にする必要もないのだから、ミセス・ロビチェクは疲れを隠す必要がないのだ、とテレーズは思う。

何がきっかけでそうなったのかはわからない。そこにいたるまでの会話も覚えていないが、もちろんたいした会話をしていたわけではない。突然ミセス・ロビチェクが夢遊状態におちいったかのように、ゆっくりとテレーズから離れ始めた。それまで話していた声はつぶやきに変わり、乱れたままのベッドに背中から倒れ込んだ。いつまでもぶつぶつとつぶやきながら、詫《わ》びるように弱々しい笑みを浮かべている。腹が突き出た重そうな短軀《たんく》は目を背けたくなるほど醜《みにく》く、律儀にかしげられた顔はじっとテレーズを見つめている。そんな姿を目にして、テレーズはとてもそのつぶやきに耳を傾ける気にはなれなかった。

「わたしはね、昔はクイーンズでドレスショップをやっていたのよ。それはもう、大きくて立派な店だったわ」テレーズは自慢げな響きを聞き取り、嫌悪を感じながらも聞き入らずにはいられなかった。「ほら、ウエストがV字型の切り替えになっていて、そこに小さなボタンが並んだドレスがあったでしょ。そうね、三年、いえ、五年前かしら――」そういいながら、こわばった両手をウエストの前であいまいに広げてみせる。小さな手はウエストの前半分にも回らなかった。薄暗いランプが目の下に影を作り、ミセス・ロビチェクをひどく老《ふ》けこませて見せた。「カテリーナドレスと呼ばれてたわ。覚えてる？　あれはわたしのデザインなの。あのドレスはクイーンズのわたしの店から生まれたのよ。それはそれは評判になったものだわ、本当に！」

ミセス・ロビチェクはそういいながらテーブルから離れると、壁に立てかけられていた小さなトランクに近づいた。ひっきりなしにしゃべりながらトランクを開け、色の濃い、厚手の生地《きじ》で仕立てられたドレスを何枚も引っ張りだしては床に投げていく。やがて深紅色《ガーネット》のベルベットのドレスを取り上げた。襟《えり》は白く、細めの前身頃に小さな白いボタンがV字に切り替えられたウエストまで並んでいる。

「ほら、たくさんあるでしょ。わたしが作ったのよ。ほかの店は全部わたしの真似《まね》をしたの」ミセス・ロビチェクはドレスを顎ではさんで、白い襟の上の醜い顔をグロテスクに傾けた。「こういうのはお好き？　あなたにも一着あげるわ。こっちへいらっしゃいな。試着してごらんなさいよ」

テレーズはそのドレスを着ると考えただけで虫唾《むしず》が走った。また横になってくれればいいのにと思いながらも、素直に立ち上がって老婦人のそばにいった。まるで最初から自分の意思など持ち合わせていないかのように。

ミセス・ロビチェクの震える手が、黒いベルベットのドレスをテレーズの体に無遠慮に押しつける。そのときふいに、ミセス・ロビチェクがデパートでどんな接客をしているのかわかったような気がした。きっとこんなふうにセーターをやみくもに客の体に押しつけているに違いない。人間というものは自然にふだんの仕草が出てくるものだから。たしかフランケンバーグで働いて四年になるといっていた。

「緑のほうがいい？　着てごらんなさいよ」テレーズがためらいを見せるとすぐに、ミセス・ロビチェクは緑のドレスを床に落として、さっきの深紅色のドレスを取り上げた。

「フランケンバーグの女の子たちには五着売ったわ。でもあなたにはあげる。売れ残りだけどまだ流行遅れにはなっていないわ。こっちのほうが好き?」

テレーズは赤いドレスのほうが気に入った。赤、なかでもガーネット色が好みで、赤いベルベットは大好きだ。「脱いだ服はここに掛けるといいわ」ミセス・ロビチェクはそういいながら肘《ひじ》かけ椅子がある隅へテレーズを押しやった。しかしテレーズはドレスなどほしくはなかったし、ただでもらうのも嫌だった。おさがりの服をもらっていた寄宿学校時代を思い出させる。学校の生徒の半数はそんな孤児ばかりだったので、誰からも小包の来ない彼女もまた孤児とみなされていた。セーターを脱ぐと丸裸になったような気がした。テレーズはわが身をかき抱くように二の腕をつかんだ。その肌はまるで冷えて麻痺《まひ》したように感じられた。

「昔はわたし自身も縫《ぬ》ったものだわ」ミセス・ロビチェクは酔いしれたように独《ひと》りごちた。「朝から晩までひたすら縫ったのよ。お針子《はりこ》を四人使ってね。だけど目が悪くなってしまってね。片目は見えないの。こっちの目が。さあ、着てごらんなさい」目の手術を受けた話も聞かされた。完全に見えないわけではなく視野が狭まっただけよ。でもとても痛いの。緑内障よ。今でも痛むわ。目だけでなく背中もね。それに足も。外反母趾ができてるの。

ミセス・ロビチェクが持病と不幸を並べたてているのは、なぜ自分がデパートの売り子にまで落ちぶれてしまったのかをわかってもらうためなのだ、とテレーズは思う。

「ぴったりでしょ」ミセス・ロビチェクは自信たっぷりに訊ねる。テレーズは洋服箪笥《だんす》の扉にはめこまれた鏡をのぞきこんだ。背が高くほっそりとした姿が映り、明るい黄色に燃え立つ炎のような髪が、両肩の鮮やかな赤のラインまで流れ落ち、小さな頭は後光がさしているかのように見える。まっすぐなドレープが入ったドレスは踝《くるぶし》にまで届きそうだった。おとぎ話に出てくる女王のドレス、血よりも深い赤に染まるドレスだ。テレーズは少し下がるとドレスのたるみを背後でつまんで胸と腰まわりにぴたりと合わせ、鏡に映る濃いはしばみ色の瞳を見返した。テレーズとテレーズが出会う。これがわたしなのだ。やぼったい格子《こうし》縞《じま》のスカートとベージュのセーターを着た娘ではない。フランケンバーグの人形売り場で働いている娘ではない。

「気に入った？」ミセス・ロビチェクが問いかける。

　テレーズは鏡のなかの驚くほど穏やかな口元を見つめた。キスのあとのように口紅はほとんどついていないが、形ははっきりとわかる。鏡のなかの姿に口づけて命を吹き込みたい。それでも、彼女は肖像画のようにみじろぎもせず立ちつくしていた。

「気に入ったのならあげるわよ」少し離れて立っていたミセス・ロビチェクがじれたようにうながした。客がコートやドレスを鏡の前で試着するあいだ控えている店員のように、洋服箪笥の鏡のなかからテレーズをうかがっている。

　しかしテレーズはいつまでもこんなことは続かないとわかっていた。少しでも動けば魔法は終わってしまう。たとえドレスを手に入れたとしても、それは終わり。ほんのつかのま、この場かぎりのことだから。ドレスはいらない。自分の部屋のクロゼットに、ほかの服に混じってこのドレスがかかっている光景を思い浮かべようとしたが、できなかった。テレーズはボタンと襟の留め金を外し始めた。

「気に入ったんでしょ、ねえ?」ミセス・ロビチェクはまたしても自信たっぷりに訊ねる。

「はい」彼女ははっきりと答えた。

自分では襟のうしろの留め金を外せなかった。ミセス・ロビチェクに手を貸してもらいながら、早く、早くと心のなかで急《せ》きたてる。まるで首を絞《し》めつけられているようだ。わたしはここで何をしているの。どうしてこんなものを着るはめになったのだろう。突然ミセス・ロビチェクとこの部屋が恐ろしい夢のような気がしてきた。自分はまさに夢のなかにいるのだと。ミセス・ロビチェクは地下牢の腰の曲がった番人だ。テレーズをいたぶるためにここに連れてきたのだ。

「どうしたの。ピンでも刺さった?」

テレーズは答えようとして口を開いたが、心ははるか遠くにあった。彼女ははるか彼方《かなた》にある渦《うず》を眺めていた。渦の中心は薄明かりに照らされた恐ろしい部屋で、ふたりの女性が死闘を繰り広げている。渦のなかにあるテレーズの心は、これほどまでに自分を怯《おび》えさせるものの正体が絶望そのものなのだと悟《さと》っていた。持病に苦しみながら、デパートで売り子として働き続けなければならないミセス・ロビチェク。トランクいっぱいのドレス、醜悪な姿、いずれ訪れる絶望的な人生の終末。そしてテレーズ自身の、なりたいと思う人間になり、やりたいと思う仕事をするなんて、どだい無理なのではないかという絶望。これまでの人生は夢でしかなかったのではないだろうか。今のこれは現実なのだろうか。絶望感が恐怖心を駆《か》りたてる。手遅れにならないうちにドレスを脱ぎ捨てて逃げ出したい。早くしなければ、体に鎖《くさり》が巻きついて身動きが取れなくなってしまう。

もしかしたらすでに手遅れなのかもしれない。テレーズは悪夢のなかの登場人物のように白いスリップ姿で震え、動けずに立ちつくしていた。

「どうしたの。寒気がする？　暑いくらいなのに」

たしかに部屋は暑かった。ラジエーターが音を立てて熱を放っている。部屋にはにんにくの臭いがしみつき、そこに老人特有のかび臭さや薬の臭い、ミセス・ロビチェク自身が発する金属っぽい独特の体臭が混じり合っていた。テレーズは脱いだスカートとセーターを置いた椅子に倒れこみたかった。服の上に座ったってかまわない。でも、ここで腰を降ろしたりするわけにはいかない。座ったらおしまいだ。鎖でがんじがらめになり、いずれ自分も腰の曲がった老婆になってしまう。

テレーズは激しく身を震わせた。急に体がいうことをきかなくなったような気がした。単なる恐怖や疲労のせいではなく、心底から悪寒がする。

「座りなさい」遠くからミセス・ロビチェクの声が聞こえてきた。この部屋で若い娘が気を失いかけるなんて珍しくもないとでもいうかのように、驚くほど平然とした、倦《う》んだような口調だ。遠くから、かさついた指が伸びてきてテレーズの両腕をつかんだ。テレーズは抗《あらが》ったが、結局は椅子の誘惑に屈してしまうことはわかっていた。むしろ、だからこそ引き寄せられるのだという気さえした。テレーズは力なく座りこみ、下敷きになったスカートをミセス・ロビチェクが引っ張り出そうとしたときも動けなかった。しかし暗い色をした椅子の肘置きが両側にせり上がってこようと、意識はまだあり、ものを考える自由は残されている。

ミセス・ロビチェクが話しかけている。「お店では立ちずくめだものね。クリスマスの時季は大変だわ。わたしは今年で四回目。あなたは少し、楽をするこつを身につけなくてはね」

そして手すりにすがりついて階段を下りる。昼食は社員食堂ですませて倹約する。靴を脱いで外反母趾の足をいたわる。女性用化粧室のラジエーターに並んで腰を下ろす売り子たちのように。あそこでは五分間座るために、みんなわれ先にとラジエーターに新聞紙を敷く。

テレーズの意識は研《と》ぎ澄まされていた。ただ目の前の空《くう》を見つめるばかりで、動こうにも動けないにしても、意識は驚くほどはっきりしていた。

「疲れているのよ、かわいそうに」ミセス・ロビチェクはテレーズに毛布をかけてその端を肩のうしろにたくしこんだ。「休むといいわ。一日立ちっぱなしだったし、そのあともろくに座っていないんだから」

リチャードから借りたエリオットの詩集の一節が思い浮かぶ。『そういうことじゃない。まるっきり、そうじゃないの（『J・アルフレッド・プルーフロックの恋歌』）』そういいたかったけれど唇が動かなかった。甘い何かが口のなかを焼いた。ミセス・ロビチェクがテレーズの前に立ち、壜《びん》から液体をスプーンについで、テレーズの口に流し込んでいるのだ。毒だろうとかまいはしない。テレーズはおとなしく呑《の》みこんだ。今なら唇を動かすことも、椅子から立ち上がることもできそうだが、何もする気になれない。ついには椅子の背にぐったりと体を預け、ミセス・ロビチェクに毛布で体をくるまれながら眠るふりをした。だがそうしているあいだにも、テレーズは部屋のなかを歩き回る背中の曲がった老婆の姿を目で追っていた。ミセス・ロビチェクはテーブルの上を片付けると服を脱ぎ、寝る支度《したく》に取りかかった。大きなコルセットの紐《ひも》を解き、両肩に巻かれて背中に少し垂れ下がっている帯状の器具も取っている。テレーズはぞっとして瞼《まぶた》を固く閉じた。スプリングがきしんで、長い、うめくようなため息が響き、ミセス・ロビチェクがベッドに入ったとわかるとテレーズはようやく目を開けた。だが、まだ終わりではなかった。ミセス・ロビチェクは目覚まし時計を手に取ってねじを巻き、枕《まくら》から頭を上げることなく時計を持った手で、ベッド脇にある椅子を探っている。暗闇《くらやみ》のなかで腕が上がっては下り、それを四回繰り返した後に、背もたれがまっすぐな椅子に時計を置くのがおぼろげに見えた。

十五分待って、あの人が寝たらここを出よう。テレーズはそう思った。

ひどく疲れていたので、毎晩ふい打ちのように訪れる、あの落ちてゆくような感覚にとらわれまいと必死に身構えた。それは眠りのはるか前に訪れる、眠りの先触れとなる感覚だった。しかしそれは起こらず、テレーズは十五分たったと思われる頃に服を着て静かに外に出た。結局のところ、ただドアを開けて逃げ出すだけでよかったのだ。でも、簡単なのは当然だ、とテレーズは思う。本当は逃げきってなどいないのだから。

2

「テリー、このあいだ話したフィル・マッケルロイを覚えてるかい。レパートリー劇団（レパートリーにしているいくつかの作品を繰り返し演じる劇団）にいるやつだよ。実はね、彼が今こっちへ来ていて、二週間後に君に仕事を回せるかもしれないといってるんだ」

「本格的な仕事？　どこで？」

「グリニッチ・ヴィレッジで芝居をやるそうだ。フィルは今晩僕たちに会いたいといっている。くわしいことはあとで話すよ。二十分でそっちに行くから。今、学校が終わったところなんだ」

テレーズは四階まで階段を駆《か》け上って自分の部屋に飛び込んだ。洗顔の途中で電話口に呼ばれたので、石鹸《せっけん》が乾いて顔にこびりついている。テレーズは洗面器のなかのオレンジ色のタオルをじっと見下ろした。

「仕事！」そっとささやいてみる。魔法の言葉だ。

服を着替えると、リチャードから誕生日にもらった聖クリストフォロスのメダルがついた短い銀鎖を首にかけた。髪を少し濡《ぬ》らし、とかして整える。そしてフィル・マッケルロイが希望したときにすぐ取り出せるように、ラフスケッチと厚紙で作った模型をクロゼットの扉のすぐ内側に置いた。いいえ、現場での経験はほとんどないんです、といわなければならないと思うと心が沈んだ。見習いとして仕事についた経験さえ、たったの二日しかない。モントクレアで素人《しろうと》劇団のために作った厚紙の模型がやっとのことで採用されたのだが、実のところ仕事と呼べるかどうかも怪《あや》しかった。勉強したといっても、ニューヨークに来てから舞台美術の講座をふたつ受講し、本をたくさん読んでいるという程度にすぎない。おそらくは精力的で多忙に違いないフィル・マッケルロイが、無駄足を踏んだことに少々いらだちながら、気まずそうに君では無理だという声が聞こえてきそうだった。でもリチャードがいれば、ひとりのときほど落ち込まないですむ。リチャードはテレーズと出会ってから、自発的に辞めるか首になるかして仕事を五回ぐらい替わっていた。彼は仕事を失うのも見つけるのも、まったく苦にならないようだった。テレーズは、自分が一カ月前にペリカン・プレスから解雇されたときのことを思い出して身をすくめた。突然、今日かぎりで来なくていいと通告されたのだ。理由といえば彼女が請け負っていたリサーチが終わったくらいのことしか思い当たらない。解雇の事前通知を受けていないと社長のナスボームに直談判に行ったところ、ナスボームは

『事前通知』の意味を知らなかった。いや、ただとぼけただけかもしれない。「ツウチ？ナンダソレハ？」ドイツ訛《なま》りの英語でぞんざいにいわれたテレーズは、あやうく泣きだしそうになって背を向けると社長室を飛び出した。リチャードは家族と住んでいるから、あっけらかんとしていられる。リチャードは金を貯《た》めるのも楽そうに見えた。彼は二年間海軍にいる間に約二千ドル貯めて、今年退役してからさらに千ドル貯めている。それにひきかえテレーズは、舞台美術家組合の準会員になるために必要な千五百ドルが、いつになったら用意できるのか想像もつかなかった。ニューヨークに来て二年近くになるが、貯金は五百ドルそこそこしかないのだ。

「どうか、ご加護を」テレーズは本棚に置かれた木彫りの聖母像に祈った。この部屋で唯一の美しいものといえる聖母像は、ニューヨークに来た最初の月に買ったものだ。こんな安っぽい本棚ではなくもっとふさわしい置き場所があればいいのに。今の本棚ときたら果物の木箱を重ねて赤く塗ったような代物《しろもの》なのだ。天然の木目をいかしてワックスで艶出《つやだ》ししただけの、手触りがなめらかな本棚がほしい。

デリカテッセンに行って缶ビール半ダースとブルーチーズを買ったが、そもそもなんのために出かけたのか部屋に戻ってから思い出した。夕食の肉を買うつもりだったのに。今夜はリチャードと家で食事をすることになっている。もしかしたらその予定も変わるかもしれないが、リチャードが相手だと、予定を変えようと自分から言い出すのは気がひけた。そこでもう一度買い物に出ようとしたちょうどそのとき、リチャード特有の長い呼び鈴音が響いた。テレーズは開錠ボタンを押した。

リチャードが笑顔で階段を駆け上がってきた。「フィルから電話はあった？」

「ないわ」

「よし。じゃあ、来るってことだ」

「何時頃？」

「もうすぐじゃないかな。あまり長居はしないと思うよ」

「たしかなあてがあるようだった？」

「フィルはそういってた」

「どんなお芝居か知ってる？」

「僕が知ってるのは舞台セットの人間が必要だということだけさ。だったら君がやらない手はないだろ？」リチャードは笑みを浮かべてテレーズを上から下までしげしげと見た。「今夜の君はすてきだよ。緊張することはない。ヴィレッジのほんの小さな劇団だ。劇団のみんなが束になっても、君の才能にはかないっこないさ」

テレーズはリチャードが椅子《いす》に放ったコートを取り上げてクロゼットに掛けた。コートの下には、リチャードが美術学校から持ち帰った木炭デッサン紙が丸めてあった。

「今日の出来はどうだった？」テレーズは訊《たず》ねた。

「まあまあだな。それは家で仕上げようと思ってるんだ」リチャードは気楽な口調で答える。「今日は前に話した、お気に入りの赤毛のモデルだったよ」

テレーズはスケッチを見たかったが、リチャードは人に見せられる出来ではないと思っているだろう。最初の頃の作品にはいいものもあった。たとえばテレーズのベッドの上に掛けてある青と黒で描かれた灯台で、絵を始めて間もない海軍時代の作品だ。しかし人物画はいまだに苦手で、今後も上達は望めないのではないかとテレーズは内心思っていた。リチャードは黄褐色のコットン・ズボンをはいていて、片方の膝小僧《ひざこぞう》にはつけたばかりの木炭の大きな汚れがあった。赤と黒のチェックのシャツの下から肌着がのぞき、バックスキンのモカシンをはいた大きな足は、まるで不格好な熊のようだ。どう見ても木こりかプロのスポーツ選手にしか見えないわ、とテレーズは思う。絵筆よりも斧《おの》を手にしている姿のほうがずっとお似合いだ。前に一度、ブルックリンにある実家の裏庭でリチャードが斧を手にして、薪《まき》を割っているのを見たことがあった。これ以上絵に進展が見られなければ、来年の夏には父親の望みどおり家業のプロパンガス販売店に入り、ロングアイランドに支店を開かなければならない。

「今度の土曜日は空《あ》いてる?」テレーズは舞台の仕事の話をするのが怖かった。

「休みだと思うよ。君はどう?」

テレーズは出勤日だったことを思い出してため息まじりに答えた。「金曜日なら時間があるんだけど。土曜は遅番だったわ」

リチャードは笑顔を浮かべた。「まるで謀《はか》ったみたいだな」落ち着きなく室内を歩きまわっていた足を止めるとテレーズの両手を取って引き寄せ、自分の腰に回す。「日曜日はどう？　君を食事に呼べと家族からいわれてるんだ。でもずっと家にいる必要はないんだよ。トラックを借りて午後にドライブしよう」

「それもいいわね」大きな空《から》のガスタンクの前に座り、蝶《ちょう》の背に乗ったように自由気ままにドライブするのがふたりのお気に入りだった。テレーズはリチャードの体に回していた腕を解いた。なんだか木の幹《みき》に抱きついているみたいで恥ずかしくなり、馬鹿なことをしている気がしてきた。「今夜のためにステーキ肉を買ったんだけど、デパートで盗まれてしまったの」

「盗まれた？　どこに置いといたんだい」

「店員が手荷物を置いておく棚よ。クリスマスのアルバイトには、ロッカーなんてないんだもの」今だから笑って話せるが、今日の午後に盗まれたとわかったときには泣きそうになった。狼《おおかみ》よ、ここにいるのは狼の群れだわ、と彼女は思った。食べ物だからというだけで、おまけにただだからという理由で、血のしたたる肉を奪っていく。テレーズはみんなに訊ねて回ったが、肉の包みを見かけたという者は誰もいなかった。逆に店内にお肉を持ち込むことは禁止されてるんですよ、とミセス・ヘンドリクソンに釘《くぎ》をさされる始末だった。でも、どこの肉屋も六時で閉まってしまうのに、ほかにどうしろというのだろう。

　リチャードは寝台兼用ソファに寝転がった。彼の薄い唇はまっすぐではなく、片側半分が下がり気味だ。そのために面白がっているようにも、怒っているようにも見えるどっちつかずの表情になっている。相反する印象のどちらが正しいのか、何も語らない屈《くっ》託《たく》のない青い目からは読み取れない。リチャードはからかうような口調でいった。「遺失物預かり所には行ってみたかい。『ステーキ用牛肉一ポンドが迷子になりました。特徴は、〝ミートボール〟と呼ぶと振り返ります』とか」

テレーズは微笑《ほほえ》みながら簡易キッチンの棚を見渡した。「それ冗談のつもり？　ミセス・ヘンドリクソンから遺失物預かり所に行きなさいっていわれて本当にいわれたのよ」

リチャードは大笑いして立ち上がった。

「ここにトウモロコシの缶詰があるし、サラダ用のレタスも買ってあるわ。パンとバターもあるし。冷凍のポークチョップでも買ってくる？」

リチャードはテレーズの肩越しに長い腕を伸ばし、四角いライ麦パンを棚から取り上げた。「君はこれをパンと呼ぶのかね？　これはカビだよ。マンドリルの尻《しり》みたいなあざやかなブルーをしてるじゃないか。買ったらすぐに食べ切らなくちゃ」

「それは暗がりを照らすために使ってるの。でもお気に召さないのなら――」テレーズはパンをリチャードの手から取るとごみ箱へ放りこんだ。「どっちにしても、わたしがいってるパンはこれじゃないわ」

「だったら、君がいうパンとやらを見せてくれよ」

冷蔵庫のすぐ脇《わき》にある玄関ベルがけたたましく鳴り響き、テレーズは開錠ボタンに飛びついた。

「お出ましだ」とリチャード。

客は若い男のふたり連れだった。フィル・マッケルロイとその兄のダニーだとリチャードが紹介した。フィルはテレーズの想像とはまったく違い、精力的にも生真面目《きまじめ》そうにも見えず、さほど知的な雰囲気さえ感じられなかった。紹介されたときもテレーズのほうをろくに見もしなかった。

ダニーは、テレーズが預かるまでコートを自分の腕にかけて待っていた。テレーズはフィルのコートも掛けようとしたがハンガーが足らず、フィルはコートをふたたび受け取ると椅子に放り投げた。着古して薄汚れたポロコートは半ば床にずり落ちた。テレーズはビールを出してつまみにチーズとクラッカーをすすめながら、いつ仕事の話になるかとずっと耳をそばだてていた。だがフィルとリチャードは会わなかったあいだの互いの消息を語り合うのに夢中だった。リチャードは今年の夏に二週間、ニューヨーク州キングストンのバー兼モーテルで壁画を描き、フィルもそこでウェイターをしていたのだ。

「あなたもお芝居をやっているの？」テレーズはダニーに訊ねた。

「いや、僕は違う」ダニーは内気なタイプに見えたが、ひょっとしたら、退屈して早く帰りたがっていたのかもしれない。弟のフィルよりも少しばかり体格がよく、焦げ茶色の瞳《ひとみ》で室内にある物をひとつひとつ、注意深く観察している。

「まだ演出家と役者三人しか決まってないんだ」フィルはソファにもたれながらリチャードにいった。「この演出家とは一度、フィラデルフィアで仕事をしたことがあってね。

そいつの名前はレイモンド・コーテスだ」フィルはちらりとテレーズに目を向けながらいった。「僕が口をきけば、間違いなく君に決まるさ。レイモンドは僕に次男の役をくれると約束してる。芝居のタイトルは『小雨《こさめ》』だ」

「コメディなの？」テレーズは訊ねた。

「そうだよ。三幕物さ」これまで、ひとりでセットを手掛けた経験はある？」

「いくつ必要なんだい」答えようとしたテレーズの横からリチャードが口をはさんだ。

「多くてもふたつ。たぶんひとつですむんじゃないかな。主役はジョージア・ハローランだ。同じ劇場で秋にサルトルの芝居をやったんだが、君は観たかな。彼女も出演していたんだ」

「ジョージアが？」リチャードがにやりとした。「彼女とルーディはどうしてる？」

テレーズはいささか忸怩《じくじ》たる思いで、ジョージアとルーディ、そして知らない名前ばかりが飛び交う話がえんえんと続くのを聞いていた。ジョージアは以前リチャードが関係を持ったことのある女性かもしれない。一度リチャードからかつて寝たことのある五人の女性について聞いたことがあったが、テレーズが覚えている名前はシーリアだけだ。

「これも君が考えたセット？」壁に掛けてある厚紙の模型を見ながら、ダニーがテレーズに訊ねる。テレーズがうなずくとダニーは立ち上がって模型に近づいた。

リチャードとフィルは、リチャードに借金をしているどこかの出身の男の話をしている。夕べ、あいつをサンレモ・バーで見かけたよとフィルはいった。髪を短く刈り込んだ面長《おもなが》のフィルの顔はエル・グレコの絵を思わせるが、顔の造作が同じはずのダニーはアメリカン・インディアンのようだ。もっともエル・グレコのイメージも、しゃべり方で台無しにしていた。まさにヴィレッジのバーにたむろして作家や役者を自称しながら実は何もしていない、典型的な若者たちそのものだった。

「とてもすてきだね」ダニーはいくつも吊《つ》り下がっている小さな人形のうしろをのぞきこんだ。

「『ペトルーシュカ』の模型よ。市場の場面の」ダニーはあのバレエを知っているだろうか。もしかしたら彼は弁護士なのかもしれない。ひょっとしたらお医者さんかも。指の黄ばみは煙草《たばこ》の脂《やに》のせいではなさそうだ。

リチャードは腹が減ったというようなことを口にし、フィルも腹ぺこだといったが、どちらも目の前のチーズには少しも手をつけようとはしない。

「三十分後には向こうに着いてなきゃならないんだよ、フィル」ダニーが繰り返した。

それを機に、全員立ち上がってコートを着た。

「外で食べよう、テリー。二番街を北に行ったチェコ料理の店はどうだい」リチャードが提案した。

「そうね」テレーズはいかにも乗り気な口調を装った。たぶんこれで話は終わりなんだわ。何ひとつ具体的には決まっていない。フィルを問いただしたい衝動に駆られたが、結局は黙っていた。

四人は通りへ出ると、北ではなく南へ向かって歩きだした。リチャードはフィルと並んで歩き、テレーズのことはちゃんとついてきているかどうか確かめるように一、二度振り返っただけだった。三週間前に雪が降った名残りの、雪とも氷ともつかない汚れた塊がところどころに寄せられている。ダニーは滑りやすい場所や歩道の端を歩くときにはテレーズの腕を取った。

「あなたはお医者さん？」テレーズはダニーに訊ねた。

「物理学者だ」ダニーは答えた。「今はニューヨーク大学《NYU》の大学院に通っている」ダニーはテレーズに微笑んだが、会話はそこで途切れた。

しばらくしてからダニーが口を開いた。「舞台美術からはかけ離れてるね」

テレーズはうなずく。「そうね」原子爆弾関連の研究を志しているのかどうか訊《き》いてみようかと口を開きかけたが思い直した。そうであろうとなかろうと、なんの違いがあるだろう。「わたしたちどこに向かっているのかしら？」

ダニーはきれいに並んだ白い歯を見せて笑った。「ああ。地下鉄の駅に向かってるんだ。だけどその前に、フィルがどこかで軽く腹ごしらえしたいといっている」

四人は三番街を歩いていた。リチャードは夏にテレーズとヨーロッパに旅行するのだとフィルに話している。テレーズは彼らのあとを添えもののようについて歩きながら、恥ずかしくてどぎまぎした。当然フィルとダニーは、テレーズがリチャードの情人だと思うだろう。実際にはそうではなく、リチャードもヨーロッパで何かあるとは期待していない。なんて奇妙な関係なのだろうとテレーズは思わずにはいられない。いったい誰が信じてくれるだろう。これまでのニューヨークでの体験から、ここでは誰もかれもが相手かまわず一、二度のデートですぐにベッドインすることを知っていた。リチャードより前につきあったアンジェロとハリーは、テレーズが体を許す気がないとわかるとさっさと愛想をつかした。リチャードと今年知り合ってから、テレーズは三、四回彼に身を任せてみようとしたものの、結局はうまくいかなかった。リチャードは待つよ、といっていた。僕のことをもっと好きになってくれるまで。君と結婚したい、プロポーズしたのは君が初めてだといっていた。ヨーロッパに発《た》つ前にもう一度その話が蒸し返されるだろうが、テレーズは結婚したいと思うほどリチャードを愛してはいなかった。それなのに旅行費用のほとんどをリチャードに負担してもらおうとしている。それを思うたびに彼女はうしろめたさを感じた。リチャードの母親のミセス・セムコの姿が目に浮かぶ。ふたりの結婚を喜んでいるにこやかな笑顔が。テレーズは思わずかぶりを振った。

「どうしたんだい」ダニーが問いかけた。

「なんでもないわ」

「寒い？」

「いいえ。ちっとも」

けれどもダニーはテレーズの腕をさらに引き寄せた。テレーズは寒くて、何よりもひどくみじめだった。こんな心持ちになるのは、宙ぶらりんのまま固まったリチャードとの関係のせいだ。会う回数は増えているのに、肝心のふたりの距離はちっともせばまらない。出会ってから十カ月がたつが、いまだにリチャードを愛せず、これからも愛せるとは思えなかった。それでもリチャードのことはこれまで会った誰よりも、とりわけ男性のなかでは一番好きだ。時々、リチャードを愛していると思うこともある。朝目覚めてぼんやりと天井を見上げながら、わたしにはリチャードがいるのだと唐突に思い出す。テレーズが何かしら情のこもった態度を示したときに、彼女への愛にぱっと輝くその顔が目に浮かぶ。だがそれも、まだ覚めきらない無心な状態のうちだけだ。じきに今は何時なのか、今日は何曜日なのか、何をしなくてはならないかという、生活を形作るもっと現実的な事柄が意識を満たしていく。それは彼女が本から学んできた恋とは似ても似つかなかった。恋とはもっと至福に酔いしれたある種の狂気であるはずだ。リチャードも、至福の狂気におちいっているようには見えなかった。

「ああ、あそこではなんでもかんでもサン・ジェルマン・デ・プレをつけるのさ!」フィルは片手を振りながら声を張り上げた。「君たちがヨーロッパへ行く前に、いくつか訪ねるべき住所を教えてやるよ。どのくらい滞在するんだい」

トラックがチェーンをがちゃつかせながら目の前の角を曲がり、テレーズにはリチャードの答えは聞こえなかった。フィルは五十三丁目の角にあるライカーという店に入っていった。

「ここで食事をするわけじゃないよ。フィルがちょっとここに立ち寄りたいんだそうだ」店に入るときにリチャードがテレーズの肩をつかんでいった。「まったく最高の日だね、テリー。そう思わないかい？　君にとって初めての本格的な仕事だ！」

リチャードは本気でそう思っているらしい。テレーズもこれは最高のひとときなのだと思い込もうと努めた。しかしリチャードから電話をもらったあとで、洗面器のなかのオレンジ色のタオルを見下ろしたときの、確信めいたものすらよみがえってはこなかった。テレーズはフィルの隣のスツールにもたれ、リチャードは彼女の脇に立ってあいかわらずフィルと話をしている。白いタイルの壁と床を照らすまばゆい白い照明は、太陽の光よりもまぶしく、店内には暗がりというものがまったくなかった。テレーズにはフィルの艶《つや》やかな黒い眉《まゆ》の一本一本が、ダニーが手にしている火のついていないパイプの凹凸《おうとつ》やなめらかな部分までもがはっきりと見て取れた。光はオーバーコートの袖口《そでぐち》からだらしなく垂れているリチャードの手の細部までもあらわにし、テレーズはしなやかな長身の体に似つかわしくない手だとあらためて思った。ふくよかといってもいいほど肉厚な手で、塩入れやスーツケースを持ち上げるときも、やはり脱力したような無意識的な動きを見せる。テレーズの髪を撫《な》でるときも同じだ。その手のひらはひどく柔らかくて女性を思わせ、かすかな湿り気を帯びている。彼女がもっとも嫌っていたのは、リチャードがしょっちゅう爪《つめ》の手入れを忘れることだった――どんなにドレスアップしているときでも。テレーズは二、三度注意したがそれ以上はうるさがられそうで、あとは見て見ぬふりをするしかなかった。

気がつくとダニーがテレーズを見つめていた。テレーズは思慮深げな眼差しと一瞬目を合わせ、すぐにうつむいた。なぜ今朝《けさ》の嬉《うれ》しさがよみがえってこないのか、突然彼女は悟《さと》った。フィル・マッケルロイの口添えで仕事にありつけるとは、とても思えないからだ。

「仕事のことが不安なのかい」ダニーはテレーズのかたわらに立っていた。

「そうじゃないわ」

「心配ないよ。フィルがなんとかしてくれるさ」ダニーはパイプをくわえ、何かいおうとしたようだったが、それきり顔を背けた。

テレーズはフィルとリチャードの会話を聞くともなく聞いていた。ふたりは船の予約の話をしている。

ダニーが口を開いた。「ところで、ブラックキャット劇場は僕が住んでいるモートン通りからほんの二ブロックなんだ。フィルも僕の部屋に泊まってる。そのうちお昼を食べにこないかい？」

「ありがとう。ぜひうかがうわ」実現はしないだろうが、誘ってくれたのは嬉しかった。

「どうだろう、テリー」リチャードが訊ねる。「ヨーロッパ行きは三月では早すぎるかな？　あまり混まないうちのほうがいいと思うんだ」

「三月でいいわ」

「だったら問題は何もないよね。僕は冬学期が終わってないかもしれないけど、そんなのはかまやしないさ」

「ええ何も問題はないわ」口でいうのは簡単だった。このすべてを信じるのも、このすべてを信じないのも簡単だ。でも、もしこれが本当なら。もしも舞台の仕事ができ、芝居が成功すれば、少なくともひとつは形に残してフランスへ行ける——突然、テレーズはリチャードの腕へと手を伸ばし、その手を下へ滑らせて彼の指に指をからめた。リチャードはすっかり面食らい、話の途中で言葉を失った。

翌日の午後、テレーズはフィルから教わったワトキンズの番号に電話をかけた。いかにも有能そうな女性の声が応《こた》えた。ミスター・コーテスは外出中ですが、フィル・マッケルロイからあなたのことはうかがっています。ついてはあなたに舞台セットをお願いしたいとのことです。期間については十二月二十八日から、週給五十ドルでいかがでしょうか。事前にコーテス氏に作品を見せに来られてもかまいませんが、フィル・マッケルロイからの強力な推薦があれば必要というわけではありません。

テレーズはフィルに礼をいおうと電話をかけたが、誰も出なかった。そこでフィルへの簡単な礼状をブラックキャット劇場気付で送った。

3

午前半ば、おもちゃ売り場の一番若い主任ロバータ・ウォールズは、せわしない動きをつかのま止めてテレーズにささやいた。「この二十四ドル九十五セントのスーツケースだけど、月曜日には値下げするから、今日売らないとデパートは二ドルずつ損することになるんだから！」ロバータはカウンターに飾られた茶色いボール紙のスーツケースを顎《あご》で示し、灰色の箱ひと山をミス・マートゥッチの両手に押しつけると、そそくさと歩き去っていった。

長い通路を進んでいくロバータに、売り子たちが次々と道を開ける。ロバータは朝の九時から夜の六時まで、この階の端から端まで売り場を飛び回っている。昇進を狙っているのだという噂《うわさ》もあった。両端が吊《つ》り上がった赤い縁の眼鏡をかけ、ほかの女子店員と異なり、緑のスモックの袖《そで》をいつも肘《ひじ》の上までまくり上げている。ロバータは足早に通路を横切り、ミセス・ヘンドリクソンを呼び止めると興奮気味に身ぶりを交えて何かを告げた。ミセス・ヘンドリクソンが了解したようにうなずくと、ロバータは親しげに肩に触れた。それを見てテレーズの胸は妬《ねた》ましさにうずいた。ミセス・ヘンドリクソンなんて少しも好きじゃない。それどころか嫌いなくらいなのに妬むなんて。

「泣き声を上げる布製のお人形はあるかしら」

そのような人形があるかどうかテレーズには確信がなかったが、女性客は広告で見たから絶対にあるはずだという。テレーズはおよそありそうにないストックからも箱を引っ張りだしてみたが、やはり見つからなかった。

「何を探してるの」ミス・サンティーニがひどい鼻づまり声で訊《き》いてきた。風邪《かぜ》を引いているのだ。

「布製の泣く人形ですって」テレーズは答えた。ミス・サンティーニは最近やたらと親切にしてくれる。盗まれた肉のことがテレーズの頭をかすめた。だがミス・サンティーニは知らないわといいたげに眉《まゆ》を吊り上げると、あざやかな紅色の下唇を突き出し、肩をすくめて行ってしまった。

「布でできてるのね？　おさげ髪の？」痩《や》せぎすでくせっ毛の、狼《おおかみ》のように長い鼻をしたイタリア系のミス・マートゥッチがテレーズに顔を向けた。「ロバータには内緒よ」彼女は周囲に目を配りながらひそひそ声でいった。「誰にもいわないでよ。実はその人形は地下の売り場にあるの」

「まあ」七階と地階のおもちゃ売り場はライバル関係にあった。なるべく値段の高い七階で買わせるようにするというのが、デパートの方針だった。テレーズは客に、お探しの人形は地下の売り場にありますと告げた。

「今日じゅうにこれを売ってちょうだいね」ミス・デイヴィスが横歩きでテレーズの脇を通り過ぎざま、ワニ革まがいのへこんだスーツケースを赤いマニキュアの手で叩《たた》いた。

テレーズはうなずいた。

「脚がしっかりしているお人形はあるかしら。ちゃんと立てるお人形は？」

テレーズが見ると、松葉杖《まつばづえ》をついて両肩がせり上がっている中年の女性が立っていた。カウンターの向こうにいるどの客とも違う顔だ。穏やかな表情をして、目に映るものがなんであるのかを理解しているような、知性ある眼差《まなざ》しをしている。

テレーズが人形を見せると女性はいった。「それはちょっと大きすぎるわ。ごめんなさいね。もっと小さいのはないかしら」

「あると思います」テレーズが移動すると、女性も松葉杖をついてカウンター前の人ごみを迂《う》回《かい》しながらついてくる。テレーズが人形を持ってわざわざ戻る必要がないようにとの気配りだろう。ふいに、いくら手間がかかってもいいから女性の望みどおりの人形を見つけてあげたい、という思いがテレーズの胸にあふれた。だが次の人形も少しばかり難があった。髪が本物ではなかったのだ。また別の場所をあたると今度は本物の髪をした同じ人形が出てきた。体を曲げれば泣き声もあげる。これこそ女性が求めていた人形だった。テレーズは新しい箱のなかに新しい薄葉紙を敷いて人形をそっと横たえた。

「こういうお人形がほしかったのよ」女性は何度も繰り返す。「看護婦をしているオーストラリアの友達への贈り物なの。看護学校の同級生でね。だから当時の制服をお人形に着せたくて作ったの。本当にありがとう。それから、メリー・クリスマス！」

「メリー・クリスマス！」テレーズは微笑《ほほえ》んだ。客からメリー・クリスマスといわれたのは初めてだった。

「もう休憩は取ったの、ミス・ベリヴェット？」ミセス・ヘンドリクソンがまるで叱りつけるかのような口調で訊ねた。

休憩はまだ取っていない。テレーズは包装カウンターの下の棚からハンドバッグと読みかけの小説を取り出した。小説はリチャードから熱心に勧められたジョイスの『若い芸術家の肖像』だ。ジョイスを読まずしてガートルード・スタインを読むなんて考えられないとリチャードはいっていた。テレーズはリチャードと本の話をするときは少しばかり劣等感を覚える。学校の図書室にある本にはひと通り目を通していたが、聖マーガレット修道会が集めた蔵書はキリスト教系の学校にしてはかなり異色だったと今はわかる。なかにはガートルード・スタインのような意外な作家も混じっていた。

従業員の化粧室へ通じる廊下は、箱を山積みにした何台もの大きな出荷用の台車でふさがれていた。テレーズは通れるようになるまで待つことにした。

「お嬢ちゃん！」配送係の男がテレーズに向かって叫んだ。

あまりにも下らなすぎてテレーズはくすりと笑った。彼らは朝に夕に地階の手荷物預かり所でも「お嬢ちゃん！」と声をかけてくる。

「お嬢ちゃん、おれを待っててくれたのかい？」台車同士がぶつかり合う音に負けまいとするように、またしても粗野な声が張り上げられる。

テレーズは廊下を進み、配送係を乗せて勢いよく走ってきた台車をかわした。

「ここは禁煙だぞ！」お偉方とおぼしき男のどなり声がした。煙草《たばこ》に火をつけた女たちはテレーズの前を歩きながら煙を吐き出し、女性用化粧室に逃げ込む直前にいっせいに聞こえよがしにいった。「何様のつもりかしらね、ミスター・フランケンバーグってわけ？」

「よう！　お嬢ちゃん！」

「おれはいつでも待ってるぜ！」

台車が目の前で横滑りし、金属の角《かど》がテレーズの片脚にぶつかった。脚を見下ろさずに歩き続けたが、痛みがゆっくりと爆発するように広がっていくのがわかった。テレーズは女たちの声、女たちの姿、そして消毒液の臭いが混ざり合う、別の混沌《こんとん》のなかへと入っていった。血が靴《くつ》まで流れ落ちてストッキングはかぎ裂き状に破れている。めくれた皮を元の位置に貼りつけたが気分が悪く、壁にもたれて水道管につかまった。そのまま数秒じっとして、鏡の前で飛び交う女たちの声に耳をすます。やがてトイレットペーパーを濡らし、ストッキングを軽く叩いて血を拭《ふ》き取った。しかし血は拭くそばからあふれ出してくる。

「大丈夫よ、ありがとう」誰かが身をかがめてのぞきこんだが、テレーズがそういうと離れていった。

仕方なく生理用ナプキンを自動販売機で買った。ナプキンから抜いた綿をガーゼで脚に縛りつけているうちに休憩は終わり、ふたたび売り場に戻る時間になっていた。

ふたりは同時に目を合わせた。テレーズは開けていた箱からふと顔を上げ、女性はテレーズのほうに頭を巡らせたので、まともにお互いの目をのぞきこむことになった。すらりとした背の高いブロンドの女性が、ゆったりとした毛皮のコートを優雅にまとい、コートの前を開けてウエストに片手をあてている。瞳《ひとみ》はほとんど透明といってもいいほどの薄いグレーだが、それでいて光や炎のように強烈な印象を与える。テレーズはその瞳にとらわれて目をそらすことができずにいた。正面にいる客が質問を繰り返しているのがわかってはいたが、口を利くこともできずに立ちつくしていた。女性もテレーズを見ていたが、買い物の目的をどこかに置いてきたような、魅了されたような表情を浮かべている。ふたりのあいだには何人もの店員がいたが、きっと自分のところへ来るとテレーズは信じて疑わなかった。やがて女性がゆっくりとカウンターに向かって歩きだすと、一瞬止まっていたテレーズの心臓は遅れを取り戻すように乱れ打ち、彼女が近づくにつれて顔が火照《ほて》ってきた。

「スーツケースを見せてくれない？」彼女はガラスのカウンターにもたれてなかを見下ろした。

ワニ革まがいのへこんだスーツケースは手を伸ばせば届く距離にあったが、テレーズは背後を振り返って、まだ一度も開けられていない箱をストックの一番下から取り出した。立ち上がると、穏やかなグレーの瞳が見つめている。テレーズはまともに目を合わせることも、完全にそらすこともできないでいた。

「あれが気に入ったんだけど、売り物ではないのよね？」女性はテレーズの背後のショーウィンドウに飾られた茶色いスーツケースに向かってうなずいてみせた。

女性の眉《まゆ》もまたブロンドで、額《ひたい》のカーブに沿って優雅な弧《こ》を描いている。その口元は目と同じように知性をたたえ、声は体を包むコートのように豊かで柔らかく、どこか謎《なぞ》に満ちている。

「いえ、売り物ですよ」

テレーズは倉庫に入った。ショーウィンドウの鍵《かぎ》はドアのすぐ内側の釘《くぎ》にかかっているが、ミセス・ヘンドリクソン以外は誰も触れてはいけないことになっている。

鍵を手にしたテレーズを見てミス・デイヴィスが驚いたように息を呑《の》んだが、テレーズは「必要なんです」と言い捨ててストックルームを出た。

テレーズはショーウィンドウを開けるとスーツケースをカウンターに下ろした。

「ディスプレイしてある品を売ってくれるの？」彼女はそれが本当はいけないことを知っているかのように微笑した。カウンターに両方の腕をのせて、スーツケースの内部を吟味《ぎんみ》しながらうちとけた口調で訊ねる。「怒られるんじゃない？」

「かまいません」とテレーズ。

「決めたわ。これをいただきましょう。代金引換で送ってちょうだい。それからドレスはどうなのかしら。これもセット？」

セロハンに包まれた値札つきのドレスがスーツケースのふたの内側に納められていた。

「いえ、それは別売りです。お人形用の服でしたら……通路の向かいの人形服売り場のほうがいい品がそろっています」

「あら、そう！　ニュージャージーへはクリスマス前に届くかしら」

「はい、月曜日には届きます」もしも間に合わなければ自分で配達したっていい、とテレーズは思った。

「ミセス・H・F・エアドよ」柔らかな、それでいて歯切れ良い声が告げるままに、テレーズは緑の代金引換伝票に書きこんでいった。

女性の名前と番地、町名が鉛筆の先に記されていく。まるでテレーズが決して忘れることのない秘密が明かされていくかのように。それはテレーズの記憶にくっきりと刻みこまれた。

「間違えないでね」女性がいった。

彼女がつけている香水にそのとき初めて気づいたテレーズは、返事もできずにただうなずくだけだった。伝票へ目を落として必要事項を慎重につけ加えながら、女性がさらに言葉を続けてくれるようにと心の底から願った。『わたしに会えてそんなに嬉《うれ》しいの？　それならまた会いましょうよ。今日、お昼を一緒にいかが？』女性はとても気さくな口調だったから、そんなこともさらりといってくれそうな気がした。しかし、その先はなく、テレーズの恥ずかしさを和《やわ》らげるような言葉はいってもらえなかった。クリスマスのかきいれどきのために雇われたアルバイトだと見抜かれてしまった。不慣れでミスを犯しがちな人間だと思われてしまった。テレーズはカウンターの上の伝票を彼女のほうへそっと押しやって署名をもらった。

女性はカウンターから手袋を取り上げ、背を向けてゆっくりと歩きだす。テレーズはしだいに遠ざかっていく姿をただ見つめていた。毛皮のコートの下から、白くて細い足首がのぞいている。足元は飾りのない黒いスエードのハイヒールだ。

「それは代引き伝票?」

不器量でなんの面白みもないミセス・ヘンドリクソンの顔に、テレーズは向き直った。

「はい、そうです」

「一枚目の伝票はお客様に控えとしてお渡ししなければならないのよ。でなければ、お宅に届けたときにどうやって確認すると思っているの。お客様はどこ? 今からでも追いかけられる?」

「はい」さきほどの女性客は通路をはさんでほんの三十メートルほど先の人形服売り場にいる。テレーズは緑の伝票を持ったまま一瞬ためらったが、カウンターから出て無理やり足を前へ運んだ。急に自分の身なりが恥ずかしくなったからだ。着古した青いスカートにコットンブラウスと——制服の配布係に忘れられたらしく、緑のスモックは支給されていない——おまけに涙が出るほどみっともない平底靴だ。ぶざまに巻いた包帯には血がふたたびにじみ出しているだろう。

「これをお渡しするのを忘れていました」テレーズはカウンターの縁に置かれた手の脇に、薄っぺらな紙片を置いてそそくさとその場を離れた。

テレーズは自分の持ち場に戻るとストックの棚に向かい、探し物でもしているかのように箱を引っ張り出したり戻したりしながら、女性客が人形服売り場で買い物をすませて立ち去りそうな頃合いをはかっていた。過ぎゆく一瞬一瞬を、まるで二度と呼び戻せない時間のように、二度と取り戻せない幸福のように去っていくのを、じっと嚙《か》みしめながら。最後に一度だけ振り返り、ふたたび会うことのない顔をひと目見るために。一方でカウンターで店員を呼ぶとぎれることのない声、テレーズを呼ぶ客の声が、小さな汽車の低いうなり声が、ぼんやりとよみがえってくるのを感じて、彼女はあらたな恐怖を覚えた。それらの混然一体となった嵐が、あの女性と彼女を引き離そうとどんどん近づいてくるように思えた。

しかし意を決して振り返ると、テレーズはあのグレーの瞳をふたたびまっすぐのぞきこんでいた。まるで時間が逆戻りしたかのように、女性はテレーズに歩み寄ってカウンターに肘をつき、手でさし示しながらその人形を見せてほしいといった。

人形を取りだしたテレーズは手を滑らせ、ガラスのカウンターの上に置くのに派手な音をたててしまった。女性がちらりとテレーズに目をやった。

「ずいぶん頑丈そうなお人形ね」

テレーズは微笑《ほほえ》んだ。

「それじゃあ、これもいただくわ」穏やかでゆったりとした声が、喧騒《けんそう》のなかにぽっかりと静寂のオアシスを作りだす。テレーズはすでにそらんじていることなどおくびにも出さず、彼女がふたたび名前と住所を告げるのに合わせて、ゆっくりと伝票に書き込んだ。「クリスマス前に届くのはたしかなのね？」

「遅くとも月曜日には届きます。クリスマスの二日前に」

「それならいいわ。よけいな心配かけてごめんなさいね」

テレーズは人形の箱にかけた紐《ひも》を結ぼうとしたが、どういうわけかあっけなくほどけてしまった。「まあ」あまりのばつの悪さに弁解する言葉も思いつかないまま、テレーズは女性の目の前で紐を結び直した。

「大変なお仕事ね」

「ええ」そう答えながら代金引換伝票を白い紐にはさんでピンで留める。

「しつこくいってごめんなさいね」

女性客へ視線を上げると、あの不思議な感覚が戻ってきた。まるで前にもどこかで会ったことがあるかのような、今にも自分が何者であるのかを明かしてくれるのではないかという予感。そしてふたりは、ああ、そうだったのねと笑い合うだろう。「そんなことはありません。でもちゃんとクリスマス前にお届けしますからご心配なく」テレーズが通路の向かいへ目をやると、あんのじょう女性が先ほどまで立っていたカウンターに緑の紙が置かれたままになっている。「伝票の控えは必ずお持ち帰りくださいね」

彼女の瞳に笑みが浮かび、ほとんど無色に近いグレーの炎がぱっと燃え立った。テレーズはまたしてもそれを知っていたような、もう少しで思い出せるような気がした。

「実は前にも控えなしで品物を受け取ったことがあるの。わたしったらいつもなくしてしまうのよ」女性は身をかがめて二枚目の伝票に署名した。

テレーズは、女性が来たときと同じゆっくりとした足取りで歩き去るのを見送った。女性は通りすがりに別のカウンターに目をやり、黒い手袋を掌《てのひら》に二回、三回と軽く叩きつけ、やがてエレベーターへと姿を消した。

テレーズは次の客に向き直った。無限の忍耐強さで仕事を続けたが、鉛筆を持つ手が震え、売り上げ伝票に書いた文字の末尾がみんなはねてしまった。それからミスター・ローガンに呼ばれてオフィスに行き、そこに何時間もいたような気がしたが、時計を見ると十五分しかたっていなかった。オフィスを出るともう昼食の時間だったので手を洗った。テレーズは回転式タオルの前にじっと立ち、手を拭《ふ》きながら、誰からも何ものからも切り離され、孤立したように感じていた。ミスター・ローガンからは、クリスマスのあとも仕事を続ける気はないかと訊ねられた。下階の化粧品売り場で人手を求めているとのことだった。しかしテレーズは断った。

午後三時頃、テレーズは一階のグリーティングカード売り場でカードを買った。とりたてて面白みはないが、ブルーと金だけのすっきりしたデザインだ。テレーズは立ったままペンを構え、カードを前に何と書こうかと考えあぐねていた。『すてきなあなたへ』あるいは思いきって『愛をこめて』にしようか。結局はうんざりするほどありきたりな文句を走り書きするだけに終わった。『フランケンバーグから感謝をこめて』署名の代わりに自分の従業員番号六四五－Aを書き添える。そして地階の郵便局に行ったが、投函口《とうかんぐち》にカードを入れかけたところで怖《お》じ気《け》づき、手を止めた。別にどうだっていうの。

どうせあと数日でデパートを辞めてしまうんだし。ミセス・H・F・エアドだって気にも留めやしないわ。たぶんブロンドの眉をちょっと上げながらカードを一瞥《いちべつ》して、それきり忘れてしまうに違いない。テレーズはカードを投函した。

アパートメントへの帰り道、舞台セットのアイデアがひらめいた。幅よりも奥行きがある家の中央が渦巻《うずまき》状になっていて、その両側に部屋が並んでいるというデザインだ。その晩にも厚紙で模型作りに取りかかりたかったが、鉛筆で細かく描き留めるだけにした。ふと、誰かに会いたくなった。リチャードではない。下階に住むジャックとアリスのケリー夫妻でもない。そうだ、ステラがいい。ステラ・オーバートンは、テレーズがニューヨークに来て間もない頃に知り合った舞台美術家だった。だが、思えばステラにはずいぶん会っていない。テレーズが前のアパートメントで開いたカクテルパーティにステラが来たのが最後だった。ステラには、今住んでいる場所を知らせていない。テレーズが廊下の電話を使おうと階段を下りかけたとき、彼女の部屋の玄関の呼び鈴が短く何回か鳴った。テレーズに電話がかかってきたという合図だ。

「ありがとうございます」下階のミセス・オズボーンに声をかける。

いつも九時頃にかかってくるリチャードからの電話だった。リチャードは、明日の晩映画に行かないかという。サットンシアターで上映されている、ふたりともまだ見ていない作品だ。テレーズは、特に予定はないけれど枕《まくら》カバーを仕上げてしまいたいからといって断った。明日の晩にミシンを使いに来てもいいとアリスがいってくれているの。

それに、髪を洗わなければならないし。

「今夜洗えばいいじゃないか。明日会おうよ」

「今からじゃ遅いわ。髪が乾かないと寝られないもの」

「だったら明日、僕が洗ってあげるよ。バスタブには近寄らず、バケツだけ使ってね」

テレーズは笑みを浮かべた。「遠慮しておくわ」前にリチャードに髪を洗ってもらったときに、テレーズはバスタブに転がりこむはめになった。バスタブから湯が流れ出す様子を、リチャードが声音付きでまねて身をくねらせるのがおかしくて、テレーズは笑い転げて足を滑らせてしまったのだ。

「それなら、土曜日に例の美術展に行かないか。土曜の午後にやってる」

「でも土曜日は九時まで仕事よ。デパートを出るのは九時半になるわ」

「そうだったね。だったら、僕は学校に残ってぶらぶらしてるよ。九時半頃に四十四丁目と五番街の交差点で落ち合おう。いい？」

「いいわ」

「今日は何か面白いことはあった？」

「いいえ。あなたは？」

「ないな。明日、船の予約の件を調べておくよ。夜にまた電話する」

結局、テレーズはステラに電話をしなかった。

翌日はクリスマス前最後の金曜日であり、テレーズがフランケンバーグで働き始めてから一番の混雑となったが、店員たちは明日はもっとひどくなると口をそろえていっていた。買い物客たちはカウンターにどっと押し寄せ、ガラスが割れるのではないかと思うほどだった。テレーズが接客するたびに、相手は通路を満たすアメーバのような人波に呑まれてさらわれていく。立錐《りっすい》の余地もないほどにごった返しているというのに、エレベーターはひっきりなしに新たな客を吐き出していた。

「なぜ一階の入り口を閉めてしまわないのかしら」テレーズは並んでストック棚の前に身をかがめているミス・マートゥッチにこぼした。

「えっ？」ミス・マートゥッチが聞き返す。

「ミス・ベリヴェット！」誰かが大声で呼んで呼子《よびこ》を吹いた。

ミセス・ヘンドリクソンだ。今日、ミセス・ヘンドリクソンは用があるときには呼子を吹いていた。テレーズは売り子や床に散らばる空箱をよけながら進み、ミセス・ヘンドリクソンに近づいた。

「あなたに電話よ」ミセス・ヘンドリクソンが包装台脇の電話を指した。

テレーズは無理だという身ぶりをしたが、ミセス・ヘンドリクソンは目もくれなかった。今は電話の声など聞こえそうにない。それにどうせ、リチャードがふざけてかけてきたのに違いない。前にも一度、そんなことがあった。

「もしもし」テレーズは電話に出た。

「従業員番号六四五－Aのテレーズ・ベリヴェットさんですか？」雑音混じりの交換手

の声がする。「おつなぎします」

「もしもし」テレーズは繰り返したが、相手の声はほとんど聞こえなかった。仕方なく包装台から一メートル近く離れた倉庫に電話を持ち込んだが、コードが足りなくて床の上にしゃがまなければならなかった。「もしもし」

「もしもし」と相手の声がいった。「クリスマスカードのお礼をいいたくて」

「まあ。あなたは――」

「ミセス・エアドよ。あなたがカードを送ってくださった方？」

「はい」テレーズは悪さがばれたかのように、たちまちうしろめたくなって身をこわばらせた。瞼《まぶた》を閉じて受話器を握りしめながら、きのう見た、笑みを含んだ知的な目を思い浮かべる。「お気にさわったのでしたら申し訳ありません」接客をするときのような事務的な声で答える。

　女性は笑い声をあげた。「そういうことだったのね。おかしいわ」女性はうちとけた口調でいい、昨日聞き惚《ほ》れた、あの柔らかな響きを耳にして、テレーズも顔をほころばせる。

「そうですか？　なぜ？」

「あなたおもちゃ売り場の店員さんよね」

「はい」

「カードをどうもありがとう」

突然、テレーズは悟った。女性はカードの送り主を、ほかの売り場で応対した男性店員だと思っていたのだ。「お買い物のお手伝いをさせていただけて光栄でした」

「そう？　なぜ？」まるでテレーズをからかっているかのような口ぶりだ。「ねえ……せっかくのクリスマスだし、せめてコーヒーぐらい一緒に飲まない？　お酒でもいいわ」

倉庫のドアがいきなり開いたかと思うと、女子店員が入ってきて目の前に立ったので、テレーズは身をすくめた。「ええ……ぜひ」

「何時頃がいいかしら。わたしは明日の午前中にニューヨークに行くの。お昼をご一緒しましょうよ。明日はお時間ある？」

「もちろんです。休憩が一時間あります。十二時から一時まで」テレーズは間近に立つ女子店員の足を見つめながら答えた。平たい不格好なモカシンをはき、伸縮性のあるストッキングに包まれた太い足首とふくらはぎを動かすさまは、まるで象が歩いているかのようだ。

「一階の三十四丁目の入り口で、十二時頃に会いましょうか」

「大丈夫です。あの――」テレーズは今になって、明日は一時きっかりに売り場に入らなければならないのを思い出した。午前中は非番だ。そのとき、目の前の店員が棚から下ろそうとした箱の山が崩れ落ち、テレーズはとっさに片腕を上げて身をかばった。店員自身もよろめいてテレーズのほうにあとずさってきた。「もしもし」テレーズは箱の山が崩れる音に負けまいとして声を張り上げた。

「ごめんなさいね」ミセス・ザブリスキーはいらだたしげに謝ると、散乱した箱をよけながら倉庫から出ていった。

「もしもし」テレーズは繰り返す。

電話は切れていた。

4

「こんにちは」女性が微笑《ほほえ》みながら声をかける。

「こんにちは」

「どうしたの」

「いえ、別に」少なくともわたしの顔は覚えてくれていたのだ。テレーズはそんなことを考えた。

「どんなレストランがいいかしら。ご希望はある？」女性は歩道に立って訊ねた。

「いいえ。できれば静かなお店がいいんですが、この辺にはないし」

「イーストサイドまで行く時間はある？　休憩が一時間しかないのなら無理よね。この通りを二ブロック西に行ったところに、知ってるお店があったと思うんだけど。時間は大丈夫？」

「ええ、もちろん」すでに十二時十五分だ。仕事に大幅に遅刻するのは目に見えていたが、そんなことは少しも気にならなかった。

店へ向かうあいだ、とりたてて会話はなかった。時折、ふたりは人込みに隔てられ、一度だけ、女性はドレスを山ほど積んだ手押し車越しにテレーズに微笑みかけた。ふたりは一軒のレストランに入った。天井には木製の梁《はり》がめぐらされ、テーブルには白いクロスがかかり、席の半分も埋まっていない、驚くほど静かな店だ。ゆったりとした木製のブースに座ると、女性は砂糖抜きのオールドファッションド(ウィスキーとビターズと砂糖を使い、果物片を添えたカクテル)を注文し、テレーズにも同じものにするかシェリーにするかと訊ねた。テレーズがためらっていると、女性が代わりに注文してウェイターを下がらせた。

女性は帽子を取ると金色の髪を左右に指ですいてから、テレーズを見た。「ところで、クリスマスカードを送るというすてきなアイデアは、どうやって思いついたの?」

「あなたのことが忘れられなかったからです」テレーズは小さな真珠《しんじゅ》のイヤリングに目をやった。真珠の輝きでさえ、この女性の髪と瞳《ひとみ》の輝きにはかなわない。今は視線を顔にまともに向けられなくてぼんやりとしかわからないが、あらためて美しい人だと思った。女性はハンドバッグから何かを取り出した。口紅とコンパクトだ。口紅のケースは宝石のような金色に輝き、海賊の宝箱のような形をしている。テレーズは女性の口元を見たかったが、間近にあるグレーの瞳が炎のように揺らめいて、とてもまともに見てはいられなかった。

「あのデパートで働きだしてまだ日が浅いんでしょ？」

「はい。ほんの二週間ほど」

「それにあまり長くいるつもりもない……そうじゃないかしら？」女性はテレーズに煙草《たばこ》を勧めた。

テレーズは煙草を一本、手に取った。「ええ。別の仕事につくことになっています」女性が片手で差し出したライターの火に、テレーズは身をかがめた。ライターを持つ手はほっそりとして卵形の爪《つめ》には赤いマニキュアが施され、手の甲にはうっすらとそばかすがちりばめられている。

「よくカードを出したりするの？」

「カード？」

「クリスマスカードよ」女性はくすりと笑った。

「とんでもありません」

「クリスマスに乾杯」女性はグラス同士を軽く触れ合わせてから口をつけた。「どこに住んでいるの。マンハッタン？」

テレーズは答えた。六十三丁目に住んでいます。両親は亡くなりました、と話した。ニューヨークに来て二年になり、その前はニュージャージーの学校にいました。だがキリスト教系の宗教団体が運営する宗教的色彩の濃い学校だったことは黙っていた。彼女が敬愛し、何かにつけて思い出していたシスター・アリシア、淡いブルーの瞳と不格好な鼻、厳格だけど慈愛に満ちていた修道女についても触れなかった。前日の午前を境にシスター・アリシアの存在ははるか彼方へと押しやられ、今向かいに座る女性の足元にも及ばなかった。

「お休みのときは何をしているの」テーブルに置かれたランプに照らされ、女性の瞳は濡れた銀色に輝いていた。耳たぶを飾る真珠さえもみずみずしさを帯び、触れれば弾《はじ》けてしまう水のひとしずくのように思えた。

「そうですね……」たいていは舞台セットの模型を造っていることを話すべきだろうか。スケッチをしたり、時には色もつけたり、バレエのセットの模型に置く猫の頭や小さな人形とか、そういったものも作ったりするけれど、本当に好きなのは足の向くままのんびりと散歩をすること、そして何よりも好きなのはただ空想にふけることだということを。いや、話す必要などない。女性の目は何でもすっかり見通しているに違いないから。テレーズはグラスに何度か口をつけて、その味が気に入った。目の前にいる女性のように危険な強い酒だった。

女性がウェイターに合図をすると、ふたりのお代わりが運ばれてきた。

「こういうのっていいわ」

「何がですか？」テレーズは訊ねた。

「カードをもらったのが、知らない人からというのが気に入ったの。クリスマスはこうでなくちゃ。今年は特に嬉《うれ》しく感じるのよ」

「よかった」テレーズは笑顔を浮かべながらも、本気でいってるのだろうかと思わずにはいられなかった。

「あなたはとてもきれいなお嬢さんね。それに感受性が強そう」

その口ぶりはまるで人形のことをいってるかのようにさりげなかった。「あなたもすてきな方だと思います」テレーズは二杯目の酒の勢いを借りていった。どう思われようとかまいはしない。どうせこの女性はテレーズの好意を見抜いているに違いないのだから。

女性は首をのけぞらせて笑った。笑い声が音楽よりも美しい調べとなってこぼれる。笑うと目尻《めじり》にかすかにしわが寄り、赤い唇は煙草を吸うたびにすぼめられた。女性は一瞬視線をテレーズの背後へ向け、両肘《ひじ》をテーブルにつくと煙草を持つ手に顎《あご》を乗せた。体にぴったりとした黒いスーツは、細いウエストから肩へと広がって長いラインを描き、波打つ美しい金髪に包まれた頭は高くそびやかされている。年齢は三十歳から三十二歳ぐらいだろう。そしてスーツケースと人形をプレゼントされる娘は恐らく六歳から八歳ぐらいに違いない。テレーズは子供の姿が想像できるような気がした。髪は金色で顔は幸せそうに輝き、ほっそりと均整の取れた体つきをして、いつも楽しく遊んでいる。しかし子供の顔は、今日の前にいるほっそりとした北欧風の小造りな顔のようにはっきりとは浮かんでこなかった。それに夫は？　こちらはまったく想像がつかなかった。

テレーズはいった。「クリスマスカードの送り主は男の人だと思ってらしたのでは？」

「そうよ」女性は笑みを浮かべて答える。「スキー用品売り場の店員さんじゃないかと思ったの」

「すみません」

「いいえ、かえってよかったわ」女性は椅子《いす》の背にもたれた。「その人とお昼を食べることはまずなかったでしょうね。本当にあなたでよかった」

薄闇《うすやみ》を連想させる、ほのかに甘やかな香水がふたたびテレーズの鼻腔《びこう》をくすぐる。深緑色のシルクを思わせる香り、特別な花のような、彼女だけの香り。テレーズは香りに引き寄せられるように身を乗り出し、グラスへ視線を落とした。テーブルを押しのけて彼女の腕のなかに飛びこみ、首に巻かれた緑と金のスカーフに顔をうずめてしまいたい。テーブルの上でふたりの手の甲がかすかに触れ合った瞬間、テレーズは触れた肌だけが他から切り離され、激しく燃え上がるように感じた。それがどういう意味を持つのかはわからなかったが、たしかにそう感じたのだ。いくぶんか背けられた女性の顔を盗み見たとたんに、どこかで前に会ったことがあるような感覚がまたよみがえった。一方で、そんなはずがないのも承知していた。前に会っているはずがない。会っていたら、どうして忘れたりできるだろう。会話は途切れがちになり、互いに相手が口を開くのを待っているのだが、決して気詰まりな沈黙ではなかった。そこへ料理が運ばれてきた。卵をのせたホウレンソウのクリームソースは湯気を立て、バターの香りを漂わせている。

「なぜひとり暮らしをしているの」テレーズは女性に問いかけられ、気づいたときには自分の生《お》い立ちを語っていた。

しかしつまらない詳細は省いた。自分の生い立ちなど、どこかで読んだ物語ほどの意味もないといわんばかりに、ごくあっさりと。だいたい、自分の過去になんの意味があるのだろう。母親がフランス系だろうとイギリス系だろうとハンガリー系だろうと、父親がアイルランド系の画家だろうとチェコスロバキア系の弁護士だろうと、成功していようといなかろうとどうでもいい。母親がテレーズを聖マーガレット修道会の施設にあずけたときに、どんなに厄介な泣きわめく幼な子だったか、手のかかるふさぎがちの八歳の少女だったかなんてもはやどうでもいいことだった。テレーズが施設で幸せだったかどうかも。なぜならテレーズはたった今、今日から幸せなのだから。両親も生い立ちも必要なかった。

「人の過去の歴史なんてどこが面白いのかしら」テレーズは微笑んだ。

「その場かぎりの未来だってつまらないんじゃない？」

考えるまでもなかった。彼女のいうとおりだ。たった今笑い方を覚えて真顔に戻る方法を知らないかのように、テレーズはいつまでも笑みを浮かべていた。女性も楽しそうに笑みを浮かべて彼女を見ている。わたしのことを面白がっているのかもしれない、とテレーズは思う。

「ベリヴェットというのはどこの名前？」

「チェコです」テレーズはぎこちなく説明した。「英語っぽく変えたんです。元は――」

「今でも十分変わっているわ」

「あなたのお名前を教えてください。ファースト・ネームは？」

「わたしの名前？　キャロルよ。お願いだから絶対にキャロールなんて呼ばないでね」

「わたしのことは絶対にセリーズなんて呼ばないでください」

「どう発音するのかしら。〝テレーズ〟でいい？」

「ええ。そう呼んでください」キャロルはフランスふうに〝テレーズ〟と発音した。さまざまな呼び方をされるのには慣れっこになっていたし、ときには自分でもわざと違う発音をすることもある。だがキャロルの発音の仕方も、テレーズの名を発する唇の動きもすてきに思えた。これまで何度かぼんやりと意識しただけの、激しい切望の正体が今ならわかるような気がする。ひどく馬鹿げていて、ひどく恥ずかしいその欲望を、テレーズは頭から追い払った。

「日曜日には何をしているの」キャロルが訊ねた。

「特に決めているわけじゃないんです。特にこれといったことは。あなたはどうなんですか？」

「何もしてないわ……最近は。いつか気が向いたらうちに遊びにいらっしゃいな。自然には恵まれた場所よ。今度の日曜日なんてどうかしら」まっすぐに見つめるグレーの瞳を、テレーズは初めてまともに見返した。キャロルの瞳には面白がっているような光が浮かんでいた。そしてほかには？　好奇心、そしてどこか挑んでいるような表情が。

「うかがいます」テレーズは答えた。

「本当に不思議な娘《こ》ね」

「なぜ?」

「突然、どこからともなく降ってあらわれたんですもの」

5

リチャードは通りの角にたたずみ、足踏みをして寒さをしのぎながら待っていた。テレーズは突然、今夜は少しも寒さを感じないことに気がついた。道行く人々も寒そうにコートの背を丸めているというのに。テレーズはリチャードの腕を愛情こめてぎゅっと握った。

「なかで待っていなかったの?」約束した時間からすでに十分がたっていた。

「とんでもない。ずっと待ってたよ」リチャードは冷えきった唇と鼻をテレーズの頬《ほお》に押しつけた。「今日も大変だった?」

「ううん」

ところどころ街灯にクリスマスのイルミネーションがきらめいているにもかかわらず、やけに闇《やみ》が濃く感じられる。リチャードがマッチをすると、揺らめく炎が彼の顔を照らし出す。細められた目の上に突き出た平たい額《ひたい》はクジラの頭のように頑丈そうで、力まかせに物をへこませることもできそうだ。その顔は表面をなめらかにしただけの素の木彫りの面のようにも見える。ふたつの目が暗闇に思いがけずのぞいた青空のように輝いていた。

リチャードは微笑《ほほえ》んだ。「今夜はずいぶんとご機嫌だね。ぶらぶら行こうか。画廊のなかは禁煙なんだ。一本、吸う？」

「いえ、いいわ」

ふたりは歩きだした。画廊はすぐ脇《わき》の大きな建物の二階にあり、明かりが灯《とも》った窓の列にはひとつひとつクリスマスのリースが飾られている。明日の朝はキャロルに会える、テレーズはそんなことを考えていた。午前十一時に、ここからほんの十ブロック先で、あと十二時間ちょっとで。テレーズはふたたびリチャードの腕を取りかけて、ふとわれに返った。四十三丁目を東に歩きながら見上げると、ビルの谷間のちょうど真ん中にオリオン座がのぞいていた。テレーズは学校の窓からも、ニューヨークで最初に住んだアパートメントからもこの星座を眺めたものだった。

「今日、予約をすませておいたよ」リチャードがいった。「三月七日出航のプレジデント・テイラー号だ。切符売り場の係員と話した感触じゃ、こちらがしつこく頼めば海に面した部屋を取ってくれそうだ」

「三月七日？」自分でも弾《はず》んでいるような声になっていた。もはやヨーロッパに行く気などかけらもないというのに。

「あと十週間ほどだ」そういいながらリチャードはテレーズの手を握った。

「万が一、わたしが行けなくなっても取り消せる？」行きたくないと今いうことだってできた。しかし以前に旅行をためらったときのように、またしてもいいくるめられてしまいそうな気がした。

「ああ……そりゃ、もちろんだよ、テリー」リチャードは笑った。

リチャードはテレーズとつないだ手を振りながら歩いている。まるで恋人同士のようだとテレーズは思った。けれどもキャロルが女性だという点を除けば、テレーズが彼女に抱く思いのほうが恋に限りなく近い。狂気とまではいかないが至福と呼ぶのがふさわしい感情だった。子供じみて聞こえるかもしれないが、今以上の幸福感があるだろうか。そしてこの幸せは木曜日からずっと続いている。

「一緒の部屋にできるといいんだけどな」リチャードがいった。

「何が？」

「船室だよ！」リチャードが笑いながら大声を出したので、通行人がふたり何事かといわんばかりに振り返った。「どこかで祝杯を上げよう。角のマンスフィールドに入ろうか」

「今はじっと座っていたい気分じゃないの。あとにしましょうよ」

展覧会には、リチャードの美術学校の学生証でテレーズも半額で入ることができた。

天井の高い、フラシ天の絨毯《じゅうたん》を敷き詰めた部屋が連なる画廊は豊かな富を感じさせる空間だったが、その壁には安っぽい商業広告や線描画やリトグラフ、イラストレーションなどが所狭しと並んでいる。リチャードは作品をひとつずつ熱心に眺めているが、テレーズは少々げんなりしていた。

「これを見たことあるかい?」電話線を修理している工事人を描いた複雑な線描画を、リチャードは指さした。テレーズは以前にもどこかで見た記憶があったが、今夜は見ているのが苦痛だった。

「ええ」だが、テレーズの心はほかにあった。ヨーロッパ行きのための倹約をやめれば、新しいコートが買える。どうせ旅行に行かないのだから、けちけちするなんて馬鹿げている。それにクリスマスの直後にはいっせいにセールになる。今持っているのは黒のポロコートで、それを着るたびにみすぼらしい気分になるのだった。

リチャードはテレーズの腕を取った。「君はテクニックに対する敬意が足りないね、お嬢さん」

テレーズはわざと顔をしかめてみせ、今度は自分のほうからリチャードの腕を取った。突然リチャードをとても身近に感じ、初めて出会った晩のように胸が温まって気分が浮き浮きしてきた。あれはフランシス・コッターに誘われて行ったクリストファー通りのパーティだった。あのときリチャードはほろ酔い気味で、本や政治や人々について語っていた。リチャードの酔っ払った姿も、あれほど饒舌《じょうぜつ》に語る姿もテレーズはそれ以降見ていない。その晩リチャードは彼女を相手に語り明かし、彼の情熱、夢、好きなもの、嫌いなものにテレーズは惚《ほ》れこんだ。それがテレーズにとって初めての本格的なパーティであり、リチャードのおかげで楽しく過ごせたからでもある。

「ちゃんと見てないね」

「疲れたわ。よかったら、もう出ましょう」

出口近くで、リチャードと同じ学校の白人の男女と黒人男性の若者三人に会った。リチャードはテレーズを三人に紹介し、どう見てもそれほど親しい間柄とは思えない彼らに向かっていった。「僕たちは三月にヨーロッパに行くんだ」

三人はそろってうらやましそうな顔をした。

外に出ると五番街は人気《ひとけ》がなく、舞台のセットさながらに何かが起こるのを待ち受けているかのようだった。テレーズは両手をポケットに入れてリチャードと並んで足早に歩いた。手袋は今日どこかでなくしてしまっていた。頭には明日の十一時の約束のことしかない。ひょっとして明日の今頃も、まだキャロルと一緒にいるなんてことはあり得るだろうか。

「明日はどうする？」

「明日？」

「家族が君を次の日曜日の食事に招待したがってると前にいっただろ」

思い出したものの、テレーズは返事に困った。セムコ家には日曜日の午後に四、五回行ったことがある。二時頃に盛大な食事をして、食後には蓄音機でポルカやロシアの民族音楽をかけ、禿《は》げ頭の小柄なミスター・セムコはいつもテレーズをダンスに誘うのだった。

「ほら、母さんが君のドレスを作りたがってるんだ。もう生地《きじ》は買ってある。君の寸法を計りたいんだって」

「ドレスだなんて……そんな大変なものを」ミセス・セムコの細かい刺繍《ししゅう》を施した白いブラウスが目に浮かぶ。ミセス・セムコは裁縫《さいほう》の腕が自慢だった。あれほど手間暇かかるものをもらうのは気が引ける。

「母さんは裁縫が好きなんだよ。それで、明日はどうする？　正午頃に来る？」

「今回はできれば遠慮したいの。ご家族はもしかして特別な計画を立てていらっしゃるんじゃないわよね」

「特にそういうわけじゃないけど。明日は仕事か何か別の用でもあるのかい」リチャードはがっかりした声を出した。

「ええ」キャロルのことを知られるのも、ふたりを会わせるのも嫌だった。

「ドライブもなし？」

「せっかくだけど」今ではリチャードと手をつなぐのもわずらわしかった。湿っぽいリチャードの手は氷のように冷たくなっている。

「気が変わる可能性は？」

テレーズは首を横に振った。「ないわ」しようと思えば適当な言い訳をでっちあげることはできたが、明日のことでこれ以上嘘《うそ》をつきたくはなかった。リチャードはため息をつき、ふたりはしばらく無言で歩いた。

「母さんはレースの縁取りをした白いドレスを作ろうと張り切ってるんだ。身内にはエスターしか女の子がいないだろ。作りたくてうずうずしてるんだよ」

エスターはリチャードの義理の親戚にあたる女性で、テレーズは一、二度会ったことがあるだけだった。「エスターはお元気？」

「あいかわらずだよ」

テレーズはリチャードとつないでいた手を離した。急に空腹になってきた。夕食休憩の時間は、投函《とうかん》するつもりのないキャロル宛ての手紙を書いていたのだ。ふたりは三番街でアップタウン行きのバスに乗り、降りるとテレーズのアパートメントがある東に向かって歩いた。テレーズは気が進まなかったが、いちおうリチャードを部屋へ誘った。

「いや、このまま帰るよ」リチャードは片足を階段の一段目にかけた。「今夜の君はなんだか変だね。まるでうわのそらだ」

「そんなことないわ」自分でもうまい言葉が出てこないのがもどかしかった。

「いいや、おかしいよ。わかるんだ。やっぱり君は……」

「どうだというの？」テレーズは先をうながす。

「僕たちの関係はあまり進展していないよね」にわかに真剣な口調になった。「日曜日だけですら僕と過ごしたくないというのなら、どうやってヨーロッパで何カ月も一緒に過ごせるんだ？」

「あなたが旅行をやめたいというのなら」

「テリー、愛してるんだ」リチャードはいらだったように、手のひらで自分の髪を撫《な》でつける。「もちろん、旅行には行きたいさ。だけど――」

彼が何をいおうとしたのか、テレーズにもわかった。『君は一度だって僕に愛情らしきものを見せてくれたことはないじゃないか』しかしリチャードはその言葉を口にはしなかった。彼を愛していないとわかっているのに、どうしてテレーズに愛情を期待できるだろうか。それでもテレーズは、リチャードを愛していないという単純な事実をいつもうしろめたく思い、彼が与えてくれるものをもらうことに罪悪感を覚えずにはいられなかった。誕生日プレゼントや家族の午餐《ごさん》への招待、そして彼の時間でさえも。テレーズは石の手すりに指先を強く押し当てた。「ええ――そうよ。わたしはあなたを愛していない」

「そういうことじゃないんだ、テリー」

「何もかも終わりにしたいのなら――二度と会いたくないというのなら、それでもかまわないわ」テレーズがこの台詞をいうのは初めてではなかった。

「テリー、僕が世界じゅうの誰よりも君と一緒にいたいと思ってるのはわかってるだろ。まったくもってうんざりだ」

「それなら――」

「少しは僕のことを愛してくれているのかい、テリー？　どれくらい？」どれくらいかですって。「愛してはいないけど好きよ」テレーズは必死で言葉を探した。どう聞こえるにしても嘘ではない。「実をいうと、ついさっきはあなたを今までで一番近くに感じたの」

リチャードはじっとテレーズを見た。信じられないといいたげな表情が浮かんでいる。「そうなんだ」彼は満面の笑みを浮かべてゆっくり階段を上り始め、テレーズの一つ下の段で止まった。「だったら――今晩泊めてくれないか、テリー。試してみようよ」

いまや彼女は恥ずかしさとみじめさに打ちひしがれ、自分に対してもリチャードに対しても申し訳ないことをしているような気がしていた。なぜならそれはとうてい無理で、実現不可能な話であり、彼女はそれを望んでいないのだから。試してみようという気すら起こさせないほどの強い抵抗感の壁が常にたちはだかり、リチャードにこの話を持ち出されるたびに、どうしようもないいたたまれなさと気まずさだけを残すのだ。リチャードを初めて泊めた晩を思い出すと、またしても心のなかで身悶《みもだ》えした。それは快感からはほど遠く、思わず事の最中にこう訊《たず》ねずにはいられなかった。「本当にこれでいいの？」間違っていないのなら、なぜこれほど不快なのか不思議だった。するとリチャードが吹き出していつまでも大笑いするものだから、しまいにテレーズのほうが怒りだしてしまった。二回目はさらにひどかった。恐らくリチャードが、障害はすっかりなくなったと思ったからだろう。あまりに痛くてテレーズが泣きだすと、リチャードは平謝りに謝り、自分はどうしようもない獣《けだもの》に思えると言い出し、テレーズはそんなことはないわと打ち消さなければならなかった。リチャードが獣なんかでないことは、彼女にだってわかっている。もしアンジェロ・ロッシがこの同じ階段に立って同じ質問をした晩に寝ていたら、こんなことではすまなかっただろう。アンジェロに比べたらリチャードはまるで天使だった。

「テリー、ダーリン――」

「だめよ」テレーズはようやく声を取り戻した。「とにかく今夜は無理なの。それにヨーロッパにも一緒に行けない」取りつくろう余裕もなく彼女は単刀直入に告げていた。

リチャードが呆然《ぼうぜん》としたように口を開く。眉《まゆ》をひそめた顔をテレーズは正視できなかった。「どうしてだい？」

「だって。だって無理だからよ」テレーズは一言一言をやっとの思いで絞《しぼ》り出した。「だってあなたと寝たくないから」

「ああ、テリー！」リチャードは笑いだした。「あんなことをいってごめんよ。忘れてくれ。ヨーロッパでもその心配はいらない」

テレーズは顔を背けるとわずかに位置を変えたオリオン座をふたたび見上げ、それからリチャードへ視線を戻した。でも無理なのよ。あなたがそのことを考えているのなら、わたしもいずれ考えなくてはいけないわ。実際には何も聞こえなかったにしても、テレーズは口に出していったような錯覚を覚えた。まるで言葉が木片のようにたしかな形を取って、ふたりのあいだに浮かんでいるかのように。以前にもテレーズは上階の自室で、あるいはプロスペクト公園で凧《たこ》の糸を巻きながら、同じ言葉を告げていた。けれどもリチャードはとりあわなかった。だとすれば今のテレーズに何ができるだろう。同じ台詞を繰り返す?「とにかく、少し上がっていく?」自分でも説明がつかない恥ずかしさにさいなまれながらテレーズはいった。

「いや、やめておくよ」リチャードが優しい笑みとともに答えた。こんなふうに寛大で理解ある態度を示されるとテレーズはますます自分が恥ずかしくなる。「このまま帰るよ。おやすみ、ハニー。愛してるよ、テリー」最後にもう一度テレーズを見てリチャードは歩み去った。

6

テレーズは通りに出て辺りを見回したが、いつもの日曜の朝の閑散とした街並みが続くばかりだった。風は行く手を阻《はば》むべき人間がいない腹いせのように、そびえたつフランケンバーグ・デパートのコンクリートの角《かど》に吹きつけている。こんなところにいるのは自分くらいのものだ。テレーズはそう考えて、思わず苦笑した。もっとましな待ち合わせ場所を思いつけばよかった。氷のように冷たい風が歯にあたる。約束の時間を十五分過ぎたが、キャロルはまだあらわれない。もしこのまま来なければ、テレーズは夜になっても待ち続けるだろう。人影がひとつ地下鉄の出口から上がってきた。ひどく瘦《や》せた女性で、黒いロングコートの裾《すそ》から突き出した足は、四本の足で車輪を回しているかのようにせわしなく動いている。

ふと振り返ると道路の反対側の縁石沿いに車が停《と》まり、なかにキャロルが乗っていた。テレーズは車へ歩み寄った。

「こんにちは！」キャロルは助手席へ身を乗り出してテレーズのためにドアを開ける。

「こんにちは。もう、いらっしゃらないのかと思いました」

「遅れて本当にごめんなさいね。凍《こご》えてしまったでしょう？」

「平気です」テレーズは車に乗り込んでドアを閉めた。車のなかは暖かかった。ダークグリーンの車体は長く、座席も同じ色の革張りだ。キャロルは車を西へゆっくりと走らせた。

「わたしの家に行く？　どこか行きたいところはある？」

「どこでもかまいません」テレーズはキャロルを見た。鼻梁《びりょう》に沿ってそばかすが散っている。緑と金色のスカーフをヘアバンドのように頭に巻き、光にかざした香水を思わせる短いブロンドの髪をうしろでまとめていた。

「うちへ行きましょう。あの辺りは景色がいいのよ」

車はアップタウンへ向かった。まるで山のなかに座っているような気分だった。どんなものが前に立ちはだかろうと、ものともせずに押しのけていくが、キャロルだけには完全に従順な山。

「ドライブは好き？」キャロルは前を向いたまま訊《たず》ねた。口には煙草《たばこ》をくわえている。運転など造作もないといいたげに両手を軽くハンドルに乗せている姿は、まるで椅子《いす》か何かに座って煙草をくゆらせているかのように、リラックスしている。「どうしてそんなに無口なの」

車は猛スピードでリンカーン・トンネルへ入っていった。フロントガラス越しに前方を見つめているうちに、テレーズのなかに荒々しく不可解な感情がわきおこってきた。いっそトンネルが崩れ落ちてふたりとも死んでしまえばいいのに。そしてふたりの体は一緒に発見されるのだ。テレーズは時折向けられるキャロルの視線を感じていた。

「朝食はすませた？」

「いいえ」テレーズは答えた。きっと顔色が悪いせいだろう。朝食を食べようとはしたのだが、手を滑らせて牛乳壜《びん》を流しに落としてしまい、それですっかり食欲が失せていた。

「コーヒーを飲んだほうがいいわ。そこの魔法壜に入っているの」

トンネルを抜けるとキャロルは車を路肩《ろかた》に停めた。

「さあ」キャロルはふたりの座席のあいだにある魔法壜を手に取り、湯気の立つ明るい茶色の液体をカップに注いだ。

テレーズはありがたい思いでコーヒーを見た。「どこからわいて出たのかしら」

キャロルは顔をほころばせた。「あなたは何がどこから出てくるのか、いつもそんなふうに知りたがるの？」

コーヒーはかなり濃くてほのかに甘く、飲んだとたん、体じゅうに活力がみなぎるのを感じた。カップが半分ほど空になったところで、キャロルは車を発進させた。テレーズはふたたび黙りこくった。何を話せばいいのだろう。ダッシュボードにさしたキーから鎖《くさり》でぶら下がっているキーホルダーのこと？　四つ葉のクローバーをかたどった金色のキーホルダーには、キャロルの名前と住所が入っている。それともたった今通り過ぎたクリスマスツリーの露店のことでも？　泥沢地らしき土地の上空を一羽だけで飛んでいる鳥のことを？　どれも違う。話すとすれば、キャロル宛てにしたため投函《とうかん》するつもりのない手紙に書かれたことだけだが、それはとても口にすることはできなかった。

「田舎は好き？」車が狭い道へ入るとキャロルが訊ねた。

車は小さな町を抜けたところだった。そして大きな半円を描くドライブウェイをたどり、座っているライオンの前脚のように両翼が突き出した二階建ての白い家へ近づいていく。

金属製のドアマットと輝く真鍮《しんちゅう》製の大きな郵便受けが見えた。家の脇《わき》の方角から犬がうつろに吠《ほ》える声が聞こえ、木立《こだち》の向こうに白い車庫があった。家に入ると何かの香辛料の匂いがした。キャロルの香水とはまた別の甘い香りが混じっている。背後でドアが小さな音を立ててかちりと閉まった。振り返ると、キャロルが驚いたように唇をかすかに開き、困惑した顔で見返している。今にも『ここで何をしているの』と言い出すのではないかとテレーズは思った。まるですべて忘れてしまったかのように。あるいはテレーズをここまで連れてくるつもりなど、まったくなかったかのように。

「うちにはメイドがひとりいるだけなの。彼女も今日は遠くへ出かけているわ」まるでテレーズに訊ねられたかのようにキャロルはいった。

「すてきなお宅ですね」テレーズがそういうと、キャロルはかすかないらだちをにじませた笑みを浮かべた。

「コートを脱いだら？」キャロルは頭にしていたスカーフを取って髪をかき上げる。

「軽く食べない？　もうすぐ十二時よ」

「どうぞおかまいなく」

　居間を見回しながら、キャロルはまたしてもあのかすかにいらだたしげな表情を浮かべてみせた。「二階へ行きましょう。上のほうが落ち着くわ」

　テレーズはキャロルのあとについて広い木の階段を上がっていった。途中で、キャロル似の角張った顎《あご》をした金髪の少女を描いた油絵と窓を通り過ぎた。つかのま窓からS字を描く小道と青緑の像が立つ噴水がある庭が見えた。二階には、短い廊下を囲むように部屋が四、五室並んでいる。キャロルは絨毯《じゅうたん》も壁も緑色にしつらえられた部屋へ入り、テーブルの上に置かれた箱から煙草を一本取り出した。そしてテレーズを見ながら火をつける。テレーズはどうすればいいのか、何をいえばいいのかわからなかった。だが、自分が何かをするのを、何かをいうのを、キャロルが待っているのをひしひしと感じた。テレーズは飾り気のない室内を見回した。床には濃い緑色の絨毯が敷かれ、詰め物をした緑の長椅子が一方の壁際に置かれている。中央には装飾のない、白木のテーブルが置かれていた。もともとは娯楽室なのだろうが、本やレコードアルバムが並んで絵が一枚もない室内は、むしろ書斎のような趣《おもむき》があった。

「わたしのお気に入りの部屋よ」廊下に出るときにキャロルがいった。「でもわたしの部屋はあちら」

テレーズは反対側の部屋をのぞきこんだ。カーテンやカバーなどは花柄のコットンで統一され、さっきの部屋のテーブルと同じような飾り気のない白木の家具が置かれている。化粧テーブルにはやはり飾り気のない縦長の鏡が据えつけられ、部屋は日が当たっていないのに、隅々《すみずみ》まで陽光が降り注いでいるような印象を与える。ベッドはダブルだ。部屋の反対側にある黒っぽい色をした簞笥《たんす》の上に、柄《え》のない男性用ブラシが一対のっていた。テレーズは室内を見回してみたが、持ち主らしき男の写真はなかった。化粧テーブルには、金髪の小さな女の子を抱き上げているキャロルの写真がある。そして黒い巻き毛の女性がほがらかに笑っている写真が一枚、銀の写真立てに飾られていた。

「小さなお嬢さんがいるんですね」

キャロルは廊下の壁に作り付けられたドアを開けた。「そうよ。コーラでもいかが?」

冷蔵庫のブーンという音がいっそう大きくなった。それ以外に聞こえてくるのはふたりが動く物音だけで、家のなかは静まりかえっていた。テレーズは冷たいものを飲む気はしなかったが壜を受け取り、キャロルのあとから一階へ下りてキッチンを抜け、先ほど窓から見た裏庭へ出た。噴水の背後には一メートルにも満たない植物がいくつも並び、どれも黄麻布の袋がかけられていた。そうやって並んでいる姿を見てテレーズは何かに似ていると思ったが、具体的に何に見えるのかはわからなかった。キャロルは風でゆるんだ袋の紐《ひも》を結び直していた。厚手のウールのスカートと青いカーディガンという格好でかがんだその姿は、その細い足首とは対照的に、彼女の顔と同じように堂々として力強く見える。キャロルはモカシンをはいた足を踏みしめ、テレーズの存在を忘れたかのようにゆっくりと歩き回っていた。花をつけていない寒い庭に出て、ようやく居心地のいい場所を見つけたようだった。コートなしでは寒さが肌を刺したが、テレーズはキャロルにならって気にしないふりをした。

「何をしたい？　散歩をする？　レコードでも聴く？」キャロルが訊ねる。

「こうしているだけで十分です」

キャロルは何かに気を取られているようだった。自分を家に招いたことを後悔しているのかもしれない、とテレーズは思った。ふたりは小道の先にあるドアへと戻った。

「仕事は楽しい？」キッチンでもキャロルはうわのそらといった様子で、大きな冷蔵庫をのぞきこむと、パラフィン紙をかけた皿を二枚取り出した。「お昼にしましょうよ」

テレーズはブラックキャット劇場での仕事を話そうと思っていた。それなら多少は人に自慢できるし、唯一自分について語る価値のあることだからだ。しかし今はそのときではないような気がした。そこで彼女はことさらゆったりとした口調で、キャロルに負けないくらい超然とした態度を取ろうとしたが、はにかんでいるような響きがにじんでいるのを意識せざるを得なかった。「そうですね、いい勉強になります。あそこでは盗《ぬす》人《つと》と嘘《うそ》つきと詩人になる方法をいっぺんに学ぶことができるから」四角く切り取られた日だまりに顔が入るように、座っている椅子のまっすぐな背もたれに体を預ける。本当はこう続けたかった。「人を愛するということがどういうことなのかも」キャロルに出会うまでは誰も愛したことがなかった。シスター・アリシアに対する想いさえも愛ではなかった。

キャロルはテレーズへ顔を向ける。「どうやって詩人になるの」

「いろいろなことを感じるんです。うんと深く」テレーズはまじめに答えた。

「それでは盗人には?」親指に何かついたらしく、キャロルはなめて顔をしかめた。

「カラメル・プリンはいかが」

「いいえ、結構です。わたし自身はまだ盗みはしていませんが、いざとなればあのデパートでは簡単です。あそこではあちこちにハンドバッグが置いてあるから、ただ手に取ればいいだけですし。夕食に買ったお肉だって盗まれるんだから」テレーズは笑った。キャロルとなら、盗まれたことを笑い話にできた。キャロルとならなんでも笑い飛ばせる。

昼食はクランベリーソースをかけたコールドチキンのスライスで、グリーンオリーブとしゃきっとした白セロリが添えられていた。しかしキャロルはほとんど皿に手をつけず居間に入っていった。ウィスキーを注いだグラスを手にして戻り、蛇口から水を足して割っている。テレーズはキャロルを目で追った。やがてキャロルは戸口にたたずみ、テレーズは食事の手を止めてテーブルから肩越しに振り返ったまま、ふたりはじっと見つめあった。

キャロルが静かに問いかける。「あなたはよくこんなふうにお客と知り合うの？　声をかける相手には気をつけるべきじゃない？」

「もちろん、そうですね」テレーズは微笑《ほほえ》んだ。

「お昼を一緒に食べる相手にも」キャロルの目がきらめいた。「さらわれてしまうかもしれないわよ」氷が入っていないグラスを揺らして一気に飲み干す。華奢《きやしや》な銀のブレスレットがグラスに当たって音を立てた。「どうなの？　こんなふうにしてたくさんの人と知り合ってきたの？」

「いいえ」

「たくさんではないってこと？　ほんの三、四人？」

「あなたのような人と？」テレーズは臆することなくキャロルの目を見返した。

キャロルは次の言葉をうながすかのように、テレーズから視線をそらさなかった。だがやがてグラスをレンジに置くと目を背けた。「ピアノは弾《ひ》ける？」

「少しだけなら」

「何か弾いてちょうだい」テレーズが断ろうとすると、キャロルは有無をいわさぬ口調でさえぎった。「腕前なんて気にしないわ。弾いてくれればそれでいいの」

テレーズは学校で覚えたスカルラッティの曲を弾いた。キャロルは部屋の反対端の椅子に座って耳を傾けている。くつろいだ様子で微動だにせず、水割りのお代わりにも口をつけようとはしない。テレーズが弾いている曲はハ長調ソナタだった。ゆったりとしたテンポのどちらかといえば単純な曲で、似たような音の繰り返しだ。ひどく単調な曲のように思え、トリルの部分は仰々しすぎる感じがして思わず弾く手を止める。急に耐えられなくなった。キャロルが弾いたに違いない鍵盤《けんばん》に触れていることに、半ば目を閉じたキャロルにじっと見守られていることに、キャロルの家のなかにいるのだということに。音楽は彼女の意思を奪い、自分がひどく無防備なような気にさせた。テレーズは思わずあえぎ声をあげ、両手を膝《ひざ》に落とした。

「疲れているの?」キャロルが静かに問いかける。

それは今このときだけでなく、いつも疲れているのかと訊ねられているかのようだった。「はい」

キャロルはテレーズに背後から近づいて両手を肩に置いた。テレーズは目で見なくともその手を思い浮かべることができた。しなやかで力強く、肩に置かれた今は細い筋が浮き出しているだろう。キャロルの手がテレーズの首へ、そして顎《あご》へと滑る。その永遠にも思える瞬間、テレーズの心は激しく乱れ、キャロルが自分の顔をあおのかせ、髪の生え際に軽くキスをしたときも、ほとんど喜びを味わうことができなかった。キャロルの唇を少しも感じられなかった。

「いらっしゃい」

テレーズはキャロルとともにふたたび二階へ上がった。手すりにつかまって階段を上っていると、ふいにミセス・ロビチェクを思い出した。

「ちょっと休んだらどう?」キャロルは花柄のコットンのベッドカバーと上掛けの毛布をめくった。

「ありがとうございます。でも――」

「靴《くつ》を脱いで」もの柔らかだが、逆らうのを許さない口調だった。

テレーズはベッドを見た。そういえば、昨夜はほとんど寝ていない。「こんなところで眠るなんて失礼だとはわかっています。でも、もし許していただけるなら――」

「三十分後に起こしてあげるわ」キャロルは横になったテレーズに毛布をかけた。そしてベッドの端に腰を下ろす。「あなたはいくつなの、テレーズ」

テレーズはキャロルを見上げた。いまやキャロルの視線はほとんど耐え難かったが、それでも必死に受け止めた。今この瞬間に死んでもいい。キャロルに絞《し》め殺されてもかまわない。ベッドに力なく無防備に横たわった侵入者として。「十九歳です」その声はひどく老《ふ》けて聞こえた。九十一歳の老婆よりも年寄りじみて聞こえる。

キャロルは眉《まゆ》をひそめたが、その顔にはかすかな笑みが浮かんでいる。まるで何かをいっしんに考えているので、その思いがふたりのあいだに浮かんでいて、実際に手で触れられそうな気さえした。温かな吐息がテレーズの肩甲骨《けんこうこつ》の下に差し込み、喉《のど》もとへと頭をかがめた。キャロルは両手をテレーズの首にかかり、同時に張りつめていたキャロルの体から力が抜けるのがわかった。キャロルの髪の香りがテレーズの鼻腔をかすめる。

「まだ子供ね」キャロルはたしなめるような口調でいった。そして体を起こした。「何かほしいものはある?」

テレーズはレストランで考えていたことを思い出し、恥ずかしくなって歯を食いしばった。

「ほしいものは?」

「いえ、いいんです。何も」

キャロルは立ち上がると化粧テーブルに向かい、煙草に火をつけた。テレーズはくつきそうになる瞼の隙間《すきま》からその姿をうかがった。煙草もキャロルが紫煙をくゆらす姿も大好きだったが、落ち着きのない様子に不安をかきたてられずにはいられなかった。

「ほしいものはないの? 飲み物とか?」

水はいらないかと訊《き》いているのだ。熱を出した子供をいたわり、気遣うような口調からそうだとわかる。「温めたミルクを少し、いただけますか」

キャロルは唇の片端を上げて微笑んだ。「温めたミルクを少しね」からかうようにいうと部屋から出ていった。

まどろみかけては不安にはっと目を覚ます、といったことを繰り返しているうちにキャロルが戻ってきた。そして円筒形の白いカップの取っ手を持って、受け皿を押さえながら、足でドアを閉めた。

「ミルクを煮立てたせいで膜ができてしまったわ」キャロルはいらだった声でいった。

「ごめんなさいね」

しかしテレーズは嬉《うれ》しかった。考え事に気を取られて沸騰《ふっとう》させてしまうなんて、いかにもキャロルがしそうなことだからだ。

「このままでいいの？　何も入ってないんだけれど」

テレーズはうなずく。

「そう」キャロルは意外そうな声を上げると、椅子の肘掛けに腰を下ろしてテレーズを見つめた。

テレーズは片肘をついて体を起こした。ミルクはとても熱くてすぐには唇をつけられなかった。少しなめると、肉体のさまざまな味が混然一体になって口のなかに広がった。骨と血の味がする。温かい肉のような、髪のような味。粉乳のように味気なく、それでいて成長する胎児のように生命力に満ちている。どこまでも熱く、カップの底のほうまで熱い液体をテレーズは飲み下した。おとぎ話に出てくる、人を変身させてしまう薬を口にするように。騎士が死をもたらすとわかっている盃《さかずき》を疑念も抱かずに飲み干すように。キャロルが近づいてきてカップを受け取った。テレーズは夢うつつに、キャロルが三つの質問をするのを聞いていた。ひとつは幸せについて、ふたつめはデパートについて、みっつめは将来について。答える自分の声も聞こえる。突然、言葉がとめどもなくあふれだした。まるで自分では抑えようのない泉が噴き出したかのように。そしていつのまにか泣きだしていた。自分が恐れているものや嫌っているものすべて、自分の孤独について、リチャードのことについて、いくつもの不幸について、あらいざらいキャロルに打ち明けていた。彼女は両親のことまで話していた。母は死んでいません。でも十四歳のときに会ったきりで。

キャロルに問われるままにテレーズは答えたが、本当は母親のことなど話したくなかった。母親なんてどうでもいいし、不幸のうちにも入らない。一方、父親の死は大きな不幸だった。母親とは重みがまるで違う。テレーズが六歳のときに亡《な》くなった父親はチェコスロバキア系の弁護士だったが、画家になる夢を終生抱き続けた。母親とはまるきり対照的に穏やかで思いやり深く、優秀な弁護士でもなく画才もないことで、どんなに母親になじられても、決して声を荒らげることはなかった。父親は生まれつき体が弱くて、肺炎で亡くなったが、テレーズは母親が殺したようなものだと思っている。キャロルが次々と繰り出す問いかけに導かれて、テレーズは語り続けた。母親は八歳のテレーズをモントクレアの寄宿学校に入れたきり、ろくに会いにも来なかった。それというのも全国を飛び回っていたからだ。母親はピアニストだった。とても一流なんて呼べるようなものではないけれど、押しが強いから仕事に困りはしなかった。テレーズが十歳ぐらいのときに母親は再婚した。テレーズはクリスマス休暇にロングアイランドの母親の家を訪れた。母親たちは一緒に暮らそうといったが、あくまで口先だけとしか思えなかった。それにテレーズは再婚相手のニックを好きになれなかった。母親とよく似ていたからだ。大柄で髪は濃い茶色、大げさな身ぶりをつけて大声で話す。まさに似合いの夫婦だ。母親はそのときすでに身ごもっていて、今では子供がふたりいる。テレーズは母親たちと一週間過ごしてから施設へ戻った。その後母親は三、四回ほど会いに来た。ブラウスや本など必ずプレゼントを携えて。一度は化粧道具一式だったこともある。テレーズはその化粧道具が大嫌いだった。それというのも、見せかけだけの和解の贈り物のようにプレゼントを手渡したときの、マスカラをつけた母親のわざとらしい睫毛《まつげ》を思い出すからだ。一度、小さな男の子を連れてきたこともある。父親が違う弟だ。自分は邪魔者なのだとテレーズが悟《さと》ったのはこのときだった。母親は父親を愛していなかった。八歳のテレーズを寄宿学校に入れた。なのになぜ、今になってわざわざ訪ねてきて母親ぶるのだろう。学校の半数の少女たちのように、親なし子だったほうがよほど気楽だった。ついに、テレーズがもう来ないでほしいと告げると、母親はそれきり来なくなった。気まずそうにむっとした顔をして、戸惑ったように茶色い瞳をそらし、何もいわずに引きつった笑みを浮かべていた——それがテレーズの目に焼きついた母親の最後の姿だ。そのうちテレーズは十五歳になった。学校のシスターたちは母親から便りがないことに気づいた。シスターたちにせっつかれた母親から手紙が届いたが、テレーズは返事を出さなかった。テレーズが十七歳で卒業するとき、学校は母親に二百ドルを送金するようにうながした。テレーズは母親から一セントももらいたくなかったし、どうせくれるはずはないと半ば思っていた。しかし母親から金が届き、テレーズは受け取った。

「受け取ったことを後悔しています。こんなこと話したのはあなたが初めてです。いつの日かお金を母に返したい」

「そんなことをして何になるの」キャロルは優しくいった。椅子の肘掛けに腰を下ろして頬杖《ほおづえ》をつき、笑顔でテレーズを見つめている。「あなたはまだ子供よ。お母様にお金を返そうなんて思わなくなったら、大人になった証拠だわ」

テレーズは何も言い返せなかった。

「お母様にまた会いたくなるとは思えない？　二、三年後にでも」

テレーズはかぶりを振った。微笑を浮かべても、まだ涙があふれてくる。「この話はもうやめましょう」

「リチャードは今の話をすべて知っているの？」

「いいえ。彼が知っているのは母が生きていることだけ。こんなことどうでもいいじゃありませんか。つまらない話だわ」泣きたいだけ泣けば、疲れも寂しさも不幸もすべて、涙と一緒に洗い流せる気がした。キャロルがそっとしておいてくれるのはありがたかった。キャロルは化粧テーブルのかたわらに立ってテレーズに背を向けている。テレーズは嗚咽《おえつ》をこらえながら片肘をつき、こわばった体を起こした。

「もう二度と泣いたりはしません」

「そんなこと、無理よ」マッチをする音が響く。

テレーズはサイドテーブルから化粧用ティッシュをふたたび取って鼻をかんだ。

「リチャード以外にはどんなお友達がいるの？」

テレーズは友達を捨ててきてしまった。ニューヨークに来て最初に住んだアパートメントにはリリーとアンダーソン夫妻がいた。ペリカン・プレスにはフランシス・コッターとティム。モントクレアの学校で一緒だったロイス・ヴァヴリカという少女もいた。今では誰がいるだろう。ミセス・オズボーンのアパートメントの二階に住むケリー夫妻。そしてリチャード。「先月解雇されたとき、あまりにみじめで引っ越してからは……」

それきり黙りこんだ。

「どこへ？」

「リチャード以外には引っ越し先を教えませんでした。黙って姿を消したんです。自分では新しい生活を始めるつもりだったんですが、何よりも自分がみじめで。誰にも居場所を知られたくありませんでした」

キャロルは笑みを浮かべる。「姿を消すなんて！　すてきだわ。そんなことができるなんて幸せよ。自由ってことだもの。わかっている？」

テレーズは答えない。

「わかってないわね」キャロルが代わりにいった。

キャロルのかたわらの化粧テーブルで、四角いグレーの時計がそっと時を刻んでいる。テレーズはデパートで何度となくしているように、時計を見て何時なのかを確かめ、その意味するものをあてはめようとした。四時十五分を少し回ったところだ。ふいに不安がこみあげてくる。あまりにも長くベッドにいすぎたのではないか。もしかしたらキャロルは来客を待っているのかもしれない。

突然、電話が鳴りだし、ヒステリーを起こした女性のようにいつまでも廊下で金切《かなき》り声《ごえ》をあげていた。ふたりははっとして顔を見合わせた。

キャロルは立ち上がると、デパートで手袋を手にしていたときのように、何かを手のひらに二回打ちつけた。ふたたび電話がけたたましく鳴り響く。手のなかのものがなんであろうと、キャロルはそれを壁に投げつけるに違いない、テレーズはそう思った。しかしキャロルはただ振り返り、持っていたものをそっと置いて、部屋から出ていった。

廊下のほうからキャロルの声が聞こえてきたが、テレーズは盗み聞きなどしたくなかった。ベッドから起き上がってスカートと靴をはいたときに、先ほどキャロルが握っていたものが目に入った。黄褐色をした木製の靴べらだ。誰がこんなものを投げつけたりするだろう。その瞬間ふとキャロルにふさわしい言葉が浮かんだ——誇り。キャロルは電話口で繰り返し、同じ口調で何かいっている。テレーズが部屋を出ようとドアを開けたときに、三度目に繰り返されたその言葉が耳に入った。「お客様がいるのよ」言い方は穏やかだが、明らかに相手を拒んでいた。「十分な理由だと思うけれど。ほかにどうしろと……明日でもかまわないでしょ。もし――」

それきりしばらく何も聞こえず、やがて足音が階段を上ってきた。相手は一方的に電話を切ったらしい。キャロルに対してそんなことができるのはいったい誰だろう。

「わたし、帰ったほうがいいですか」

キャロルはテレーズが初めてこの家に足を踏み入れたときと同じ表情を向けた。「いえ、あなたが帰りたいのなら別だけど。いいのよ。なんだったらあとでドライブしましょうか」

どう見ても、キャロルが運転したい気分だとは思えない。テレーズはベッドを整え始めた。

キャロルは廊下に立ったままテレーズを見ている。「ベッドはそのままでいいわ。ドアだけ閉めてちょうだい」

「どなたがいらっしゃるんですか」

キャロルはテレーズに背を向けて緑の部屋に入った。「夫よ。ハージェスというの」

そのとき階下で玄関の呼び鈴が二度鳴り、同時にばね式錠が開くカチリという音がした。

「今日はやけに早いのね」キャロルはつぶやくようにいった。「下階へ行きましょう、テレーズ」

テレーズはにわかに恐ろしく、いたたまれない気持ちになった。キャロルの夫に会うからではなく、夫が来たことにキャロルがいらだっているからだ。

男が階段を上がってきたが、テレーズを目にすると足取りをゆるめた。その顔をかすかな驚きがよぎる。そしてキャロルを見た。

「ハージ、こちらはミス・ベリヴェット」キャロルが紹介する。「ミスター・エアドよ」

「初めまして」テレーズは挨拶《あいさつ》した。

ハージはテレーズを一瞥《いちべつ》しただけだが、その落ち着きのない青い瞳が、テレーズの頭のてっぺんから爪先《つまさき》までをさっと値踏みしたのがわかった。がっしりした体格の男で、やや赤みがかった顔色をしている。片眉がもう一方より吊《つ》り上がり、中央でくっきりと山を描いているので、まるでひきつれた何かの傷痕《きずあと》のように見える。「初めまして」それからキャロルのほうを向いた。「邪魔をしてすまない。持っていきたいものがいくつかあってね」キャロルの脇を通り過ぎ、テレーズがまだ見ていない部屋のドアを開けてつけ加える。「リンディのものを」

「壁にある絵?」キャロルは訊ねた。

ハージは答えない。

キャロルとテレーズは一階へ下りた。居間に入るとキャロルは腰を下ろしたが、テレーズは立ったままでいた。

「ピアノを弾きたければ、かまわないわよ」

テレーズはかぶりを振る。

「弾いてちょうだい」有無をいわさぬ口調だ。

キャロルの瞳のなかに突然燃え上がった激しい怒りにテレーズは怯《おび》えた。「できません」彼女はかたくなに拒んだ。

するとキャロルの怒りは退いていった。その顔には微笑みさえ浮かんでいる。ハージの足音がそそくさと廊下を急ぎ、一度立ち止まってからゆっくりと階段を下りるのが聞こえた。黒っぽい服を着たその体があらわれ、続いて赤みがかった顔と金色の髪がテレーズの視界に入ってきた。

「水彩絵の具が見つからないんだ。わたしの部屋にあると思ったんだが」不満げな口調だ。

「それならわたしが知ってるわ」キャロルは立ち上がると階段へ向かった。

「リンディへのクリスマスプレゼントを預かっていこうか」

「ありがとう。でも自分で渡すわ」キャロルは階段を上がっていった。

どうやら夫婦は離婚したばかりのようだ。あるいは離婚間近なのかもしれない。ハージはテレーズへ目をやった。その張りつめた顔つきには、不安とうんざりした表情が奇妙にない交ぜになっている。口のまわりには厚く重たげな筋肉がつき、唇のラインを囲んでいるために、まるで唇がないように見えた。「ニューヨークの人かね？」

その侮蔑《ぶべつ》を含んだぶしつけな口調に、テレーズは顔を平手打ちされたような痛みを覚えた。「ええ、ニューヨークです」

ハージが重ねて問いかけようとしたときに、キャロルが階段を下りてきた。ハージとふたりきりにされている数分間じっと身を固くしていたテレーズは、震えながら緊張を解いた。ハージも明らかにそれに気がついたようだ。

「ありがとう」ハージはキャロルから絵の具箱を受け取った。そしてふたり掛けソファに広げてあったコートに歩み寄る。両袖《そで》を開いて置かれたコートは、まるでその黒い両腕でこの家を手に入れようと闘っているかのように見えた。「それじゃ、失礼」ハージはテレーズに向かって挨拶すると、コートを着ながらドアへ向かい、キャロルに小声で訊ねた。「アビーの友達か？」

「わたしの友達よ」

「リンディには自分でプレゼントを持っていくつもりかい。いつ？」

「もしかしたら何も贈らないかもしれないわ」

「キャロル」ハージはポーチで立ち止まった。どうしてそんな意地悪なことをいうんだ云々《うんぬん》と話しているが、テレーズにはほとんど聞こえない。そして「これからシンシアのところへ行く。帰りにまた寄ってもいいかな。八時前には戻る」

「なんのために？」キャロルはうんざりしたような声を出した。「そうでなくても今日のあなたはとても失礼なのに」

「リンディに関することだからだ」ハージが声を落としたので、テレーズには聞き取れなくなった。

　少ししてから、キャロルひとりが家に戻ってくるなりドアを閉めた。両手を背後に回してドアにもたれかかる。車が走り去る音が聞こえてきた。きっと今夜ハージに会うことを承知させられたのだろう。

「帰ります」テレーズはいった。キャロルは黙っている。ふたりのあいだに寒々とした沈黙が広がり、テレーズはますます不安になった。「わたし帰ったほうがいいですよね」

「ええ。ごめんなさいね。ハージのことは謝るわ。いつもあんなに失礼なわけじゃないの。来客中だなんていわなければよかった」

「気にしてません」

　キャロルは額にしわを寄せて、いいにくそうに訊ねた。「今夜は、お宅ではなく駅まで送るのでかまわないかしら？」

「はい」むしろ、キャロルがアパートメントまで自分を送って暗い夜道をひとり運転して戻るなんて考えたくもなかった。

　ふたりは車に乗ってからもおし黙っていた。駅に着くとすぐにテレーズは車のドアを開けた。

「列車はあと四分ほどで来るわ」キャロルが声をかける。

　ふいに言葉がテレーズの口を突いて出た。「また会えますか」

　キャロルはやさしくたしなめるような微笑をテレーズに向けて、ふたりを隔てる車のウィンドウを巻きあげた。「またね《オルヴォワール》」

もちろん、そうだ、また会えるに決まっている。なんて馬鹿な質問をしたのかしら。車は素早く後退して方向転換し、闇《やみ》のなかへ消えていった。

デパートが開く月曜日が待ちきれなかった。キャロルがまた来るかもしれない。いいえ、そんなことはあり得ない。火曜日はクリスマス・イブだ。もちろん、火曜日までにキャロルに電話することはできる。せめてクリスマスのお祝いだけでも伝えたい。しかしキャロルの姿がテレーズの脳裏《のうり》から消え去ることは一瞬たりともなかった。何もかもキャロルの目を通して見ているような気がした。今宵《こよい》ばかりは、ニューヨークの暗く平坦な通りも、明日の仕事も、ミルク壜を流しに落として割ってしまったこともちっぽけなことに思えた。テレーズはベッドに身を投げると、紙に鉛筆で線を一本引いた。さらに入念にもう一本。そしてもう一本。テレーズを取り巻くひとつの世界が生まれようとしていた。幾百万のきらめく葉を茂らせた輝く森のような世界が。

7

男は品物を親指と人差し指でぞんざいにつまんで眺めた。頭は禿《は》げあがり、額《ひたい》の生え際だったと思われる場所から長く伸びた黒髪がまばらな筋となって、むき出しの頭皮に汗で貼《は》りついている。テレーズがカウンターに近づいて声をかけてからずっと、男は侮《ぶ》蔑《べつ》と否定もあらわに下唇を突き出していた。

「だめだね」ようやく男は口を開いた。

「いくらかになりませんか」

下唇がさらに突き出される。「五十セントってとこかね」男はカウンター越しに品物を放って返した。

テレーズは取られてなるものかとばかりに手のひらに包み込んだ。「だったら、これは？」コートのポケットから、聖クリストフォロスのメダルがついた銀鎖を取り出して見せる。

またもや親指と人差し指が侮蔑もあらわに、まるで汚れたものでも触るようにメダルを裏返した。「二ドル五十セント」

そんな、二十ドルはするはずのものなのに。テレーズはそういいかけたが、誰でも口にしそうな台詞《せりふ》だと気づいて途中で口を閉じた。「じゃ、結構よ」テレーズは鎖《くさり》を手に取って店を出た。

ショーウィンドウに吊《つ》るされた、古いポケットナイフや壊れた腕時計や鉋《かんな》だののがらくたを売りつけることができたのは、どんな運のいい人たちなのだろう。テレーズが心ならずもなかをのぞきこむと、一列に掛けてあるハンティングナイフの下に男の顔がふたたび見えた。男もテレーズを見ていて、にたりと笑いかけてくる。行動をすべて見透かされている気がして、テレーズは急いでその場を離れた。

十分後、テレーズは引き返していた。そして銀のメダルを二ドル五十セントで質入れした。

テレーズは西へ急いだ。走ってレキシントン・アベニューとパーク・アベニューを突っ切り、マディソンでダウンタウンへ折れる。ポケットのなかで小さな箱を、その鋭い角《かど》が指に食いこむほどしっかりと握りしめて。それはシスター・ベアトリスからの贈り物で、褐色の木材と真珠層《しんじゅ》が市松模様に象嵌《ぞうがん》された小箱だ。いくらになるのかはわからないながらも、たぶん値打ちのあるものだろうとテレーズは思っていた。だが、それが思い違いだったことを今思い知らされていた。彼女は革製品の店に入った。

「ウィンドウに飾ってある黒いバッグを見せてくれますか？　肩紐《かたひも》と金の留め金がついているのを」テレーズは店員に声をかけた。

それはこの前の土曜日、昼食の約束をしたキャロルに会いに行く途中で目に留めたハンドバッグだった。ひと目見るなり、キャロルにぴったりだと思った。あの日、たとえキャロルが約束を破ったとしても、二度と会えないとしても、このハンドバッグだけはどうしても買って送らなければと思ったほど。

「これをください」

「税込みで七十一ドル十八セントになります。プレゼント用に包装いたしますか」

「ええ、お願いします」テレーズはカウンター越しに手の切れるような十ドル札を六枚数えて、残りは一ドル札で払った。「今日の六時半頃まで預かってくれます？」

テレーズは財布に領収書を入れて店を出た。ハンドバッグはフランケンバーグに持ち込まないほうがいいだろう。たとえクリスマス・イブでも盗まれないとは限らないのだから。テレーズは笑みを浮かべた。デパートで働くのも今日限りだ。四日後にはブラックキャット劇場の仕事が始まる。クリスマスの翌日にフィルが脚本を持ってきてくれることになっていた。

テレーズはブレンターノ書店の前を通った。ショーウィンドウはサテンのリボンや革装丁の本、鎧姿《よろいすがた》の騎士の絵などで美しくいろどられている。テレーズは踵《きびす》を返して書店に入った。何も買うつもりはないが、ハンドバッグよりも美しいものがあるかどうか、ちょっとだけ見てみたかった。

陳列台に飾られている本の挿絵《さしえ》がテレーズの目をとらえた。白馬にまたがった若い騎士がブーケのような森のなかを進んでいく。その後に小姓たちが一列につき従い、しんがりの小姓はクッションに金の指輪を乗せて捧げ持っている。テレーズは挿絵が載っている革装丁の本を手に取った。表紙裏を見ると、値段は二十五ドルと記されていた。銀行へ行ってさらに二十五ドル下ろしてくれば、この本を買える。二十五ドルがなんだというのだろう。銀のメダルを質に入れる必要もなかった。しかしメダルを質に入れたのは、それがリチャードからもらったものであり、もう手元に置いておきたくなかったからだと自分でもわかっていた。本を閉じ、くぼんだ金の延《の》べ棒のような小口の部分を眺める。でも、キャロルは本当にこれを気に入るだろうか。中世の愛の詩集なんて。テレーズには見当もつかなかった。キャロルの本の好みはどうなのか、ささいな手がかりすら思い浮かばない。テレーズはそそくさと本を置いて店を出た。

テレーズが人形売り場へ上がっていくと、大きな箱を持ったミス・サンティーニがカウンターのなかを歩き回って、みんなにキャンディを配っていた。

「二個取って。キャンディ売り場からの差し入れよ」

「いただきます」テレーズはヌガーをかじりながら、キャンディ売り場もクリスマスの陽気な気分に染まっているのだろうかと思った。今日のデパートには不思議な雰囲気が漂っている。なんといっても、いつになく静かだ。客は大勢いるが、誰ひとりイブだというのにあわてている様子はない。テレーズはキャロルの姿を求めてエレベーターへ視線を走らせた。キャロルが来なければ――たぶん来ないだろうけど、六時半に電話をかけよう。せめてクリスマスのお祝いを一言いいたい。電話番号はわかっている。キャロルの家の電話に書いてあったから。

「ミス・ベリヴェット！」ミセス・ヘンドリクソンに呼ばれて、テレーズはあわてて背筋を伸ばした。だがミセス・ヘンドリクソンは、手を振ってテレーズを電報配達人のもとに呼び寄せようとしただけだった。配達人は電報をテレーズの前に置いた。

テレーズは走り書きでサインして急いで電報を開いた。「五ジ ニ一カイデ アイタシ キャロル」

テレーズは電報を丸めてぎゅっと握りしめ、エレベーターへ戻る配達人を眺めていた。

配達人《メッセンジャー・ボーイ》とは名ばかりの老人は、背中を丸めて膝《ひざ》を突き出し、重たげな足取りで歩いていく。足に巻いたゲートルはゆるんでいた。

「なんだか嬉《うれ》しそうね」通りがかったミセス・ザブリスキーが陰鬱《いんうつ》な声をかける。

テレーズはにこやかに答える。「ええ」ミセス・ザブリスキーは二カ月の乳飲《ちの》み子《ご》を抱えていると前に聞いたことがある。しかも今夫は失業中なのだとも。ザブリスキー夫妻は今でも愛し合っているのだろうか？　本当に幸せなのだろうか？　たぶんそうなのかもしれないが、ミセス・ザブリスキーのうつろな顔やその重い足取りからは、みじんもうかがうことはできなかった。かつてはミセス・ザブリスキーも、今のテレーズに勝るとも劣らないほどの幸せを味わったのかもしれない。その幸せはどこかで消え失せてしまった。結婚して二年もたつと愛は消えるものだと、どこかで読んだことがある。リチャードも同じことをいっていた。なんてむごく、ひどい話だろう。キャロルの顔や香水をなんとも思わなくなる日を想像してみようとした。だけどそもそも、わたしはキャロルを愛しているのだろうか？　テレーズは答えを知らなかった。

五時十五分前、テレーズは三十分早く上がらせてほしいとミセス・ヘンドリクソンに頼みに行った。ミセス・ヘンドリクソンは電報と何か関係があると察したのかもしれないが、嫌な顔ひとつせずに承知した。やはり今日は不思議な日だ。

以前にも待ち合わせをしたデパートの入り口で、キャロルは待っていた。

「こんにちは！　終わりました」

「何が終わったの」

「仕事です。ここでの」しかしキャロルのふさいだ様子に気づき、テレーズの浮き立っていた気分はたちまちしぼんでいった。それでも彼女はこういった。「電報をありがとうございます。とても嬉しかった」

「あなたに時間があるかどうかわからなかったんだけど、今夜はお暇?」

「もちろんです」

ふたりは雑踏《ざっとう》のなかをゆっくりと歩いていった。今夜のキャロルは華奢《きゃしゃ》なスエードのパンプスをはいているせいで、テレーズよりも五センチ以上背が高く見える。一時間ほど前に雪が降りだしたが、すでにやみかけていた。雪は地面をうっすらと覆《おお》い、まるで薄手の白いウールを道路と歩道に敷きつめたかのようだ。

「アビーのところに行ってもいいんだけど、彼女、今夜は忙しいのよ」キャロルはいった。「もしあなたがよければ、ドライブしてもいいわね。会えて嬉しいわ。今夜あなたに約束が入っていなくて本当によかった。あなたが天使に思えるくらいよ。わかる?」

「いえ、そんな」テレーズの心は弾《はず》んだが、キャロルの様子が気になった。きっと何かあったに違いない。

「この近くにコーヒーを飲める場所はある?」

「ええ。東へ少し行ったところに」

テレーズは五番街とマディソン・アベニューのあいだにあるサンドイッチショップを

考えていたのだが、キャロルは正面に日除けのついた小さなバーを選んだ。ウェイターは最初、カクテル・アワーだからと渋い顔をしたが、キャロルが立ち上がって店を出ようとすると、奥に戻ってコーヒーを運んできた。テレーズはハンドバッグのことを考えると気が気でなかった。包装されているにしても、キャロルと一緒に取りに行きたくはない。

「何かあったんですか」

「話せば長い話なの」キャロルはテレーズに微笑《ほほえ》みかけたが、その笑みは疲れていた。彼女はそれきり黙りこみ、互いに相手からはるか遠く離れていくような、うつろな沈黙が続いた。

たぶんキャロルは何かとても楽しみにしていた約束を反故《ほご》にしなければならなくなったのだろう。なんといっても今夜はイブなのだ、キャロルだって忙しいに決まっている。

「本当に別の予定があったんじゃないでしょうね？」キャロルは訊《たず》ねた。

テレーズは思わず身を固くした。「マディソン・アベニューに取りに行かなければならないものがあるんです。そう遠くありません。待っていてくだされば、今取ってきますが」

「そうなの」

テレーズは立ち上がった。「タクシーなら三分で戻ってこられます。でも、あなたをお待たせするわけにはいきませんよね」

キャロルは笑顔でテレーズの手を取った。無造作にぎゅっと握ってから手を放す。

「いいわ、待ってる」

タクシーの座席に浅く腰かけているあいだも、キャロルのけだるげな声がこびりついて離れなかった。帰り道は渋滞がひどく、テレーズは一ブロック手前でタクシーを降りて店まで走った。

キャロルは待っていた。コーヒーもまだ半分残っている。

「わたし、コーヒーはもういりません」キャロルがすぐにも店を出たい様子だったので、テレーズはいった。

「車はダウンタウンに停《と》めてあるの。タクシーで行きましょう」

ふたりはバッテリー公園にほど近い金融地区へ入った。キャロルは地下駐車場から車を出すと、ウエストサイド・ハイウェーめざして西へ走らせた。

「このほうがいいわ」キャロルは運転しながら上着を脱いだ。「うしろに置いてちょうだい」

ふたたび静寂がふたりを包んだ。キャロルは行き先が決まっているかのようにアクセルを踏みこみ、車線を変更して何台も追い越していく。テレーズが何かいわなくては、なんでもいいからと焦るうちに、車はジョージ・ワシントン橋にさしかかっていた。突然、テレーズはあることに思い当たった。キャロルが離婚しようとしているのなら、今日は弁護士に会うためにダウンタウンへ行ったのではないか。あの辺りには法律事務所がたくさんある。そして何かうまくいかないことが起こったのだ。離婚の原因はなんなのだろう？　ハージがシンシアという女性と浮気をしたから？　テレーズは寒さをこらえながら考えていた。運転席側の窓が開いていて、加速するたびに吹き込む風が冷たい両腕でテレーズを包み込んだ。

「アビーはあそこに住んでるの」キャロルは川向こうへ顔を向けた。

テレーズもそちらを見たが、特にそれらしい明かりはない。「アビーって、どなたですか？」

「アビー？　わたしの親友よ」キャロルはテレーズをちらりと見た。「窓が開いていると寒いんじゃない？」

「そんなことありません」

「寒いわよね」赤信号で停まるとキャロルは窓を閉めた。そして今夜初めてまともに見るかのようにテレーズを眺め、顔から膝に乗せた手へと視線を移動した。キャロルの眼《まな》差《ざ》しにさらされて、テレーズは子犬になった気分がした。道端のペットショップでキャロルに買われた子犬。そしてキャロルは、子犬が隣に乗っていることをたった今思い出したのだ。

「何があったんですか、キャロル。離婚するんですか」

キャロルはため息をついた。「ええ、離婚をね」ごく静かに答えて車を発進させる。

「お子さんは旦那《だんな》さんのほうに？」

「今晩だけよ」

テレーズがまた質問しようとするのを、キャロルがさえぎるようにいった。「話題を変えましょう」

通り過ぎた一台の車のラジオからクリスマスキャロルが流れてくる。車の誰もが歌っていた。

テレーズとキャロルの会話は途絶えた。そのまま車はヨンカーズを過ぎ、テレーズは、話しかけるきっかけがどんどん失われていくような気がしていた。唐突にキャロルが口を開いた。何か食べましょうよ、もうすぐ八時だわ。ふたりは道路沿いに建つ、貝のフライのサンドイッチを売り物にしている小さなレストランに車を停めた。カウンター席に座ってコーヒーとサンドイッチを注文したが、キャロルはほとんど手をつけなかった。キャロルはリチャードについてあれこれ訊ねたが、日曜日の午後とは違って関心がなさそうで、むしろテレーズに問いを発する隙《すき》を与えないためのようだった。それらはかなり立ち入った質問だったが、テレーズは他人事《ひとごと》のように淡々と答えていった。キャロルの静かな声はいつまでも続き、三メートル離れた場所で客としゃべっているカウンターの店員よりも、ずっと小さく聞こえた。

「彼と寝たことはあるの？」

「ええ、何回か」テレーズは初めてベッドをともにした晩のこと、そしてその後の三回の体験を告白した。話していても、まったく恥ずかしさは感じなかった。これほどまでにつまらなく、ささいなことに思えたのは初めてだった。きっとキャロルの頭には、語られている出来事のひとこまひとこまが浮かんでいるのだろう。感情を交えない、値踏みするような眼差しがテレーズに向けられ、今にも『あなたは不感症にも、情緒的に欠けているようにも見えないわ』と言い出すのではないかという気がした。しかし彼女は沈黙したままで、テレーズは決まりが悪くなって、正面にある小さなジュークボックスに並んだ歌のリストを見つめた。そういえば前に、情熱的な唇をしているといわれたことがあった。あれはいったい誰だったかしら。

「そういうことは得てして時間がかかるものよ」とキャロルはいった。「もう一度チャンスをあげるべきじゃないかしら」

「でも――なぜ？　ちっともよくなかったし、彼を愛してもいないのに」

「それがうまくいけば、相手のことも愛せるようになるかもしれないわ」

「みんな、そうやって恋をするものなんですか」

　キャロルはカウンターの背後の壁に掛かっている鹿の首を見上げた。「違うわね」微笑みながら答える。「リチャードのどんなところが好き？」

「そうですね」真面目《まじめ》なところが、と答えようとしてためらった。リチャードは画家になろうという夢に真面目に取り組んでいるようには見えない。「彼のわたしへの接し方かしら――他の男性たちと比べて。やらせてくれる女かどうかではなく、ひとりの人間として見てくれているところが好きです。それにリチャードの家族も――彼には家族があるところも」

「家族がある人はたくさんいるわ」

テレーズはさらに説明を試みる。「リチャードは柔軟性に富んでいるんです。なんにでもなれるというか。ほとんどの男性みたいにお医者さんだとか、保険の外交員だとかはっきり分類できる人じゃないんです」

「リチャードのことをよくわかっているのね。わたしなんて結婚してこれだけたっても、そこまでハージのことを理解できないわ。少なくとも、あなたはわたしの二の舞いにはならないですみそうね。二十歳《はたち》になればみんなそうするからという理由で結婚するなんてことは」

「ハージを愛していなかったんですか」

「いいえ、愛していたわ。とても。それはハージも同じ。それにハージは人の生活に一週間で入りこんで相手を意のままにできるような人だった。誰かを愛したことはある、テレーズ？」

テレーズはすぐには答えなかった。どこからともなくわいてきたやましい偽りの言葉が口をついて出てくる。「いいえ」

「だけど、したいと思っているのね」キャロルは微笑している。

「ハージは今もあなたを愛しているんですか」

キャロルは不快そうに膝の上へ視線を落とした。テレーズのぶしつけな質問にふいを突かれたのだろう。それでもその口調は少しも変わらなかった。「わたしにもわからない。ある意味で、ハージの気持ちは昔からずっと変わっていないの。今になって、わたしにあの人の本当の姿が見えるようになっただけ。ハージはわたしのことを生まれて初めて愛した女だといったわ。たぶん、その言葉に嘘《うそ》はないと思うけど、わたしを愛していたのは——世間でいうような意味でよ——ほんの二、三カ月じゃないかしら。実際あの人は他の人間に関心を持つことができないのよ。もし持っていたらもっと人間らしく感じられたと思うの。それならわたしも理解できるし、許せたわ」

「でもリンディのことは可愛《かわい》がっているんですよね」

「もう、めろめろよ」キャロルはつかの間テレーズに笑顔を向けた。「ハージが誰かを愛しているとしたらリンディね」

「リンディの本名は？」

「ネリンダよ。ハージがつけたの。ハージは男の子をほしがっていたけど、今は女の子でよかったと思ってるんじゃないかしら。わたしは最初から娘がほしかったの。子供はふたりか三人ほしいと思っていた」

「でも……ハージはそうじゃなかった？」

「わたしがほしくなくなったのよ」キャロルはふたたびテレーズを見る。「これってイブにふさわしい話題かしら？」キャロルは煙草《たばこ》へ手を伸ばしたが、テレーズがフィリップモリスを差し出すとそれを受け取った。

「あなたのことならなんでも知りたいんです」

「これ以上、子供は作らないほうがいいと思ったの。リンディがいても、結婚生活が破《は》綻《たん》しそうな予感があったから。それで、あなたは誰かを愛したいと思ってるの？　きっとすぐにいい人が見つかるわ。そうなったら、とことん楽しみなさいね。年を取ると難しくなるから」

「人を愛することが？」

「恋に落ちることが、という意味よ。寝たいという欲望すらなくなってしまうの。わたしが思うに性欲というものは、みんなが思っているよりも、とりわけ男性が思っているよりもずっと緩慢なものなんじゃないかしら。初体験はたいてい好奇心を満たすためでしかないし、二回目からはただ同じことを繰り返すだけ。何かを求めて」

「何を？」

「なんて表現すればいいのかしら。友達、仲間、ひょっとしたら、単に何かを共有する相手を。名称をつけても意味はないわ。とにかく、わたしがいいたいのは、人は得てして別の方法で探したほうがずっと見つけやすいものを、セックスを通じて見つけようとする、ということなのよ」

たしかにテレーズにとっての初体験は好奇心以外のなにものでもなかった。「別の方法ってどんなものですか？」

キャロルはテレーズへ視線を投げる。「それはひとりひとりが見つけるべきことなのよ。このお店、飲めるものあるかしら？」

そのレストランにはビールとワインしかなかったので、ふたりは店を出た。ニューヨークへ戻る道すがら、キャロルはどこにも立ち寄ることなく車を走らせ続けた。そしてテレーズにこのまま帰るか、それとも自分の家に立ち寄っていくかと訊《たず》ねた。テレーズはキャロルの家に行きたいと答えた。今夜はケリー夫妻がワインとフルーツケーキのパーティを開いていて、テレーズも行く約束をしていたのを思い出した。でも、どうせ自分がいなくてもかまいはしないだろう。

「なんだかあなたにはつまらない思いばかりさせてるわね」キャロルは唐突にいった。「日曜日はあんなで、今度はこれだもの。今夜のわたしはあまり楽しい相手じゃないわね。何かしたいことはある？　クリスマスのイルミネーションや演奏が楽しめるようなニューアークのレストランに行ってみる？　ナイトクラブではないの。ちゃんとした食事もできる」

「どこにも行かなくて本当にかまわないんです……わたしは」

「あなたは一日じゅうあの息苦しいデパートに閉じこめられてやっと解放されたのに、そのお祝いもまだしていないわ」

「あなたとこうして一緒にいられれば十分なんです」自分でも言い訳がましい口調になっていることに気がついて、苦笑を浮かべる。

キャロルはテレーズのほうを見ようともせずに首を横に振った。「あなたみたいな子供が、どんな世界をさまよっているのかしら。たったひとりで」しばらくしてニュージャージー・ハイウェーを走っているときに、キャロルが声を上げた。「そうだわ」車が道路脇《わき》の砂利《じやり》敷きの場所へそれて停まる。「一緒に来て」ふたりはあかあかと照明をつけ、クリスマスツリーがうずたかく積み上げられた露店の前にいた。このなかからツリーを一本選んで、とキャロルはいった。大きすぎず、小さすぎないのをお願いね。ふたりは選んだツリーを車の後部に積みこむと、テレーズは ヒイラギとモミの枝を腕いっぱいに抱えて助手席におさまった。枝に顔をつけて、濃い緑の葉が放つつんとする匂いを吸い込んだ。その野生の森のような、さわやかなかぐわしい香りは、クリスマスにまつわるあらゆるものを思いださせた。ツリーの飾り、プレゼント、雪、クリスマスの音楽、冬休み。デパート勤めはもう終わった。今はこうしてキャロルの隣にいる。心地よいエンジンの音、モミノキの尖《とが》った針のような葉先が手にあたる。わたしは幸せだ、だしぬけにテレーズは思った。これこそが幸せなのだ。

「すぐにツリーを飾りましょう」家に入るなりキャロルはいった。

キャロルは居間のラジオをつけてふたりの飲み物を用意した。ラジオからはクリスマスソングが流れて鐘の音が鳴り響き、まるで大きな教会のなかにいるかのようだった。キャロルは薄く伸ばした白い綿を持ってくると雪に見立ててツリーに飾り始めた。テレーズはきらめきを出すために砂糖を降りかける。そして金色のリボンを切って細長い天使を作るとツリーのてっぺんに飾り、ティッシュを折って重ねて帯状に手をつなげた天使を切り抜き、枝と枝のあいだに通した。

「ずいぶん手際がいいのね」キャロルは炉辺からクリスマスツリーを眺めた。「すばらしいわ。あとはプレゼントがあればいうことなしね」

キャロルへのプレゼントは、ソファの上にコートと一緒に置いてあったが、プレゼントに添えるつもりで作ったカードは自宅にあり、カード抜きでプレゼントを渡したくはなかった。テレーズはツリーに目をやった。「あとは何かすることがありますか？」

「これで十分よ。今、何時かしら」

ラジオ放送はすでに終わっていた。テレーズが炉棚の時計を見ると、午前一時を回っている。「もうクリスマスだわ」

「今夜は泊まっていきなさい」

「はい」

「明日の予定は？」

「ありません」

キャロルはラジオの上からグラスを取り上げた。「リチャードと約束があるんじゃないの？」

そう、リチャードと正午に会う約束をしていた。クリスマスはリチャードの家で過ごすことになっている。しかし口実を作って断れなくもなかった。「いいんです。会うかもしれないとはいったけど、格別大事な約束というわけじゃありません」

「早い時間に車で送るわ」

「明日はお忙しいんですか」

キャロルはグラスを飲み干した。「ええ」

ティッシュやリボンの切れ端といったクリスマスツリーを飾ったときに出たごみをテレーズは片付け始めた。何かを作ったあとで片付けるのは大嫌いだった。

「あなたのお友達のリチャードは、いつもそばに女性がいないとだめなタイプらしいわね。結婚相手であってもなくても。そういう人じゃない？」

なぜ今リチャードの話をするのだろう。テレーズはいらいらした。どうやらキャロルはリチャードに好感を抱いているようだ――もちろん非は自分にあるのだが、かすかな嫉妬《しっと》が胸を針のようにちくりと刺す。

「わたしはむしろそういうほうがいいと思うわ。ひとりで生きている、あるいは生きていけると思い込んで、結局は女性相手に取り返しのつかない過ちを犯す男性よりも」

テレーズはコーヒーテーブルに置かれたキャロルの煙草を見つめるばかりだった。それについては何もいえる立場ではなかった。常緑樹のつんとする香りのなかに、細い糸のようなキャロルの香水の匂いをかぎ取った。この香りの糸をたどっていき、キャロルの体に両腕をまわすことができたらどんなにいいだろう。

「結婚するかどうかなんて本当は関係ないのよね」

「えっ？」テレーズが視線を向けると、キャロルはかすかに笑みをたたえていた。

「ハージは女性を自分の人生に入れたくないタイプの男なの。一方、リチャードはこのまま結婚しないかもしれない。だけど結婚したいと考えて楽しんでいる」そういってテレーズを頭のてっぺんから爪先《つまさき》まで眺めおろす。「うまくいかない娘たちを相手にね」とつけ加える。「ダンスはする、テレーズ？　踊るのは好き？」

キャロルが突然冷ややかで辛辣《しんらつ》になったような気がして、テレーズは泣きたくなった。

「いいえ」リチャードの話なんてしなければよかった。でも、もう遅すぎる。

「疲れてるのね。もう寝たほうがいいわ」

キャロルはハージが日曜日に入った部屋へ案内し、ツインベッドの片方の上掛けをめくった。ここはハージの部屋だったのかもしれない。どう見ても子供部屋とは思えなかった。テレーズは、ハージがこの部屋から運び出したリンディの持ち物のことを考えていた。まずハージは、キャロルとともにしていた寝室からこの部屋に移ってきたのだろう。そしてリンディに持ち物をここへ運びこませてためこんで、キャロルを自分たちに寄せつけないようにしたのだ。

キャロルはベッドの脚側にパジャマを置いた。「それじゃ、おやすみなさい」戸口まで戻ってから彼女はいった。「メリー・クリスマス。クリスマスには何がほしい？」

テレーズはとたんに顔をほころばせた。「いりません、何も」

その夜テレーズは夢を見た。黒い森をフラミンゴのようにほっそりとした長い真紅《しんく》の鳥が何羽もすさまじいスピードで飛び交っている。鳥は波のような形を描いて飛び、その鳴き声と同じように上下に赤いアーチを描いている。テレーズがふと目を開けると、静かな口笛が本当に聞こえていた。口笛は弧を描くように低くなったかと思うと高くなり、ふたたび低くなって最後に特別な節をつけて終わる。その背後では本物の鳥のさえずりが、口笛よりも小さく響いている。窓の外は明るい灰色になっていた。またしても口笛が鳴った。窓の真下から聞こえてくる。テレーズはベッドから起き出した。私道に車体の長いオープンカーが停まり、運転席の女性が立って口笛を吹いている。テレーズは輪郭《りんかく》がにじんだモノクロの夢を見ているような気がした。

そしてキャロルのささやく声が、まるで三人とも同じ部屋にいるかのようにはっきりと聞こえた。「これからベッドに入るの、それとも起きたばかり?」

片足を座席にかけた女性もひそめた声で答える。「両方よ」笑いをこらえるように震える声を聞いて、テレーズはたちまち彼女を好きになった。「ドライブする?」キャロルの窓を見上げている満面の笑みを浮かべた顔まで今ははっきり見て取れた。

「馬鹿ね」キャロルはささやき返す。

「ひとり?」

「違うわ」

「あらあら」

「いいのよ。入る?」

女性は車を降りた。

テレーズは部屋の戸口に向かい、ドアを開けた。キャロルがちょうど、化粧着のベルトを締めながら廊下に出てきたところだった。

「ごめんなさい、起こしちゃったわね。まだ寝てていいのよ」

「平気です。一緒に下へ行っていいですか」

「もちろんよ!」キャロルはすぐに笑顔になった。「化粧着はクロゼットに入っているわ」

たぶんハージのだろう。テレーズはそんなことを考えながら化粧着をはおって、一階に下りていった。

「このツリー、誰が飾りつけをしたの?」女性が訊ねている。

三人は居間にいた。

「彼女よ」キャロルはテレーズのほうを向いていった。「こちらはアビー。アビー・ゲアハード、テレーズ・ベリヴェットよ」

「こんにちは」とアビー。

「初めまして」彼女がアビーであってくれればいいとテレーズは内心思っていた。車中に立っていたときと同じように、ほがらかな、面白がっているような表情を浮かべている。

「すてきなツリーじゃない」

「ひそひそ話はもうやめない?」キャロルがいった。

アビーは両手をこすり合わせて温めながら、キャロルについてキッチンに入ってきた。

「コーヒーはある、キャロル?」

テレーズはキッチンテーブルの脇にたたずんで、内心ほっとしながらふたりを眺めていた。アビーがそれ以上テレーズに注意を払わず、コートを脱いでコーヒーをいれるキャロルを手伝い始めたからだ。紫のニットスーツに包まれたアビーは、くびれもなければ胸もない、すとんとした体型をしている。少々不器用な手つきで、歩き方にもキャロルのような優雅さはみじんもなかった。見たところではキャロルより年上らしい。笑ったり、力強いカーブを描く眉《まゆ》がはね上がるたびに、額にしわがくっきりと二本刻まれる。アビーとキャロルはコーヒーの用意をしたり、オレンジをしぼってジュースを作るあいだも笑いっぱなしで、短い言葉でたわいもない、耳を傾けるほどのものでもないおしゃべりを交わしていた。

「ところで」アビーがだしぬけに切り出した。オレンジジュースを最後に注いだグラスから種を取り出し、その指をぞんざいに服で拭《ぬぐ》っている。「ハージ殿はどうしてる?」

「あいかわらずよ」キャロルは冷蔵庫をのぞきこんで何かを探していた。その姿に見とれていたテレーズは、次にアビーがいった言葉を聞き逃してしまった。もしかしたら今度もキャロルだけが理解できる断片的な言葉だったのかもしれないが、キャロルは突然体を起こしたかと思うと大笑いした。キャロルの表情ががらりと変わるのを見て、テレーズの胸にふいに嫉妬がわき起こった。自分はキャロルをこんなふうに笑わせることはできない、でもアビーにはそれができるのだ。

「ハージにいってやるわ」キャロルがいった。「絶対にいってやるから」

どうやらボーイスカウトが使う類《たぐ》いの携帯道具で、ハージにぴったりのものがあるという話らしい。

「誰がいったのかも教えてやりなさいよ」アビーはこの冗談話にテレーズも加えようとするかのように、にこやかな笑顔を向ける。「あなた、どちらからいらしたの？」キッチンのテーブルが置かれたコーナーに、そろって席につくのを待ってアビーが訊ねた。

「ニューヨークよ」キャロルが代わりに答えた。アビーが『あらまあ、遠くからわざわざ』といった陳腐な感想を口にするのではないかと思ったが、彼女はそれ以上何もいわず、テレーズが次のきっかけを作るのを待っているかのような笑みを浮かべるばかりだった。

さんざん大騒ぎしたわりには、テーブルに並んだ朝食はオレンジジュースとコーヒー、そして誰も手をつけようとしない、バターを塗っていないトーストだけだった。アビーは席につくなりまっさきに煙草に火をつけた。

「もう吸ってもいい歳頃かしら？」アビーはクレーヴンAと書かれた赤い箱をテレーズに差し出す。

キャロルはスプーンを置いた。「アビー、いったいどういうつもりなの？」その顔にはテレーズがこれまで見たこともない、戸惑ったような表情が浮かんでいる。

「どうも、いただきます」テレーズは煙草を一本抜き取った。

アビーは両肘をテーブルについてキャロルに問いかける。「どういうつもりって？」

「あなた酔ってるみたいね」

「オープンカーで何時間も運転してきたのに？　ニューロシェルを二時に出て、家に帰ったらあなたのメッセージがあったでしょ。だからすっ飛んできたんじゃない」

アビーは時間があり余っているのだろう、とテレーズは思った。たぶん一日じゅう気が向いたこと以外は何もしないに違いない。

「それで？」アビーが訊ねる。

「それで――第一ラウンドはこちらの負けだったわ」

アビーはさして驚いた様子もなく煙草を吸いこんだ。「期間は？」

「三カ月」

「いつから」

「今から。正確には夕べからね」キャロルはテレーズに目をやり、それからコーヒーカップへ視線を落とした。自分がこの場にいる限り、キャロルはこれ以上話そうとはしないだろう。

「まだ決定ではないんでしょ？」アビーが訊ねる。

「残念ながらそうみたい」キャロルはあきらめたような口調でそっけなく答えた。「まだ書面にはしていないけれど有効よ。あなた今晩の予定はどう？　遅い時間は？」

「夕方も予定は何もないわ。今日の正餐《せいさん》は二時からだもの」

「電話をちょうだい」

「いいわ」

キャロルは手にしたオレンジジュースのグラスにじっと目を落としている。下がった唇の端に悲しみがにじんでいた。それは叡智《えいち》ではなく敗北の悲哀だった。

「わたしなら出かけるわね。どこかへちょっと旅行をするとか」そういってからアビーはふたたび明るい、無意味な親しみがこもった視線をテレーズに投げた。まるでテレーズが決して入りこめないとわかっている場所に誘いこもうとしているかのように。いずれにしても、キャロルが遠くへ行ってしまうかもしれないと考えると体がこわばった。

「あまり気が進まないわ」キャロルは答えたが、まったくその気がなさそうな口ぶりでもなかった。

アビーは少し身じろぎして室内を見回した。「ねえ、ここは朝の炭坑みたいに陰気じゃない?」

テレーズは思わず小さな笑みを漏らした。窓が太陽の光で黄金色《こがねいろ》に染まり始め、その向こうには常緑樹が輝いているこの場所が炭坑だなんて。

キャロルはアビーに優しい視線を注ぎながら、煙草に火をつけてやっている。このふたりはどれだけ深く知り合っているのだろうとテレーズは思わずにいられない。相手が何をいおうと、何をしようと、驚くことも、誤解の生じることもないほどわかり合っているのだろうか。

「パーティは楽しかった？」キャロルが訊ねる。

「まあね」アビーは関心なさそうに答える。「ボブ・ハヴァーシャムって知ってる？」

「いいえ」

「昨晩のパーティに来てた人でね。わたしは前にもニューヨークのどこかで会っているのよ。それが面白いの、ラトナーとハージの会社の仲介部門で働くことになったんですって」

「あら、そう」

「そこのボスの片方と知り合いだとはいわないでおいたわ」

「今、何時かしら」ひと呼吸置いてキャロルが訊ねる。

アビーは腕時計を見た。三角形をした金の薄い小片にはめこまれた小さな時計だ。

「七時半よ。だいたいだけど。気になる？」

「もう少し寝ていく、テレーズ？」

「いえ。もう大丈夫です」

「いつでも好きな時間に送ってあげるわ」キャロルがいった。

しかし結局はアビーが十時頃に送っていくことになった。どうせ暇だし、ドライブは好きだからとアビーのほうから申し出たのだ。

ハイウェーに出て車はどんどんスピードを上げていく。アビーも寒いのが好きなんだわ、とテレーズは思う。十二月に幌《ほろ》もかけずにオープンカーに乗る人間なんてどこにいるだろう。

「キャロルとはどこで知り合ったの」アビーが声を張り上げる。

「お店で」テレーズは本当のことを話さなければならないと思いながらも、細かいことまで話す気《き》にはなれず、大声で叫び返した。

「そうなの」アビーの運転は危なっかしく、カーブを曲がるときも大きな車体のハンドルを急に切ったり、思いもよらないところでアクセルを踏みこんだ。「キャロルが好き?」

「もちろんです!」なんという質問だろう。テレーズに向かって、神を信じているのかと訊くようなものだ。

アパートメントに面した通りに入ると、テレーズは建物をさして教えた。「お願いがあります。ちょっとここで待っていてくれませんか。キャロルに渡してほしいものがあるんです」

「いいわよ」

テレーズは階段を駆け上がると用意しておいたカードを手に取り、キャロルへのプレゼントのリボンの下にはさみこんだ。そしてプレゼントを持って通りに戻ると、アビーに渡した。「今夜、キャロルにお会いになるんですよね?」

アビーはゆっくりとうなずいた。その好奇心に満ちた黒い瞳に、挑むような表情がかすかによぎった。アビーは今夜キャロルに会うことができるが、テレーズにはできないからだ。しかし、それはテレーズにはどうにもならないことだ。

「送ってくださってありがとうございました」

アビーはにこやかな笑みを浮かべた。「ご要望があればどこへでも送るわよ」

「ええ、ありがとうございます」テレーズも笑顔を返した。頼めば、アビーはブルックリンハイツまでだって喜んで送ってくれるに違いない。

テレーズはアパートメントの表の階段を上がって郵便受けを開けた。なかには数通の手紙が入っていた。どれもクリスマスカードで、一枚はフランケンバーグからだった。通りにふたたび目をやると、クリーム色の大型車はすでに見えなくなっていた。まるで自分の頭が作りだしたものであったかのように、あるいは夢に出てきた鳥であったかのように。

8

「さあ、願いごとをして」リチャードがいった。

テレーズは願いごとをした。キャロルのために。

リチャードはテレーズの腕に手をかけ、ふたりはビーズをちりばめた三日月形をした、ヒトデの切れ端のような飾りが吊《つ》るされた天井の下に立っていた。悪趣味としか思えなかったが、セムコ家では特別な魔力があると信じて、特別な祝いごとのたびにそれを飾ってきた。それはリチャードの祖父がロシアから持ってきたものだった。

「どんなお願いをしたんだい」リチャードはまるで庇護者のようにテレーズを見下ろしながら微笑《ほほえ》んでいる。ここはリチャードの家であり、ついさっき彼はテレーズにキスをしたところだ。居間には大勢人がいてドアも開けっぱなしだというのに。

「願いごとは口にしないものよ」

「ロシアではいってもいいんだ」

「でも、ここはロシアじゃないもの」

突然、ラジオが大音響で鳴り響き、クリスマスキャロルの歌声が流れてきた。テレーズはグラスに残っていたピンク色のエッグノッグを飲み干した。

「あなたのお部屋に行きたいわ」

リチャードはテレーズの手を取って階段を上がった。

「リーチャード！」

煙草《たばこ》ホルダーを手にしたリチャードのおばが、居間の戸口から呼んでいる。

リチャードはテレーズにはわからない短い言葉をおばに返して手を振った。一階では誰もかれもがダンスに興じ――クリスマスキャロルとはなんの関係もない――二階の床にまでその振動が伝わってくるほどだった。どこかでグラスが落ちて割れる音がした。テレーズはピンク色の泡立つエッグノッグが床に広がるさまを思い浮かべた。これでも、本格的なロシアのクリスマスに比べたらおとなしいものなんだよ、とリチャードはいった。昔は一月の第一週に祝っていたんだ。リチャードはテレーズに微笑《ほほえ》みかけて部屋のドアを閉めた。

「セーター、気に入ったよ」

「よかった」テレーズはゆったりとしたスカートをふわりと円を描くように広げ、リチャードのベッドの端に腰を下ろした。座ったうしろに、テレーズが贈った厚手のノルウエーセーターが、薄葉紙を敷いた箱から出した上に広げてある。リチャードからテレーズへのプレゼントは東インド製品を扱う店で買ったスカートだった。緑と金の縞《しま》と刺繍《ししゅう》が入ったロングスカートだ。美しいが、こんなものをいったいどこへ着ていけばいいのだろう。

「本物の酒を飲もうじゃないか。下階《した》の酒は飲み飽きた」リチャードはクロゼットの床からウィスキーの壜《びん》を取りだした。

テレーズはかぶりを振る。「いいわ」

「飲んだらいいのに」

テレーズはまた首を横に振った。そして周囲を見回した。それは天井の高い、ほぼ真四角な部屋で、壁紙にはかろうじてそれとわかるピンクの薔薇《ばら》の模様が描かれていた。ふたつの窓にはうっすらと黄ばんだ白いモスリンのカーテンが下がっている。緑の絨毯《じゅうたん》には戸口から筋が二本つき、一本は衣装簞笥《だんす》まで、もう一本は角《かど》の机まで続いている。

リチャードが絵を描いていることを示すものといえば、机の脇《わき》の床に置かれた筆立てと画帳くらいのものだ。リチャードの頭にはその程度しか絵画は位置を占めていないのだろう。あとどれくらいしたら、彼は別のことのために絵をあきらめることになるのだろう。リチャードが自分を好きなのは、単に自分が知っている人々のなかで誰よりも彼の夢に理解があり、彼女の批評が自分の役に立つと思っているからだけなのではないか？それはテレーズがこれまで何度となく心のなかで繰り返してきた疑問だった。テレーズはじっとしていられず立ち上がり、窓辺に近づいた。リチャードの部屋は大好きだった――いつも変わらず、いつも同じ場所にあるからだ。それなのに今日は、部屋から飛び出したい衝動に駆られた。テレーズは三週間前にここに立っていたテレーズではない。今朝はキャロルの家で目覚めたのだから。キャロルはテレーズの全身に広がる秘密であり、テレーズだけに見える光のようにこの家にも広がっていた。

「今日の君はいつもと違うね」リチャードに突然そう訊ねられ、テレーズは全身に戦慄《せんりつ》が駆《か》け抜けるのを感じた。

「たぶんドレスのせいよ」

テレーズは青いタフタのドレス姿だった。いつから持っているのかさえ覚えていないこのドレスは、ニューヨークに来たばかりの頃に着たきりだった。テレーズはふたたびベッドに座り、ストレートのウィスキーを注いだ小さなグラスを片手に持って、部屋の中央に立っているリチャードを見た。その澄んだ青い瞳《ひとみ》がテレーズの顔から新品の黒いハイヒールをはいた足へと移り、そして顔へ戻る。

「テリー」リチャードはテレーズの両手を取ると、ベッドの上の彼女の両側に押さえつけた。なめらかな薄い唇が下りてきてテレーズの唇をとらえ、舌がさしこまれる。飲んだばかりのウィスキーのかぐわしい香りがした。「テリー、君は天使のようだ」リチャードが低い声でささやく。キャロルも同じようなことをいっていた。

リチャードは床から小さなグラスを取り上げ、ウィスキーの壜と一緒にクロゼットへしまった。ふいにリチャードに対する強い優越感がテレーズの胸を満たした。下階にいるすべての人に対しても。わたしはここにいる誰よりも幸せだわ。幸せは飛ぶのに少し似ている。凧《たこ》のようなもの。幸せの度合いは、どのくらい糸が繰り出されるかで決まる――。

「なかなかいいだろ?」

テレーズは座り直した。「すてきね!」

「夕べ仕上げたんだ。天気がよかったら公園であげようと思ってね」リチャードは出来栄えを自慢する少年のような笑顔を浮かべている。「表を見てごらん」

それはロシア風の凧だった。長方形で盾《たて》のようなたわみがつけられ、細い骨組みは隅《すみ》に刻み目を入れて縛ってある。表には赤く染まった空を背景に、渦巻《うずまき》模様の円蓋《えんがい》を抱く大聖堂が描かれていた。

「今、飛ばしにいきましょうよ」

ふたりは凧を持って一階へ降りていった。すると彼らをめざとく見つけた、おじやおばやいとこたちが総出で玄関に出てきた。玄関先はすさまじい喧噪《けんそう》に包まれ、リチャードは凧がつぶされないように差し上げなければならなくなった。テレーズは騒々しさにいらいらしたが、リチャードは嬉《うれ》しそうだった。

「シャンパンを飲んでからお行きよ、リチャード！」サテンのドレスを着て、腹がもうひとつの胸のように突き出しているおばが叫ぶ。

「だめなんだ」その後はロシア語で何かいっている。テレーズは家族と一緒にいるリチャードを見るたびに、これまで何度となく感じてきたように、何かの間違いだという気がしてならなかった。リチャードは孤児か取り替え子で、玄関の上がり段に置き去りにされ、この家の息子として育てられたのかもしれない。しかし戸口に立っているスティーヴンは兄のリチャードよりいっそう背が高くてもっとやせているが、同じ青い瞳の持ち主だ。

「どこの屋根？」リチャードの母親が甲高《かんだか》い声で訊ねる。「うちの屋根で？」

凧を屋根の上で揚げるのかと誰かが訊《き》いたが、この家の屋根は人が立っていられるような代物《しろもの》ではないので、母親は大笑いした。おまけに犬まで吠《ほ》え始めた。

「あなたのドレスを作るわよ！」母親は声を張り上げてテレーズにいいながら、警告するように指を振ってみせる。「寸法はわかってるんだから！」

居間で歌ったり、プレゼントを開けたりしているあいだに、女性たちはテレーズの寸法を巻き尺で測っていた。男性ふたりまで手伝おうとする始末だった。母親はテレーズの腰に片腕をまわしている。突然テレーズは母親に抱きつき、白粉をはたいた柔らかな頬《ほお》に唇が沈むほど強くキスをした。一秒ほどのキスと衝動的に抱きしめた腕に、母親への愛情を素直にこめた。体を離した瞬間、そんなものは最初からなかったかのように、どこかへ行ってしまうだろうとわかっていた。

ようやくふたりきりになったテレーズとリチャードは家を出て表の歩道を歩いた。もしもリチャードと結婚してクリスマスに家族を訪れたとしても、同じ光景が繰り広げられるのだろう、と彼女は思う。リチャードは年を取っても凧を揚げ続けるだろう。亡《な》くなる年までプロスペクト公園で凧を揚げていた彼の祖父のように。

ふたりは地下鉄で公園まで行くと、これまでも何度も通った道を歩いて木が生えていない丘へ向かった。テレーズは周囲を見回した。森の外れの平坦な広場で少年たちがサッカーをしているが、それを除けば公園は静かだった。風があまりない、凧を揚げるには弱すぎるとリチャードがいう。空は白い雲に厚く覆《おお》われて、今にも雪が落ちてきそうだ。

凧がまた落下し、リチャードがうめき声をあげた。彼は凧を揚げようと、さっきから走り回っていた。

テレーズは膝《ひざ》を抱えて地面に座り、空中に忘れ物でもしたかのように、顔を上に向けて上下左右を見回しているリチャードを見物していた。「ほら、風が吹いてきたわ!」

テレーズは立ち上がって指さした。

「ああ、でも不安定だ」

そういいながらもリチャードは、テレーズがさした方へ向かって凧の糸を引っ張りながら走った。長い糸の先で凧はいったん傾いたが、次の瞬間、何かに跳ね飛ばされたように一気に空を上っていった。凧は大きな弧を描いたかと思うと、方向を変えて上昇し始めた。

「凧に乗ったわ！」

「ああ、でもまだ弱いな」

「何を弱気なこといってるのよ。わたしにやらせて」

「もっと上がるまで待ってくれ」

リチャードは長い腕を上下させて勢いをつけようとするが、凧はよどんだ寒空の同じ位置から動こうとしない。描かれている大聖堂の黄金の円蓋が左右に揺れ、まるで凧全体が嫌がって首を振っているようだ。だらりと垂れさがった尾までが律儀に同じように拒絶を繰り返している。

「これで精いっぱいだ。これ以上は糸を伸ばせない」

テレーズは凧から目をそらさなかった。やがて凧の揺れが小さくなって止まり、大聖堂の絵は雲に厚く覆われた白い空にぴたりと貼《は》りついてしまったかのように見えた。キャロルはきっと凧なんて好きじゃない、とテレーズは思う。凧揚げなんて面白がりはしないだろう。ちらりと見て、馬鹿馬鹿しいというに違いない。

「やってみる?」

リチャードから糸を巻いた棒を手に押しつけられて、テレーズは立ち上がった。わたしが昨夜キャロルと一緒にいたあいだも、リチャードはこの凧を作っていたに違いない。だから電話をしてこなかった。彼はわたしが留守にしていたことを知らない。もしも電話をくれたのなら、今日そういっていたはずだ。もうすぐ、わたしは最初の嘘《うそ》をつくことになる。

空に停止していた凧が、逃亡を企てるように突然激しく糸を引いた。凧はまだ低い位置にあったから、テレーズはリチャードの視線を感じながらも、糸巻き棒が手のなかで回るにまかせて糸を繰り出していった。すると凧はまた止まって、ぴくりとも動かなくなった。

「引いて!」リチャードがいった。「もっと高く揚げるんだ」

テレーズはいわれたとおりにした。まるで長いゴム紐《ひも》を相手にしているかのようだ。だが、糸がこれだけ長く出てたわんでいる状態では、引っ張ってあおるしかなかった。テレーズはひたすら引っ張った。やがてリチャードが来て交代し、テレーズは両腕を下ろすことができた。息が切れ、両腕の細かい筋肉が震えている。テレーズは地面に座りこんだ。彼女は凧との戦いに負けた。凧はテレーズの思いどおりになってはくれなかった。

「糸が重すぎるのかもしれないわ」凧の糸は新しくて柔らかく、白くて毛虫のように太かった。

「とても軽い糸だよ。ほら、見て。上がっていく！」

いまや凧はぐんぐん上昇しつつあった。にわかに自分の気持ちに気づき、逃げたいのだと自覚したかのように。

「糸をもっと繰り出して！」テレーズは大きな声を出した。

テレーズは立ち上がった。一羽の鳥が凧の下を飛んでいく。テレーズは小さくなっていく四角い凧を見つめた。風をはらんでふくらんだ船の帆のように、どんどん遠ざかっていく。今まさに、この凧は何かを暗示しているような気がした。

「リチャード」

「なんだい？」

テレーズは目の端でリチャードをとらえていた。まるでサーフボードに乗っているように、前かがみになって両手を前に突き出している。「これまでに何回、恋をしたことがある？」

リチャードは短く、吠えるような笑い声を立てた。「君に出会うまでしたことないよ」

「嘘よ。前に、昔のふたりの恋人の話をしてくれたじゃない」

「そういうのも勘定に入れるなら、あと十二回はあるかな」リチャードはすっかり凧に気を取られた様子でほとんど即座に答えた。

凧が弧を描きながら落下を始めた。

テレーズは同じさりげない口調で問いかけた。「男の人を好きになったことはある？」

「男だって？」リチャードは驚いたように聞き返す。

「ええ」

今度は五秒ほどしてから返事があった。「ないね」きっぱりとした口調だった。

それでも答えに迷っていたわ、とテレーズは思った。もし男の人を好きになったらどうする？ テレーズはそう訊《たず》ねたい衝動に駆《か》られたが、そんなことを訊いたところでたいして役には立たない。テレーズは凧から目を離さなかった。ふたりは同じ凧を眺めているが、心のなかではまったく違うことを考えていた。「聞いたことはある？」テレーズは問いかけた。

「聞いたことがあるかって？ そういう人たちのことを？ もちろんさ」リチャードは今ではまっすぐに立ち、糸巻き棒で数字の8を描きながら糸を巻いている。

リチャードが注意して聞いているのがわかったので、テレーズは慎重に言葉を選んだ。

「そういう人たちのことじゃないの。ある日突然恋に落ちてしまったふたりのことをいってるのよ。それがたまたま男同士や女同士だとしたら？」

リチャードは政治の話でもしているような顔つきをした。「僕がそういう人たちを知ってるかっていうのかい？ いいや」

テレーズは、リチャードがふたたび凧を上昇させようと糸を繰り出すのを待って問いかけた。「でもそういうことは、起こるかもしれないとは思わない？　ほとんど誰にだって」

　リチャードは糸を巻き続けている。「だけど突然そうなったりはしないよ。必ず背景に何かしら理由がある」

「そうね」テレーズはあいづちを打った。これまでにもテレーズはその背景について考えてみたことがあった。思い出せるかぎり〝恋〟と呼ぶのに一番ふさわしい感情は、モントクレアでスクールバスに乗ったときに二、三回見かけた少年に対するものだった。黒い巻き毛の少年は、端正な顔立ちにまじめそうな表情を浮かべ、おそらく十二歳で当時のテレーズより年上に思われた。少年のことばかり考えていた短い日々は今でも覚えている。でも、キャロルに対する感情とあのときの淡い想いとはまるきり違う。わたしがキャロルに対して感じているのは愛なのか、それとも違うものなのか。そんなことさえわからないなんてひどく間が抜けているように思えた。女性同士で恋に落ちる話は聞いたことがある。それがどういう人たちで、どのようななりをしているのかも知っている。しかしテレーズもキャロルも、そんなふうには見えない。それでも、テレーズのキャロルに対する感情は恋の条件をすべて満たしている。あらゆる恋の描写にあてはまる。

「わたしにもそういうことが起こると思う？」訊ねようかどうかためらいが生じないうちに、テレーズはずばりと訊ねた。

「なんだって！」リチャードは笑みを浮かべた。「君が女性を好きになるって？　とんでもない！　まさかそういう経験があるんじゃないよね」

「ないわ」不自然であやふやな口調になったが、リチャードは意に介する様子もない。

「ほら、また上がっていくよ。見てごらん、テリー！」

凧は小刻みに揺れながらどんどん加速して上へ上へとあがっていき、糸巻き棒がリチャードの両手のなかで回った。とにかく、自分がこれまでにないほど幸せなのはたしかだ、とテレーズは思う。それに、何もかもはっきりさせようとする必要はない。

「待て！」地面に落ちて狂ったように跳ね回る糸巻き棒を、リチャードは全速力で追いかけた。まるで糸巻き棒まで地上を離れたがっているかのようだ。リチャードは糸巻き棒をつかんでこういった。「やってみるかい？　本当に体を引っ張られるよ！」

テレーズは糸巻き棒を受け取った。いまや残っている糸はわずかで、凧はほとんど見えなくなっていた。両腕を思いきり上に伸ばすと、体が凧にわずかに引っ張られるのがわかった。それは心地よい、ふわりと浮きあがるような感覚だった。まるで凧が本気を出せばテレーズの体まで空へさらってしまえるかのように。

「もっと糸を繰り出して！」リチャードは両腕を振りながら叫んだ。口を開いたままで、両頰は赤く染まっている。「繰り出せ！」

「もう残ってないわ！」

「糸を切ろう！」

テレーズは耳を疑ったが、振り返るとリチャードがオーバーからナイフを取り出しているところだった。「やめて」

リチャードは笑いながら駆け寄ってきた。

「やめて！　気でも違ったの？」テレーズは怒った声を出した。手は疲れていたが、いっそう強く糸巻き棒を握りしめる。

「切っちまおうよ！　そのほうが面白い！」空を見上げて注意がおろそかになっていたリチャードはテレーズにぶつかった。

テレーズは憤りと驚きで言葉も出ないまま、リチャードの手が届かないように、糸巻き棒を遠ざけた。一瞬、リチャードが本当におかしくなってしまったのではないかと思って恐ろしくなった。次の瞬間、引っ張られる力が消え、はずみでテレーズはうしろへよろめいた。糸がなくなった棒だけが手に残っている。「あなたおかしいわよ！　正気じゃない！」

「たかが凧じゃないか！」リチャードは笑いながら、虚空《こくう》へと首を伸ばした。

テレーズは、せめて垂れ下がっている糸が見えはしないかと、むなしく頭を巡らせた。「なぜこんなことをするの」涙まじりに金切り声を上げる。「あんなにきれいな凧だったのに！」

「たかが凧じゃないか！」リチャードは繰り返した。「また作ればいいさ！」

9

テレーズは着替えようとしたが、すぐに手を止めた。彼女は化粧着姿でフィルが置いていった『小雨《こさめ》』の台本を読んでいる途中だった。ソファじゅうに台本のページが散らばっている。キャロルはマディソン・アベニューと四十八丁目の角にいるといっていた。あと十分もすればここに来るだろう。テレーズは室内を見回し、鏡に顔を映した。何もとりつくろう必要はない。

灰皿を集めて流しへ運んで洗い、台本をテーブルの上にきちんと重ねた。キャロルは今日、彼女がプレゼントしたハンドバッグを持ってくるだろうか。キャロルは昨夜アビーと一緒にいるニュージャージーのどこかから電話をくれた。『とてもすてきなハンドバッグね、だけどあまりにも立派でいただくのは気がひけるわ』とキャロルはいった。もったいないないからバッグを返しましょうかとまでいっていたことを思い出して思わず笑みが浮かぶ。とにかく気に入ってはもらえたようだ。

ドアの呼び鈴が短く三回鳴った。

階段の吹き抜けを見下ろすと、キャロルが何かを持って上がってくるのが見えた。テレーズは階段を駆《か》け下りた。

「なかには何も入っていないわ。あなたにあげる」キャロルが微笑《ほほえ》みながらいった。

それは包装されたスーツケースだった。キャロルがスーツケースの取っ手から指を離し、テレーズに渡した。テレーズはスーツケースを部屋のソファの上に置くと、茶色い包装紙を慎重に切って開いた。薄茶色の厚い革で作られた、何の飾りもないシンプルなスーツケースだ。

「なんてすてきなんでしょう！」テレーズは声をあげた。

「気に入った？　あなたに必要かどうかもわからないんだけど」

「もちろん、気に入りました」それはまさにテレーズにぴったりのスーツケースだった。他のどんなものでも替えはきかない。テレーズの頭文字が小さな金色の文字で入っている。〝T．M．B．〟そういえばクリスマス・イブに、キャロルからミドルネームを訊《たず》ねられていた。

「ダイヤル錠を開けてみて。なかも気に入るかしら」

むろんテレーズには一も二もなかった。「匂いもすてき」

「お仕事中なの？　忙しいのならすぐに失礼するわ」

「いえ、どうぞ座ってください。忙しくなんかありません……台本を読んでいただけで」

「何の台本？」

「わたしが舞台セットを担当しているお芝居の台本です」自分が舞台美術をやっていることを、まだキャロルに教えていなかったことに、そのとき初めて気がついた。

た。


「舞台セット?」

「はい……わたし、舞台美術のデザインが本業なんです」テレーズはコートを受け取った。

キャロルは驚いたように顔をほころばせた。「どうして今まで黙っていたの」彼女は穏やかな口調でいった。「あなたの帽子からは、あと何匹ウサギが出てくるのかしらね」

「本格的な仕事は今度が初めてなんです。それにブロードウェイのお芝居じゃありません。ヴィレッジでやるようなお芝居です。コメディの。組合にもまだ入っていません。組合に入らないとブロードウェイの仕事はできないんです」

テレーズは問われるままに組合について説明し、準会員になるには千五百ドル、正会員になるには二千ドルかかることを話した。それだけの貯えはあるの、とキャロルは訊ねた。

「いいえ。まだせいぜい数百ドルしかありません。だけど仕事につけば、分割払いも認められるんです」

キャロルはリチャードがよく座る、背もたれがまっすぐな椅子《いす》に腰かけてテレーズを見つめている。その表情から、彼女のなかでテレーズに対する評価が一気にはねあがったのがわかった。舞台デザインの仕事をしていることを、なぜもっと早くいわなかったのだろうかと思うと、自分でも不思議だった。

「ねえ、もし今の仕事がブロードウェイにつながるのだったら、足りない分をわたしに出させてくれない？　出世払いということで」

「ありがたいお話ですけど――」

「わたしが出したいのよ。あなたの年齢で二千ドル払わなくてはならないなんて酷だわ」

「ありがとうございます。でもどうせ組合に入れるところまでこぎつけるにはあと二、三年かかりますから」

キャロルは顔を上に向けて煙を細く吐き出した。「組合は見習い時代の実績まで調べたりするわけじゃないでしょ」

テレーズは笑みを浮かべた。「もちろん、調べたりはしません。一杯いかがですか。ライウィスキーがあるんです」

「あら嬉《うれ》しい。いただくわ」テレーズが二つのグラスにウィスキーを注ぐあいだ、キャロルは立ち上がって簡易キッチンの棚を眺めていた。「料理は上手なの？」

「はい。誰かのために作るほうがおいしくできます。オムレツが得意なんですけど、お好きですか」

「いいえ」キャロルがにべもない口調で答えたので、テレーズは思わず笑った。「あなたの作品を見せてくれない？」

テレーズは紙挟みをクロゼットから取り出した。キャロルはソファに座って一枚一枚丁寧に目を通していったが、口にする感想や質問からすると、あまりにも突飛で非現実的だと思っているようだ。たぶん、あまりいいとも思っていないのかもしれない。キャロルは壁にかかっている『ペトルーシュカ』の模型が一番好きだといった。

「でも同じセットですよ。絵を模型にしただけなんです」

「ひょっとしたら絵の持つ力のせいかしら。どれも力が感じられるわ。そこが好きよ」キャロルは床からグラスを取り上げてソファにもたれた。「やっぱり、わたしの思い違いじゃなかったわね」

「なんのことですか」

「あなたのことよ」

彼女が何をいおうとしているのか、テレーズにはわからなかった。紫煙に包まれたキャロルに微笑《ほほえ》みかけられたとたん、心がかき乱されるのを感じた。「思い違いをしてたんですか？」

「いいえ」キャロルはいった。「このお部屋の家賃はいくら？」

「月に五十ドルです」

キャロルは舌打ちをした。「それじゃ、お給料はほとんど残らないでしょ？」

テレーズはかがみこんで紙挟みの紐《ひも》を結んだ。「ええ。だけど収入はもうすぐ増えます。ここにだってずっと住んでるつもりはありません」

「それはそうよね。空想のなかでしていた旅行も、実際にするようになるわ。イタリアへ行って目にした家に心を奪われるのよ。フランスのほうが気に入るかしら。もしくはカリフォルニアかもしれないし、アリゾナかもしれない」

テレーズは微笑した。心を奪われても、買うお金がないだろう。「人はいつも、手に入らないものに恋い焦《こ》がれるんですね」

「いつだってそうよ」キャロルも微笑した。そして髪をかき上げる。「やっぱりわたし、旅行をしようと思うの」

「どのくらい？」

「ひと月ほど」

テレーズは紙挟みをクロゼットにしまった。「いつから？」

「すぐにでも。手配ができしだいね。手配といってもたいしてないのだけど」

テレーズは振り返った。キャロルは灰皿で煙草《たばこ》をもみ消している。キャロルは一カ月もわたしと会えなくても平気なのだろうか。「アビーと一緒に行けばいいじゃないですか」

キャロルはテレーズへ目を上げ、そして天井を見た。「そもそもアビーは自由がきかないと思うわ」

テレーズはキャロルを見つめた。アビーを話題にしたことで、キャロルの心のなかの何かに触れてしまったようだ。しかし今のキャロルの顔からは何も読み取れない。

「何度もつきあってくれて、あなたには感謝しているわ」キャロルはいった。「これまでよく会っていたような人たちと、今は会いたい気分ではないの。会えない、というべきかしらね。何をするにもカップルが当たり前なんだから」

急にキャロルがとても頼りなげに見えた。初めて昼食をともにした日とはまるで違う。テレーズの心を読み取ったかのように、キャロルは立ち上がり、互いの腕がかするほど近くを通り過ぎた。つんと顎《あご》をあげて笑みを浮かべたその姿からは大丈夫よといいたげな強がりのようなものが感じられた。

「今晩は一緒に過ごしませんか。よかったら、ここで待っていてください。台本を最後まで読んでしまいますから。そしたら外に出かけましょう」

キャロルは答えずに本棚に置かれたプランターを眺めている。「あれはなんという植物？」

「わかりません」

「わからないの？」

それはさまざまな植物の寄せ集めだった。肉厚のサボテンは一年前に買ってから少しも大きくならない。小さな椰子《やし》の木のような植物のほかに、棒で支えられて力なく垂れている赤緑色の植物もあった。

キャロルは笑顔で振り向いた。「ただの植物です」「ただの植物ね」

「今晩はどうですか」

「そうね、そうしましょう。でも長居はしないわ。まだ三時ですもの。六時頃に電話をするわね」キャロルはライターをハンドバッグに入れた。テレーズが贈ったハンドバッグではない。「家具を見たいの」

「家具？　お店で？」

「お店か、オークションハウスで。家具を見ていると気分が晴れるのよ」キャロルは肘《ひじ》掛《か》け椅子の上に置かれたコートに腕を伸ばした。テレーズはあらためて、キャロルの肩から幅広の革ベルトを締めたウエストへ、そこからさらに脚へと、すらりと伸びた体の線を意識した。それは音楽の和音のように、あるいはバレエのまるまる一幕のように美しい眺めだった。こんなに美しい人が、なぜこんなむなしい日々を送らなければならないのだろう。キャロルは彼女を愛する人々に囲まれて暮らすべきなのに。美しい家のなかを、あるいは美しい街並みを歩む姿が彼女にはふさわしい。もしくはどこまでも続く水平線と青空を背景に、青い海沿いの海岸をそぞろ歩くのが。

「じゃあね」キャロルはコートの袖《そで》に通した片方の腕を、そのままテレーズの腰に回した。あまりに突然のことで、テレーズはすっかり狼狽《ろうばい》し、それが解放なのか、それとも終わりもしくは始まりを意味するのかもわからないうちに、真鍮《しんちゅう》の壁が崩れ落ちたかと思うような呼び鈴の音が耳をつんざいた。キャロルは微笑を浮かべた。「お客様かしら？」

　テレーズはキャロルが親指の爪《つめ》を自分の腰にわずかに食い込ませてから離れるのを感じた。「たぶん、リチャードです」あの長く押す鳴らし方は間違いない。

「ちょうどいいわ。ぜひ会わせてちょうだい」

テレーズが開錠ボタンを押すと、階段を駆け上がってくるリチャードの飛び跳ねるような足音が聞こえてきた。テレーズはドアを開けた。

「やあ。テレーズ――」

「リチャード、こちらミセス・エアドよ。リチャード・セムコです」

「初めまして」キャロルが挨拶《あいさつ》をする。

リチャードはほとんどおじぎせんばかりに深くうなずき、青い目を見開いた。「初めまして」

キャロルとリチャードはしばらく互いから目をそらさなかった。リチャードはまるでキャロルにプレゼントしようとするかのように、四角い箱を両手で捧げ持ち、キャロルは部屋に残るでもなく去るでもなく、立ちつくしている。やがてリチャードが箱をサイドテーブルに置いた。

「すぐ近くまで来たから、ちょっと寄っていこうと思って」テレーズはリチャードの口調から、無意識のうちにこめられた、さも当然だという響きを聞き取っていた。探るような眼差しからは、キャロルに対する警戒心が無意識のうちに頭をもたげているのが感じ取れた。「母さんの友達にプレゼントを届けてきたんだ」リチャードは顎をしゃくって箱を示すと、愛想よく笑った。「レープクーヘン（クリスマス用クッキーの一種）だよ。今、食べない?」

キャロルとテレーズは丁重に断った。リチャードがポケットナイフで箱を開けていくさまをキャロルはじっと見守っている。彼のことが気に入ったんだわ、とテレーズは思う。ひょろりと背が高く、くしゃくしゃの金髪に引き締まった肩をして、大きく不格好な足をモカシンに突っこんだこの若者を。

「どうぞ座ってください」テレーズはキャロルにいった。

「そろそろ、おいとまするわ」

「こいつを半分置いたら僕も帰るよ、テリー」

テレーズが不安げな顔を向けると、キャロルは笑みを返してソファの端に腰を下ろした。

「とにかく、僕のことは気にしないで、ゆっくりしていってくださいよ」リチャードは紙にレープクーヘンをのせてキッチンの棚に上げた。

「あら、気にしないでいいのよ。あなた、画家なんですってね、リチャード」

「はい」リチャードは、はがれた砂糖衣を口に放り込んでキャロルを振り返った。リチャードが悠然としていられるのは、元々取り乱すということを知らないからだ、とテレーズは思った。その眼差しが率直なのは、隠すべきものが何もないからだ。「あなたも画家ですか？」

「いいえ」キャロルはまた微笑した。「わたしはなんでもないわ」

「そうなるのが一番難しい」

「そう？　あなたは優秀な画家？」

「そうなりたいですね。なれると思っています」リチャードは動じることなく答えた。

「ビールはあるかな、テリー。喉《のど》がからからなんだ」

テレーズは冷蔵庫に行って、残っていた二本を取り出した。リチャードはキャロルにも勧めたが、キャロルは断った。リチャードはスーツケースと包装紙に目をやりながら、ソファの前をぶらぶら通り過ぎる。スーツケースのことで何かいわれるのではないかとテレーズは思ったが、彼は何もいわなかった。

「今夜、映画に行かないか、テリー。ヴィクトリア劇場でやっているのを見たいんだ。一緒にどう?」

「今夜はだめよ。ミセス・エアドと出かける約束があるの」

「へえ、そう」リチャードはキャロルへ目をやった。

キャロルは煙草を消して立ち上がった。「もう失礼しなくては」テレーズに微笑みかける。「六時頃に電話をするわ。気が変わっていたら、それでもかまわないわ。さようなら、リチャード」

「さようなら」

キャロルは階段を下りながらテレーズにウィンクを投げた。「いい子にしてるのよ」

「このスーツケース、どうしたんだい」部屋に戻ったテレーズに、リチャードが訊ねた。

「もらったの」

「どうかしたのかい、テリー?」

「どうもしないわ」

「もしかしたら僕はお邪魔だったのかな？　あの人はどういう人？」

テレーズはキャロルが使っていた空のグラスを取り上げた。縁にうっすらと口紅がついている。「フランケンバーグで知り合いになったの」

「あの人がスーツケースをくれたのかい」

「そうよ」

「たいそうなプレゼントだな。そんなに金持ちなのか？」

テレーズはリチャードにちらりと視線を投げた。リチャードは資産家やブルジョワを無条件に目の敵《かたき》にしている。「金持ち？　ミンクのコートを着ているから？　どうかしらね。前に親切をしてあげたことがあるのよ。デパートでなくしたものを見つけてあげたの」

「へえ、何を？　そんなこといってなかったじゃないか」

テレーズはキャロルのグラスを洗って拭《ふ》くと棚に戻した。「キャロルがカウンターにお財布を忘れていったから、追いかけて返してあげたの。それだけ」

「そりゃまた、ずいぶんと豪勢なお礼だな」リチャードは眉《まゆ》をひそめた。「テリー、どうしたんだい。あんな凧《たこ》のことで、まだ怒ってるんじゃないだろうね」

「そんなわけないでしょ」テレーズはいらいらしながら答えた。彼に今すぐ帰ってほしかった。テレーズは化粧着のポケットに両手を突っこみ、キャロルが立っていた場所まで歩いて、プランターの植物を眺めた。「今朝《けさ》、フィルが台本を持ってきてくれたわ。

さっそく読み始めたところよ」

「それで不安なのかい」

「どうしてそう思うの」テレーズは振り向いた。

「また、うわのそらみたいだからさ」

「不安でもないし、うわのそらでもないわ」テレーズは大きく息を吸いこんだ。「不思議よね。あなたはある種の気分にはとても敏感なのに、それ以外の気分にはなかなか気がつかない」

リチャードはテレーズを見た。「わかったよ、テリー」しぶしぶ認めるように肩をすくめてみせた。そして背もたれがまっすぐな椅子に腰かけると、残りのビールをグラスに空けた。「今夜、あの人とどこに行く約束なんだい」

テレーズは笑みを浮かべかけた唇に紅《べに》を引いた。クロゼットのドアの内側についている小さな棚に目をやり、その上にある眉毛抜きをちらりと見て口紅を棚に戻した。「カクテルパーティみたいなものらしいわ。クリスマスの募金集めのパーティよ。どこかのレストランでやるんですって」

「ふーん。で、君は行きたいの?」

「行くと返事しちゃったわ」

リチャードはビールを飲みながら、グラス越しに顔をしかめた。「パーティのあとはどう? 君が帰ってくるまで、僕はここで台本でも読んで待ってるよ。それから軽く腹ごしらえして映画に行けばいい」

「パーティのあとは、台本を最後まで読んでしまおうと思っていたの。仕事は土曜日に始まるから、セットのアイデアを練らなくちゃ」

　リチャードは立ち上がった。「そうだね」むとんちゃくな口調でいってからため息をついた。

　テレーズは彼がのんびりとソファに近づいて立ちどまり、台本を見下ろすのを目で追った。リチャードは身をかがめて表紙を眺め、次に配役のページを見ている。腕時計に目をやってから、テレーズに視線を上げた。

「今、読んでもいいかな」

「どうぞ」リチャードはテレーズのそっけない口調に気づかなかったか、気づかないふりを決めこんで台本を手に取ると、ソファに寝そべって読み始めた。テレーズは棚から紙マッチを取り上げた。そうよ、リチャードが気づくのは〝うわのそら〟な気分だけ、わたしを遠くに感じたときだけ。突如としてリチャードとベッドをともにした夜を思い出した。あのときはリチャードをなんと遠くに感じたことか。本当だったらみんながいうように肌を合わせた相手はもっと親密に感じるはず。でもリチャードは気にしなかった。それはふたりが一緒に寝たという歴然とした事実があったからだ。今、リチャードは台本に没頭し、太くて不器用そうな指で前髪をつまんで鼻のほうへ引っ張っている。テレーズがこれまで数えきれないくらい見てきた仕草だ。リチャードを眺めるうちに、テレーズはあることに気がついた。リチャードがああいう態度を取れるのは、彼がテレーズの人生のなかにゆるぎない位置を占めていること、ふたりの関係が永続的なものであることへの絶対的な自信からなのだ。なぜならリチャードは彼女が初めて寝た男だから。テレーズはとっさに棚に向かって紙マッチを投げつけた。はずみで何かの壜《びん》が落ちてきた。

リチャードは身を起こした。うっすらと笑みを浮かべ、驚いたような顔をしている。「どうしたんだい、テリー？」

「ねえ、悪いけど今はひとりになりたい気分なの。午後いっぱいひとりにしてもらえないかしら」

リチャードは立ち上がった。驚いた表情が、まだ顔に貼《は》りついている。「いいとも」そういいながら台本をソファに置いた。「そうだね、テリー。たぶん、そのほうがいい。君は今これを読むべきだ――誰にも邪魔されずに」自分自身に言い聞かせるような口ぶりだ。そしてまた腕時計を見る。「下のサムとジョーンのところにちょっと寄っていこうかな」

テレーズは身じろぎもせず、リチャードがあと数秒すれば出ていってくれることだけを考えて立っていた。リチャードは汗ばんで湿った手でテレーズの髪を一度撫《な》で、身をかがめてキスをした。突然、テレーズは数日前に買った本のことを思い出した。リチャードがほしくて探し回っていたのに見つけられなかったドガの画集だ。テレーズは簞笥の一番下の引き出しから本を取り出した。「これを見つけたの。ドガの画集よ」

「すごいや。ありがとう」リチャードは両手で本を受け取った。本はまだ包装されたまままだ。「どこにあった？」

「それがなんと、フランケンバーグなの」

「フランケンバーグか」リチャードはにやりとした。「六ドルだよね」

「いえ、いいのよ」

リチャードは財布を取り出した。「でも僕が頼んだんだから」

「気にしないで。本当に」

リチャードは代金を払うと言い張ったがテレーズは受け取らなかった。そして一分後には出ていった。明日の五時に電話する、ふたりで出かけるのは明日にしようとだけ言い残して。

六時十分にキャロルから電話があった。チャイナタウンに行かないかという誘いだった。「ええ、ぜひ」とテレーズは答えた。

「知り合いとセントレジス・ホテルでカクテルを飲んでいるのよ。ここまで来てくれる？　大きいほうではなくて小さいほうのレストランよ。今夜は、あなたが行きたがっていた映画館に行きましょう。いい？」

「クリスマスの募金集めのカクテルパーティですか」

キャロルは笑った。「早くいらっしゃい」

テレーズは急いで出かけた。

キャロルはスタンリー・マクヴィーという男性と一緒だった。長身で口ひげをたくわえ、とても魅力的な四十がらみの男性で、革紐につないだボクサー犬を連れていた。テレーズがホテルに着いたときには、キャロルはすでに出る支度《したく》をすませていた。スタンリーはふたりを外まで見送ってタクシーに乗せ、窓から運転手に金を渡した。

「どなたですか？」テレーズは訊ねた。

「古い友人よ。ハージと別れることになってから前よりも会うようになったの」

テレーズはキャロルを見た。今夜のキャロルはすばらしい小さな笑みを目に浮かべている。「あの人を好きなんですか」

「嫌いではないわね」キャロルは答えた。「運転手さん、チャイナタウンのこちら側でなく向こう側に行ってちょうだいね」

食事をしているうちに雨が降りだした。いつもそうなのよ。わたしがチャイナタウンに来るたびに決まって雨になるの、とキャロルはいった。ふたりは雨をよけて店から店へと飛び回って買い物を楽しんだので気にはならなかった。テレーズは中国風というよりはペルシャ風の、美しい厚底のサンダルを見つけてキャロルに買おうとしたが、リンディのお気に召さないだろうとキャロルはいった。あの子は保守的なのよ、わたしが夏にストッキングをはかずにいるだけでも嫌がるの。だからわたしはリンディの好みに合わせているのよ。同じ店に、光沢のある黒い生地《きじ》で仕立てた、スタンドカラーの上着と無地のズボンの中国服のスーツがあった。キャロルはそのスーツをリンディのために買った。キャロルがスーツを配送する手続きをしているあいだに、テレーズはあのサンダルをキャロルのために買うことにした。サンダルを見ただけで、どれがキャロルのサイズなのかわかった。キャロルはサンダルを喜んで受け取った。そのあとは客たちが大音響をものともせずに眠りこけている、チャイニーズシアターでなんとも不思議な時間を過ごした。締めくくりにアップタウンのレストランで、ハープ演奏を聴きながら食事をした。それは夢のような、本当にぜいたくな夜だった。

10

ブラックキャット劇場の仕事を始めて五日目の火曜日、テレーズはがらんとした、天井のない小さな舞台裏に座り、新しい演出家のミスター・ドナヒューが厚紙の模型を見に来るのを待っていた。ミスター・ドナヒューは昨日の朝コーテスと交代するなり、テレーズが作った最初の模型を放り出し、ついで次男役だったフィル・マッケルロイも放り出した。役を降ろされたフィルは憤然として歩き去った。テレーズは模型と一緒に放り出されずにすんだことに内心胸を撫《な》でおろし、ミスター・ドナヒューの指示に寸分たがわぬ模型を作り直した。最初の模型には、居間のセットを最終幕でテラスに変えられるように可動式の部分があったのだが、それもなくした。ミスター・ドナヒューは奇抜な趣向だけでなく、シンプルなものも許せないようだった。居間のセットひとつで全幕を通すことにして最終幕の台詞《せりふ》を大幅に変え、もっとも洒脱《しゃだつ》な台詞の一部もカットした。新しい模型には暖炉があり、テラスに面した大きなフランス窓、ドアがふたつ、ソファが一脚に肘掛《ひじか》け椅子《いす》二脚、本棚ひとつを置いた。実際にセットができあがれば、灰皿ひとつにいたるまでスローンのモデルハウスの一室そっくりになるだろう。

テレーズは立ち上がって伸びをし、ドアのフックにかけておいたコーデュロイの上着を手に取った。舞台裏は納屋《なや》のように冷えきっている。ミスター・ドナヒューは午前中には見に来ないかもしれない。下手をすると、テレーズが声をかけなければ今日は来ない可能性もある。大道具は急いで決める必要はないのだ。今回の芝居のなかでは大道具など、いちばんどうでもいい存在なのかもしれない。それでもテレーズは昨晩夜なべをして、必死に模型作りに取り組んだ。

テレーズはふたたび舞台の袖《そで》に行ってみた。舞台には出演者全員が台本を手にしてそろっている。ここでは芝居全体の通し稽古《げいこ》が繰り返し行われていた。ミスター・ドナヒューは全体の流れをつかむためだといっていたが、今日の役者たちの様子を見る限り、彼らをただうんざりさせているだけのように思えた。いささか元気がよすぎる長身でブロンドの主役トム・ハーディングを除いては、全員がだらけきっていた。ジョージア・ハローランは鼻炎による頭痛に悩まされ、一時間ごとに鼻に薬をさしては数分横にならならならなければならなかった。ヒロインの父親役を演じる中年男のジェフリー・アンドルーズはミスター・ドナヒューとそりが合わず、台詞を一言いうごとに不平を鳴らしていた。「だめだ、だめだ、だめだめ」ミスター・ドナヒューのこの台詞もこれで十回目だ。すべてが中断し、全員が台本を下ろし、戸惑い、いらだちながらも従順に演出家を振り返る。「二十八ページからもう一度」

ミスター・ドナヒューは両腕を振って役者たちに指示を出し、片手を上げて芝居を止め、頭を上下させながら台本を目で追っている。まるでオーケストラを指揮しているみたいだ。トム・ハーディングがテレーズに向かって片目をつむり、鼻をつまむ仕草をしてみせた。ほどなくしてテレーズは仕切りの背後に戻った。舞台裏がテレーズの仕事場であり、こちら側にいたほうが少しは使い道のある人間だという気になれる。台本はほとんど頭に入っていた。シェリダン風の取り違え喜劇で、ある男性が女相続人に恋をし、彼女にいいところを見せたくて、弟と示し合わせて召し使いと主人のふりをする、という筋書きだ。台詞はしゃれていてそう悪くはないのだが、ミスター・ドナヒュー好みのまったく斬新さの感じられない味気ないセットときたら――色でなんとか工夫できればいいのだけれど。

ミスター・ドナヒューは十二時を少しまわった頃に舞台裏にやってきた。模型を見ると手に取り、神経質そうないらいらした表情を少しも変えずに模型を下から、そして右からも左からも眺める。「ああ、これでいい。とても気に入ったよ。ただ壁があるだけの前のセットよりもはるかによくなっただろう？」

テレーズは大きな安堵《あんど》の息をついた。「はい」

「役者が必要とするものを形にするのがセットだ。バレエのセットを設計するのとはわけが違うんだよ、ミス・ベリヴェット」

テレーズはうなずきながら模型を見つめ、前のセットと比べてどこがいいのか、どう使い勝手がいいのかを分析してみようとした。

「今日の四時頃に大道具方が来る。セットについて一緒に相談しよう」そういってミスター・ドナヒューは出ていった。

テレーズは厚紙の模型を見つめた。とりあえずは自分のセットが現実になるのを、この目で見ることができるのだ。大道具方と一緒にこれを本物のセットに作り上げていくことができる。テレーズは窓辺に寄り、灰色に覆《おお》われていながらも光を帯びた冬空を眺めた。目を転じれば、非常階段がジグザグに走る五階建てのビル群が見え、手前の狭い空き地にはいじけた木が一本立っていた。葉をすっかり落とした木は奔放な道標のように全体がねじ曲がっている。テレーズはキャロルに電話をして昼食に誘いたかった。しかしキャロルの家からここまでは車で一時間半かかる。

「ベリヴァーさん？」

振り返ると戸口に女性が立っていた。「ベリヴェットよ。わたしに？」

「照明横の電話よ」

「ありがとう」テレーズは電話へ急いだ。キャロルだと嬉《うれ》しいけれど、どうせリチャードだろう。キャロルはまだ劇場に電話をくれたことはなかった。

「もしもし、アビーよ」

「アビー？」テレーズは思わず微笑した。「どうしてここがわかったんですか」

「あなたが教えてくれたんじゃないの。忘れたの？　ちょっと会えない？　すぐそばにいるのよ。もうお昼は食べた？」

ふたりはブラックキャット劇場から一、二ブロック離れたパレルモというレストランで待ち合わせをした。

まるでキャロルに会いにいくかのように心が浮き立ち、口笛を吹きながらレストランへ向かう。レストランは床におがくずが撒《ま》かれた気取らない店で、二匹の黒い子猫がカウンターの足元の横木の下でじゃれ合っていた。アビーは奥のテーブルに座っていた。

「こんにちは」歩み寄るテレーズにアビーが声をかけた。「今日はずいぶんと浮き浮きしてるみたいね。あなただとすぐにはわからなかったくらい。一杯いかが？」

テレーズは首を横に振る。「いいえ、結構です」

「お酒がいらないほど幸せってことかしら？」アビーはこの前と同じように秘密めいた笑いを漏らしたが、なぜか嫌な感じはしなかった。

テレーズはアビーが差し出した煙草《たばこ》を一本受け取った。アビーは知っているのだ。そしてたぶん彼女もキャロルに恋をしている。テレーズはひそやかな警戒心を抱いた。だが、同時にこのひそやかな対抗意識は不思議な高揚感を、アビーに対するある種の優越感のようなものを生み出していた。それはこれまで感じたことのない、思いもよらなかったような感情であり、テレーズにとっては革新的といってもいいほどの変化だった。それゆえに今日のアビーとの昼食は、キャロルに会うのとほとんど変わらないほど重要なものになりそうな気がした。

「キャロルは元気ですか」テレーズは訊《たず》ねる。もう三日間キャロルに会っていない。

「とても元気よ」アビーはテレーズを見ながら答える。

ウェイターが来ると、アビーはムール貝とスカロッピーニ（子牛の薄切り肉などをソテーまたはフライにしたイタリア料理）はお薦めかと訊ねた。

「それはもう、絶品ですとも！」特別な客に接するように、ウェイターは愛想のよい笑顔で答える。

アビーの物腰や生き生きとした表情が相手にそうさせずにはおかないのだろう。まるで今日というよりも毎日が特別な祝日であるかのようだ。そこがアビーのいいところだ。アビーの赤と青の糸で織り合わされたスーツを、銀線細工のような渦巻《うずまき》状のGをかたどったカフスボタンをテレーズはうっとりと見つめた。アビーはブラックキャット劇場での仕事について訊ねた。テレーズにしてみればつまらない仕事だが、アビーは感心した様子だった。感心するのは、アビー自身が何もしていないからだ、とテレーズは思う。

「演劇の制作関係者なら何人か知っているわ。いってくれれば、いつでも口添えするわよ」

「ありがとうございます」テレーズは目の前にある粉チーズ容器の蓋《ふた》をもてあそびながら答えた。「アンドロニッチという人をご存じですか。フィラデルフィアの人だと思うんですけど」

「さあ、知らないわ」

テレーズはミスター・ドナヒューから、来週ニューヨークにいるアンドロニッチに会いに行くようにと勧められていた。アンドロニッチは、来春フィラデルフィアで初演してその後ブロードウェイへ持っていく舞台の制作を手がけているという。

「ムール貝を召し上がれ。キャロルも好きなのよ」アビーは心から食事を楽しんでいる様子だ。

「キャロルとは昔からのお友達なんですか」

「ええ、まあね」アビーはうなずきながら、心をまったくのぞかせない明るい目をテレーズに向けた。

「もちろん、キャロルのご主人のこともご存じなんですね」

アビーは無言でまたうなずく。

テレーズは小さな笑みを漏らした。アビーは質問だけは受け付けるが、彼女自身とキャロルのことは何も教えないつもりなのだ。

「ワインはいかが？　キャンティはお好き？」アビーは指を鳴らしてウェイターを呼ん

だ。「キャンティをボトルで持ってきて。上等なのをお願いね。ワインは血を濃くするのよ」最後の一言はテレーズへ向けられた。

やがて主菜が運ばれて、ウェイターがふたり、ワインを開けたり、グラスに水を注ぎ足したり、新しいバターを運んできたりと、テーブルのまわりをひとしきり動き回った。隅《すみ》に置かれた前面部分が壊れている、チーズ箱のようなラジオではタンゴがかかっている。だが、ふたりの背後で流れる弦楽オーケストラは、アビーが店にリクエストしたのだろうとテレーズは思う。キャロルがアビーを好きなのも当然だ。アビーはキャロルの生真面目《きまじめ》さを補完する存在であり、キャロルを笑わせることができるのだ。

「ずっとひとり暮らしをしているの？」アビーが訊ねる。

「ええ。学校を出てからずっと」テレーズはワインを飲んだ。「あなたも？　それともご家族と住んでいらっしゃるんですか」

「家族と一緒よ。だけど家の半分をわたしひとりで使っているの」

「お仕事は？」テレーズは一歩踏み込んで訊ねてみた。

「昔はしてたわ。いくつかね。キャロルから聞いてない？　わたしたち一度、家具店を開いたことがあるのよ。エリザベスのハイウェーを出たすぐのところに店を構えてね。骨董品《こっとうひん》や中古品を買いあさっては修理したものだわ。人生であんなに働いたのはあとにも先にもあれだけ」アビーは全部嘘《うそ》よ、といわんばかりにテレーズに笑いかけた。「わたしの別の仕事は昆虫学者なの。優秀ではないけれど、イタリア産レモンの箱から虫をつまみ出したりするぐらいはできるわ。ちなみに鉄砲百合《ゆり》は虫だらけよ」

「そうらしいですね」テレーズは微笑んだ。

「信じてないでしょ」

「そんなことありません。今もそのお仕事は続けているんですか」

「わたしはいわば予備人員なの。人手が足りなくなると駆《か》りだされるわ。たとえば復活祭のときとか」

テレーズは、アビーがナイフでスカロッピーニを小さく切っては口へ運んでいくさまを眺めた。「キャロルとはよく旅行されるんですか？」

「よく？　いいえ。どうして」

「あなたがそばにいたほうが、キャロルにとってはいいんじゃないかと思って。キャロルはあまりにも生真面目すぎるようなところがあるから」話をいちばん訊《き》きたいところへ近づけたいと思いながらも、それがなんなのかテレーズにはわからなかった。ワインがゆっくりと血管を流れ、指先まで温めていく。

「いつもじゃないわよ」とアビー。テレーズが初めてアビーが話すのを聞いたときのように笑いを含んだ声だ。

頭のなかをワインがめぐり、今にも音楽か詩が、はたまた真実がわきだしてきそうな気がしたが、テレーズはその一歩前で立ち往生していた。数えきれないほどの質問が思い浮かび、ずばりと的《まと》を得るような質問に絞ることができない。

「キャロルとはどうやって知り合ったの」アビーが訊ねた。

「キャロルから聞いてないんですか？」

「あなたがフランケンバーグで働いていて、そこで出会ったことまでは聞いてるわ」

「ええ、そんなところです」ふいにテレーズのなかで、アビーに対する嫌悪がどうしようもなくふつふつとわき起こってきた。

「あなたから話しかけたの？」アビーは笑顔で煙草に火をつける。

「キャロルの買い物を担当しただけです」テレーズはそれきり黙りこんだ。

ふたりの出会いの様子が詳細に語られるのを待っているのだとテレーズは察したが、アビーにも誰にもそんなことを話すつもりはなかった。これはわたしだけのものだ。きっとキャロルはあのクリスマスカードの馬鹿げたエピソードも話していないだろう。あんなものはキャロルにしてみればどうでもいいことであり、わざわざアビーに話すまでもないからだ。

「どちらから先に声をかけたのか教えてくれない？」

テレーズは急に笑いだした。笑みをたたえたまま、煙草を一本取って火をつける。やっぱり、キャロルはクリスマスカードの話をしていない。アビーの質問がひどく滑稽《こっけい》に思えてきた。「わたしからです」

「キャロルを本当に好きなのね」

今の言葉には敵意が感じられただろうか、とテレーズは自問する。いや、敵意ではない。嫉妬《しっと》だ。「はい」

「どうして」

「どうしてですって？　そういうあなたは？」

アビーの目はまだ笑っていた。「わたしたち、キャロルが四歳の頃からのつきあいなのよ」

テレーズは何もいわなかった。

「あなたはずいぶんと若いわね。二十一歳？」

「いえ。今はまだ」

「キャロルが今大変な状況にいるのは知っているわね」

「はい」

「それに孤独だわ」アビーは探るような目をしてつけ加える。

「だからわたしに会っているとおっしゃりたいんですか。キャロルに会うなということですか」テレーズは落ち着いた口調で切り返す。

アビーのほとんど瞬《まばた》きをしない目が、ついに二回瞬きをした。「そうじゃないの。ただ、あなたが傷つくことにならなければいいと思って。キャロルのことも傷つけてほしくない」

「キャロルを傷つけるなんて絶対にあり得ません。わたしがそんなことをするとでも？」

アビーはやはり注意深く、目をそらさずにテレーズを観察していた。「そうね、あなたはそんなことはしないと思う」たった今そう決めたかのように答え、何か特別嬉しいことがあったかのように、にっこりと笑みを浮かべる。

しかしテレーズはその笑みが気に入らず、自分の顔にもそれが出ていることに気づいて下を向いた。目の前のテーブルには、受け皿にのせたホット・サバイヨンのグラスが置かれていた。

「テレーズ、今日これからカクテルパーティがあるんだけど、よかったらあなたも来ない？　六時頃からアップタウンで。舞台美術家が来るかどうかはわからないけれど、パーティを開くメンバーのなかには女優もいるわ」

テレーズは煙草の火をもみ消した。「キャロルも来るんですか」

「来ないわ。だけど気さくな人ばかりよ。小さな集まりなの」

「ありがとうございます。でも行けないと思います。今夜もたぶん仕事が遅くまでかかりそうなので」

「あらそう。とりあえずは場所だけでも教えておこうかと思ったんだけど、来る気がないのなら――」

「結構です」

レストランを出ると、アビーは少し一緒に歩きましょうよと誘った。テレーズは承知したが、今ではアビーにうんざりし始めていた。自信に満ちた態度のアビーからずけずけとぶしつけな質問をされると、自分が見下されているような気がした。しかもアビーは昼食代をテレーズからいっさい受け取らなかった。

「キャロルはあなたをとても気にかけているわ。あなたには才能があるといっている」

「キャロルが？」テレーズは話半分で訊き返した。「そんなこと、キャロルは一度もいったことありません」テレーズはもっと速く歩きたかったが、アビーのゆっくりとした歩調に合わせるしかなかった。

「一緒に旅行に連れていきたがっていると聞けば、あなたのことをとても気にかけているってわかるでしょ」

テレーズが思わず振り返ると、アビーはあいかわらず屈託《くったく》のない笑顔をテレーズに向けている。「そんな話聞いてません」口調こそ平静だったが、鼓動は激しく打ち始めていた。

「きっとキャロルは誘うわよ。そうなったらあなたは一緒に行くでしょ？」

なぜ、自分よりも先にアビーがそれを知っているのだろう。テレーズは怒りでかっと顔に血がのぼるのを感じた。これはいったいなんなの。アビーはわたしを憎んでいるのかしら？　もし憎んでいるのなら、なぜそれらしい態度を取らないのだろう。だが怒りはたちまち引いていき、無力感がどっと押し寄せ、ひどく頼りなく無防備な気分になった。もしもこの瞬間にアビーに壁に押しつけられて詰問されたらどうなっていただろう。『洗いざらい話しなさい。キャロルに何を求めているの。わたしからキャロルをどこまで奪うつもり』そしてテレーズはすべてぶちまけてしまうだろう。『キャロルと一緒にいたいの。彼女と一緒にいれば幸せだし、それがあなたとなんの関係があるというの?』

「それはキャロルの口から聞くべきことだと思います。なぜ、そんなふうにあれこれ質問するんですか」テレーズは冷静な声を出そうと努めたがうまくいかなかった。

アビーは足を止めた。「ごめんなさい」そういいながらテレーズへ向き直る。「今なら、よくわかる」

「わかるって何が?」

「ただ——あなたの勝ちだってことが」

「なんのことです」

「なんのこと、ね」アビーはそう繰り返し、顔を上げてビルの角のほうへ向け、さらに空を見上げた。ふいにテレーズのなかに激しいいらだちがわき起こった。

アビーがいなくなればキャロルに電話できるのに。今はただキャロルの声が聞きたかった。それ以外に大事なものなど何もない。キャロル以外に大事なものなんて何もない。なぜ一瞬でもそれを忘れていたのだろう。

「キャロルがあなたをあれほど気にかけるのも無理ないわね」好意から出た言葉だったとしても、テレーズはそうは受け取らなかった。「さようなら、テレーズ。きっとまた会うことになると思うけど」アビーは片手を差し出す。

テレーズはアビーの手を握った。「さようなら」アビーはワシントンスクエアに向かって歩き去り、テレーズはその姿を見送った。アビーは巻き毛の頭を高くそびやかし、今では速足で歩いていた。

テレーズは次の角にあったドラッグストアへ入ってキャロルに電話をかけた。メイドが出てキャロルに代わった。

「どうしたの。元気がないわね」キャロルが訊ねる。

「なんでもありません。仕事が退屈なだけ」

「今夜は何か予定はある？ こっちへ来ない？」

テレーズは笑顔でドラッグストアを出た。キャロルが五時半に迎えに来てくれる。列車での移動は大変だから車で迎えにいくとキャロルがいったのだ。

ふと通りの向かいに目をやると、大股《おおまた》でどんどん遠ざかっていくダニー・マッケルロイの姿が目に入った。ダニーはコートも着ないで、むきだしの牛乳壜《びん》を片手に持っていた。

「ダニー！」テレーズは呼びかけた。

ダニーは振り向いて、テレーズに向かって歩きながら叫び返す。「ちょっとうちに寄っていかないか？」

テレーズは断ろうとして口を開きかけたが、ダニーがすぐ隣まで来るのを見て彼の腕を取った。「じゃあ、少しだけ。もうお昼休みの時間をオーバーしているんだから」

ダニーはテレーズを見下ろして微笑した。「今、何時だい。こっちは目がかすむほど勉学に励んでいたものでね」

「二時過ぎよ」ダニーの腕の筋肉は寒さをこらえているかのようにこわばっていた。焦げ茶の体毛が生えている前腕には鳥肌が立っている。「コートを着ないで外に出るなんてどうかしてるわ」

「このほうが頭がすっきりするんだ」ダニーはアパートメントの鉄門を押さえてテレーズを先に通した。「フィルは出かけてる」

部屋のなかはパイプの香りがたちこめていた。どちらかといえばホットチョコレートを作っている匂いに似ている。半地下で全体的に薄暗く、いつも散らかっているダニーの机の上には電気スタンドが温かな光の輪を投げかけていた。テレーズは机上に開かれた数冊の本を見下ろした。ちんぷんかんぷんな記号が並んでいるが、見ていて飽きなかった。記号が示すものはすべて真実であり、立証されている。記号は言葉よりも強固で明確だ。ダニーの意識は記号のあいだを振り子のように行き来しながら、より強い鎖《くさり》を求めてひとつの事実から次の事実へとたぐりよせているのだろう。当のダニーはキッチンテーブルの前に立ってサンドイッチを作っている。白いシャツを通して広くて丸みを帯びた背中の筋肉が、サラミとチーズの薄切りを大きなライ麦パンの上にのせる動きに合わせてかすかに動くのがわかる。

「もっとうちにおいでよ。僕が昼にいないのは水曜日だけだ。僕たちが昼を食べたところでフィルの睡眠の邪魔にはならないさ」

「そうするわ」テレーズは机に半ば背を向けるように置かれている椅子に座った。この部屋には昼食に一回、仕事帰りにも一回来ている。ダニーと会うのは好きだった。ダニーが相手だと無理におしゃべりをしなくてもすむからだ。

部屋の隅にあるフィルのソファベッドは乱れ、毛布とシーツが丸まったままになっていた。テレーズが前に二回来たときも、ベッドは整えられてないか、フィルがまだ寝ていた。細長い本棚をソファベッドと直角に置いて仕切ったフィルの空間は、いつも散らかっている。そこにはいらだちと不安がいりまじった混沌《こんとん》が感じられた。いつも勉強しているせいで散らかっているダニーの机とは大違いだ。

ダニーが缶ビールを開けるとプシュッと音がした。ダニーは缶ビールとサンドイッチを手にして壁にもたれ、テレーズを心底から歓迎するように笑みを浮かべている。「君は前に、物理学は人にはあてはまらないといったね。覚えてる?」

「そういえば、そんなことといったわね」

「でも、そうともいえないんじゃないかと思うんだ」ダニーはサンドイッチをひと口食べながらいった。「たとえば友達同士を考えてごらん。まったく共通点がないふたりが友人同士だという例はいくらでもある。原子同士が結びついたり、つかなかったりするのと同じように、どの友人関係にも明確な理由があると思うんだ。片方には欠けている何かをもう片方が持っているとかね。君はどう思う？　僕が思うに友情というものは必要があって生まれるものじゃないだろうか。そしてどんな必要があって結びついているのかお互いにまったく気づいていない、もしくは永遠に謎《なぞ》のままだったりもする」

「そうかもしれないわね。わたしも何組か思いつくわ」たとえばリチャードと自分がそうだ、とテレーズは思う。リチャードは、テレーズにはとうてい真似《まね》できないやり方で、人とすぐに親しくなったり、世の中に対して自分のやり方を押し通していくことができた。彼女には以前からリチャードのような自信にあふれた人物に惹《ひ》かれるところがあった。「それなら、あなたの弱点は何？」

「僕の？」ダニーは微笑んだ。「僕の友達になりたいってこと？」

「ええ。でもわたしが知っているなかで、あなたはいちばん強い人のように思えるけれど」

「そうかい？　だったら、僕の弱点をあげてみせようか」

テレーズは笑顔でダニーを見た。目の前にいる二十五歳の青年は、十四歳の頃から自分の進むべき道を見極め、そのたったひとつの道に全力で打ちこんできた。リチャードとは正反対だ。

「僕には秘密があるんだ。ずっとひた隠しにしていたんだけど、実は料理をしてくれる人とダンスの先生が必要なんだ。それから洗濯や髪を切るといった、ちょっとしたことを思い出させてくれる人も」

「洗濯ならわたしも忘れることがあるわ」

ダニーは残念そうにいった。「そうか。それじゃ、だめだな。こっそり期待していたんだが。実は君に対してちょっとした運命を感じていたんだ。僕がいっている人と人とを引きつける力は、友人から通りで見かけた誰かにまであてはまる。物事には必ずなんらかのたしかな理由というものが存在するんだよ。詩人だろうとこれについては僕と同意見だろう」

　テレーズは笑みを浮かべた。「詩人も？」テレーズはキャロルのことを思い浮かべ、次にアビーを、そしてふたりが昼食で交わした会話を思い返していた。あれはただ通りで誰かを見かけるよりずっと重要であると同時に、ずっとささいな出来事だった。そしてアビーとの会話で引き起こされたさまざまな感情。思い出すと気が滅入ってくる。

「だけど人は時としてわけのわからないことをするような邪《よこしま》さを持っているものよ。そのことは考慮にいれるべきじゃないかしら」

「邪さ？　そんなのはごまかしにすぎないね。詩人が使う言葉だ」

「心理学者が使うのかと思ったわ」

「いいかい、『考慮にいれる』だって？　そんなのは無意味な言葉だよ。人生はそれ自体でれっきとした科学なんだ。物事を発見して定義していくだけのことさ。君のいう、わけのわからないこととはなんだい？」

「なんでもないの。どうでもいいつまらないことを考えていただけ」昼食のあとに歩道で感じたように、急に怒りがこみ上げてきた。

「何を？」ダニーは顔をしかめて訊ねる。

「たとえば今日の昼食であったことみたいな」

「誰と一緒だったの？」

「本当になんでもないのよ。もしも本当に重要な問題だったら、わたしはもっと悩んでいたはずだもの。本当につまらない話なのよ。あるものをなくしたと思っただけ。でもきっと最初からなかったんだわ」わたしもアビーを好きでいたかっただけ、と彼女は思う。キャロルがアビーを好きだから。

「でも意識のなかにはあったんだろ？　それなら、やっぱりなくしたことになる」

「そうね――でも、世の中にはある種の人たち、もしくは行為から何もすくい上げることができないこともあるわ。自分とはなんの結びつきもないからよ」テレーズがしたかったのは別の話だった。こんなものではなく。アビーやキャロルのことでもない、その前にしていた会話を。完璧な結びつきを作り出し、完璧な意味をなすものについて話したかった。わたしはキャロルを愛している。テレーズは額《ひたい》を片手に押し当てた。

ダニーはしばしテレーズを見つめていたが、もたれていた壁を押して体を起こした。レンジを振り返ると、シャツのポケットからマッチを取り出す。テレーズは今の会話の余韻がまだ残っているのを感じていた。これからどんな話題に移ろうと、今の会話はどこまでもつきまとって消えはしないだろう。もしここでアビーと交わした会話を再現しようものなら、ダニーは霞《かすみ》を即座に晴らす薬品を空中に撒くように、一言でごまかしを霧散させてしまうに違いない。それとも論理では触れられないようなものが恒常的に存在するのだろうか。アビーの言葉に含まれた嫉妬や疑いや敵意の向こうには、何か論理を超えるものがあって、それこそがアビー自身なのだろうか。

「組み合わせはたくさんあっても、すべてがすっぱりとおさまるわけじゃないわ」

「反応しないものはある。だけどすべて生きているんだ」ダニーは突然まったく違う考えが頭に浮かんだかのように、満面に笑みをたたえて振り向いた。手にはまだ煙が立ちのぼっているマッチを持っている。「このマッチみたいに。だけど物理学みたいに煙の永久性のことをいってるんじゃない。実のところ、今日の僕はむしろ詩的な気分だ」

「マッチが？」

「僕にはマッチが植物みたいに生長していくもののように思えるんだ。消えるんじゃなくてね。詩人にとってはこの世のあらゆるものが、植物のように感じられる瞬間があるんじゃないかな。このテーブルでさえ、僕自身の肌のように感じられるのかもしれない」ダニーはテーブルの端に手のひらで触れた。「昔、一度だけ馬で丘を上ったときの感覚に似ている。あれはペンシルベニアでの出来事だった。当時の僕は馬の乗り方をよく知らなくてね。すると馬は頭をめぐらせて丘を眺め、上っていこうと自ら決心したんだ。後脚を深く折ったかと思うと次の瞬間走りだし、僕たちは炎のように疾走《しっそう》していた。でも、少しも恐怖は感じなかった。僕と馬と大地は完全に一体となり、まるで風に枝を揺すられている一本の木になったような気がした。いつかは何か起こるにしても、そのときの僕は絶対に何も起こりはしないと信じることができた。そう考えたらとても幸せな気持ちになったよ。僕は不安のあまりものをため込み、気持ちを押し隠している人みんなのことを考えた。そして丘を駆け上がったときに僕が味わった感覚をみんなが感じることができたら、人生に対する正しい経済の観念が、惜しみなく使って使い切るという観念が生まれるんじゃないかと思った。僕のいってることわかるかな?」ダニーは拳《こぶし》を固めていたが、その瞳はまだおかしくてたまらないといいたげに輝いていた。「大のお気に入りのセーターを捨てるまで着古したことはある?」

テレーズはシスター・アリシアからもらったまま、使いもしなければ捨てもしなかった緑の毛糸の手袋を思い浮かべた。「ええ」

「つまりはそういうことなのさ。羊だってセーターを作るために、どれだけの毛を刈り取られたのかなんていちいち考えやしない。毛はまた伸びるからね。とても単純な話だ」ダニーはすでに沸騰《ふっとう》しているコーヒーポットのほうを向いた。

「そうね」テレーズにはわかった。リチャードと凧《たこ》の一件にしても、リチャードはまた凧を作れるから気にしなかったのだ。テレーズは突然、無心になってアビーのことを考えていた。まるで先ほどの昼食の時間が消えうせたかのように。つかのま意識が自分という器からあふれ出て、虚空《こくう》へ流出してしまったかのような気がした。テレーズは立ち上がった。

ダニーが歩み寄ってテレーズの両肩に手を置いた。それはただの仕草、言葉の代わりの行動にすぎないとわかっていたが、もはや魔法は消えうせていた。ダニーに触れられていることに居心地の悪さを感じ、ほとんどそれだけしか考えられなくなっていた。

「もう行くわ。ずいぶん遅くなっちゃったから」

　ダニーは手を下へ滑らせてテレーズの肘《ひじ》を彼女の両脇《わき》に押さえつけ、いきなり唇をキスで奪った。唇が唇に強く押しつけられ、テレーズの鼻の下に温かい息がかかる。すぐにダニーはテレーズを放した。

「そうなんだ」彼はテレーズを見つめながらいった。

「なぜこんな——」優しさと荒々しさが濃密に入り混じったキスを、どう受け止めればいいのかわからない。

「なぜだって?」ダニーは笑顔でテレーズに背を向けた。「気を悪くした?」

「いいえ」

「リチャードは気を悪くするだろうか」

「するでしょうね」テレーズはコートのボタンをかけた。「行かなくちゃ」そういいながら戸口に向かう。

　ダニーは何ごともなかったかのように、いつもの屈託のない笑顔でテレーズのためにドアを開けた。「明日またおいでよ。昼に」

　テレーズはかぶりを振る。「だめよ。今週は忙しいの」

「そうか、それなら——今度の月曜日はどう?」

「いいわ」テレーズが笑顔を返して片手を無意識のうちに差し出すと、ダニーはその手を礼儀正しく一度だけ握った。

テレーズはブラックキャット劇場までの二ブロックを走った。ダニーが話していた馬に少し似ている。でも、まだ足りない。完璧にはまだ遠い。ダニーがいっていたのは完璧な一体感だった。

11

「暇を持て余した人たちの道楽みたいなものよ」ブランコに乗ったキャロルは、脚を前へ伸ばしながらいった。「そろそろ、アビーも新しい仕事を始めるべきだわ」

テレーズは黙っていた。昼食の会話について全部報告したわけではなかったが、これ以上アビーの話をしたくなかった。

「もっと座り心地のいい椅子《いす》に座ったら？」

「いいんです」テレーズはブランコの近くに置かれた革張りのスツールに座っていた。ふたりはついさっき夕食を終えて上階へ上がり、テレーズが初めて見る部屋にいた。それは緑の部屋につながっていて全体がガラスで覆《おお》われたベランダだった。

「アビーに何か気になるようなことでもいわれた？」キャロルはダークブルーのスラックスに包まれた自分の長い脚を見下ろしたまま訊《たず》ねた。

キャロルは疲れているように見えた。彼女にはもっと大事な心配事があるのだ。こんなささいなことよりも。「別に何も。気になりますか？」

「気になる？　わたしが？」

「今夜のあなたは、いつもと違うみたいだから」

キャロルはテレーズへ視線を投げた。「気のせいよ」そして心地よい声はとだえ、ふたたび沈黙が訪れた。

わたしが昨夜書いた手紙は今目の前にいる女性とはなんの関係もない、とテレーズは思う。こんなキャロルに宛てたものではない。『あなたを愛しています』と彼女は書いていた。『それなら季節は春でなければいけません。楽器が奏《かな》でる和音のように、わたしの頭のなかに響きわたる太陽がほしい。それはベートーベンのような太陽、ドビュッシーのような風、ストラヴィンスキーのような鳥のさえずり。でもテンポを決めるのはわたし』

「アビーはわたしのことを好きじゃないみたい」テレーズはいった。「わたしがあなたに会うのを嫌がっているような気がします」

「そんなことはないわ。それも気のせいよ」

「アビーからはっきりそういわれたわけじゃないんですけれど」テレーズはキャロルのような平静な口調を心がけようと努めた。「アビーはとても親切でした。わたしをカクテルパーティに誘ってくれたくらい」

「誰のパーティ？」

「さあ。アップタウンでやるといってました。でも、あなたは来ないと聞いて、わたしくらいで」

「そこまでは聞いていません。ただ、パーティの主催者のひとりが女優だということは行く気にならなくて」

「アップタウンのどこ？」

キャロルがライターをガラスのテーブルにかちゃんと音を立てて置く。テレーズは彼女の不興を感じ取った。「そうなの」キャロルは半ばひとりごとのようにつぶやいた。「こっちにいらっしゃい、テレーズ」

テレーズは立ち上がるとブランコの足元に座った。

「アビーに好かれていないなんて思わないで。わたしはアビーをよく知っているの。だから絶対にそんなことはないわ」

「はい」

「ただアビーは、ときどき信じられないくらい話が下手になるときがあるのよ」

テレーズは何もかも忘れたかった。今のキャロルは話していても、テレーズのほうを見ていても、ひどく遠く感じられた。緑の部屋の明かりがキャロルの頭越しにベランダに漏れていたが、テレーズからキャロルの表情は見えなかった。

キャロルは爪先《つまさき》でテレーズをそっと小突いた。「さ、立って」

しかしテレーズがぐずぐずしていると、キャロルはテレーズの頭上に両脚を振り上げて下ろし、ブランコから立ち上がった。そのとき緑の部屋に入ってくる足音が聞こえたかと思うと、小太りでアイルランド系とおぼしきメイドのフローレンスがあらわれた。フローレンスは灰色と白のメイド服を着てコーヒーを載せた盆を持っている。フローレンスがあるじのご機嫌を取ろうとするかのように、せわしなく小股《こまた》で歩くたびにベランダの床が震えた。

「クリームはこちらでございます、奥様」フローレンスはデミタスのカップ一式とはそぐわないクリーム入れをさした。そしてテレーズに愛想よく微笑《ほほえ》みかけたが、丸い目にはなんの表情も浮かんでいなかった。五十歳くらいの女性で、うなじで髪を束ねて糊《のり》のきいた白い縁なし帽をかぶっている。だが、テレーズにはなぜかこの女性の本心を、女主人に対する忠誠を信じていいのかどうかためらわれた。フローレンスがハージを崇拝しているかのような口ぶりで話すのを二回聞いたことがあり、それが使用人という職業上のものなのか、本心からなのかわからなかった。

「ほかにご用はございませんか、奥様。明かりを消しましょうか」

「つけておいてちょうだい。もういいわよ。ありがとう。ミセス・リョーダンから電話はあった？」

「いえ、ございません」

「かかってきたら、わたしは留守だといってちょうだい」

「かしこまりました」フローレンスはためらってから続けた。「奥様、あの新しいご本はもう読み終わられましたか。あのアルプスについてのご本は？」

にないから」

「読みたければ、わたしの部屋から持っていっていいわよ。わたしは最後まで読めそう

「ありがとうございます。失礼します、奥様。失礼します、お嬢さん」

「ご苦労さま」キャロルはいった。

コーヒーを注ぐキャロルにテレーズは問いかけた。「旅行にはいつ出発するか、もう決めたんですか？」

「一週間後くらいになりそうだわ」キャロルはクリームを入れてからデミタスカップをテレーズに渡した。「どうして？」

「ただ、寂しくなると思って。決まっているじゃありませんか」

キャロルは一瞬動きを止め、煙草《たばこ》の箱へ手を伸ばすと残っていた一本を抜き出し、空《から》になった箱をつぶした。「実は考えていたんだけど、あなたも一緒に行けないかしら？三、四週間ほどだけど、どう？」

ああ、やっぱり、とテレーズは思う。まるで散歩に誘うように気軽な口調だ。「そのことアビーにおっしゃいませんでしたか？」

「いったわ」とキャロル。「それがどうかした？」

どうかしたですって？テレーズはなぜ自分がこんなふうに傷ついているのか、うまく説明することができなかった。「わたしには何もいってくれないのに、どうしてアビーには先に打ち明けたのかと思って」

「打ち明けたなんておおげさなものじゃないわ。あなたを誘ってみようかしらといっただけ」キャロルはテレーズに近づいて両肩に手を置いた。「ねえ、アビーをそんなふうに気にする必要はないのよ。もしアビーがあなたにいったことが、ほかにもまだあるなら別だけど」

「何もありません」でも、アビーの言葉の端々には別の真意がこめられていた。それも辛辣《しんらつ》な。テレーズはキャロルの手が肩から離れるのを感じた。

「アビーはとても古い友達なのよ。彼女にはなんでも話すわ」

「ええ」

「それで、旅行に行く気はある？」

キャロルはテレーズにすでに背を向けていた。突然、旅行にはなんの意味もなくなった。キャロルの訊ね方は、まるでテレーズが一緒に行こうが行くまいが、本当はどちらでもかまわないような口調だった。「ありがとうございます……でも、今は旅行をする余裕はなさそうです」

「お金ならそんなに気にすることはないわよ。車で行くから。今頼まれている仕事があるのなら仕方がないけれど」

テレーズが舞台のセットの仕事を断ってまで、キャロルと旅行するはずがないといわんばかりの言い方だ。まだ行ったことのない田舎をキャロルとまわり、川を渡り、山を越え、夜にはどこにたどり着くとも知れないような旅よりも仕事を選ぶとでも？　自分がどんなに行きたいと思っているかを知った上で、こんな誘い方をすれば、絶対に断ってくるだろうとわかっている。テレーズはふいに確信した。キャロルは自分をもてあそんでいるのだ。憤りと、裏切られたという苦々しい思いを噛《か》みしめる。その憤りは、二度とキャロルに会うまいという決心に変わった。テレーズは返事を待つキャロルのほうを見た。うわべは何気ないふうを装っているが、さあ、どうするのといわんばかりの真意が見え隠れしている。テレーズがやはり行かないと答えても、その表情が変わることはないのだろう。テレーズは立ち上がると煙草を求めてサイドテーブルに置かれた箱に近づいていった。箱のなかにはレコード針が数本と写真が一枚入っているだけだった。

「どうしたの」キャロルがテレーズを見つめていた。

テレーズはキャロルに胸の内を見透かされているような気がした。「リンディの写真がここに」

「リンディの？　見せて」

写真には、片膝に白いバンドエイドを貼《は》り、生真面目《きまじめ》そうな表情を浮かべたプラチナブロンドの少女が写っていた。ハージは手漕《てこ》ぎボートの上に立ち、リンディは桟橋《さんばし》からその腕のなかへ移ろうとしているところだった。テレーズは写真を眺めるキャロルの顔をじっと見守った。

「あまりよく撮《と》れていないわ」キャロルはそういいながらも表情をやわらげた。「彼女が三歳の頃ね。煙草がほしいの？　こっちにあるわよ。リンディはこれから三カ月間ハージと暮らすことになるの」

あの朝キャロルがアビーとキッチンで交わしていた会話からテレーズもそれは察していた。「その写真もニュージャージーで?」

「そうよ。ハージの家族がニュージャージーにいるの。大きな家よ」キャロルはしばらく黙りこんだ。「離婚はあと一カ月で成立すると思うわ。そして四月から年末まで、リンディはわたしと暮らすの」

「まあ。でも四月前でもリンディに会えないわけじゃないでしょう?」

「時々ならね。たぶん、そう何度も会えないだろうけど」

ブランコに乗ったキャロルがぞんざいに差し出した写真にテレーズは目をやる。「リンディは寂しがらないんでしょうか?」

「寂しがるだろうけど、あの子は父親も大好きなのよ」

「あなたよりも?」

「いいえ。そんなことはないわ。だけどハージは最近、リンディの遊び相手にヤギを買ってやったのよ。リンディを学校へ送り届けてから出勤して四時にまた迎えに行っている。娘のために仕事を放りだしているわ――男の人にこれ以上何を望めるの」

「クリスマスにはリンディに会えなかったんですね?」

「ええ。弁護士の事務所でちょっとしたことがあったせいでね。ハージの弁護士がわたしたちふたりに面会しようとした午後、ハージはリンディも連れてきていたの。リンディは、クリスマスにはハージの家に行きたいといったわ。わたしが今年は行かないことをリンディは知らなかったのよ。あちらの家の庭には大きな木が一本生えていて、毎年その木に飾りつけをするのを、リンディはそれは楽しみにしていたの。弁護士には強い印象を残したようだったわ。だってクリスマスに子供が父親の家で過ごしたいといっているのだもの。当然ながらわたしは行かないなんていうことはできなかった。リンディをがっかりさせたくなかったから。どちらにしても、弁護士の前ではいえなかったわね。ハージはたいした策略家なのよ」

テレーズはその場に立ったまま、火をつけていない煙草を握りつぶした。キャロルの口調はまるでアビーを相手に話しているみたいに淡々としている。キャロルがテレーズにここまで話したのは初めてだった。「でも弁護士はわかってくれたんでしょう?」

キャロルは肩をすくめた。「ハージの弁護士よ。わたしのではないわ。そしてわたしは三カ月の取り決めに同意したの。リンディを行ったり来たりさせたくなかったから。リンディがわたしと九カ月過ごせてハージと三カ月なら——すぐに始めても悪くはないわ」

「リンディを訪ねることもしないつもりですか?」

キャロルはなかなか答えなかった。もしかしたら答えないつもりかもしれないとテレーズは思った。「そう頻繁にというわけにはいかないわ。あちらの家族があまりいい顔をしないの。でもリンディには毎日電話をかけているわ。リンディからかけてくることもある」

「どうして家族はいい顔をしないんですか？」

「わたしは最初から気に入られていなかったのよ。社交界のお披露目パーティでハージとわたしが出会ってからというもの、あの人たちはずっと文句を言い続けている。あら探しをしてけなすのが本当にうまいの。あの人たちのお眼鏡にかなうような人物なんているのかしらと不思議になるくらい」

「あなたの何をけなすんですか」

「たとえば家具店を開いたこと。もっともお店は一年も続かなかったけれど。それからブリッジをしないこと、というよりもブリッジが好きじゃないこと。本当にくだらないことまであれこれあげつらうのよ」

「ひどい人たち」

「そんなことはないわ。ただ、人が自分たちに合わせるのが当然だと思っているだけ。あの人たちが何を好きなのかはわかっているの。自分たちが埋められる空白が好きなのよ。だからすでに中身が詰まっている人が相手だと、ひどく脅《おび》かされたような気分になってしまうんだわ。音楽でもかけましょうか。ラジオは好きじゃない？」

「時々聴きます」

キャロルは窓枠にもたれた。「そして今、リンディは毎日テレビを観ている。ホパロン・キャシディの西部劇を。リンディはそれはもう西部へ行きたがっているわ。たぶんキャシディ人形があの子に買い与える最後の人形になるでしょうね。リンディにせがまれたから人形を買ったけれど、あの子はもう人形遊びを卒業する年頃だわ」

キャロルの背後で、空港のサーチライトの青白い光が夜空をめぐって消えていく。闇《やみ》のなかにキャロルの声がまだ漂っているようだ。先ほどよりも明るい、幸せそうなその声から、リンディへの愛の深さが感じ取れた。おそらくは他の誰よりもリンディを愛しているに違いない。「ハージがあまり会わせようとしないんですね?」

「ええ」

「ハージがどうしてあなたを愛せたのかわからない」

「愛ではないわ。強迫観念よ。たぶん、わたしを思いどおりにしたいんだわ。もしもわたしがもっとはるかに奔放な妻だったとしても、ハージの意見以外に主張を持たない人間だったら――わたしがいってることわかるかしら?」

「はい」

「外であの人に恥をかかせるようなまねは何もしなかったわ。ハージが本当に気にかけていたのはそれだけだったから。彼は本来ああいう人と結婚すればよかったのに、と思うような女性がクラブにいるの。彼女の生活は少人数ですばらしいディナーパーティを開いたり、一流のバーからケータリングの手配をすることで明け暮れている。彼女のおかげで夫の広告会社は大成功、だから夫は妻のささいな欠点も笑って許している。だけどハージは笑わないし、文句をつける理由をいつも用意している。たぶんハージは、居間の敷物を選ぶのと同じ感覚でわたしを選んだのね。そして大きな間違いを犯したというわけ。ハージが本気で人を愛することなんて、これからもないんじゃないかと思うわ。ハージにあるのは愛情というよりは一種の所有欲よ。それも野心と表裏一体になった。最近では、人を愛せないという病《やまい》がはやっているようだけど」キャロルはテレーズへ顔を向けた。「きっとこれも時代のせいなのかもしれないわ。その気になれば、これは人類の自殺行為だと主張することもできる。人間は自分たちが創りあげた破壊をもたらす機械に追いつこうとしているのよ」

テレーズは黙っていた。キャロルの話を聞いているうちに、リチャードとの数えきれないほどの会話が思い出された。リチャードは戦争も大企業も、連邦議会の赤狩りも、はては一部の知り合いまでもひとくくりに〝敵〟とみなし、唯一共通する〝憎しみ〟のラベルを貼っている。今度はキャロルまでもが同じことをしている。それはテレーズの心の奥深い部分――〝死〟や〝臨終〟や〝殺人〟のように明快な言葉であらわすことのできない部分を強く揺さぶった。こうした言葉は、はるか先のことだが、今のこれは現在だ。漠然とした不安、知りたいという思い、何もかもをすべてはっきりと知りたいという思いが喉《のど》をふさぎ、一瞬息が詰まりそうになった。いつの日か、いつの日か、と問いかけは始まる。いつの日か、わたしたちふたりとも暴力によって命を奪われると思いますか、突然命を絶たれてしまうと思いますか。でも、この質問でさえまだ曖昧《あいまい》に思える。つまりはこういうことなのだ――あなたを知らないままでは死にたくない。あなたも同じように思ってくれていますか、キャロル。最後の質問は口にできそうだったが、それより前の問いすべてを口にすることはできそうになかった。

キャロルが問いかける。「あなたは若い世代だわ」キャロルはいった。「あなたの意見は？」彼女はふたたびブランコに腰を下ろした。

「大事なのは、怖がらないことだと思います」テレーズが振り向くとキャロルは笑みを浮かべていた。「わたしが怖がっていると思って笑っているんでしょう」

「あなたはこのマッチのように無力だわ」キャロルは煙草に火をつけ、燃えるマッチをしばらく手に持っていた。「だけど条件がそろえば、家を燃やしつくすこともできる」

「ええ、街だって」

「それなのに、わたしとちょっとした旅行に行くことさえ怖がっている。持っているお金が足りないからという理由で」

「それは違います」

「あなたはずいぶんと奇妙な価値観を持っているのね、テレーズ。わたしはあなたと一緒なら楽しいだろうと思って旅行に誘ったの。あなたのためにも、仕事のためにもなると思って。それなのにあなたはお金のことでつまらない見栄を張って、せっかくのチャンスを投げ捨てようとしている。わたしにくれたハンドバッグだってそうよ。分不相応なお金の使い方をしてしまう。お金がいるのなら返品すればよかったんじゃない？　わたしには必要ないもの。あなたとしては、わたしに贈り物をすることで気分がよかったんでしょうね。それと同じことなのよ。ただ、わたしの言い分は理にかなっているけれど、あなたのはそうじゃない」キャロルはテレーズの脇《わき》を通りすぎてから、ふたたび向き直った。片足を一歩前に出すと、つんと頭をそびやかす。短いブロンドの髪は彫像の髪のようにほとんど目立たない。「何がおかしいの?」

テレーズは微笑んでいた。「お金の心配なんかしていません」彼女は静かにいった。

「どういうこと?」

「今いったとおりです。旅費ならあります。一緒に行きます」

キャロルはテレーズを見つめた。険しい表情が消えてその顔に笑みが浮かぶ。驚いたような、少しばかり疑っているような笑顔だった。

「それならいいのよ。嬉《うれ》しいわ」

「わたしも」

「よかった。でもどうして気が変わったの」

本当にわからないのかしら、とテレーズは思う。「わたしが行くかどうか、あなたが本当に気にかけているようだったから」テレーズはありのままを答えた。

「あたりまえでしょう?　わたしから誘ったんだもの」キャロルは微笑を絶やさなかったが、くるりと踵《きびす》を返してテレーズに背を向け、緑の部屋に歩み去った。

テレーズは、キャロルが両手をポケットに入れて去っていくのを見守った。モカシンが床に柔らかな靴音をたてる。キャロルの姿が見えなくなったあとも、彼女は戸口を見つめていた。もしも自分が旅行を断っていたとしても、キャロルはまったく同じように歩み去ったに違いない。テレーズは飲みかけのデミタスカップを手に取ってから、また下ろした。

テレーズは室内に入るとキャロルの部屋の戸口にまっすぐ向かった。「何をしているんですか」

キャロルは化粧テーブルに身をかがめて、何かを書いている最中だった。「何をしているかですって?」立ち上がってポケットに紙片をしまう。顔には笑みが浮かび、その瞳にもアビーとキッチンにいた朝のように本物の笑みが浮かんでいる。「ちょっとね」

キャロルはいった。「音楽を聴きましょうよ」

「いいですね」テレーズは顔をほころばせた。

「まずは寝る用意をしたら?　もうずいぶん遅い時間よ」

「あなたといると、いつも遅くなってしまうんです」

「それは褒《ほ》め言葉?」

「今夜は眠れそうにありません」

キャロルは緑の部屋へ歩きだした。「いいから支度をなさい。目の下に隈《くま》ができているわよ」

テレーズはツインベッドの部屋で手早く服を脱いだ。緑の部屋にある蓄音機からガーシュインの『エンブレイサブル・ユー』が流れてくる。電話が鳴る音がした。テレーズは箪笥《たんす》の一番上の引き出しを開けた。男物のハンカチが二枚と古い衣類用ブラシが一本、鍵《かぎ》が一個入っているだけだ。隅《すみ》にはカードのような紙片が二、三枚あった。テレーズはアイシングラスで覆われたカードを手に取った。ハージの古い運転免許証だ。ハージェス・フォスター・エアド。年齢：三七歳。身長：一七三センチ。体重：七六キロ。髪：ブロンド。瞳：青。どれもテレーズが知っていることばかりだった。一九五〇年製オールズモビル。色：ダークブルー。テレーズは免許証を戻して引き出しを閉めた。そしてドアに近づいて耳をすました。

「ごめんなさい、テッシー。あいにくと出かけられなくなっちゃったのよ」キャロルはすまなさそうにいったが、その声は明るかった。「パーティは盛り上がっている？……それが、もう服を脱いでしまったの。疲れているのよ」

テレーズはベッドテーブルに近づくと、煙草の箱から一本取り出した。フィリップモリスだ。メイドではなくキャロルが用意したのだろう。テレーズの好みを覚えていてくれたのだ。テレーズは裸でその場に立ったまま、音楽に耳を傾ける。それは初めて聞く歌だった。

キャロルはまた電話のようだ。

「でも、わたしは気に入っていないんだけど」キャロルはなかば怒り、なかば冗談めかした声でいっていた。「これっぽっちもね」

『……恋をしていると……生きるのが楽になる……』

「どういう人たちなのか、わたしにわかるわけがないでしょう……あら、そう！　本当に？」

アビーだ。テレーズは煙を吐き出し、ほのかに甘いその香りを楽しんだ。生まれて初めて煙草を吸ったときのことを思い出す。あれもフィリップモリスだった。施設の宿舎の屋根に四人で上がってまわしのみをしたっけ。

「ええ、行くわよ」キャロルは断固とした口調でいった。「ええ、本気よ。わたしの口調でわかるでしょ」

『……あなたのせいで……たぶんわたしはおかしくなってる……でもそれがいいの……あなたはわたしを思うがままにしていると人はいうわ……それが一番すてきなことだって、みんなわかっていないのね……』

いい歌だわ。テレーズは瞼《まぶた》を閉じると半ば開いたドアにもたれて聴き入った。歌声の背後には、鍵盤《けんばん》の端から端までをゆっくりとさざ波のように流れるピアノの伴奏が聞こえていた。そこにけだるげなトランペットがからむ。

キャロルの声が聞こえる。「これはわたし自身の問題よ、そうでしょ……馬鹿なこといわないで！」キャロルの激しい口調に、テレーズは思わず笑みを浮かべる。

テレーズはドアを閉めた。すでに別のレコードがかかっていた。

「ちょっと来て、アビーにひとこと挨拶《あいさつ》しない？」キャロルがいった。

何も着ていなかったテレーズは、あわてて浴室のドアの背後に隠れた。「なぜ？」

「いいから、いらっしゃい」キャロルにうながされ、テレーズは化粧着を着ると部屋を出た。

「こんばんは。旅行に行くそうね」アビーはいった。

「あなたがそうおっしゃったんじゃないですか」

アビーはまるで夜を語り明かそうとするかのように、どうでもいい話をえんえんと語りつづけた。楽しい旅行になるといいわね、コーンベルト地帯の道路には気をつけて。冬はとてもひどい状態になるから。

「今日、わたしが失礼だったとしたらごめんなさいね」アビーがこれをいうのは二度目だった。「あなたのことは、とても気に入ってるのよ」

「もう切って」上階からキャロルが声をかけた。

「あなたに代わってほしいそうです」

「お風呂に入っているといってちょうだい」

テレーズはいわれたとおりに伝えて電話を切った。

キャロルはテレーズが使っている部屋に、酒壜と小さなグラスを二個持ってきていた。

「アビーはどうしたんですか？」

「アビーがどうかした？」キャロルは茶色い酒をふたつのグラスに注いだ。「たぶんアビーはもう二、三杯ひっかけていたんじゃないかしら」

「ええ。でも、なぜわたしと昼食を一緒にしようなんていったのかしら」

「そうね……理由はいろいろあるみたい。とりあえず、これを飲んでみて」

「なんとなくすっきりしないんです」

「何が？」

「今日のお昼のことすべてが」

キャロルはグラスを手渡した。「世の中にはいつでもすっきりしないことはあるものよ、ダーリン」

キャロルがテレーズを〝ダーリン〟と呼んだのは、これが初めてだった。「具体的にはどんなことが？」彼女は答えを、明確な答えを求めていた。

キャロルはため息をつく。「たくさんのことが、それもとても大事なことが。さあ、飲んでごらんなさい」

ひと口飲んでみると焦げ茶色の液体は甘く、コーヒーにアルコールを垂らしたような味がした。「おいしい」

「あなたはそう思うのね」

「好きでないのなら、どうして飲むんですか」

「いつもと違うお酒だからよ。わたしたちの旅行が決まったお祝いだから、特別でなくてはいけないの」キャロルは顔をしかめてグラスを飲み干した。

明かりに照らしだされたキャロルの横顔に、うっすらと散らばるそばかすまでがはっきりと見て取れた。ほとんど白いに近い金色の眉毛《まゆげ》は、額《ひたい》のカーブに沿って翼のような曲線を描いている。突然、激しい幸福感がテレーズを襲った。「さっきかかっていたのはなんという歌ですか？　伴奏がピアノだけの」

「歌ってみて」

テレーズが口笛でさわりを吹くと、キャロルは微笑んだ。

「『イージー・リビング』ね。古い歌よ」

「もう一度聴きたいんです」

「わたしはあなたにベッドに入ってもらいたいわ。あのレコードをかけてあげるから」

キャロルは緑の部屋に入って『イージー・リビング』をかけたまま戻ってはこなかった。テレーズはツインベッドの部屋の戸口に立ったまま笑顔で耳を傾ける。

『……あなたに捧げた歳月を……後悔なんてしていない……恋をしていれば……喜んで捧げられるの……あなたのためならなんだってするわ……』

それはテレーズの歌だった。これこそはキャロルに対する想いそのものだ。テレーズは歌を聴きながら浴室に入ると、蛇口を開いてバスタブに入った。緑がかって見える湯が流れこんで足を浸していく。

「ねえ！」キャロルが呼びかけてきた。「ワイオミングへ行ったことはある？」

「ありません」

「あなたもそろそろアメリカを見て回ったほうがいいわ」

テレーズは滴がしたたる布を手に取って膝《ひざ》に押し当てた。今ではバスタブに湯が満たされ、乳房は水面に浮かんだ平たい別のもののように見える。テレーズは乳房を見つめ、何に見えるのか考えようとした。

「お風呂で寝てはだめよ」キャロルが何かに気を取られたような口調で声をかけた。どうやらベッドに座って地図を見ているようだ。

「大丈夫です」

「入浴中に眠りこむ人もいるから」

「ハージのことをもっと教えてください」テレーズはタオルで体を拭《ぬぐ》いながら訊ねる。

「ハージは何をしているんですか」

「いろいろなことよ」

「具体的にはどんな仕事を?」

「不動産投資をしているわ」

「ハージは何が好きなんでしょう? 観劇は好き? 人は好きなんですか?」

「好きなのはゴルフをともにするお仲間たちのグループくらいのものね」キャロルはにべもない口調で答えた。それからいくらか大きな声で続けた。「ほかには何があるかしら? そうね、ハージは何にでもやたらと細かいの。それなのに一番高級な剃刀《かみそり》を置いていったりするの。浴室の戸棚に入っているから、その気になれば見えるし、ふつうなら目に入りそうなものよ。たぶん、こっちから送ってあげなくてはならないでしょうね」

テレーズが戸棚を開けるとたしかに剃刀があった。戸棚にはアフターシェーブ・ローションや石鹸《せっけん》を泡立てるブラシといった男物がまだたくさん残っている。「ここはハージの部屋だったんですか。ハージが使っていたのはどちらのベッド?」浴室から出ながら彼女は訊ねる。

キャロルは微笑んだ。「あなたが使わないほうよ」

「もう少し、いただいてもいいですか」テレーズは酒壜に目をやった。

「もちろんよ」

「おやすみのキスをしてもいい?」

キャロルは道路地図をたたみながら、口笛を吹こうとするように唇をしばらくすぼめていた。「だめ」

「どうして?」今宵《こよい》なら何でも許されるような気がした。

「その代わり、これをあげる」キャロルはポケットから手を出した。

それは小切手だった。金額は二百ドルで、受取人はテレーズになっている。「これはいったいなんですか?」

「旅行のためよ。組合費として貯めているお金に手をつけてほしくないの」キャロルは煙草を一本、手に取った。「こんなにはいらないかもしれないけれど、とにかく受け取ってちょうだい」

「でも、いりません。お気持ちだけ、いただきます。必要なら組合のためのお金に手をつけますから」

「何もいわないで」キャロルがさえぎった。「わたしがそうしたいのよ。前にもいったでしょ?」

「でも、いただくわけにはいきません」思わずぶっきらぼうな言い方になってしまったことに気づき、テレーズは小さな笑みを浮かべて小切手をテーブルの上の酒壜の横に置いた。だが、結果的にはたたきつけるような置き方になってしまった。できることならキャロルに説明したかった。お金なんてどうでもいい。でも、キャロルを喜ばせるとわかっていながら、受け取れないのは自分にとってどんなにつらいことか。「こういうのってよくないと思います」テレーズはいった。「何か別の方法を考えていただけませんか?」そういってキャロルの顔を見ると、彼女はじっとテレーズを見つめていた。言い争う気はないのだとわかって、テレーズはほっとした。

「わたしが喜ぶような方法を?」キャロルは訊ねる。

テレーズはますます顔をほころばせる。「そうです」そして小さなグラスを手に取った。

「いいわ。考えてみましょう。おやすみなさい」キャロルは戸口まで行ってから立ち止まってそういった。

それはどこか似つかわしくない挨拶のように思えた。こんな大事な夜だというのに。

「おやすみなさい」

テレーズはテーブルを振り返ると、もう一度小切手を見た。やはりこれはキャロルが破り捨てるべきだ。そこで彼女は小切手をダークブルーのリネンのテーブル掛けの下に、それが見えなくなるまで滑り込ませた。

第二部

12

一月。

一月にはすべてがある。一月は頑丈な扉のような個でもある。その寒さは灰色のカプセルのなかに街のすべてを封印している。一月は一瞬一瞬であり、一年の始まり。一月は無数の瞬間となって降り注ぎ、テレーズはそれらすべての瞬間を凍りつかせて記憶に閉じこめた。マッチの火を頼りに、暗い戸口に並ぶ名前を必死に目で追っていた女性。友人との別れ際にメッセージを走り書きして渡していた男。またはーブロック走ってバスに追いついた男。まるで人々のあらゆる営みが魔法の力を帯びているかのようだ。一月はふたつの顔を持っている。道化《どうけ》が鳴らす鐘のようにシャンシャンと、あるいは凍った雪のひび割れのようにぱちぱちという音をたて、あらゆる始まりのように純粋でありながら、老人のように気難しい、不思議なほどなじみがありながら、いまだに正体不明の、ほとんど意味がわかっているのにどうしても形にできない言葉のような。

テレーズはレッド・マローンという若者と、頭の禿《は》げた大道具方と組んで『小雨《こさめ》』の舞台セットを作り上げた。ミスター・ドナヒューは出来栄えをいたく気に入り、ミスター・バルティンにもテレーズの仕事を見に来るように声をかけたという。ミスター・バルティンはロシア芸術学院を卒業し、ニューヨークの劇場で何度か舞台セットを手がけているとのことだったが、テレーズは名前を聞いたことがなかった。本当はマイロン・ブランチャードかアイヴァー・ハークヴィーを紹介してもらおうとしていたのだが、ミスター・ドナヒューからは、なんの約束も取りつけられなかった。たぶん約束できる立場ではないのだろうとテレーズは察していた。

ある日の午後、黒い帽子をかぶり、猫背の長身にくたびれたオーバーをまとったミスター・バルティンがブラックキャット劇場にやってきて、テレーズの作品を熱心に眺めた。テレーズは、自分でももっとも出来がいいと思える模型のいくつかだけを劇場に運びこんでいた。ミスター・バルティンは約六週間後に制作に入る芝居について語り、やる気があれば助手として推薦するといい、テレーズは、そうしていただければとても助かります、その頃にはニューヨークに戻っているはずですから、と答えた。この数日間は嬉《うれ》しいことが続いていた。ミスター・アンドロニッチからは、ちょうどキャロルとの旅行から戻る二月半ばから二週間、フィラデルフィアでの仕事の依頼を受けていた。テレーズはミスター・バルティンが教えてくれた男性の名前と住所を書き留めた。

「今、人を探しているところだから、週明けにさっそく連絡を取るといい」ミスター・バルティンはいった。「仕事はただの助手みたいなものだが、前の助手はわたしの弟子でね、今はハークヴィーと仕事をしている」

「まあ、そうなんですか。あなたから、もしくはその方からミスター・ハークヴィーにわたしを紹介していただけないでしょうか」

「お安いご用だ。ハークヴィーのスタジオにいるチャールズに電話をかけなさい。チャールズ・ウィナントだ。チャールズに、わたしからの紹介だといえばいい。そうだな……金曜日がいいだろう。金曜の午後三時頃にかけてみなさい」

「はい。ありがとうございます」金曜日はちょうど一日空《あ》いている。ハークヴィーは近づきがたいというわけではないらしいが、人と会う約束をしないという噂《うわさ》だった。まれに約束したとしても、多忙すぎてめったに守られることはないという。だがミスター・バルティンはそういったことは承知の上でいっているのだろう。

「ケタリングにも忘れずに電話をするように」ミスター・バルティンは去り際にそう言い残していった。

テレーズは先ほど教えてもらったシアター・インベストメント社のアドルフ・ケタリングという名前と自宅の住所をもう一度見た。「月曜の朝にかけてみます。本当にありがとうございます」

その日は土曜で、仕事帰りにリチャードとパレルモで待ち合わせをしていた。キャロルと旅行に出かけるまであと十一日だ。テレーズがパレルモに入っていくと、バーのカウンターにはリチャードと並んでフィルが立っていた。

「やあ、オールドキャットはどんな調子だね。土曜日も仕事かい」フィルはテレーズのためにスツールを引き寄せた。

「役者さんたちはお休みよ。わたしたちだけ仕事に出たの」

「初日はいつ？」

「二十一日」

リチャードは彼女のスカートにできている深緑色のペンキの染《し》みを指さしていった。

「ついてるよ」

「わかってるわ。二、三日前にうっかりつけちゃって」

「何か飲む？」フィルがテレーズに訊ねた。

「そうね。ビールにしようかしら。ありがとう」リチャードは隣にいるフィルにずっと背を向けたままでいる。男たちのあいだには何やら険悪な雰囲気が漂っていた。「今日は絵を描いていたの？」テレーズはリチャードに問いかけた。

リチャードは口をへの字に曲げた。「会社の運転手がひとり、病気で休んでね。代わりをしなくちゃならなかったんだ。しかもロングアイランドのど真ん中でガス欠ときた」

「まあ、それは大変だったわね。だったら明日は外出するよりも絵を描いていたほうがいいんじゃないの」ふたりはホーボーケンをぶらついてクラム・ハウスにも寄ってみようかと前に相談していたのだ。しかし明日はキャロルが街に出てくることになり、テレーズにも電話をいれるといっていた。

「君がモデルになってくれるなら描くよ」リチャードはいった。

テレーズは口ごもりながら答えた。「今はじっと座っていたい気分じゃないの」

「いいさ、たいしたことじゃない」リチャードは笑った。「だけどいつまでもじっと座ってくれなかったら、どうやって君を描けばいいんだ」

「想像で描くというのはどう?」

フィルが片手を伸ばしてテレーズのグラスの下のほうを握った。「やめておけよ。もっとましな酒を飲んだほうがいい。これは僕がもらおう」

「いいわ。じゃあ、ライウィスキーの水割りで」

リチャードの隣にいたフィルはいつのまにかテレーズの隣に立っていた。上機嫌らしいが目のまわりにはうっすらと隈《くま》ができている。フィルはこの一週間ろくに口もきかず、芝居の台本を書いていた。フィルの部屋で開いた大晦日《おおみそか》の年越しパーティでは、すでに書き上げたいくつかのシーンを読んで聞かせていた。本人がいうにはカフカの『変身』を下敷きにしているそうだ。テレーズは元日の朝に舞台セットのラフスケッチを描き、フィルの部屋に行ったついでに見せていた。リチャードはそのことで気を悪くしているのだと、テレーズは突然思い当たった。

「テリー、この前見せてくれたスケッチから写真撮影用に模型を作ってくれないか。あの台本に合ったセットがほしいんだ」フィルは水割りをテレーズに押し出し、すぐそばのカウンターにもたれた。

「いいわよ。本当に売り込むつもり?」

「もちろんだ」笑顔だったが、焦げ茶色の目は挑むようにテレーズを見すえている。フィルは指を鳴らしてバーテンダーに合図をした。「勘定を」

「僕が払う」リチャードがいった。

「いや、いいんだ。ここは僕が持つ」フィルはすでに使い古された黒い財布を手にしていた。

テレーズは内心、フィルの戯曲が上演されることはないだろうと思っていた。気まぐれなフィルのことだから、完成するかどうかもあやしいものだ。

「失礼するよ。テリー、近いうちにまた寄ってくれ。それじゃ、またな、リッチ」

サンダルに着古したポロコートというすがたのフィルが、カウンターを離れて小さな正面階段を上がっていく姿をテレーズは見送った。これほどみすぼらしい格好をしているフィルを見るのは初めてだったが、気取らない魅力があった。家のなかをお気に入りの古いバスローブで歩きまわっている姿を思わせる。テレーズは正面の窓からフィルに手を振り返した。

「元日にフィルにサンドイッチとビールを持っていったんだって?」リチャードが口を開いた。

「ええ。フィルから電話をもらって、二日酔いだと聞いたから」

「なぜ黙っていたんだ」

「忘れてたんだと思うわ。たいしたことじゃないもの」

「たいしたことじゃない?」リチャードのぎこちない手がのろのろともどかしげに動く。「サンドイッチとビールを手土産《てみやげ》に男の部屋を訪ねて、半日いたのに? 僕だってサンドイッチが食べたいかもしれないとは思わなかったのか」

「あなたには用意してくれる人がたくさんいるじゃないの。わたしたちはフィルの部屋にあったものを全部飲んで食べてしまったのよ。忘れたの?」

リチャードはうなずいたが、面長《おもなが》の顔にはまだふてくされたような笑みが残り、口はへの字に曲がったままだ。「でもフィルとふたりだけだったんだろ」

「リチャードったら——」テレーズはようやく思い出した。あまりにもささいなことなので忘れていた。ダニーは新年を教授の家で迎え、あの日はまだコネチカットから戻っていなかった。午後にフィルの部屋を訪れたテレーズはダニーが帰ってこないかと期待していたのだが、おそらくリチャードはそんなこととは知らず、テレーズがフィルよりもダニーにずっと好意を寄せていることなど、思いもよらないのだろう。

「ほかの女性がそんなことをしたら、何かあると疑うよ。そしてそういうときは絶対に当たっているんだ」

「どうかしてるわ」

「君こそ軽率すぎる」リチャードは険しい顔でにらみつけているが、腹を立てている理由はそれだけではないことをテレーズは感じ取っていた。テレーズがリチャードの願うとおりの女性ではなく、これからもならないだろうとわかっているからだ。リチャードは彼を情熱的に愛し、喜んで一緒にヨーロッパへ行ってくれるような女性を望んでいる。テレーズのような顔と夢を持ってはいるが、リチャードに夢中な女性がいいのだ。「君はフィルの好みじゃない」

「わたしがフィルの好みだなんて誰がいったのよ。フィルが？」

「ああ、あの芸術家気取りのろくでなし殿さ」リチャードは吐き捨てるようにいった。

「しかもいうに事欠いて、君が僕のことをなんとも思っちゃいないなんていいやがった」

「フィルにそんなことをいわれる筋合いはないわ。あなたのことをフィルと話したりしないもの」

「へえ、うまい答えだな。もしも話してたら、僕のことなんてなんとも思っちゃいないとやつに知れてたってことか」口調こそ穏やかだったが、声は怒りで震えていた。

「どうしてフィルは急にあなたに敵対的になったの」

「そういうことをいってるんじゃない！」

「じゃあ、何がいいたいのよ」テレーズは憤然と訊《き》きかえす。

「テリー、この話はやめよう」

「あなたには何も見えていないのよ」テレーズは思わずそう口走っていた。だが、リチャードが顔を背け、彼女の言葉に打たれたショックで身悶《みもだ》えるかのようにカウンターに両肘《ひじ》をつくのを見て、突然哀《あわ》れに思えてきた。リチャードを苦しめているのは今ではなく、先週の出来事でもない。これまでずっと、そしてこれからもテレーズを思い続けても永遠に報《むく》われることのないむなしさなのだ。

リチャードはカウンターの灰皿で煙草《たばこ》をもみ消した。「今夜は何をする?」キャロルと旅行に行くことをリチャードに告げたかった。これまでも二回切り出そうとしたが結局はいいそびれたままだ。「あなたは何か希望はある?」〝何か〟を強調するように彼女は訊《たず》ねた。

「ああ」リチャードは沈んだ声で答える。「食事をしてからサムとジョーンのところに電話をしてみないか。彼らの都合がいいようなら、訪ねていってみようじゃないか」

「そうね」と答えたが、内心では嫌でたまらなかった。サムとジョーンときたら彼女が出会ってきたなかでももっとも退屈な人々で、西二十丁目に住んでいる靴《くつ》屋《や》の店員と秘書の仲むつまじい夫婦だった。リチャードは彼らを手本としてテレーズに見せ、いつかあんなふうに、自分たちも暮らそうと暗にいいたいのだ。あまりにも気が進まず、これが別の夜なら反対したかもしれなかった。しかしリチャードに対する哀れみがまだ消えず、漠然としたうしろめたさがつきまとい、埋め合わせをしなければならないような気がしていた。ふいに、去年の夏にタリータウンの近くでリチャードとピクニックをしたことを思い出した。あのときのリチャードの姿があざやかによみがえる。リチャードは野原にくつろいだ姿勢でもたれ、テレーズと話しながらのんびりとポケットナイフでワインのコルク栓《せん》を抜いていた。会話の内容は思い出せないが、あのひとときの充足感は今でも覚えている。あの日、何かとてつもなく真実で、めったにない瞬間を分かち合っているのだと確信した。あの感覚はいったいどこにいってしまったのだろう。あの一体感は何がもたらしたものなのか。今ではかたわらに立っている、ひょろりとした体さえも重くのしかかってくるような気がしていた。テレーズは嫌悪を必死に抑えこもうとしたが、それは実際に形あるもののように、テレーズのなかで重みを増していくばかりだった。テレーズはカウンターに立っているイタリア系の肉体労働者らしき男性ふたりのずんぐりとした姿に目をやり、さらにカウンターの端にいるふたりの女性に視線を移した。前から彼女たちの存在には気づいていたのだが、店を出ようとしている今は、どちらもスラックス姿だとわかった。ひとりは少年のような髪型をしている。テレーズは目をそらし、彼女たちを避けていることをひしひしと意識していた。彼女たちを見ていることに気づかれたくないと思っている自分に。

「ここで食べたい？　腹は空《す》いてる？」リチャードが訊ねる。

「いいえ。お店を変えましょう」

そこでふたりは店を出てサムとジョーンが住む北をめざした。

テレーズはすり切れるほど何回も心のなかで復唱してきた台詞《せりふ》を切り出した。「ミセス・エアドを覚えている？　この前、わたしの部屋で会った人よ」

「ああ」

「ミセス・エアドから旅行に誘われたの。二週間ほど車で西部をまわらないかって。それでわたし、行こうと思っているんだけど」

「西部？　カリフォルニアかい。そりゃまたどうして？」リチャードは驚いたような声をあげた。

「どうして？」

「いや、そのつまり……君ミセス・エアドとそんなに親しかったっけ」

「これまでにも何回か会っているわ」

「へえ、そうかい。そんなこといってなかったよね」リチャードは脇《わき》に下ろした両手を振って歩きながらテレーズを見た。「ふたりだけで？」

「そうよ」

「出発はいつ？」

「十八日頃に」

「今月の？『小雨《こさめ》』を見られないじゃないか」

テレーズはかぶりを振った。「どうしても見たいってほどのものじゃないし」

「じゃあ、もう行くと決めているんだね」

「ええ」

リチャードはしばらく黙っていた。「ミセス・エアドはどういう人なんだ。まさか大酒飲みとかじゃないだろうね」

「まさか」テレーズは微笑《ほほえ》んだ。「そんなふうに見えた？」

「いや。実のところ、とてもきれいな人だと思う。ただ、びっくりしているだけだ」

「どうして」

「君が自分で何かを決めるなんて、めったにないからさ。また決心が変わるかもしれない」

「そんなことはないわ」

「もう一度三人で会ってもいいな。ミセス・エアドに訊いてみてくれないか」

「明日、街に来るといっているわ。ミセス・エアドがどのくらいゆっくりできるのかわからないけど……本当に連絡をくれるかどうかも」

リチャードはそれ以上キャロルの話はせず、テレーズも触れなかった。その夜、キャロルのことは二度とふたりの口にのぼることはなかった。

日曜日、リチャードは午前中に絵を描き、二時頃にテレーズのアパートメントにやってきた。キャロルから電話がかかってきたのは、それからすぐあとのことだった。テレーズは、リチャードも一緒にいることを打ち明けた。「リチャードも連れていらっしゃいよ」キャロルは今プラザホテルの近くにいるから、パームルームで会いましょうといった。

三十分後、ふたりが連れ立って入っていくと、中央近くのテーブルについていたキャロルが顔を上げた。キャロルの姿を見たとたん、初めて出会ったときのように、はかりしれないほどの衝撃がよみがえるように、テレーズは胸を震わせた。キャロルは以前に昼食をともにした日と同じ黒のスーツを着て、緑と金色のスカーフを首に巻いている。だが今はテレーズよりもリチャードに注意が向いているようだった。

会話はごくたわいないものだった。テレーズに一度だけ向けられたキャロルのグレーの瞳《ひとみ》は穏やかで、リチャードもごくふつうの表情を浮かべている。それを見て、テレーズは失望にも似た思いを味わっていた。リチャードはいつもの彼らしくもなく、わざわざキャロルに会いに来たのだが、それは好奇心ですらなく、単にほかに何もすることがなかったからなのだろう。リチャードはあざやかな赤のマニキュアを施したキャロルの手に目をやり、澄んだグリーンサファイアの指輪と、もう片方の手にしている結婚指輪に気づいたようだった。キャロルは爪《つめ》を伸ばしていたが、リチャードだってこれが遊び暮らしている役立たずの怠《なま》け者の手だなどということはできないはずだ。キャロルの手は頑強そうで、動きに無駄がなかった。リチャードと取るに足らない会話を続けるキャロルの声は、単調で不明瞭なざわめきのなかで、ひときわよく通った。そして一度だけ笑い声をあげた。

キャロルはテレーズへ顔を向けた。「旅行のこと、リチャードに話した?」

「ええ。夕べ」

「西部へ行くんですか?」リチャードは訊ねた。

「北西部へ行きたいの。道路の状態しだいだけれど」

テレーズは突然激しいいらだちを感じた。なぜ三人でここに座って旅行の話をしなければならないのだ。いまや話題は気候やワシントン州に移っていた。

「ワシントンはわたしの故郷みたいなものよ」とキャロルはいった。

それからほどなくして、キャロルが公園を散歩しましょうよ、といった。リチャードはくしゃくしゃに丸めた紙幣のなかから一枚を抜き取り、ズボンのポケットをふくらませていた小銭を取り出して、三人のビールとコーヒー代を払った。彼にはキャロルにまったく関心がないのだ、とテレーズは思った。リチャードにはキャロルが見えていないのだ。岩や雲が何かの形に見えるとテレーズが教えても、リチャードにはさっぱりわからないのと同じように。リチャードは薄い唇にのんびりとした笑みを浮かべ、テーブルを見下ろし、背筋を伸ばして髪をさっとかき上げた。

三人は五十九丁目の入り口から公園に入って動物園へ向かい、さらに動物園のなかをぶらぶらと散歩した。最初の橋をくぐって道がカーブしたあたりから、いよいよ公園らしくなってきた。空気は冷たかったが風はなく、空はやや曇《くも》っている。テレーズには何もかもが静止しているように思えた。公園のなかをゆっくりと歩いていく自分たちさえも命を持たない静物であるような気がしてきた。

「ピーナツを買ってこようか」リチャードが提案した。

キャロルが道端で身をかがめ、リスに向かって手を差し出していた。「いいものがあるわ」リスはキャロルの小声に怯《おび》えたようだったがふたたび近づき、キャロルの指を用心深げにつかむと何かをくわえて急いで逃げていった。キャロルは笑顔で立ち上がった。

「今朝《けさ》からポケットに入れていたの」

「お宅のほうでも野生のリスに餌《えさ》をやるんですか」リチャードが問いかけた。

「シマリスもいるわよ」

なんてつまらない会話だろう、とテレーズは思う。

三人はベンチに座って煙草を吸った。オレンジ色に燃えるちっぽけな太陽が、黒い木々の貧弱な小枝の背後にようやく沈んでいく。早く夜になって、キャロルとふたりだけになれたら。三人は来た道を引き返し始めた。もしもキャロルがすぐに帰らなければならなくなったら、テレーズは自分でも何をするかわからなかった。五十九丁目の橋から飛び降りるかもしれない。先週リチャードがくれたベンゼドリンを一度に三錠飲むかもしれない。

「お茶はいかが？」動物園のそばまで戻った頃にキャロルが誘った。「カーネギーホールのそばのロシアンレストランはどう？」

「ランペルメイヤーがすぐそこにある。あそこはどう？」リチャードがいった。

テレーズはため息をついた。キャロルもためらっているようだ。けれども結局ランペルメイヤーに入った。テレーズは一度、アンジェロとこの店に来たことがあった。この店はどうも好きになれない。照明が明るすぎて裸にされるような気がするだけでなく、本人を見ているのか、鏡に映っている姿を見ているのかわからなくなるので落ち着かない気分になる。

「いえ、結構よ」ウェイトレスがケーキをのせた大きなトレイを差し出すとキャロルは首を横に振った。

テレーズも断ったが、リチャードはふたつ選んだ。

「なんのため？　わたしの気が変わったときのため？」問いかけるテレーズに、リチャードはウィンクしてみせる。彼はまた汚い爪をしていた。

リチャードがキャロルにどんな車に乗っているのかを訊ね、ふたりはさまざまな車の長所について語りだした。キャロルは前方に並ぶテーブルに時折ちらちらと視線を投げている。キャロルもこの店が気に入らないんだわ。そう思いながらテレーズはキャロルの斜めうしろに据えられた鏡に映る男性を見るともなしに眺めていた。テレーズに背を向けた男は前へ身を乗り出し、広げた左手を強調するように振りながら、熱心に女性に話しかけている。テレーズは相手の瘦《や》せた中年の女性を見てから、男に視線を戻した。どうも男のほうに見覚えがあるような気がするのだが、これもまた鏡の見せる錯覚だろうか。泡のようにはかない記憶が意識のなかを上昇し、表面でぱちんとはじけた。あれはハージだ。

テレーズはキャロルに目を向けた。キャロルはハージに気づいていたとしても、背後の鏡に映っていることまでは知らないだろう。少ししてから肩越しに振り返ると、男性の横顔が見えた。キャロルの家で見てからずっと頭のなかに留めていたハージの顔にかなり似ていた。短くて高い鼻、しもぶくれ気味の顔、生え際から後退しかけている金色の波打つ髪。キャロルからも、テーブル三個分離れた左にいるハージが見えているに違いなかった。

キャロルはリチャードからテレーズへ目を移した。「そうよ」かすかに笑みをたたえながらテレーズにいうと、リチャードへ視線を戻して会話を続ける。キャロルは眉《まゆ》ひとつ変えることなく平然としていた。テレーズはハージの連れの女性を見た。若くもなければあまり魅力的でもない。ハージの親戚かもしれない。

やがてキャロルは、まだ長い煙草をもみ消した。リチャードは黙りこんでいる。そろそろ店を出る頃合いだった。テレーズはちょうど、ハージがキャロルに目をやる瞬間をとらえた。ハージはキャロルをひと目見るや、信じられないものを見ているかのように、じっと目を細めた。そして連れの女性に何かいってから立ち上がると、キャロルに近づいてきた。

「キャロル」

「こんばんは、ハージ」キャロルはテレーズとリチャードへ顔を向けた。「ちょっと失礼するわね」

テレーズはリチャードと戸口に立ち、何ひとつ見逃すまいとキャロルとハージを注視していた。前のめりになっているせいで、帽子をかぶっているキャロルよりも背が低く見える、ハージの落ち着きのない傲慢で攻撃的な態度の裏にあるものを、ハージの話に黙ってうなずいているキャロルの冷静さの裏にあるものを読み取ろうとした。ふたりが今何を話しているかではなく、五年前に、三年前に、あるいは手漕《てこ》ぎボートの写真を撮った日にどんな話をしていたのかを知りたかった。キャロルはたしかにかつてハージを愛していたのだ。そうわかってはいても、ともすると忘れてしまいそうだった。

「そろそろ僕たちも失礼しようか、テリー」リチャードが問いかけた。

キャロルはハージのテーブルの女性に会釈《えしやく》をするとハージに背を向けた。ハージはキャロルの先にいるテレーズとリチャードを見やったが、テレーズを覚えているそぶりはなく、テーブルへ戻っていった。

「ごめんなさいね」キャロルはテレーズたちの元に戻りながらいった。

歩道に出てからテレーズはリチャードを脇に呼んだ。「今夜はここでさよならしなくちゃならないわ、リチャード。キャロルから、お友達の家に誘われているの」

「そうなんだ」リチャードは顔を曇らせる。「コンサートのチケットがあるのに」

テレーズは急に思い出した。「アレックスのコンサートね。忘れていたわ。ごめんなさい」

リチャードはむっつりとした口調でいった。「どうせたいしたことじゃないからな」

実際たいしたことではなかった。リチャードの友人のアレックスがバイオリン・コンサートで伴奏をしていて、何週間か前にリチャードにチケットをくれたのだ。

「僕なんかより、あの人といたいんだろう」

テレーズはタクシーを探しているキャロルを見た。早くしないとキャロルは帰ってしまう。「今朝《けさ》、コンサートのことをいってくれればよかったのに。せめて確認だけでもしてくれたら」

「さっきの男は彼女のご亭主かい」リチャードは眉をひそめて険《けん》のある目つきになった。

「いったいこれはどういうことなんだ、テリー」

「なんのこと？　わたしはご主人を知らないわ」

リチャードはしばしためらったが、やがて目から険しさが消えた。そして自分が理不尽な真似《まね》をしたことを認めるように微笑《ほほえ》んだ。「すまない。ただ、今夜は一緒にいられるとばかり思っていたんだ」リチャードはキャロルに歩み寄った。「失礼します」

リチャードがひとりで帰ろうとしているのを見て、キャロルは声をかけた。「ダウンタウンへ行くの？　それなら送るわよ」

「せっかくだけど、歩きますから」

「リチャードとデートかと思ったわ」キャロルはテレーズにいった。

リチャードはまだ帰らずにぐずぐずしている。テレーズはキャロルに歩み寄ると、リチャードに聞こえないようにいった。「たいした約束じゃないんです。それよりも、あなたといたい」

タクシーが一台、キャロルの脇に近づいて停《と》まった。キャロルはドアに手をかけた。

「でもわたしとの約束だってたいしたものじゃないでしょ。今晩はリチャードと過ごしたら?」

　テレーズはリチャードをちらりと見て、今のキャロルの言葉が聞こえていたことを悟《さと》った。

「それじゃね、テレーズ」とキャロル。

「さよなら」リチャードが声をかける。

「さよなら」テレーズは挨拶《あいさつ》を返し、キャロルがタクシーに乗り込んでドアを閉めるのを見守った。

「さてと」リチャードがいった。

　テレーズはリチャードを振り返った。彼女はコンサートには行かない、自暴自棄《じき》な真似もしない。ただざっさと家に帰り、火曜日までに完成させる予定のハークヴィーに見せるセットの模型に取り組むだけだ。リチャードが歩み寄るほんの一瞬のあいだに、あまりぞっとしないがほとんど開き直りともいえる今夜の予定がぱっと頭に浮かんだ。

「やっぱりコンサートには行きたくないわ」

　驚いたことにリチャードはさっとあとずさると、怒ったように叫んだ。「わかった。好きにするがいい!」そして踵《きびす》を返した。

　リチャードは五十九丁目を西に向かって遠ざかっていく。右肩を突きだし、一方にかしいだ、だらしない歩き方で、両手を不規則に振っている。歩く姿からだけでも、ひどく怒っているのがわかった。すぐにリチャードの姿は見えなくなった。この前の月曜日にケタリングから断られたときのことが、テレーズの脳裏《のうり》をかすめる。テレーズはリチャードが消えていった闇《やみ》を見つめた。今夜は悪いことをしたとは思わなかった。あるのは別の感情だった。リチャードがうらやましかった。いつでも自分の居場所が、家が、仕事がある、誰かがいてくれる、と信じられるリチャードがうらやましかった。そんな考え方がうらやましかった。そしてそんなリチャードに対して、憤りにも似た感情を抱いていた。

13

口火を切ったのはリチャードだった。

「あの人のどこがそんなに好きなんだ？」

その夜テレーズはリチャードとデートの約束をしていたが、キャロルが来るかもしれないというわずかな望みのためにそれを破った。結局キャロルはあらわれず、代わりにリチャードが訪ねてきた。そして夜の十一時五分に、ふたりはレキシントン・アベニューにある、ピンク色の壁をした広いカフェテリアにいた。テレーズが口を開こうとした矢先にリチャードが切り出した。

「あの人と一緒にいるのが好きなの。一緒に話していると楽しいわ。話ができる人なら誰でも好きよ」キャロルにあてた投函《とうかん》することのなかった手紙の文句が、リチャードへの答えのようにテレーズの胸をよぎる。『砂漠に立って両手を差し出すわたしに、あなたは雨となって降り注ぐ』

「すっかり夢中じゃないか」リチャードは嫌悪もあらわに吐き捨てた。

テレーズは深く息を吸った。あっさりと「そうよ」と認めてしまおうか？　それとも説明する？　でもたとえ百万の言葉を尽くして説明したところで、リチャードに何が理解できるだろう。

「彼女は知っているのか？　そりゃ、知っているよな」リチャードは顔をしかめて煙草《たばこ》を吸った。「まったく、みっともないと思わないのか。まるで女学生の恋わずらいみたいだ」

「あなたにはわからないわ」テレーズの気持ちに揺るぎはなかった。『森のすべての木々の梢《こずえ》をわたるメロディのように、あなたのすみずみにまで吹き渡りたい』

「何をわかれというんだ。だが、彼女にはわかってるんだな。あんなふうに君を甘やかすべきじゃない。そうやって人の気持ちをもてあそぶなんて最低だ。君がかわいそうだ」

「わたしが？」

「彼女は君をおもちゃにしてるだけだ。そのうち飽きられて放り出されるのが落ちさ」

放り出す？　どっちが内でどっちが外？　どうしたら心を放り出すことなんてできるの？　怒りがこみ上げてきたが、ここで言い争いたくなかった。だから黙っていた。

「どうかしているよ！」

「正気よ。これ以上ないくらいね」テレーズはテーブルナイフを手に取り、刃の根元に親指を当てて前後にこすった。「だから放っておいてくれない？」

リチャードは眉《まゆ》をひそめる。「放っておく？」

「そうよ」

「つまり、ヨーロッパ行きもなしか？」

「ええ」

「いいかい、テリー」リチャードは椅子《いす》のなかで身をくねらせ、前に乗り出したが途中でためらい、また煙草を一本取ってまずそうに火をつけると、マッチを床へ放った。「完全にのぼせあがってるな！　これじゃ——」

「あなたと言い争いたくないのよ」

「これじゃ、恋わずらいよりたちが悪い。すっかり分別をなくしている。わからないのか？」

彼のいってることなんて一言もわからない。

「でも一週間もすれば熱も冷めるさ。そう願いたいもんだよ。やれやれ！」リチャードはまた落ち着きなく姿勢を変えた。「たとえ一瞬とはいえ、そんなくだらない感情のために、僕と別れるようなことをいうなんて！」

「わたしじゃないわ。あなたがいってるのよ」テレーズはリチャードを見返した。リチャードの表情はこわばり、のっぺりとした頰《ほお》の中央に赤みがさしつつあった。「だけどあなたがそんなふうに喧嘩《けんか》をふっかけるだけなら、どうして一緒にいたいなんて思えるかしら」

リチャードは椅子の背にもたれた。「次の水曜日には、土曜日には、君はそんなことは思っちゃいないさ。彼女に会ってからまだ三週間もたっていないのに」

テレーズはスチームテーブルを見渡した。人々はテーブルに沿ってゆっくりと進みながら思い思いに料理を選び、レジ・カウンターに進んで勘定を済ませると三々五々に散らばっていく。「わたしたち、さよならしたほうがいいのかもしれないわね」テレーズはいった。「お互いどこまで行っても今と少しも変わらないのなら」

「今の君はまるで頭が完全にいかれてるのに、自分は正気だと思いこんでるのと同じさ！」

「ああ、もうやめて！」

リチャードは片方の拳《こぶし》を握りしめた。そばかすの浮いた白い皮膚《ひふ》に包まれた拳はテーブルの上で微動だにしなかったが、テレーズにはそれがむなしく音もなく宙を叩《たた》きつけているのがわかった。「いいかい、彼女は自分が何をしているのかわかっている。わかった上で、君に犯罪的行為をしている。いっそ彼女のことを通報しようかとも思ったんだが、あいにく君は子供じゃない。ただ子供のようにふるまっているだけだ」

「どうしてそんなに深刻に考えなくちゃならないの」テレーズは言い返す。「あなたどうかしてるわ」

「君こそ、僕と別れたいと思うほど深刻に考えているじゃないか！　彼女の何をわかっているというんだ」

「そういうあなたは彼女の何をわかっているの」

「彼女に誘われでもしたのか」

「何いってるの！」もう何度となく同じ台詞《せりふ》を繰り返しているような気がした。この一言こそが今ここに、まだ囚《とら》われているテレーズのすべてをあらわしている。「あなたにはわからない」しかしリチャードはわかっている。だからこそ怒っているのだ。だが、リチャードには理解できるだろうか。もしキャロルが指一本触れなかったとしても、テレーズが同じ気持ちになったことを。もしキャロルとデパートで人形のスーツケースをめぐる短い会話を交わしただけで終わっていたとしても。それどころかキャロルがテレーズにまったく声をかけなかったとしても。なぜなら人形売り場に立ってテレーズを見ているキャロルと目が合った瞬間に、すべてが始まったからだ。キャロルと出会ってから実にさまざまな出来事があったことを考えると、突然、信じられないほどの幸運を感じた。これが男と女だったら互いを見つけだすことは、愛せる相手に出会うことはとても簡単だ。しかしテレーズにとってキャロルに出会ったことは——。「あなたがわたしを理解しているよりも、わたしはあなたを理解していると思う。あなたも本当は、二度とわたしに会いたくないはずよ。だってあなた、自分でいったじゃない、わたしは変わってしまったって。このまま会い続けていたところで、あなたはますます――そんなふうになるだけよ」

「テリー、僕が愛してほしいといったことも、君を愛しているといったことも、ほんの少しのあいだ忘れてくれ。僕はひとりの人間としての君が好きなんだ。本当に――」

「時々、なぜあなたがそんなにわたしを好きだと思うのか――好きだと思っていたのか不思議になるわ。わたしのことをなんにもわかっていないのに」

「君こそ自分がわかっていない」

「いえ、わかっているわ。そしてあなたのこともわかっている。あなたはそのうち絵を捨てて、わたしのことも捨てるのよ。あなたがこれまで何か始めては途中でいろいろなものを投げ出してきたようにね。ドライクリーニングや、中古車販売や――」

「そんなことはない」リチャードはむっとした顔で言い返した。

「だけど、なぜわたしを好きだと思うの。わたしにも少し絵心があって、絵について話し合えるからじゃない？　あなたが絵で食べていける見込みがないのとまったく同じように、わたしがあなたの恋人になる見込みはないのよ」いったんためらってから、その先を続ける。「あなたほど芸術に精通している人なら、自分に画家としての見込みがないことはわかっているんでしょ。あなたはできるだけ先延ばしにしようとしている子供と同じよ。自分が何をしなくてはならないのか、結局はお父さんの家業を継ぐことになるとわかっているんでしょ」

リチャードの青い瞳《ひとみ》が急に冷ややかになった。口をすぼめ、薄い上唇がかすかにめくれ上がっている。「今そんなことは関係ないだろ」

「いいえ、あるわ。同じことよ。望みがないとわかっていながら、最後にはあきらめることになるとわかっていながら、先延ばしにしている」

「あきらめたりはしない！」

「リチャード、こんなこと議論しても――」

「どうせ、君は考えを変えることになる」

テレーズにはわかっていた。それはリチャードがテレーズに繰り返す決まり文句のようなものだった。


一週間後、テレーズの部屋に来たリチャードはやはり仏頂面を浮かべて、同じ不機嫌な口調でしゃべっていた。めずらしく午後の三時に電話をかけてきて、少しだけでもいいから会いたいといって譲らなかったのだ。テレーズは、キャロルの家に週末持っていく荷物を一泊用の旅行かばんに詰め込んでいる最中だった。これがキャロルの家に行くためでなければ、リチャードの態度も違っていたかもしれない。テレーズがこの一週間にリチャードと会った三回とも、彼はこれまでにないほど愛想がよく気を使ってくれていたからだ。

「一方的に三行半《みくだりはん》を突きつけて終わりにはできないんだよ」リチャードは長い両腕を差

し伸べたが、その口調にはすでにテレーズから遠ざかりつつあるかのような、寂しげな響きが感じられた。「何がいちばん傷つくかといえば、君がまるで僕にまったく価値がないような、なんの役にも立たないかのようにふるまっていることだ。ひどいじゃないか、テリー。これじゃ最初から僕には勝ち目がない！」

もちろん、リチャードに勝ち目などない。「わたしには喧嘩《けんか》をしなくちゃならない理由はないわ。あなたがキャロルのことで、いちいち喧嘩をふっかけてくるんじゃない。キャロルはあなたから何も奪ってはいない。だってあなたは最初から何も持っていなかったんだから。だけどあなたがこれ以上わたしとはつきあえないというのなら——」テレーズは言葉を切った。リチャードはこれからもつきあえるのだろうし、恐らくつきあおうとするとわかっているからだ。

「ずいぶんな理屈だな」リチャードは片方の手のひらの付け根で目をこすった。

たった今頭にひらめいた考えにとらわれて、テレーズはまじまじとリチャードを見つめた。そしてそれが真実だということに気がついた。どうして数日前に劇場に行った晩に気づかなかったのだろう。この一週間にわたるリチャードの無数の仕草や言葉、表情からだってわかっていてもよかったのに。だが、とりわけ劇場に行った夜の記憶は鮮明だった。あの晩のリチャードはテレーズを驚かせた。彼はテレーズがとりわけ見たがっていた芝居のチケットが手に入ったといった。テレーズの手を握る仕草もいつもとは違い、電話でも待ち合わせ場所を一方的に告げるのではなく、あくまで彼女の都合を優先するかのような訊《たず》ね方だった。テレーズは嫌な予感がした。リチャードの優しい態度は愛情のあらわれではなく、テレーズのご機嫌を取って、周到に用意してきた質問を投げかけやすい雰囲気を作るのが狙いだったからだ。リチャードはごくさりげなく、だが唐突に切り出した。「キャロルを好きというのはどういう意味なんだ。彼女と寝たいということかい？」テレーズは答えた。「もしそうだったとしても、あなたに話すと思う？」さまざまな感情――屈辱や憤り、リチャードに対する嫌悪――がつかのま頭のなかで渦《うず》巻《ま》いてテレーズは言葉を失った。リチャードと並んで歩き続けることにも耐えられなかった。ちらりと視線をやると、リチャードは柔和で間の抜けた笑顔をテレーズに向けていた。だが今思い返すと、それは冷酷でどこか異常な笑顔だったような気がする。リチャードは、テレーズのほうが異常なのだと彼女に思い込ませようとしていた。リチャードがあれほどまでにあからさまな態度を取っていなければ、テレーズはあの晩の異常に気づかなかったかもしれない。

テレーズは振り向いて、旅行かばんに歯ブラシとヘアブラシを入れたが、キャロルの家に自分の歯ブラシがあることを思い出した。

「いったいキャロルに何を求めているんだ、テレーズ。君はどうしたいんだ」

「どうしてそんなに興味津々《しんしん》なの」

リチャードがテレーズをにらみつけると、テレーズには一瞬、彼の怒りの下にある激しい好奇心がかいま見えた。それは鍵穴《かぎあな》からのぞいて成りゆきを眺めているような下世話な好奇心で、これを見るのは初めてではない。だがリチャードはそこまで冷静でいるわけではないとテレーズにはわかっていた。それどころか、かつてないほどテレーズに執着し、放すまいとしている。そう考えるとぞっとした。リチャードの決意は憎悪と暴力へ形を変えないとも限らない。

リチャードはため息をつくと、持っていた新聞紙を両手でねじった。「僕は君に興味があるんだよ。『ほかの人を探して』といわれて『はい、そうですか』というわけにはいかないんだ。これまで誰ともこんなつきあい方をしたことはなかったし、こんな気持ちになったこともない」

テレーズは黙っていた。

「ちくしょう！」リチャードは新聞を本棚へ投げつけてテレーズに背を向けた。

新聞が聖母像に当たり、聖母像は驚いたようにうしろの壁にぶつかって倒れると、棚から転げ落ちた。リチャードは両手を差し伸べてあやういところで聖母像を受け留め、反射的に笑みを浮かべてみせた。

「ありがとう」テレーズは聖母像を受け取った。そして本棚に戻そうとしたが、突然さっと手を振り下ろして像を床に叩《たた》きつけた。

「テリー！」

聖母像は三、四片に割れて床に転がった。

「いいのよ」そういいながらも、心臓が乱れ打っている。憤り、あるいは戦っているかのように。

「だけど――」

「こんなもの！」テレーズは片足で聖母像の残骸《ざんがい》を脇《わき》へ押しやった。

リチャードはひと呼吸置いて出ていき、ドアを叩きつけるように閉めた。

わたしはどうしてしまったのだろうかとテレーズは考えた。アンドロニッチの一件のせい？　それともリチャードのせい？　一時間ほど前にアンドロニッチの秘書から電話があり、テレーズではなくフィラデルフィアで現地の助手を雇うことになったと告げられたばかりだった。だからキャロルの旅行から戻ってきても、アンドロニッチの仕事は待っていない。見下ろすと、割れた聖母像の内側はとても美しかった。それはきれいに木目に沿って割れていた。

その夜、キャロルはテレーズに、リチャードとの会話について根掘り葉掘り訊ねた。リチャードが傷ついていないかどうかを気にかけるキャロルに、テレーズはいらだちを覚えていた。

「あなたはほかの人の気持ちというものを、あまり考えないのね」キャロルはそっけなくいった。

その夜はキャロルがメイドに休みを与えていたので、ふたりは遅い夕食をキッチンで作っているところだった。

「なぜ、あなたはリチャードに愛されていないと思うの？」キャロルが訊ねる。

「たぶん、リチャードの愛し方がわたしにはわからないだけかもしれません。でもあれが愛だとは思えないんです」

その後食事をしながら旅行の話をしている最中に、キャロルが突然こういった。「リチャードに何もいわなければよかったのよ」

テレーズはリチャードとカフェテリアで交わしたやりとりをキャロルに打ち明けたばかりだった。「どうして？　嘘《うそ》をつくべきだったというんですか」

すでに食事の手を止めていたキャロルは、椅子を押して立ち上がった。「あなたはまだ若すぎて自分の気持ちをわかっていない。自分が何をいってるのかもね。そう、そういう場合には嘘をつくべきだわ」

テレーズはフォークを置き、キャロルが煙草を取り出して火をつける姿を見つめた。

「リチャードと別れるためにそういわなければならなかったんです。本当です。彼にはもう二度と会いません」

キャロルは書棚の下の戸を開いて酒壜を取り出した。そして空《から》のグラスにウィスキーを注ぎ、叩きつけるように戸を閉じた。「なぜ今、別れを切り出さなければならなかったの？　なぜ二カ月前か二カ月後ではだめだったの？　それになぜわたしの話をしたの？」

「それは――リチャードがあなたの存在を気にしているようだったから」

「でもリチャードとこのまま会わなければ――」テレーズは最後まで言い終えることができなかった。リチャードはつきまとったり、ひそかに監視をするようなタイプではないと言い切れなかった。だが、そんな可能性をキャロルにいう気にはなれなかった。何よりもリチャードの目に浮かんでいたものが心に引っかかっていた。「リチャードはきっとあきらめると思います。『勝ち目がない』といっていたから」

「そうでしょうね」

キャロルは片手で額《ひたい》を叩いた。「勝ち目がない、ね」おうむ返しに繰り返すとテーブルに戻り、グラスから水を足してウィスキーを割った。「たしかにそうだわ。いいのよ、食事をすませてしまいなさい。ひょっとしたら、わたしの考えすぎかもしれないわ」

しかしテレーズは身じろぎもしなかった。わたしは間違ったことをしてしまったのだ。どんなにがんばっても、どんなに正しいことをしたと思っても、キャロルが幸せにしてくれたようには彼女を幸せにできない。これまで何度となくそのことを考えてきた。キャロルはほんの時折、幸せそうな顔を見せるだけだ。テレーズはその一瞬一瞬を拾い集めては、胸にしまってきた。たとえばクリスマスの飾りを片付けた夜、キャロルは天使がいくつもつながった紙人形をたたむと本にはさんだ。「これは取っておくわ。二十二人の天使が守ってくれたら、負けるはずがないもの」今のキャロルはテレーズに目を向けてはいるが、ふたりを大きく隔てている物思いのベール越しに見ている。それはテレーズがこれまで何度となく目にしてきたものだった。

「芝居の台詞ね」キャロルはいった。「『勝ち目がない』なんて。みんな手垢《てあか》のついた古典を口にする。こういう台詞も古典よね。何百人もの人たちが、みんな同じ台詞を口にするのよ。母親のための台詞もあれば、娘のための台詞も、夫や恋人のための台詞もある。足元に転がるおまえの死体を見たほうがまし、とかね。結局は配役を変えて何度も繰り返される芝居なのよ。古典になる条件はなんだと思う？」

「古典とは――」喉《のど》がつまり、うわずった声が出た。「古典とは時代を超越した、人間の業《ごう》を描くものだと思います」

目覚めると、部屋には陽光がさしこんでいた。テレーズは横たわったまま、太陽の光が淡い緑色の天井でさざ波のように躍るのを眺めながら、人の動いている気配に耳をすませた。衣装簞笥《だんす》の端にかけられたブラウスへ目をやる。キャロルの家でこんなだらしのない真似《まね》をするなんて。キャロルが嫌がるとわかっているのに。車庫の向こうで飼われている犬が、投げやりに吠《ほ》える声が断続的に聞こえてくる。昨夜はリンディからの電話が場をなごませてくれた。九時半に誕生パーティから戻ったリンディは、四月の誕生日にパーティを開きたいとせがんだ。キャロルは、もちろんいいわよと答えた。この電話があってからというものキャロルの様子はがらりと変わり、ヨーロッパの話をしたり、イタリアのラパロの夏について語った。

テレーズはベッドを出て窓辺に歩み寄ると窓を押し上げ、寒さに身をすくめながら窓枠にもたれた。この窓辺で迎える朝はこれまで迎えた他のどんな朝とも違っていた。私道の向こうに広がる円形の芝生《しばふ》には日光が降り注ぎ、まるで金色の針を撒《ま》き散らしたかのようだ。露《つゆ》に濡れた生垣《いけがき》の葉も太陽にきらめき、頭上にはすがすがしい真っ青な空が広がっていた。テレーズは私道を見下ろし、あの朝アビーがいた場所に目をやってから生垣の先にのぞく白い柵を見た。そこが芝生の境界線のようだった。芝生は茶色く冬枯れていたが、それでも庭は若々しく息づいているように見えた。モントクレアの学校は木々と生垣に囲まれていたが、そうした緑は決まって赤煉瓦《あかれんが》の壁や、診療所や材木置き場、道具小屋といった灰色の石造りの校舎に阻まれて途切れていた。そして春をいろどるはずの緑はなぜか最初から色褪《いろあ》せ、まるで生徒から生徒へと使いまわされる教科書や制服などの備品と同じように古ぼけて見えた。

テレーズは家から持ってきたチェックのスラックスをはき、以前キャロルの家に置いていったシャツを着た。これまで置いていったシャツはどれもきちんと洗濯されていた。時計を見ると八時二十分だ。キャロルは八時半頃にコーヒーを部屋に運んで起こされるのを好んでいたが、フローレンスには絶対にそうしたことをさせないことに気がついていた。

テレーズが階下へ行くとフローレンスはキッチンにいたが、ちょうどコーヒーをいれ始めたばかりだった。

「おはよう」テレーズは声をかけた。「朝食を作ってもいい?」これまでにも二度、テレーズが朝食を作っているところにフローレンスが入ってきたことがあったが、フローレンスは気分を害したそぶりを見せなかった。

「どうぞ。わたしは自分の目玉焼きだけ作ります。ミセス・エアドのお世話はご自分でなさりたいでしょうから」フローレンスは決めつけるようにいった。

テレーズは冷蔵庫から卵をふたつ取り出した。「ええ」笑顔で答え、火にかけたばかりの水に卵をひとつ落とす。そっけない返事になったが、ほかになんと答えればいいのだろう。朝食用の盆を用意してから振り返ると、鍋《なべ》にはフローレンスがあとから入れたとおぼしきもうひとつの卵が入っていた。テレーズは指先で卵のひとつを取り出した。

「キャロルはひとつしか食べないわ。これはオムレツにしてわたしが食べる分よ」

「そうですか。いつもふたつ召し上がっていましたけど」

「でも、もう食べないの」

「どちらにしても、時間をはかったほうがよろしいんじゃありませんか？」フローレンスはプロらしいにこやかな笑みを浮かべていった。「ゆで卵用のタイマーでしたら、ガス台の上にありますよ」

テレーズは首を横に振った。「勘でやったほうがうまくいくのよ」テレーズはキャロルのゆで卵を作って失敗したことはなかった。キャロルはタイマーよりもやや長めにゆでるほうが好きなのだ。フローレンスを見ると、今では卵をふたつ落とした小さなフライパンに向き直って目玉焼きを作っていた。コーヒーはあと少しで入る。テレーズはそれ以上何もいわず、キャロルに持っていくためのコーヒーカップを用意した。

その日の午前中、テレーズはキャロルを手伝い、裏庭に出ていた白い鉄製の椅子とブランコを屋内にしまった。「フローレンスがいればもっと楽な作業だったんだけど」とキャロルはいった。「彼女を買い物に出してから急に思い立ったのよ」冬のあいだも椅子とブランコを外に出しておくのはハージのアイデアだったが、キャロルはわびしく見えるという。ようやく残るのは、丸い噴水のそばに置かれた白い鉄製の小さな椅子ひとつになった。座面がふくらんで四本の脚に凝った装飾が施されたしゃれた椅子だ。誰がこんなものに座るのだろう、とテレーズは思う。

「野外でも、もっと芝居が上演されるようになればいいのに」テレーズはいった。

「舞台を作るときはまず最初に何を考えるの。どこから始める?」

「そのお芝居の持つ雰囲気だと思いますけど。それがどうかしました?」

「どういう種類のお芝居なのかを考えるの?　それとも自分がどんなものを観たいのかを考える?」

漠然とした苦々しさとともに、ミスター・ドナヒューの言葉がテレーズの脳裏《のうり》をかすめる。どうやら今朝のキャロルは難癖をつけたい気分のようだ。「わたしのことをプロらしくないと思っているんでしょう」

「主観的だとは思うわ。それはプロらしくないということよね」

「そうとは限りません」しかし、キャロルが何をいおうとしているのかはわかっていた。

「主観を大切にしたければ、もっと多くのことを知らなくちゃいけないんじゃない？　見せてくれた作品からすると、あなたはあまりにも主観的だわ――だけど知識がそれに伴っていない」

テレーズはポケットのなかで両の拳を握りしめた。キャロルが自分の作品を気に入ってくれたらいいと心から願っていたのだ。それも無条件に。これまで見せてきたものが少しも気に入ってもらえてないとわかって、彼女は深く傷ついた。キャロルは専門的なことは何も知らないのに、言葉ひとつで舞台セットを破壊できるのだ。

「西部を見ればとても勉強になると思うわ。いつまでに戻ればよかったのかしら。二月半ば？」

「それが、その必要はなくなったんです――つい昨日、連絡があって」

「どういうこと？　フィラデルフィアの仕事はなくなったの？」

「先方から電話があったんです。地元の人を使いたいとのことで」

「まあ、それは残念だったわね」

「いえ、舞台の世界ではよくあることですから」テレーズは答えた。キャロルは片手をテレーズのうなじにあて、犬にするように親指で耳のうしろをさすった。

「わたしに黙っているつもりだったのね」

「話そうと思っていました」

「いつ？」

ってから」

「がっかりしている?」

「いいえ」テレーズはきっぱりと答えた。

ふたりは残っていた一杯分のコーヒーを温め直すと、芝生に残してある白い椅子へ持っていって一緒に飲んだ。

「お昼は外で食べない?」キャロルがいう。「クラブへ行きましょうよ。そのあとニューアークで買い物をしなくてはならないの。ジャケットはどう? ツイードのジャケットはほしくない?」

テレーズは噴水の縁に座り、寒さでひりひりする耳を片手で覆っていた。「でも、わたしには必要ありませんから」

「わたしがツイードのジャケットを着たあなたを見たいの」

テレーズが二階で服を着替えていると電話が鳴り、続いてフローレンスの声がした。

「まあ、おはようございます、だんな様。はい、ただ今お呼びします」テレーズは戸口に近づいてドアを閉めた。じっとしていられなくて部屋の整理をはじめ、服をクロゼットにかけ、すでに整えたベッドを撫《な》でつけた。やがてキャロルがドアをノックして頭だけ出していった。「ハージがもうじき来るそうよ。すぐに帰ると思うわ」

テレーズはハージに会いたくなかった。「わたしは散歩してきましょうか」

キャロルは微笑《ほほえ》んだ。「いいのよ。ここで本でも読んでいて」

テレーズは昨日買った『オクスフォード英詩選』を手に取って読もうとしたが、言葉と言葉はつながらず意味をなさなかった。隠れているのだと思うと落ち着かず、戸口へ近づいてドアを開いた。

ちょうどキャロルが寝室から出てくるところで、一瞬、テレーズがこの家に初めて足を踏み入れたときと同じためらいの表情がその顔をよぎった。一拍おいて彼女はいった。

「一緒にいらっしゃい」

ふたりが居間に入ると、ハージの車が私道を入ってくるところだった。キャロルが玄関へ出迎えに行き、挨拶《あいさつ》を交わす声が居間にいるテレーズまで聞こえてきた。キャロルの声は儀礼的な親しさにとどまっていたが、ハージはやけに陽気な声をあげていた。キャロルが細長いギフトボックスに入った花束を両腕に抱えて居間に戻ってきた。

「ハージ、ミス・ベリヴェットよ。前にも会っているわよね」とキャロル。

ハージはかすかに目を細めてから開いた。「ああ、そうだね。こんにちは」

「こんにちは」

キャロルは居間に入ってきたフローレンスに花束が入った箱を渡した。

「これをいけてくれる？」キャロルがいった。

「ああ、パイプがあった。やっぱりここだったのか」ハージはマントルピース上のセイヨウキヅタの背後に手を伸ばしてパイプを取り出した。

「お宅のほうはお変わりなくて？」キャロルはソファの端に座りながら訊ねた。

「ああ、みんな元気だ」ハージはこわばった笑みを浮かべ、歯こそ見せなかったものの、すばやく頭をめぐらせる物腰にも顔つきにも如才《じょさい》なさが感じられ、いかにも自信にあふれている。フローレンスが花瓶にいけた赤い薔薇《ばら》を運んできて、ソファの正面のコーヒーテーブルに飾るさまを眺めている今も、すっかりご満悦のようだった。

　わたしもキャロルに花を持ってくればよかった、とテレーズは思う。これまでも何度だってその機会はあったのに。テレーズはダニーが花を持って、ひょっこり劇場に立ち寄った日のことを思い出した。テレーズがハージのほうを向くと彼は目をそらし、すでに上がっている片眉をさらに吊《つ》り上げ、まるで室内のどんな変化をも見逃すまいとするかのように、あちこちへ視線を走らせた。もしかしたら上機嫌なふりをしているだけなのかもしれない。そして、ふりをするほど気を使っているのだとすれば、どういう形にせよキャロルを気にかけているに違いない。

「リンディに一輪もらっていってもいいかい」

「もちろんよ」キャロルは腰を浮かせて花を取ろうとしたが、ハージが前に出てナイフを茎に当てると一輪切り取った。「とてもきれいなお花だわ。ありがとう、ハージ」

　ハージは切り取った薔薇を鼻へ近づけた。そして半ばキャロルに、半ばテレーズに向かって話しかけた。「今日はいい天気だ。ドライブにでも出かけるのかい」

「ええ、そう思っていたの。ところで、来週の午後に一度お宅へうかがいたいのだけれど。たぶん火曜日に」

ハージは一瞬ためらっているようだった。「わかった。リンディに伝えておこう」

「リンディには電話で話しておくわ。ご家族に伝えてちょうだい」

ハージは承知したように一度うなずいてからテレーズへ視線を向けた。「ああ、思い出した。そうだ。三週間ほど前にここで会ったね。クリスマス前だ」

「ええ。日曜日に」テレーズはキャロルとハージをふたりだけにしようと立ち上がった。「二階に行っています」キャロルにいった。「失礼します、ミスター・エアド」

ハージは軽く会釈をした。「ご機嫌よう」

階段を上るテレーズの耳にハージの声が飛びこんできた。「お祝いくらいさせてくれよ。それくらいいいだろう？」

キャロルの誕生日だったのだ。もちろんキャロルは教えてくれはしなかった。

テレーズはドアを閉じて室内を見回し、自分がここに泊まった痕跡を探しているのだと気づいた。何もなかった。鏡の前で足を止め、眉をひそめてのぞきこむ。今日は三週間前に初めてハージと会った日よりもずっと顔色がいい。ハージがあの日出会った弱々しく、怖気《おじけ》づいた小動物のような小娘ではない。テレーズは一番上の引き出しからハンドバッグを出すと口紅を手に取った。そのときハージがドアをノックし、テレーズは引き出しを閉めた。

「どうぞ」

「失礼するよ。ちょっと持っていくものがあってね」ハージは浴室に足早に入り、剃刀《かみそり》を手にして笑顔で出てきた。「先週の日曜日も、レストランでキャロルと一緒だったね」

「はい」

「キャロルから聞いたんだが、舞台美術の仕事をしているとか」

「はい」

ハージは視線をテレーズの顔から手へ、そして床へ走らせてから顔へ戻した。「キャロルを外に連れ出してくれるとありがたいな。君は若くて元気そうだ。どんどん連れ回してやってくれ」

ハージはさっさと戸口から出ていき、あとにかすかな髭剃《ひげそ》り用石鹸《せっけん》の香りを残していった。テレーズは口紅をベッドに投げるとスカートの脇で手を拭《ぬぐ》った。なぜハージは、テレーズがキャロルと長い時間を過ごすのが当然だと思ってることを、ほのめかしたりするのだろう。

「テレーズ！」ふいにキャロルの声がした。「下りてらっしゃい！」

キャロルはソファに座っていたが、ハージはもういなかった。キャロルは小さな笑みをたたえてテレーズを見る。フローレンスが入ってくるとキャロルはいった。「フローレンス、お花をよそへ移してちょうだい。ダイニングルームに飾るといいわ」

「かしこまりました」

キャロルはテレーズにウィンクをした。

ダイニングルームを使う者などいないことをテレーズは知っていた。キャロルはいつも別の場所で食べたがるのだ。「どうして誕生日だと教えてくれなかったんですか」

「まあ！」キャロルは吹き出した。「違うわ。結婚記念日なのよ。コートを取っていらっしゃい。出かけるわよ」

私道からバックで車を出しながらキャロルはいった。「わたしに我慢できないものがあるとすれば、それは偽善者よ」

「ハージはなんといったんですか？」

「大事なことは何ひとついわなかったわ」キャロルはまだ微笑んでいる。

「でも今、ハージを偽善者といいましたよね」

「めったにいないほどのね」

「あの上機嫌は全部見せかけだから？」

「そうね――それもあるわ」

「わたしのこと、何かいってましたか？」

「感じのいいお嬢さんだといっていたわ。意外？」キャロルは村へ続く細い道に猛スピードで車を走らせた。「彼がいうには、離婚が決定するまでには、予想していたよりも六週間ほど長くかかりそうなんですって。あれこれ面倒なお役所仕事のせいで。これこそ意外だわ。そのあいだにわたしの気が変わるかもしれないと、ハージはまだ思っているのよ。それが偽善なの。ハージは自分の心に嘘をつくのが好きなんだわ」

人生や人間関係はみんなこのようなものなのだろうか、とテレーズは思う。足元に揺るぎない大地などない。まるで砂利道《じゃりみち》のように少しばかりへこんでは騒々しい音を立て、みんなに聞こえてしまう。だから人は、侵入者の耳障りなざらつく足音がしないかといつも耳をすませているのだ。

「キャロル、あの小切手はもらいませんでした」だしぬけにテレーズはいった。「ベッド脇のテーブル掛けの下に入れました」

「どうして」

「わかりません。破り捨てたほうがいいですか。あの晩、本当にそうしかけたんです」

「あなたの好きにしてちょうだい」キャロルは答えた。

14

テレーズは大きなダンボール箱を見下ろした。「持っていくの、気が進まないわ」両手は別の荷物でふさがっている。「食べ物はミセス・オズボーンにあげて、あとは置いていこうかしら」

「持っていきなさいよ」部屋を出ながらキャロルがいった。彼女はテレーズが出発間際にやはり持っていくことにした本やジャケットといった、残りのわずかな荷物を持って階段を下りていった。

テレーズは持っていた荷物を車へ運んでから箱を取りに上階へ戻った。一時間前に配達されたこの箱には、パラフィン紙に包まれた大量のサンドイッチとブラックベリーワインが一本、ケーキ、そして箱に収められたドレスが入っていた。ミセス・セムコがテレーズに約束していたお手製の白いドレスだ。たぶんこの贈り物を手配したのはリチャードではない。もしもリチャードなら、本か短い手紙でも添えていただろう。

置いていくことにしたドレスはソファに広げっぱなし、敷物の端もめくれたままだったが、テレーズは一刻も早く出発したかった。ドアを閉じると箱を抱えて足早に階段を下り、ケリー夫妻とミセス・オズボーンの部屋の前を通り過ぎた。夫妻はどちらも仕事で不在だし、ミセス・オズボーンには一時間前に翌月の家賃を払いに行って挨拶《あいさつ》をすませてある。

車のドアを閉めかけたテレーズに、ミセス・オズボーンが玄関の階段から声をかけた。「電話よ！」大きな声で呼びかけられてテレーズはしぶしぶ車を降りた。どうせリチャードだろう。

しかし電話はフィル・マッケルロイからで、彼は昨日のハークヴィーとの面接の内容について訊《たず》ねてきた。テレーズは昨夜ダニーと食事をして面接のことを話していた。ハークヴィーはテレーズを使うと約束はしなかったが、そのうち連絡をするといい、あながち単なる社交辞令ではなさそうだった。ハークヴィーは現在舞台セットを監督している『冬の町』の舞台裏へテレーズを呼んだ。そしてテレーズが厚紙で作った模型のなかから三個を選んでさまざまな角度から眺め、ひとつめは少々面白みに欠けるといい、ふたつめについては実用的でない点を指摘し、残った玄関広間ふうのセットがいちばんいいといった。テレーズがキャロルの家を初めて訪れた日に帰ってから作り始めた模型だった。テレーズのどちらかといえば実験的すぎる舞台セットをまともに取り合ってくれたのはハークヴィーが初めてだった。テレーズはキャロルにすぐに電話をして面接の報告をした。フィルにも同じ内容を話したが、アンドロニッチの仕事がなくなったことは黙っていた。リチャードの耳に入れたくなかったのだ。テレーズはフィルに、ハークヴィーが次はどんなお芝居を手掛けるのかわかったら教えてほしい、といった。昨日ハークヴィーが、ふたつの芝居のうちどちらを引き受けるのか、まだ決めていないといっていたからだ。もしイギリスの芝居に決まれば、テレーズが見習いとして使ってもらえる可能性が高くなる。

「まだ落ち着き先がはっきりしないから住所は教えられないの」テレーズはいった。「シカゴに行くのはたしかなんだけど」

フィルはシカゴの局留めで手紙を出すかもしれないと答えた。

「リチャードだった?」テレーズが車に戻るとキャロルは訊ねた。

「いえ。フィル・マッケルロイでした」

「そうなの。リチャードから連絡はないのね」

「この数日はありません。今朝《けさ》、電報が届きましたけれど」テレーズは迷ったが、ポケットから電報を取り出して読み上げた。「『ボクハ　カワッテイナイ。キミモダ。タヨリマツ。アイシテル　リチャード』」

「電話をなさいよ。わたしの家からかけるといいわ」とキャロルがいった。

今夜はキャロルの家で過ごして早朝に出発する予定になっている。

「今夜あのドレスを着てみてくれない？」

「試着してみます。なんだかウェディングドレスみたい」

テレーズは夕食の直前にドレスを着てみた。丈《たけ》はふくらはぎが隠れる程度で、長くて白い帯をウエストのうしろで結ぶようになっている。帯は前身頃に縫《ぬ》いつけられていて刺繍《ししゅう》が施されていた。キャロルに見せるために一階に下りていくと彼女は居間で手紙を書いていた。

「どうですか？」テレーズは微笑《ほほえ》みながら訊ねる。

キャロルは長いあいだじっとテレーズを眺めてから歩み寄り、ウエストの刺繍に目をやった。「美術館に展示されてもおかしくないレベルだわ。とても似合うわよ。今夜はこのまま着ていてちょうだい」

「本当に手のこんだドレスですよね」テレーズはさっさと脱ぎたかった。ドレスはリチャードを思い出させる。

「ずいぶんとご大層なスタイルだけどどこの国のかしら。ロシア？」

テレーズは思わず笑い声をあげた。ほかの誰にも聞かれる心配がないところで、キャロルの口からさりげなく発せられる悪口が大好きだった。

「どうなの？」キャロルがふたたび問いかける。

テレーズは階段を上がりながら聞き返す。「何がですか？」

「人がものを訊ねているのに無視するなんて失礼よ」その声が突然怒気を含んだきつい口調に変わる。

キャロルの瞳《ひとみ》が怒りのこもった鋭い光を放っていた。テレーズがピアノを弾《ひ》くのを拒んだときと同じだ。そして今度もやはりささいなことに腹を立てている。「ごめんなさい、キャロル。質問を聞き逃しちゃったみたい」

「いいから行って」キャロルは背を向けた。「着替えてらっしゃい」

たぶん、ハージのことがまだ気にかかっているのだろうとテレーズは思った。一瞬ためらったが二階へ上がり、腰の帯と袖《そで》の結び目を解いた。しかし鏡に映った姿を一瞥《いちべつ》するとまた元通りに結んだ。キャロルが望むのならずっと着ていよう。

フローレンスがすでに三週間の休暇に入っていたので、夕食はふたりで作った。キャロルが特別な機会のために取っておいたという壜詰《びんづ》めを開け、食事の前にカクテルシェイカーを振ってスティンガーを作った。キャロルは機嫌を直したように見えたが、テレーズが二杯めを注ごうとすると声を荒らげた。「もう、やめておいたほうがいいわ」

テレーズは微笑を浮かべて素直にしたがった。その後もキャロルの不機嫌は続いた。テレーズが何をいっても何をしてもそれは変わらなかった。気のきいた台詞《せりふ》が返せないのは、このいまいましいドレスのせいだとテレーズは思った。食事がすむとブランデー漬けの栗《くり》とコーヒーを持ってポーチへ移ったが、薄闇《うすやみ》に包まれたふたりの会話はいっそう途切れがちになり、テレーズは眠気を催し、心が沈んでいくのを覚えた。

翌朝、テレーズは裏口の階段で紙袋を見つけた。そのなかには、灰色と白い毛の猿の人形が入っていた。テレーズは猿をキャロルに見せた。

「まあ」キャロルは小さな歓声を漏らして笑みを浮かべた。「ジャコポだわ」彼女は猿の人形を手に取ると、かすかに汚れたその白い頰《ほお》を片方の人差し指で撫《な》でた。「アビーとわたしの人形よ。前は車のうしろに吊《つ》るしていたの」

「アビーが持ってきたんですか。夕べ？」

「そのようね」キャロルは猿の人形とスーツケースを車へ運んだ。

昨夜テレーズはブランコの上でまどろんでしまい、目覚めると辺りはひっそりと静まり返っていた。キャロルはまっすぐ前を見て暗闇のなかに座っていた。きっとキャロルはアビーの車の音を聞いたに違いない。テレーズはキャロルを手伝ってスーツケースと膝掛《ひざか》けを車の後部に乗せた。

「どうしてアビーは家に寄らなかったんでしょう」

「ああ、それがアビーらしいところなのよ」キャロルは微笑み、いつもテレーズを驚かせずにはおかない、はにかんだ表情を一瞬見せた。「リチャードに電話をしたら？」

テレーズはため息をついた。「どちらにしても今はできないんです。もう出かけているはずだもの」今は八時四十分。学校は九時に始まる。

「それならおうちの方に電話なさい。贈り物のお礼をいわないの？」

「手紙を書こうと思っていました」

「今電話なさいよ。そうすれば手紙を書く必要もなくなるわ。とにかく電話のほうがずっと好意が伝わるわよ」

ミセス・セムコが電話に出た。テレーズはドレスと刺繍の素晴らしさを称賛し、食料やワインなどの礼を述べた。

「リチャードはついさっき出かけたところなのよ」ミセス・セムコはいった。「あの子はひどく寂しがるでしょうね。もう、しょげ返っているくらいだもの」そういいながらも笑っている。その生気に満ちた甲高《かんだか》い笑い声は、ミセス・セムコが立っているキッチンからあふれ出して家じゅうに響き渡り、今は誰もいない上階のリチャードの部屋にまで届いているのだろう。「リチャードとはうまくいっているのよね？」ミセス・セムコはわずかに探りを入れるような口調で問いかけたが、まだ笑顔を浮かべていることは感じ取れた。

テレーズは「はい」と答え、手紙を書く約束をして受話器を置いた。電話をしたおかげで気が楽になった。

テレーズは使っていた部屋の窓を閉めたかとキャロルから訊ねられたが、思い出せなかったので二階に戻った。はたせるかな窓は開いていた。ベッドも乱れたままだが、もう直している時間はない。フローレンスが月曜日に家の戸締まりをしに来たついでにべッドを整えてくれるだろう。

下階へ行くとキャロルは電話をしていた。テレーズをにこやかに見上げて受話器を差し出す。電話の声を聞いたとたん、すぐにリンディだとわかった。

「……えーとね、ミスター・バイロンのおうちよ。牧場なの。ママは行ったことある？」

「どこですって、リンディ？」キャロルはいった。

「ミスター・バイロンのおうちよ。お馬さんがいるの。だけどママは、ああいうお馬さん好きじゃないと思うわ」

「あら、どうして」

「だって、おデブさんなんだもん」

テレーズは少女の甲高くてやや淡々とした、どこかキャロルを思わせる声から何か聞き取れはしないかと耳をすませたが、何もなかった。

「もしもし。ママ？」

「聞いているわよ」

「もう切らなくちゃ。パパがお出かけする準備ができたの」リンディは咳《せき》をした。

「風邪《かぜ》を引いたの？」キャロルは訊ねた。

「うん」

「それなら受話器に向かって咳をしてはだめよ」

「あたしも旅行に一緒に連れていってくれればいいのに」

「それは無理なのよ。学校があるでしょ。でも夏には一緒に出かけましょうね」

「また電話してくれる？」

「旅先から？　もちろんよ。毎日かけるわ」キャロルは電話を持ったまま椅子《いす》に深く腰かけたが、会話を続けるあいだもテレーズから視線をそらさなかった。

「リンディはずいぶん楽しそうでしたね」

「昨日はすごいことがあったといって一部始終を話してくれたわ。ハージがずる休みさせてくれたんですって」

キャロルは一昨日リンディに会いに行っていた。電話でテレーズに話した口ぶりからすると楽しかったに違いなかったが多くは語らず、テレーズからも訊ねなかった。

いよいよ車を出す間際になって、キャロルがアビーに電話をすると言い出した。車中で待っているにはあまりに寒く、テレーズはキッチンへ戻った。

「イリノイの小さな町なんて知らないわ」キャロルが話している。「なぜイリノイなの？……わかった、ロックフォードね……ロクフォールと覚えておくわ……もちろん、ジャコポは大事にするわよ。家に寄ってくれればよかったのに、お馬鹿さんね……いいえ、そんなことないわ、勘違いもいいところよ」

テレーズはキッチンテーブルの上にあるキャロルの飲みかけのコーヒーを手に取り、口紅がついているところからひと口飲んだ。

「一言だっていってないわ」キャロルは音を延ばすようにゆっくりといった。「誰にもね。フローレンスにも内緒……そうね、そうしてちょうだい、ダーリン。じゃあね」

ふたりはふたたび車に乗りこみ、五分後にはキャロルの住んでいる町を抜けて地図に赤く印されたハイウェーを走っていた。シカゴまではこのハイウェーに乗っていく。空は一面の雲に覆《おお》われていた。テレーズは今ではすっかり見慣れたものになった田園風景を見渡した。ニューヨークへ向かう道路の左側に立ち並ぶ木立《こだち》、彼方《かなた》に突き出した高い旗竿はキャロルが所属するクラブの目印だ。

テレーズは助手席の窓をわずかに開けて風を入れた。風は刺すように冷たく、足首にあたる暖房が心地よく感じられる。ダッシュボードの時計を見ると十時十五分前をさしていた。突然、脳裏にフランケンバーグで働く人々のことがよみがえった。この時間、今日も明日もあさっても、デパートに閉じ込められ、時計の針に一挙手一投足を支配されている人々。しかし今のテレーズとキャロルにとって、ダッシュボードの時計の針はなんの意味ももってはいない。眠るのも眠らないのも、運転するもしないも、いつでも思いのままだ。テレーズはミセス・ロビチェクを思い出した。フランケンバーグで五年目を迎えた彼女は、この時間も三階でセーターを売っているのだろう。

「なぜ黙りこんでいるの。どうかした？」キャロルが訊ねる。

「なんでもないんです」話したくなかった。それでいながら何千もの言葉がわき出して喉《のど》をふさいでいるのを感じた。たぶんもっと遠くまで、あと何万キロもの道のりを進まなければ、これらの言葉を整理することはできないだろう。もしかしたら彼女の喉をふさいでいるのは自由そのものかもしれない。

ペンシルベニア州に入ってから、空から漏れ出した弱い日差しが一度だけさしたが、正午頃には雨が降りだした。キャロルは悪態をついたが、フロントガラスと屋根を不規則に叩《たた》く雨音は耳に心地よかった。

「しまった」キャロルがいった。「レインコートを忘れてきたわ。どこかで買わなくちゃ」

だしぬけに、読みかけの本を忘れてきたことに気づいた。あの本にはキャロルに宛てて書いた手紙がはさんであり、便箋《びんせん》の両端は本からはみ出していた。なんてことかしら。あの本だけ違う場所に置いていたから、うっかり忘れてきてしまったのだ。ベッド脇《わき》のサイドテーブルに。フローレンスが読もうなどという気を起こさなければいいのだが。手紙にキャロルの名前を書いたかどうか思い出せなかった。おまけに小切手も、破り忘れてそのままにしてきた。

「キャロル、あの小切手は処分しました？」

「この前あげた小切手？　あなたが破るといってたでしょ」

「それが破らなかったんです。テーブル掛けの下に入れたままで来てしまいました」

「いいわ、たいしたことじゃないもの」キャロルはいった。

ガソリンを入れるために車を停《と》めたついでに、テレーズはガソリンスタンドの隣の雑貨店に入った。キャロルが時たま飲みたがるスタウトビールを買うつもりだったが、あいにくラガービールしかなかった。キャロルはラガービールを好まない。そこでテレーズは一缶だけ買うことにした。その後ハイウェーを降りて小道に入ってから車を停め、リチャードの母親が用意してくれたサンドイッチが入った箱を開けた。ヒメウイキョウで風味をつけたピクルスとモッツァレッラチーズ、固ゆで卵ふたつも添えられていた。店で缶切りを借りるのを忘れたのでビールの缶を開けられなかったが、コーヒーなら魔法壜に入っている。そこで缶ビールは後部座席の床に置くことにした。

キャロルはサンドイッチの中身を見た。「キャビアよ。なんて心づくしのご馳走《ちそう》かしら。キャビアは好き？」

「いいえ。好きだったらよかったんですけど」

「どうして」

テレーズはキャロルがサンドイッチをひと口食べる姿を眺めた。キャロルはサンドイッチの上のパンを取り、ほとんどキャビアだけを口に入れている。テレーズは答えた。

「だってキャビアを好きな人はみんな、病みつきになる味だというでしょ」

キャロルは微笑み、サンドイッチを少しずつゆっくりと食べ続けた。「生まれてから身についた味覚だからよ。生まれつきの味覚よりもおいしく感じるの――しかもいったん覚えたら簡単には変えられない」

テレーズはキャロルと一緒に使っているカップにコーヒーを注ぎ足した。彼女もまたブラックコーヒーの味を好きになりつつあった。「初めてこのカップを持ったときはひどく緊張していたわ。あの日、あなたはコーヒーを作ってきてくれました。覚えていますか？」

「覚えているわ」

「なぜクリーム入りのコーヒーにしたんですか？」

「あなたはクリーム入りが好きだろうと思ったから。どうしてそんなに緊張していたの」

テレーズはキャロルにさっと視線を投げる。「あなたに、とても憧《あこが》れていたから」そういいながらカップを持ち上げた。ふたたび視線を戻すと、キャロルはまるでショックを受けたかのように表情を停止させていた。キャロルのこんな顔を前にも何度か見たことがある。どれもテレーズが自分の気持ちを告げたり、キャロルをおおげさに賞賛したときだ。キャロルが喜んでいるのか不快に思っているのか、テレーズにはわからなかった。キャロルはサンドイッチを半分残してパラフィン紙で包み直した。

ケーキもあったがキャロルはいらないという。テレーズがリチャードの家でよく食べていた香辛料入りの茶色いケーキだった。ふたりは食事を終えると煙草《たばこ》のカートンやウイスキーが入っている旅行かばんにすべてを戻し、キャロルはかばんのなかを入念に整理し始めた。もしこれがキャロル以外の人間だったらテレーズはいらだちを覚えていただろう。

「ワシントン州が故郷だとおっしゃってませんでしたか？」テレーズは訊ねる。

「あそこで生まれたの。父は今もワシントンにいるわ。父には手紙を出しておいた。ワシントンまで足を延ばしたら寄るかもしれないとね」

「お父様はあなたに似ている？」

「わたしが父親似かどうか？　そうね――母よりは父に似ているわ」

「あなたに家族がいると考えると不思議な気がします」

「どうして」

「あなたはあなたでしかないからです。唯一無二《スーイ・ジェネリス》の存在」

キャロルは運転しながら顔をあげて微笑んだ。「そうかしらね」

「ごきょうだいは？」テレーズは訊ねる。

「姉がひとりいるわ。姉のことも知りたいのよね？　名前はイレイン。子供が三人いてヴァージニアに住んでいる。でも、あなたはあまり彼女を好きにならなさそうな気がする。たぶん退屈に思えるんじゃないかしら」

そうかもしれない。テレーズはイレインが想像できるような気がした。きっとキャロルの影のような存在、キャロルの容貌すべてを弱め、薄めたような女性だろう。

午後遅く、ふたりは道路沿いのレストランに入った。店の正面の窓辺にはオランダの村のミニチュアが飾られていた。テレーズはミニチュアを囲む手すりにもたれて、それを眺めた。片隅《かたすみ》の注ぎ口から水が流れ出して小川を作っていた。小川は楕円《だえん》を形作り、風車を回している。本物の芝生が植えられた村のあちこちに、民族衣装姿の小さな人形が立っていた。テレーズはフランケンバーグのおもちゃ売り場にあった電気仕掛けの汽車を思い出した。この小川と同じくらいの大きさの楕円形の軌道上を、怒りに突き動かされるように走っていたその姿を。

「フランケンバーグにあった汽車の話まだしていませんでしたね」テレーズはキャロルに話しかけた。「エレベーターを出たすぐの——」

「電気仕掛けの汽車のこと?」キャロルが口をはさんだ。

テレーズは笑顔で話していたが、なぜかふいに胸を締めつけられた。思いを説明するのはあまりにも難しく、彼女の言葉はそこで途切れてしまった。

キャロルはテレーズの分もスープを注文した。ずっと車に乗っていたせいで、ふたりとも体がこわばって冷えていた。

「あなたが本当に今度の旅を楽しめるのかどうか、わからなくなってきたわ」キャロルが口を開く。「鏡に映ったものを見ているほうが、はるかに楽しいんじゃない? あなたはどんなものに対しても自分のとらえ方をあてはめようとする。たとえばあの風車みたいに。あなたにとってはここで見ているのも、実際にオランダに行くのもあまり変わりがないんだわ。そんなあなたが本物の山や、現実の人たちを見ても楽しめるとは思えない」

テレーズはまるで嘘つきだとなじられたかのようなショックを受けた。同時にキャロルが何をいいたいのかも感じ取っていた。わたしがキャロルに対しても勝手なとらえ方をあてはめようとしている。それがキャロルを不快にしているのだといいたいのだ。現実の人たち？　テレーズはふいにミセス・ロビチェクを思い出した。自分はミセス・ロビチェクから逃げだした。彼女が醜《みにく》かったから。

「なんでも間接的にしか体験しないで、どうして何かを創造できるというの」キャロルの声は穏やかで淡々としていたが容赦なかった。

キャロルの言葉を聞いていると、まるで自分になんの価値もないような気分になった。一条の煙のようにはかなく、無に近い存在。それに比べればキャロルははるかに人間らしい生き方をしている。結婚して子供を産んで。

カウンターの向こうにいた老人が近づいてきた。足を引きずっている。老人はふたりの隣のテーブルに立って腕を組んだ。「オランダに行ったことはおありかな」ほがらかな口調で問いかける。

キャロルが答えた。「いいえ。あなたはいらしたことがあるんでしょう。窓辺の村を作ったのもあなた？」

老人はうなずいた。「五年かかったよ」

テレーズは老人の骨張った指や、薄い皮膚《ひふ》のすぐ下に紫色の血管がのたくっている細い腕を見た。この小さな村を作り上げるまでどれほどの労力がかかったのか、テレーズはキャロルよりもよくわかっていたが、一言も言葉にすることができなかった。

老人はキャロルに向かっていった。「本物のペンシルベニア製のソーセージとハムを食べたければ、隣の店で上等な品が買えるよ。わしらは自分たちで豚《ぶた》を育ててここで殺《や》って加工しているんだ」

ふたりはレストランの隣にある水漆喰《しっくい》塗りの小さな店に入った。店内には食欲をそそる燻製《くんせい》ハムの匂いが漂い、肉をいぶすためにくべられた薪《まき》と香辛料の匂いと溶け合っていた。

「調理せずに食べられるものを買いましょう」キャロルは冷蔵設備のあるガラスケースをのぞきこみ、耳まで帽子で覆っている若い男の店員に声をかけた。「これをいただくわ」

テレーズはミセス・ロビチェクとデリカテッセンに行った晩、彼女が薄切りのサラミとレバーソーセージを買っていたことを思い出した。「全国発送いたします」と書かれた壁の看板を見て、ふとミセス・ロビチェクに布で包んだ大きなソーセージを一本送ることを想いついた。あの震える手で包みを開け、ソーセージを見たミセス・ロビチェクの顔がぱっと輝くところを想像した。だが、これもしょせんは同情か罪悪感、あるいは一種の邪《よこしま》な心から出た、見せかけだけのそぶりにすぎないのではないだろうか。テレーズは顔をしかめた。方角も重力もない海をもがきながら進んでいるみたいだ。わかっているのは、自分の思いつきなどあてにはならないということだけ。

「テレーズ――」

振り返ったテレーズはキャロルの美しさに目を奪われた。まるでサモトラケの勝利の女神像を目の前にしているかのようだった。キャロルはハムを一個丸ごと買うべきかどうかと訊ねた。

先ほどと同じ店員が、包装された品をカウンターに押し出し、キャロルから二十ドル札を受け取った。テレーズの脳裏《のうり》にあの夜、ミセス・ロビチェクが震える手で一ドル札と二十五セント硬貨を一枚ずつ、カウンターに置いていった姿がよみがえった。

「ほかに買いたいものはある?」キャロルが訊ねる。

「ある人に送ろうかと思っていたんです。フランケンバーグで働いている女性に。あまり豊かではないけれど一度、夕食に誘ってくれました」

キャロルは釣り銭を手に取った。「どういう人なの?」

「でも、別にそんなに送りたいわけじゃないから」急にテレーズは店を出たくなった。キャロルは煙草を吸いながら煙越しに眉《まゆ》をひそめる。「送ればいいじゃないの」

「やっぱりやめておきます。行きましょう、キャロル」まるであの晩の悪夢がよみがえったかのようだ。またしてもミセス・ロビチェクから逃れることができずにいる。

「送ればいいわ」キャロルはいった。「ドアを閉めてその人に何かを送りなさい」

テレーズはドアを閉めて六ドルのソーセージを一本選び、カードにメッセージを書いた。「ペンシルベニアのソーセージです。何週間かはもつかと思います。お元気で。テレーズ・ベリヴェットより」

車に戻ってからキャロルはミセス・ロビチェクについて訊ね、テレーズはいつものように簡略に、だが心ならずも馬鹿正直に答えていた。こんなふうに答えたあとは自己嫌悪におちいるとわかっていながら。ミセス・ロビチェクと彼女が住む世界はキャロルからはかけ離れすぎている。まるで別種の生き物について、別の惑星に生息する醜い獣《けだもの》の説明をしているような気がしてきた。キャロルはテレーズが何をいってもいっさい自分の考えをはさまず、ただ質問を次々と投げかけながら運転を続けた。質問が尽きたあとも感想は何も口にしなかった。しかしテレーズの話を聞いているときの考えこむような、張りつめた表情は、話題が変わってもすぐには消えなかった。テレーズは親指をなかにしてぎゅっと両の拳《こぶし》を握りしめた。なぜ自分はミセス・ロビチェクから逃れられないのだろう。しかもキャロルに話してしまった。もう取り消せはしない。

「ミセス・ロビチェクの話はもうしないでもらえます、キャロル？　お願いですから」

15

キャロルは部屋の隅《すみ》にあるシャワールームへ裸足《はだし》で小走りに向かいながら、寒さにうめき声を漏らした。足の爪《つめ》は赤いマニキュアでいろどられ、サイズの大きすぎる青いパジャマに身を包んでいる。

「あなたが悪いんですよ。窓をあんなに開けておくから」テレーズは声をかける。

キャロルがシャワーカーテンを引き、シャワーが勢いよく流れ出す音が響いた。「ああ、温かい。生き返るわ！　夕べよりも気持ちいいくらい」

　ここは旅行者向けの高級なコテージで、ふかふかの絨毯《じゅうたん》に、木製の鏡板張りの壁、セロハンに包まれた靴磨《くつみが》き用の布からテレビまで何もかもがそろっていた。

　テレーズは化粧着姿でベッドに座り、ロードマップを開いて片手で道のりを計測していた。単純に計算すれば、親指と小指を広げた距離の一・五倍が一日の移動距離ということになる。しかし実際にはそううまくはいかないだろう。「今日じゅうにオハイオ州を抜けられるかしら」テレーズが訊《たず》ねる。

「オハイオといえば川とゴムと鉄道が有名だわ。『左手に見えますのは、かの有名なチリコシーの跳《は》ね橋でございます。あちらで二十八人のヒューロン族が百人の愚か者《モーロン》を皆殺しにしました』」

　テレーズは思わず吹き出した。

「『そしてまた、冒険家ルイスとクラークが野営した場所としても知られています』」キャロルはつけ加えた。「今日はスラックスにしようと思うの。スーツケースのなかを見てくれる？　なければ車に取りに行かなくちゃ。明るい色のではなくネイビーブルーのギャバジンのほうよ」

　テレーズはキャロルのベッドの足元にある大きなスーツケースに近づいた。スーツケースにはセーターや下着、靴が詰め込まれていたがスラックスは見当たらない。ふと見ると、たたんだセーターからニッケルめっきの筒のようなものが突き出している。テレーズはセーターを取り出してみた。ずっしりとした重みがある。セーターを広げたとたん、ぎょっとして取り落としそうになった。それは白い握りのついた拳銃だった。

「ない？」キャロルが訊ねる。

「ええ」テレーズは銃をセーターでくるみ直して元の場所に戻した。

「タオルを忘れてきたわ。椅子《いす》の上にあると思うんだけど」

テレーズはタオルを取り上げるとシャワールームに持っていった。片手を差し出すキャロルに手渡そうとしたが、動揺がおさまらずにキャロルの顔から裸の胸へ、さらに下へ視線を落としてしまった。キャロルの目に驚きの色が浮かぶのを見て、彼女は背を向けた。目をぎゅっと閉じて、ゆっくりとベッドに向かう。閉じた瞼《まぶた》の裏にはキャロルの裸体が焼きついていた。

テレーズがシャワーを浴びて出るとキャロルは鏡の前に立ち、身支度《みじたく》をほぼ終えていた。

「どうしたの」キャロルが問いかける。

「別に」

キャロルはシャワーで濡れて色が濃くなった髪をとかしながらテレーズを振り返った。あざやかな紅《べに》を引いた唇には煙草《たばこ》がくわえられている。「一日に何回、わたしに同じ質問をさせる気なの？」彼女はいった。「少しばかり思いやりが足りないと思わない？」

朝食の席でテレーズは訊ねた。「キャロル、なぜ銃なんて持ってきたんですか」

「まあ。それを気にしていたのね。ハージの銃よ。あれもあの人の忘れ物」キャロルは屈託《くったく》のない口調でいった。「家に残してくるより持ってきたほうがいいと思って」

「弾《たま》は入っているんですか」

「ええ、入っているわ。一度、泥棒に入られたことがあって、ハージが許可を取ったの」

「あなたは使えるんですか？」

キャロルは笑顔でテレーズを見た。「わたしはアニー・オークリーほどの射撃の名手じゃないけど、使えるわよ。そのことを心配していたのね。どうせ銃を使う機会なんてないわよ」

テレーズはそれ以上いわなかったが、その存在を思い出すたびに不安になった。その晩ベルボーイがスーツケースを歩道にどすんと置いたときもそのことを考えた。衝撃で暴発するようなことはないのだろうか。

ふたりはオハイオでスナップショットを撮《と》り、翌朝早く現像があがるのを待つことにして、夕方からの長い時間をディファイアンスという町で過ごした。暗くなってからも町じゅうを歩き回ってウィンドウショッピングをしたり、閑静な住宅街を散歩したりした。表の居間に明かりをともした家々は、鳥のねぐらのように居心地がよさそうで安全に見えた。こんなふうにあてもなく歩き回っているとキャロルが飽きるのではないだろうか。テレーズは心配になったが、もう一ブロック先まで行きましょう、丘を上がって向こうに何があるのか見ましょうよと誘うのはキャロルのほうだった。キャロルが語るハージとの関係を聞きながら、テレーズはふたりが別れた原因を表現する言葉はないかと探した。倦怠《けんたい》、嫌悪、無関心。だが、浮かんでくるそばから却下していった。あるときハージは、リンディを釣り旅行に連れ出して、何日も連絡をよこさなかったことがあった。ハージはマサチューセッツにあるエアド家の夏の別荘で一緒に休暇を過ごしたかったのに、キャロルが拒んだことへの仕返しだった。お互いさまというわけだ。それにもっと前から夫婦の関係はぎくしゃくしていた。

キャロルはスナップ写真を二枚、財布に入れた。一枚はフィルムの最初のほうに映っていたリンディの写真で、乗馬ズボンをはいてダービー帽をかぶっている。もう一枚は煙草をくわえて髪をうしろになびかせているテレーズの写真だった。キャロルがコートの背中を丸めて立っている映りのよくない写真はアビーに送るのだという。だって本当にひどい写真なんだもの、と彼女はいった。

ふたりは午後をかなり過ぎてからシカゴに到着し、無秩序に広がる混沌《こんとん》とした灰色の街に、肉卸業者の大型トラックのあとからゆっくりとついて入った。テレーズはフロントガラスへ顔を寄せた。かつて父親とシカゴに来たはずなのだが何も思い出せない。キャロルはシカゴをマンハッタンと同じくらいよく知っているようだった。テレーズにループと呼ばれるシカゴ名物の高架鉄道を見せ、ふたりはしばらく車を停め、ラッシュアワー時の列車や家路を急ぐ人々を見物した。だが同じ五時半でもニューヨークのそれとは比較にならない。

中央郵便局に行くと、局留めでダニーから葉書が届いていた。フィルからは何もなかったが、リチャードからの手紙があった。ちらりと目を通したかぎりでは、出だしにも終わりにも友好的な言葉が書き連ねられていた。テレーズがあやぶんでいたとおり、リチャードは局留めの送り先をフィルから聞きだし、愛情たっぷりの手紙を送りつけてきたのだ。テレーズはポケットに手紙をしまってからキャロルのところへ戻った。

「何か来ていた?」キャロルは訊ねた。

「葉書が一枚だけ。ダニーからです。試験が終わったんですって」

キャロルはドレイク・ホテルに車を着けた。床は白黒の市松模様でロビーに噴水がある豪奢《ごうしゃ》なホテルだ。部屋に入るとキャロルはコートを脱いでツインベッドの一方へ倒れこみ、眠たげに口を開いた。

「シカゴには知り合いが何人かいるの。訪ねていってみる?」

しかし話が決まらないうちにキャロルは眠りこんでしまった。

テレーズは窓の外へ目をやった。照明に縁取られた湖が広がり、まだ灰色がかった空に不規則な見慣れぬ輪郭《りんかく》を描く高層建築が立ち並んでいる。どこまでもぼんやりとした単調な光景はまるでピサロの絵を思わせる。でもキャロルはこういうたとえを好まないだろう。テレーズは窓枠にもたれて街を眺めた。遠くに連なる木立《こだち》の向こうを一台の車が走り、ヘッドライトが点滅しているかのように見え隠れしている。幸福感がテレーズの胸を満たしていた。

「カクテルを頼まない？」背後からキャロルの声がした。

「何にしますか」

「あなたは？」

「マティーニを」

キャロルは口笛を吹いた。「わたしはダブルのギブソンで」テレーズが電話で注文をしているとキャロルがさえぎった。「カナッペもお願い。カクテルは四杯頼んでおいたほうがいいかもしれないわね」

キャロルがシャワーを浴びているうちに、テレーズはリチャードからの手紙を読んだ。最初から最後まで愛情あふれる文面がつづられていた。君はどんな女性とも違う。僕はこれまで待ったしこれからも待ち続ける、なぜなら一緒になれば絶対にふたりとも幸せになれると確信しているからだ。毎日手紙がほしい、せめて葉書の一枚もよこしてくれ、と彼は書いていた。そしてまた、リチャードがニューヨークのキングストンにいた去年の夏にテレーズが書き送った三通の手紙を読み返しているともいっていた。まったく彼らしくないセンチメンタルな文面を読んで、テレーズは最初、リチャードは感傷的になっているふりをしているのだと思った。おそらくあとでテレーズを責めるための前ふりなのだろう。次には嫌悪感がこみあげてきた。やっぱり、リチャードには何も書かないのが正解だろう。これ以上何もいわないのが関係を終わらせる一番の近道だとあらためて思った。

カクテルが運ばれてくると、テレーズは伝票にサインをせずに現金で払った。キャロルの目を盗みでもしなければ、自分で払うことなどとてもできないだろう。

「黒いスーツを着てもらえませんか」テレーズはシャワーから出たキャロルに頼んだ。

キャロルはテレーズに視線をやった。「スーツケースの底のほうに入っているのを探せというの？」そういいながらもスーツケースへ歩み寄る。「わざわざ引っ張り出して、ブラシをかけて、三十分蒸気をあててしわを伸ばせというの？」

「三十分なんてカクテルを飲んでいるうちにたってしまいます」

「うまいことというわね」キャロルはスーツをバスルームに運んでバスタブの蛇口を開いた。

それはふたりが初めて昼食をともにした日にキャロルが着ていたスーツだった。

「ニューヨークを出てからお酒を飲むのはこれが初めてなのよ。気づいていた？　もちろん、気づいてないわよね。なぜ飲むかわかる？　わたしは楽しい気分なの」

「あなたはとてもきれいです」テレーズはいった。

するとキャロルは、テレーズがいつも見とれずにはいられない、小馬鹿にしたような笑みを投げて化粧テーブルに歩み寄った。そして黄色い絹のスカーフを首に巻いてゆるく結び、髪をとかし始めた。ランプの光がキャロルの姿を絵画のように縁どっている。これとまったく同じことが前にもあったような気がした。唐突に、窓辺で長い髪にブラシをかけていた女性の姿がよみがえる。煉瓦《れんが》の壁も、あの朝あたりを包んでいた霧雨《きりさめ》の感触でさえもまざまざと思い出した。

「香水をつけてみる？」キャロルは香水壜《びん》を手にテレーズに近づいた。そしてテレーズの額《ひたい》に、あの日口づけをした髪の生え際に指先で触れた。

「あなたを見ていたら、ある女性を思い出しました。レキシントンの近くのどこかで。あなたに似ているというのではなく、光の加減が同じだったんです。その女性も髪をとかしていました」テレーズはそれきり口をつぐんだが、キャロルはその先を待っている。キャロルはいつも待ってくれるのに、彼女はいつもいいたいことをうまく伝えられない。

「朝早い時間で、わたしは仕事へ行く途中でした。その人は窓辺にいました。雨が降り出したのを覚えています」

テレーズは口ごもりながら語った。「その人は窓辺にいました」どうしてもこれ以上はいえなかった。あの朝テレーズはおそらく三、四分間その場に立ちつくし、全身全霊をこめて願っていた。あの女性と知り合いになりたい。あの家のドアを叩《たた》いて、招き入れてほしい。ペリカン・プレスなんかに働きに行くのではなく、あの家に入れてもらえたらどんなに幸せか。

「わたしのかわいいみなし子さん」

テレーズは微笑《ほほえ》んだ。キャロルが口にすると、その言葉につきまとう暗い影も棘《とげ》もいっさい感じられなかった。

「お母様はどんな人なの」

「母は黒い髪をしていました」テレーズはそそくさと答える。「わたしとは全然似ていませんでした」母親のこととなると、つい過去形でしゃべってしまう。母親は今この瞬間もコネチカット州のどこかで生きているというのに。

「お母様はあなたに会いたいと思ってるんじゃないの」キャロルは鏡の前に立った。

「それはありません」

「お父様のご家族は？　ご兄弟がいるといっていなかった？」

「おじに会ったことはありません。おじは地質学者で、石油会社で働いていました。今どこにいるのかもわからないけれど」会ったことのないおじの話をするほうがよほどたやすかった。

「お母様の今のお名前は？」

「エスター……ミセス・ニコラス・ストラリーです」母親の名はテレーズにとって、電話帳で見る名前と同じようにほとんど意味を持たなかった。キャロルへ視線を向けたとたん、母親の名前をいわなければよかったと後悔した。ひょっとしたら、いつの日かキャロルは――激しい喪失感、無力感が襲いかかる。結局のところ、わたしはキャロルのことをほんの少ししか知らないのだ。

キャロルはテレーズへ目を向けた。「もうこの話はやめましょう。二度と話題にしないわ。もし二杯めが憂鬱《ゆううつ》なお酒になるのなら、もうそこでやめておきなさい。今夜は楽しみましょうよ」

夕食をとったレストランからも湖が見渡せた。ふたりはすばらしい晩餐《ばんさん》とシャンパンを味わい、食後にはブランデーを飲んだ。テレーズは今までないほど酔っぱらってしまっていた。キャロルにこんな姿を見せたくなかったのだが。レークショア・ドライブは、ワシントンのホワイトハウスに似た大邸宅が点在する大通りだという印象くらいしか残っていなかった。あとになって思い返すと、キャロルが訪れたというあちこちの家について語る声だけが記憶に残っている。ラパロやパリといったテレーズが知らないさまざまな場所と同じように、ここもしばらくのあいだキャロルの確固たる生活の場だったのだ。そう思うと心穏やかではいられなかった。

その晩、キャロルは明かりをつけたままベッドの端に腰かけて煙草を吸っていた。テレーズはもう片方のベッドに横になって眠たい目でキャロルを眺め、室内の一点をいっとき見つめてはまた次に移っていく、落ち着かない視線の先にあるものを読み取ろうとした。わたしのせい、それともハージ、あるいはリンディのせい？　明日キャロルは登校前のリンディに電話をかけるために、七時にモーニングコールを頼んでいた。テレーズはディファイアンスでのキャロル母娘の会話を思い返した。友達の少女と喧嘩《けんか》をしたというリンディに、キャロルはたっぷり十五分かけて事情を聞きだし、自分のほうから先に謝るようにと諭《さと》していた。テレーズはまだ酔いを感じていた。シャンパンがもたらしたちりちりするような感覚が、キャロルに身を寄せたいという思いをいっそうかきたてる。単刀直入に頼めば、キャロルは同じベッドで寝させてくれるだろう。だがテレーズはそれ以上を望んでいた。キスをしたい、寄せ合った互いの体を感じたい。テレーズはパレルモのバーカウンターで見かけたふたり連れの女性を思い出した。あの女性たちはきっとそういうことを、いいえ、それ以上のことをしているに違いない。もしもわたしが抱きしめたら、キャロルは嫌悪もあらわにわたしを押しのけるだろうか。せっかくわたしに抱いてくれていた好意もそれで消えてしまうのだろうか。キャロルに冷たくはねつけられる場面を想像しただけですっかり怖気《おじけ》づいたテレーズは、すごすごと元の自問自答へ戻るしかなかった。せめて同じベッドに寝てほしいと頼むくらいなら？

「キャロル、よかったら――」

「明日は家畜置き場に行きましょう」キャロルが同時に口を開いたものだから、テレーズは思わず笑いだした。「いったい何がそんなにおかしいの」キャロルは煙草をもみ消しながら訊ねたが、その顔は笑っていた。

「だっておかしいんですもの。本当におかしい」やはり笑いながら答えた。今夜の切なる願いも決意も何もかもを笑い飛ばしてしまいたかった。

「笑い上戸なのね。シャンパンのせいだわ」そういいながらキャロルは明かりを消した。

翌日の午後遅く、ふたりはシカゴを出てロックフォードへ向かっていた。ロックフォードにアビーからの手紙が届いているかもしれない、とキャロルはいった。でもあの人は筆不精だからどうかしらね。テレーズはモカシン靴を縫い直してもらうために靴の修理店に行った。店から戻るとキャロルは車中で手紙を読んでいた。

「ここからはどの道を行くのかしら？」キャロルの表情は前よりも明るく見えた。

「二十号線を西へ」

キャロルはラジオをつけてダイヤルのつまみを回して、音楽を流している局に合わせた。「ミネアポリスへ向かう途中で今夜泊まるのなら、どこがいいと思う？」

「ダビュークでしょうか」テレーズは地図を見ながら答えた。「ウォータールーはずいぶん大きな街のようですが、三百二十キロほど先になります」

「そこまでなら行けるかもしれないわ」

車は二十号線をフリーポートとガリーナ方面をめざして進む。ガリーナは第十八代大統領ユリシーズ・S・グラントの故郷として地図に星印がついていた。

「アビーはなんといってきたんです？」

「たいしたことは書いてなかったわ。だけどとてもいい手紙だった」

キャロルは運転中も、コーヒーを飲みにカフェに入ってからも口数が少なかった。彼女はジュークボックスに歩み寄ると硬貨を一枚一枚入れていった。

「アビーが一緒だったらよかったと思ってるんでしょう？」テレーズは問いかけた。

「何をいってるの」

「手紙を受け取ってからあなたの様子が違うから」

キャロルはテーブル越しにテレーズを見た。「本当にたわいのない手紙なのよ、ダーリン。なんなら、読んでみる？」そういってハンドバッグに手を伸ばしたが、手紙を取り出そうとはしなかった。

その夜、テレーズは助手席で眠りこみ、顔を照らす町の明かりで目を覚ました。キャロルは疲れたようにハンドルの上部に両腕をのせている。車は赤信号で停《と》まっていた。

「今夜はここに泊まりましょう」キャロルはいった。

ホテルに入ってロビーを抜ける間も、眠気はしつこくまとわりついていた。エレベーターで上階へ向かうあいだも、テレーズはかたわらにいるキャロルを痛いほどに意識せずにはいられなかった。まるでキャロルの夢、キャロルしか出てこない夢を見ているようだ。部屋に入ってからも、スーツケースを床から椅子へ上げて留め金を外しただけで、あとは書き物机の脇にたたずんでキャロルをじっと見つめていた。あたかもこの数時間、あるいは数日間堰止《せきと》めされていたかのように、さまざまな想いが一気にあふれ出てくる。キャロルがスーツケースを開き、いつものようにまず革の化粧道具入れを取り出してベッドに置くのをテレーズは見ていた。さらにキャロルの手を、頭を縛ったスカーフに垂れかかる髪を、数日前にモカシンの爪先《つまさき》につけた小さな傷を。

「いつまでそんなところにぼうっと立っているの」キャロルが訊ねた。「眠いんでしょ。早くお休みなさい」

「キャロル、愛しています」

キャロルは体を起こした。テレーズは眠たい目でいっしんにキャロルを見つめた。キャロルはパジャマを取り出すとスーツケースのふたを閉めた。彼女はテレーズに歩み寄ると、肩にその両手を置いた。そして約束を求めるように、肩をぎゅっと強く握った。まるで今の言葉が本心からのものかを確かめるように。やがてキャロルはテレーズの唇にキスをした。まるでこれまで何度となく繰り返されてきたかのように。

「わたしも愛しているわ。わからないの?」

キャロルはパジャマを持ってバスルームへ入り、少しのあいだ洗面台を見下ろしていた。

「出かけてくるわ。でもすぐに戻る」

テレーズは書き物机のかたわらでキャロルの帰りを待った。それは果てしなく長くも思えたが、実際はほんの短い時間だったのかもしれない。やがてドアが開いてキャロルが戻ってくると、テーブルに紙袋を置いた。彼女はミルクを買いにいっただけだったのだ。テレーズ自身もよく夜に同じことをしていた。

「一緒に寝てもいいですか?」テレーズは訊ねる。

「見てわからない?」

それはダブルベッドだった。テレーズはパジャマを着るとベッドに並んで座ってミルクを飲み、キャロルが眠くて食べきれないというオレンジを一緒に食べた。それからミルクの容器を床に置き、すでに寝ているキャロルを振り返った。いつも眠りこむときの癖で、うつぶせになって片腕を伸ばしている。テレーズが明かりを消すと、キャロルの腕がするりと首の下に滑り込んできた。ふたりの体は、まるであらかじめ調整されていたかのように、爪先までぴたりと寄り添った。テレーズのなかで幸福感が緑の蔓《つる》のように広がり、細い巻きひげを伸ばして全身に花を咲かせていく。黄昏《たそがれ》のなかで、あるいは水のなかで咲くほのかに輝く青白い花が見える。どうして人々は天国について語りたがるのだろう。

「寝なさい」キャロルがいった。

テレーズは眠りたくなかった。だが、肩をそっと撫《な》でるキャロルの手の感触で目覚めたときには、すでに夜明けになっていた。キャロルはテレーズの髪に差し入れた手に力をこめ、それから唇を重ねた。テレーズの胸は高鳴った。まるで昨夜キャロルの腕が首の下に滑り込んだ瞬間からの続きのような気がした。愛しています、ともう一度いいたかった。だが、その言葉は首筋にあてられたキャロルの唇がもたらす、ちりちりと焼けつくような歓びの波によって、たちまち押し流されてしまった。波は背中を伝わり、一気に全身を駆《か》けめぐっていく。テレーズはキャロルをきつく抱きしめた。ここにあるのはキャロルだけ。キャロル以外の何もない。脇腹をたどるキャロルの手、裸の乳房をかすめるキャロルの髪。テレーズの体さえもが、どんどん広がっていく円に呑《の》みこまれて消え失せていくような気がした。円はどこまでも遠くへ、思考がたどりつけないはるか彼方《かなた》まで波紋のように広がっていく。幾千もの記憶や瞬間、言葉、初めて〝ダーリン〟と呼ばれた瞬間、フランケンバーグでキャロルを二度目に見た瞬間、幾千ものキャロルの表情や声、怒りと笑いの瞬間が、彗星《すいせい》の尾のようにきらめきながら頭のなかを横切っていく。そして今、どこまでも広がる淡いブルーの宙を、テレーズは長い矢となって飛んでいた。矢はとてつもなく広い深淵《しんえん》をやすやすと越え、いつ止まるとも知れずに弧《こ》を描いて飛んでいく。テレーズはいつのまにかキャロルを抱きしめて激しく震えていることに気づき、その矢が自分自身だったことを知った。キャロルの瞳に淡い金色の髪がかかり、すぐそこにキャロルの顔があった。もはや「本当にこれでいいの」と訊ねる必要はなく、人に教えてもらう必要もなかった。これ以上に正しく完璧なことなどないのだから。テレーズはキャロルをいっそう強く抱きしめ、微笑をたたえた唇で恋しい人の口づけを受けた。そして静かに横たわったままキャロルを見つめる。五センチと離れていない目の前にキャロルの顔があった。グレーの瞳はこれまで見たこともないほど穏やかで、ついさっきテレーズがくぐり抜けてきた世界にも似ている。キャロルの顔がまったく変わっていないのが不思議だった。ちりばめられたそばかすも、山を描くブロンドの眉も、今は瞳と同じように穏やかな表情をたたえる唇も、これまで何度となく見てきたとおりだった。

「わたしの天使」キャロルが口を開く。「どこからともなく降ってあらわれた」

テレーズは今ではかなり明るくなってきた部屋の四隅に目をやった。前面が丸く出っ張っている寝室用簞笥《たんす》の引き出しには盾《たて》のような形をした取っ手がついていた。壁には縁に面取りを施した枠のない鏡がかかり、窓には緑色の柄のカーテンがまっすぐ垂れ下がっている。窓台のすぐ上には灰色の建物の先端がふたつのぞいていた。テレーズはこの情景の隅々までも永遠に忘れはしないだろう。

「ここは何という町？」テレーズは問いかけた。

キャロルは笑った。「ここ？　ウォータールー（挫折・失敗の意味がある）よ」そういって煙草に手を伸ばす。「ひどい名前ね」

テレーズは顔をほころばせて片肘《かたひじ》をつくと上半身を起こした。キャロルが煙草をくわえる。「ウォータールーってどこにでもあるのね」テレーズはいった。

16

キャロルが身支度《みじたく》を整えているあいだテレーズは新聞を買いに出た。エレベーターに乗りこむと真ん中でぐるりと一回転してみた。ちょっと妙な感じがした。まるで何もかもが変化して、距離感もバランスも前とまったく変わってしまったような気がする。テレーズはエレベーターを降りると、ロビーの隅《すみ》にある新聞スタンドに向かった。

「『クーリア』と『トリビューン』を」売り子に注文して新聞を受け取ったが、言葉を発するだけのことさえ、今買った新聞の名前と同じくらい奇妙に思えた。

「八セントです」売り子はいい、テレーズは手渡された釣り銭を見下ろした。八セントと二十五セントもまた別物に思える。

テレーズはロビーをゆっくりと歩きながら床屋を窓ガラス越しにのぞきこんだ。男性客ふたりが髭《ひげ》を剃《そ》ってもらっていた。黒人が靴《くつ》を磨いている。葉巻を手にしてつば広の帽子をかぶり、ウェスタンブーツをはいた長身の男性がテレーズを追い越していった。このロビーも、ここにいる人たちも永遠に忘れない。フロントデスクの下に彫られた古めかしい模様も、暗い色のオーバーを着た男もしっかりと目に焼きつけた。男は黒とクリーム色をした大理石柱の脇《わき》に座り、広げた新聞越しにテレーズに目をやると、ふたたび椅子《いす》の背に体をあずけて新聞を読み続けた。

テレーズは部屋のドアを開けた。キャロルの姿を見るなり、矢に胸を射抜かれたような気がした。彼女はしばらくのあいだノブに手をかけたまま立ちつくしていた。

バスルームにいたキャロルは髪に櫛《くし》を入れかけて動きを止め、テレーズを頭のてっぺんから爪先《つまさき》まで眺めた。「人前ではそんな顔しちゃだめよ」

テレーズは新聞をベッドへ放ってキャロルに近づいた。キャロルがいきなりテレーズを抱き寄せる。ふたりは立ったまま、決して離れまいとするように抱き合っていた。テレーズは体を震わせて涙ぐんだ。キャロルの腕に抱かれて、キスをするよりも近い距離にいてはとても言葉など見つからない。

「どうしてこんなに長く待ったの」テレーズは問いかけた。

「なぜなら――二度目はないと思ったから、ないほうがいいと思っていたから。でも思い違いだったわ」

テレーズはアビーを思い浮かべ、とたんにふたりのあいだに苦い嫉妬《しっと》の矢が撃ち込まれるのを感じた。キャロルはテレーズを抱いていた腕をほどいた。

「それだけじゃない——あなたと一緒にいて、あなたがどういう人かを知れば知るほど、あなたとこういうことをするのは簡単だろうとわかっていた。ごめんなさい。つらい思いをさせてしまったわね」

テレーズは言葉を呑《の》みこんだ。キャロルはゆっくりと離れてふたりの距離を広げていく。フランケンバーグで初めてキャロルを見送った日を思い出した。あのときキャロルがゆっくりと遠ざかっていく姿を眺めている時間を、永遠のように感じた。キャロルはアビーを愛したこともあり、そのことで自分を責めている。いつの日かわたしを愛したことも後悔するようになるのだろうか？　十二月から一月にかけてなぜキャロルが不機嫌になったり、ためらったり、とても優しいかと思えば、きつい言葉を投げつけてきたのか今ならわかる。だが今ではキャロルが口でなんといおうが、テレーズを拒む壁もためらいも消えうせていた。過去にキャロルとアビーの間に何があったにしても、今朝《けさ》を境にアビーもいなくなったのだ。

「そうじゃない？」キャロルが訊《たず》ねた。

「あなたと出会ってからずっと、わたしはとても幸せなんです」

「それはまだ早いんじゃないかしら」

「勘違いなんかじゃありません」

キャロルは何も答えなかった。ドアをロックするかすかな音が答えだった。ロックしたのはキャロル。部屋にはふたりだけがいる。テレーズはまっすぐにキャロルの胸に飛びこんだ。

「愛しているわ」テレーズはただこの言葉を聞きたくて声に出していった。「愛している。愛している」

しかしこの日のキャロルは、わざとテレーズをぞんざいに扱っているようなところがあった。煙草のくわえ方も、道路端に停めた車を出すときの態度もいつもより尊大だった。キャロルは車をバックで出しながら、冗談をいうというよりも悪態をついた。「目の前は大草原なのにパーキングメーターにお金を入れるなんて馬鹿みたい」だがテレーズが視線を向けると、キャロルの笑った目が見返していた。キャロルはわざと困らせるように、煙草の販売機の前に立つテレーズの肩に背後からもたれたり、テーブルの下で足に触れたりした。そのたびにテレーズは力が抜けると同時に身をこわばらせた。テレーズは映画のなかで手をつないでいた人々を思い浮かべ、なぜ自分たちも同じようにできないのかしらと考える。けれども店に入ってキャンディを選んでいる最中にキャロルの腕を取っただけでも、小声でたしなめられた。「だめよ」

テレーズはミネアポリスのキャンディ店からミセス・ロビチェクへキャンディを一箱、そしてケリー夫妻にも一箱送った。リチャードの母親にはとびきり大きな箱を選んだ。木製の仕切りがついた二層式の箱は、いずれは裁縫箱として使われるだろう。

「アビーともしたの?」その夜、車のなかでテレーズは唐突に訊ねた。「なんてことを訊《き》くの。もちろんよ」

キャロルの瞳《ひとみ》は即座に質問の意味を理解し、瞬《まばた》きをした。

もちろん。やっぱりそうだった。「今は――?」

「テレーズ――」

テレーズはぎこちなく訊ねた。「わたしとのときとあまり変わらなかった?」

キャロルは微笑した。「違うわよ、ダーリン」

「男の人と寝るよりもいいと思う?」

キャロルは面白がるような顔をした。「そうとは限らないわ。いちがいにはいえないわね。リチャードのほかにも誰かと経験があるの?」

「いいえ」

「だったら、もっと試したほうがいいとは思わない?」

テレーズは一瞬言葉を失ったが、平静を装って膝《ひざ》に置いた本を指先でとんとんと叩《たた》いた。

「そのうちに、ということよ、ダーリン。あなたはまだ先が長いんだから」

テレーズは何も言い返さなかった。いつかキャロルと別れるなんて想像することもできなかった。最初から浮かんでいたもうひとつのつらい質問が、今では執拗に答えを求めて頭のなかでこだまし、テレーズをさいなんでいる。いつの日かキャロルがわたしと別れたいと思う日が来るのだろうか？

「誰と寝るかはたいてい習慣で決まるのよ」キャロルは続けた。「だけどあなたは、まだそんな大事なことを決められる年齢じゃない。習慣だってそうよ」

「あなたは、ただ習慣から選んでいるの？」テレーズは笑顔で訊ねたが、怒った口調になっているのが自分でもわかる。「それだけのこと？」

「テレーズ――何も今そんな悲しそうな顔をしなくてもいいじゃないの」

「してません」言い返してはみたものの、薄い氷を踏んでいるような心もとない感覚がよみがえっていた。それともわたしはどれだけ多くを手に入れても、どこまでも、あともう少しと欲張らずにいられないのだろうか？　思わず言葉が口をついて出た。「アビーもあなたを愛しているんでしょ？」

キャロルはかすかにびくりとした。「アビーは昔からずっとわたしを愛していたのよ――それも、あなたのようにね」

テレーズはキャロルを見つめた。

「いつか話してあげるわ。何にしても過ぎたことよ。何カ月も前にね」ほとんど聞き取れないくらい静かな声だった。

「たった何カ月？」

「ええ」

「今話して」

「今はタイミングも場所もふさわしくないわ」

「ふさわしいタイミングなんてない、そんなものはないと前にいわなかった？」

「わたしが？　そんなことといったかしら？」

どちらもしばらく黙りこんだ。まるで銃を乱射するように、強風にあおられた雨がボンネットやフロントガラスを叩いて、雨音のほかには何も聞こえなかったからだ。雷すら鳴っていなかった。あたかも空の上の雷が、雨の神と張り合うのを遠慮したかのように。車は坂道の端という、豪雨をやり過ごすにはふさわしくない場所に停まっていた。

「ひとつだけ話してあげるわ」キャロルが口を開いた。「だって面白い話なのよ――それに皮肉でもあるわね。アビーと家具屋をやっていた去年の冬のことよ。いえ、やはり、そもそもの始まりを話しておかなくてはね。アビーもわたしも子供だった頃までさかのぼるわ。わたしたちの家族はどちらもニュージャージーに住んでいて家も近かったから、アビーとは休暇中によく会っていたの。アビーは子供のときから、わたしにほのかな恋心を持っているみたいだった。まだ六歳と八歳の子供だった頃からね。やがてアビーは十四歳で遠くの学校に入ると、手紙を何度かくれるようになった。わたしもその頃には、女の子を好きな女の子もいると話には聞いていたわ。だけどものの本には、その年頃を過ぎればそういう感情は消えるとも書いてあった」口にせずに呑みこんだ言葉があるように、途切れがちな話し方だった。

「あなたも同じ学校へ？」テレーズは訊ねた。

「いいえ。父はわたしをよその町の違う学校へ入れたわ。そしてアビーは十六歳でヨーロッパへ渡り、アビーが帰国したときにわたしは実家にいなかった。わたしが結婚したばかりの頃に、パーティで一度アビーに会ったの。すっかり見違えてしまって、お転婆娘だった昔の面影はなかった。そのあとわたしはハージと別の町に住んでいたから、しばらくアビーに会うこともなかった――そう、長いあいだね。再会したのは、リンディが生まれてからあとのことよ。ハージとわたしが行っていた乗馬クラブへ、アビーも時々来るようになったの。何度かみんなで一緒に乗馬をしたりもしたわ。やがてアビーとわたしは土曜の午後にテニスをするようになった。土曜の午後、ハージはたいていゴルフに出かけていたから。アビーといるといつも楽しかったわ。アビーが昔わたしを好きだったことは頭をかすめもしなかった。お互いすっかり大人になって、状況もずいぶん変わっていたもの。その頃わたしはハージと一緒にいる時間を減らしたくて、お店を始めようと考えていたの。わたしたち夫婦は倦怠期《けんたいき》を迎えていて、互いに顔を合わせる時間を減らしたらいいんじゃないかと思ったのよ。そこでアビーを誘って一緒に家具屋を始めたの。それから数週間後、自分でも驚いたんだけど、アビーに惹《ひ》かれていることに気がついた」キャロルは変わらず静かな口調で続ける。「わたしはわけがわからなくて、少し怖かったわ――昔のアビーを思い出して、今も彼女の気持ちは変わっていないのかもしれない、お互い同じ気持ちなのかもしれないと気づいたのよ。だからアビーに悟《さと》られまいとして、実際、うまく隠せていたと思うわ。ところがついに――ここが面白いところなんだけど――去年の冬、アビーの家を訪ねた晩にそれが起こったのよ。その夜は道路にも雪が積もり、アビーのお母さんは泊まっていくようにとわたしをしきりに引き止めたの。アビーと一緒のベッドに寝ればいいと。それというのも、いつもわたしが泊めてもらう部屋はベッドの用意ができていなくて、もう遅い時間だったから。アビーは自分が客間のベッドの用意をするといい、わたしも断ろうとしたわ。だけどお母さんは耳を貸さなかった」キャロルはかすかに微笑《ほほえ》んでテレーズへちらりと視線を向けたが、その目にテレーズは映っていないようだった。「そしてアビーの部屋に泊まったの。あの晩がなければ、きっと何も起こらなかったわね。もしもお母さんがあんなに言い張らなければ。皮肉なものだわ。だってお母さんは、今でも何も知らないのだから。でも起こってしまった。そしてあの晩のわたしは、たぶんあなたと同じような気持ちだったんだわ。あなたのように幸せだと感じたのよ」最後の言葉はほとばしるように発せられたが、やはり淡々として、なぜかしら感情がまったくこもっていなかった。

テレーズはキャロルをまじまじと見つめるばかりだった。頭のなかをぐるぐると回っているのは嫉妬、ショック、あるいは怒りだろうか？「それから？」

「それから、わたしはアビーを愛していると悟った。よくわからないけれど、あれは愛としか呼びようのないものだった。そう呼べる条件をすべて備えていたのだから。でも二カ月しか続かなかった。病《やまい》にかかり、やがて治るのに似ていたわ」キャロルの口調が変わった。「ダーリン、アビーとのことはあなたとは関係がないのよ。もう終わったことなの。あなたが知りたがっているのはわかっていたんだけど、話す必要はないと思っていた。それほど大きなことではないのよ」

「でも、アビーに対して同じように感じていたのなら――」

「たったの二カ月間？　夫と子供がいると、少し事情が変わってくるのよ」

身軽なテレーズとは違うといいたいのだろう。「そういうものなの？　始まっても、あっさりと終わりにできるもの？」

「続けられる見込みがないのならね」

雨足はやや弱まってはいたが、銀色のぶ厚い波のようだったものが、かろうじて雨に見えるようになったという程度だった。「信じられない」

「今のあなたは、とても話ができる状態じゃないわね」

「なぜそんなに意地悪な言い方をするの」

「意地悪？　そうかしら？」

テレーズには断言する自信がなかった。人を愛するとはどういうことなの？　愛っていったいなんなの？　なぜ愛は終わり、あるいは続くの？　本当に訊きたいのはそういうことだったが、誰が答えられるというのだろう。

キャロルはいった。「そろそろ雨もやみそうね。車を出して、上等なブランデーが飲めるお店を探さない？　それともここはお酒が飲めない州かしら」

次の町まで行って一番大きなホテルに入ると、閑散としたバーがあった。出されたブランデーは美味で、ふたりはもう一杯ずつ注文した。

「フランス産のブランデーよ。いつかフランスへ行きましょうね」キャロルがいった。

テレーズは手のなかのグラスを揺らした。店の奥では時計が時を刻んでいる。遠くで列車の汽笛が響いた。キャロルが咳払《せきばら》いをした。どれもこれもありふれた音だが、そのひとときはありふれてなどいなかった。ウォータールーの朝以来、いっときたりともありふれた時間などなかった。ブランデーグラスのなかで明るい茶色に輝く液体を見つめているうちに、突然、いつか本当にキャロルとフランスへ行けるのではないかと思えてきた。やがてグラスのなかで揺らめく茶色い太陽からハージの顔が浮かび上がり、口と鼻、目があらわれた。

「ハージはアビーとのことを知っているんでしょう？」

「ええ。何カ月か前にアビーのことを訊かれて――洗いざらい話したわ」

「そう」テレーズはリチャードを思い浮かべた。リチャードなら、どんな顔をするだろう。「それが原因で離婚をすることに？」

「違うわ。アビーは離婚とは関係ないの。これも皮肉な話よ――すべてが終わってからハージに話すなんて。ハージとわたしの間には守るべきものなど何ひとつ残っていなかったんだから、馬鹿正直に話すことなかったんだわ。すでに離婚の話が出ていたのに。お願い、これ以上失敗を思い出させないで！」キャロルは顔を曇《くも》らせた。

「ということは――ハージは嫉妬したのね」

「したわ。たぶんどう話そうと、わたしがハージに対して一度として感じたことがないほどの愛を、一時期アビーに注いでいたことはわかったでしょうね。たとえリンディがいても、アビーとのためにすべてを捨てかねない時期もあったわ。あの頃、なぜそうしなかったのか不思議なくらい」

「もしもそうなっていたら、リンディを連れていった？」

「わからない。でも、リンディがいたからハージと別れるのを思いとどまったのはたしかだわ」

「後悔している？」

キャロルはゆっくりとかぶりを振った。「いいえ。いずれにしても長くは続かなかったのよ。実際、続かなかったし、続かないとわかっていたのかもしれない。わたしは結婚生活がうまくいかなくて、とても不安で弱気になっていて——」キャロルは言葉を切った。

「今は不安？」

キャロルは答えない。

「キャロル——」

「不安じゃないわ」キャロルは顔を上げてきっぱりといった。

テレーズは薄明かりが照らすキャロルの横顔をみつめた。今回はリンディのことはどうするつもりなの、これからどうなるのと問いただしたかった。しかしキャロルは今にも不機嫌になりそうで、ろくに考えもしないで答えを口走るか、何も答えてはくれないだろう。また別の機会にしよう。今はやめたほうがいい。今訊ねればすべてが崩れ去り、かたわらにたしかにある、キャロルの肉体さえもが消え失せてしまうかもしれない。テレーズには、黒いセーターに包まれた曲線を描くキャロルの体だけが、この世で唯一たしかなものに思えた。テレーズはキャロルの脇の下から腰へと親指でたどった。

「ハージは、わたしがアビーとコネチカットへ行ったことにとりわけ腹を立てていたわ。わたしたちは店で売る品を仕入れに行ったのよ。たった二日の旅行だったのに、ハージはいったわ。『わたしに隠れてこそこそと。よそへ逃げずにはいられなかったのか』」キャロルは苦々しげに吐き捨てた。その声にはハージの口調をまねたというよりも自己嫌悪がにじんでいた。

「ハージはまだこの話をするの？」

「いいえ。話すようなことかしら？　自慢できることだと思う？」

「恥ずべきことなの？」

「そうよ。わかっているでしょ」キャロルは静かな声ではっきりと答えた。「世間の目には、おぞましいこととして映るのよ」

キャロルの言い方を聞いているとテレーズは笑顔にはなれなかった。「あなたはそうは思わないでしょ」

「ハージの家族みたいな人たちは思っているわ」

「そういう人ばかりじゃないでしょ」

「そう思っている人は大勢いる。そしてあなた自身、そういう世の中で生きていかなくてはならないのよ。今は、誰を愛するかという次元の話をしているんじゃないの」キャロルはテレーズを見た。ようやくその目にゆっくりと笑みが浮かび、キャロルらしさが戻ってきた。「そういう大勢の人たちが暮らしている世の中に対して負うべき責任について話しているのよ。それはあなたに合った世の中ではないかもしれない。とにかく今は違う。だからわたしは、ニューヨークであなたが出会ってはいけない人間だったのよ——あなたを甘やかして成長を妨げるから」

「甘やかすのをやめてみたら？」

「やってみるわ。でも困ったことに、あなたを甘やかすのが好きなの」

「あなたこそ、わたしが出会うべきだった人よ」テレーズはいった。

「そう？」

通りに出てからテレーズはいった。「わたしも一緒に来ていると知ったら、ハージは面白くないでしょうね」

「わかりっこないわよ」

「今でもワシントンへ行きたいと思う？」

「もちろん。あなたが時間を取れるのなら。二月いっぱい、ニューヨークに帰らなくても大丈夫？」

テレーズはうなずいた。「ソルトレークシティに何か連絡が来なければ。フィルに手紙をくれるように頼んでおいたの。まずないと思うけど」おそらくフィルは手紙さえくれないだろう。しかしニューヨークで仕事が入る可能性が少しでもあれば、戻らなくてはならない。「もしもわたしが戻ることになっても、ワシントンへひとりで行く?」

キャロルはテレーズへ視線を投げた。「正直いうと、行かないでしょうね」かすかに微笑んで答えた。

その夜ホテルの部屋に戻ると、暖房がききすぎていて、しばらく窓を開けなければならなかった。窓にもたれて暑いと悪態をつくキャロルを、テレーズは面白がって眺めていた。キャロルは、暑くても平気な顔をしているテレーズを、火のなかに住む怪物サラマンダーと呼んだ。そしてふいにこう問いかけた。「昨日、リチャードはなんていってきたの?」

まさか昨日のリチャードからの手紙をキャロルが知っているとは思わなかった。シカゴに届いた手紙のなかで、リチャードはミネアポリスとシアトルへも手紙を出すといっていた。「たいしたことは書いてなかったわ。便箋《びんせん》一枚だけだし。今でもわたしから手紙がほしいんですって。出すつもりはないけれど」手紙はすでに捨てたが文面は今でも覚えている。

君からなんの連絡もない日々を送るうちに僕は気づき始めた。君が信じられないほどの矛盾《むじゅん》の塊だということに。繊細でありながら鈍感、想像力が豊かであると同時に乏しい……。気まぐれなお友達に放り出されたら知らせてくれ。僕は君に会いに行くよ。テリー、そんな関係はどうせ長く続きやしない。僕はそういうことについて少しばかり知っている。この前ダニーに会ったんだが、君がなんと書いてきたか、どうしているのかと訊かれた。ダニーに本当のことを話したら君はどう思うだろう。僕は君のためを思って何もいわなかった。いつか君は自分が恥ずかしいことをしたと思うようになるだろうから。認めるよ、君を今でも愛している。君を追いかけよう――そして本当のアメリカを見せてあげよう――僕のことを思っていて、そう知らせてくれたなら……

キャロルを侮辱《ぶじょく》するこの手紙を、テレーズは破り捨てた。そして今はベッドの上で両膝《ひざ》を抱えて、化粧着の袖《そで》のなかで両の手首を握りながら座っている。キャロルが換気をしすぎたせいで部屋は冷えきっていた。ミネソタの風が室内に居座り、たちこめるキャロルの煙草の煙を吹き飛ばしていく。洗面台で静かに歯を磨いているキャロルをテレーズは眺めていた。

「本当にリチャードに手紙を書かないつもり？　もう決めたの？」

「ええ」

テレーズはキャロルが歯ブラシを振って水を切り、洗面台に背を向けながらタオルで顔を拭《ふ》くのを眺めた。テレーズにとってリチャードは、キャロルがタオルで顔を拭くしぐさほどの意味も持たない。

「もうこの話は終わりにしましょ」キャロルはいった。

テレーズはキャロルがこの話を二度と蒸し返さないとわかっていた。これまでずっとキャロルはテレーズをリチャードのほうへ押しやろうとしてきたが、それも今日までのことだ。振り向いて歩み寄ってくるキャロルを見つめながら、テレーズは心のなかで大きな一歩を踏み出した。すべては、今この瞬間のためにあったのかもしれない。

ふたりはスリーピーアイを抜けてトレイシー、パイプストーンと西に向かって進み、ときには気まぐれを起こして遠回りのハイウェーを選んだ。ふたりの目の前に西部が魔法の絨毯《じゅうたん》のように広がっていく。農家と納屋《なや》、サイロが寄り集まった趣《おもむき》のある建物群が点々と存在し、車で通り過ぎる三十分前から見えていた。一度、次のスタンドまでもちそうにないからガソリンを売ってほしいと農家に頼みにいったこともあった。農家は、新しくて冷たいチーズのような匂いがした。固くて茶色い厚板の床に、こつこつとうつろに響く自分たちの足音を聞いていると、テレーズの胸に熱い愛国心がほとばしった――これこそアメリカだ。壁には雄鶏《おんどり》の絵がかかっていた。色とりどりの布切れを黒地に縫《ぬ》いつけた、美術館に飾られてもおかしくないほど美しい出来栄えだった。ここから直接西へ向かう道は凍結しているかもしれないと農民から聞いて、キャロルたちは南へ下るハイウェーを選んだ。

その夜、スーフォールズという町の線路脇で、円形舞台がひとつあるだけのサーカスを見つけた。お世辞にもうまいとはいえない曲芸を、テレーズとキャロルは並べられたオレンジ箱の一番前に座って見物した。ショーのあとでキャロルがサーカスをほめると、曲芸師が楽屋のテントにふたりを招き、ぜひ持っていってほしいとサーカスのポスターをひと抱えキャロルに押しつけた。キャロルはアビーとリンディにポスターを送った。リンディには厚紙の箱に入ったグリーン・カメレオンのおまけもつけた。それはテレーズにとって忘れられない夜となった。しかもそういった夜には珍しく、まだ終わらないうちに忘れられない夜として心に刻みこまれた。キャロルと分けあったポップコーン、サーカス、キャロルが楽屋テントの小部屋の奥でくれたキスも忘れられない。キャロルだけが持つ魅力が――キャロルはふたりで過ごす時間をごくあたりまえのものと思っているようだが――ふたりを取り巻くすべてに魔法をかけたかのようだった。何もかもが非の打ちどころがなく、失望も中断もなく、すべてが望むとおりになった夜だった。

テレーズはうつむいて考えこみながらサーカスを出た。「これから先、創作意欲がわいてくるか自信がなくなってきたわ」

「どうしてそんなふうに思うの」

「だって――これこそが求めていたものだもの。今、わたしは幸せなのよ」

キャロルはテレーズの片腕を取り、親指が腕に食いこんでテレーズが声をあげるほど強く握った。それから道路標識を見上げた。「五号線、ネブラスカ方面。この道を行きましょう」

「ニューヨークに戻ったら、わたしたちどうなるの。このままではいられないんでしょう?」

「そんなことはないわ。あなたがわたしに飽きるまではね」

テレーズは笑った。キャロルのスカーフが風にはためいて柔らかな音を立てている。

「一緒には住まないだろうけれど、何も変わらない」

リンディと三人で住むわけにはいかないとテレーズも承知していた。そんな夢は見るだけむなしい。しかしキャロルが何も変わらないと言葉にしてくれただけで十分だった。

ネブラスカとワイオミングの州境近くで、常緑樹の森のなかに建てられたロッジ風の大きなレストランに夕食をとりに入った。広い店内に客の姿はほとんどなく、テレーズたちは暖炉のそばのテーブルを選んだ。道路地図を広げると、まっすぐソルトレークシティへ向かおうと話し合った。ソルトレークシティに二、三日いてもいいかもしれないわねとキャロルはいう。興味深い町だし、そろそろ運転するのにも飽きたから。

「『怠惰《ラスク》』ですって。なんだかそそられる名前ね」テレーズは地図を見ながらいった。

キャロルは頭をのけぞらせて笑った。「どこにあるの」

「この道沿いよ」

キャロルはワイングラスを手にした。「ネブラスカでシャトー・ヌフデュパプ。何に乾杯する?」

「わたしたちに」

まるでウォータールーで迎えた朝のようだとテレーズは思った。現実とは思えないほどに完璧で、非の打ちどころがない。マントルピースに置いたふたつのブランデーグラスも、その上に一列に並ぶ鹿の角も、キャロルのライターも、暖炉の炎も、どれもこれもが現実で芝居で使われている小道具などではない。だが時々芝居をしているような気がして、自分が本当は誰なのか、思い出してははっとした。まるでこの数日、他人を演じてきたかのように——信じられないほどに、あまりにも幸運な人間を。テレーズは天井の梁《はり》に固定されたモミの枝を見上げ、壁際《かべぎわ》のテーブルで聞き取れない声で会話を交わしている男女へ視線を移し、さらにひとりテーブルについてゆっくりと煙草を吸っている男を見た。ウォータールーのホテルで座って新聞を読んでいた男を思い出す。あの男も同じような色のない目をして、口の両端に長いしわが刻まれていなかったっけ? それともあの日とよく似た感覚のせいで、そんなふうに見えるのだろうか?

その夜テレーズとキャロルは百四十五キロ車を走らせて、ラスクに泊まった。

17

「ミセス・H・F・エアド?」キャロルが宿帳にサインするのを見てフロント係がいっ

た。「ミセス・キャロル・エアドですか？」

「ええ、そうだけど」

「メッセージがございます」フロント係は仕分け棚を振り返って紙片を取り出した。

「電報が届いております」

「ありがとう」キャロルはかすかに眉《まゆ》を上げ、テレーズに視線を投げてから電報を開いた。眉をひそめながら読むとフロント係に向き直る。「ベルヴィディアー・ホテルへはどう行けばいいの」

フロント係は道順を説明した。

「また別の電報を取りにいかなければならないわ」キャロルはテレーズにいった。「ここで待っていてくれる？」

「誰から？」

「アビーよ」

「そうですか。悪い知らせ？」

キャロルの目は依然として険《けわ》しかった。「次の電報を読んでみないとわからないのよ。これには、わたし宛ての電報をベルヴィディアーに打ったとしか書いていない」

「荷物を部屋へ運んでおきましょうか」

「いえ……ここで待っていて。車は置いていくわ」

「一緒に行ってはだめ？」

「もちろん、いいわよ。歩いていきましょう。ほんの二ブロックだもの」

キャロルは速足で歩いた。凍《い》てつくような寒さだった。テレーズは周囲のアパートメントや整然とした街並みを見回し、「ソルトレークシティはアメリカ一清潔な街なのよ」とキャロルがいっていたのを思い出した。ベルヴィディアーが見えてくると、キャロルはふいにテレーズを振り返った。「アビーが気まぐれを起こして、わたしたちを追いかけてくる気になったのかもしれないわね」

ベルヴィディアーに入るとキャロルはフロントへ行き、テレーズは新聞を買った。テレーズが振り返ると、キャロルは読み終えた電報を持った手を下ろすところだった。その顔には呆然《ぼうぜん》とした表情が浮かんでいる。ゆっくりと近づいてくるキャロルを見て、一瞬アビーが亡《な》くなったのかもしれない、という考えがテレーズの頭をかすめた。今の電報はアビーのご両親からだったのかもしれない。

「どうしたの」テレーズは訊《たず》ねる。

「なんでもないわ。まだわからないのよ」キャロルは電報を手に叩《たた》きつけながら周囲を見回した。「電話をかけなくてはならないの。ちょっと時間がかかるかもしれないけれど」そういって腕時計に目をやった。

二時十五分前だった。フロント係は、およそ二十分後にはニュージャージー州と通話ができるだろうといった。その間キャロルが飲みたいというので、ふたりはホテルのバーに入った。

「どうしたの。アビーは病気なの？」

キャロルは微笑《ほほえ》んだ。「そうじゃないの。あとで話すわ」

「リンディに何か？」

「とんでもない！」キャロルはブランデーを飲み干した。

キャロルが電話ボックスに入っているあいだ、テレーズはロビーを行ったり来たりしていた。キャロルは何度かゆっくりとうなずきながら、煙草《たばこ》に火をつけようとして手間取っていた。だが、テレーズが手を貸そうと近づいたときにはすでに火はついており、キャロルはあちらへ行っていなさいというように身ぶりで合図した。三、四分話をした後、ボックスから出て電話代を払った。

「どうしたの、キャロル」

キャロルはその場に立ちつくし、ホテルの入り口に目をやった。「今度はテンプルスクエア・ホテルよ」

次のホテルでも電報を受け取った。キャロルは電報を開いて目をやり、テレーズと一緒に入り口へ向かいながら細かく破り捨てた。

「今日はここには泊まらないわ」キャロルはいった。「車に戻りましょう」

ふたりは最初の電報を受け取ったホテルへ戻った。テレーズは黙っていたが、何か緊急事態が起きて、キャロルはすぐに東部へ戻らなければならなくなったのではないかという気がした。キャロルはフロントで部屋の予約を取り消した。

「何か連絡があったときのために転送先を置いていくわ。デンバーのブラウンパレス・ホテルにお願い」

「かしこまりました」

「よろしくね。少なくともこれから一週間は、こちらに送っていただいて大丈夫よ」

運転しながらキャロルはいった。「ここから西へ向かって最初の町はどこ？」

「西？」テレーズは地図を見た。「ウェンドーバーだけど、ずいぶん離れているわ。二百キロ以上もある」

「ああ、もう！」キャロルは突然声を上げた。車を停《と》めると地図を手に取って見た。

「デンバーは？」テレーズは訊ねた。

「デンバーには行きたくないの」キャロルは地図をたたんで車を発進させた。「いいわ、とにかくウェンドーバーまで行きましょう。煙草に火をつけてくれない、ダーリン？それから食事ができるお店がないか、気をつけて見ていて」

もう三時をまわっていたがまだ昼食をとっていなかった。ふたりは昨夜、ソルトレークシティから西へ延びるこの直線道路に乗って、グレート・ソルトレーク砂漠を縦断しようかと相談していた。ガソリンは十分にあるし、この辺りはまったくの無人というわけではない。けれどもキャロルが疲れていることにテレーズは気がついた。朝の六時からずっとハンドルを握りっぱなしで、しかもかなり飛ばしてきた。時折キャロルは、アクセルを長いあいだ踏み込んでいた。テレーズはそんな彼女を不安な気持ちでちらちらと見た。まるで何かから逃げているみたいだった。

「後続車はいる？」キャロルが問いかけた。

「いいえ」ふたりのあいだの座席に置かれたキャロルのハンドバッグから電報が突き出していた。テレーズからは「キヲツケテ。ジャコポ」しか読めない。ジャコポは車のうしろに置いてある小猿の人形だとテレーズは思い出した。

どこまでも平坦な土地にできたイボのように、ガソリンスタンド兼カフェがぽつんと立っていた。おそらくはテレーズたちが数日ぶりの客かもしれない。キャロルはオイルクロスがかかったテーブル越しにテレーズを見て、椅子《いす》のまっすぐな背にもたれた。キャロルが口を開く前に、エプロン姿の老人が奥の調理場から出てきてハムエッグしかできないというので、ハムエッグとコーヒーを注文した。キャロルは煙草に火をつけると前へ身を乗り出し、テーブルへ視線を落とした。

「実はね、ハージが探偵を雇ってシカゴからわたしたちを尾行させていたのよ」

「探偵？　なんのために？」

「本当にわからないの？」キャロルは声をひそめていった。

テレーズは黙りこんだ。想像はつく。テレーズも一緒だと、ハージに知れたのだ。

「アビーがそういってるの？」

「そういう情報をつかんだそうよ」キャロルの指が煙草の先に滑り、火に触れた。煙草を離した唇には血がにじんでいた。

テレーズは店内を見回した。ほかには誰もいない。「わたしたちを尾行しているの？ここにいる？」

「今はたぶん、ソルトレークシティにいるわ。ホテルをしらみつぶしに当たっているはずよ。ああいう連中は、どんな汚い手だって使うのよ。ごめんなさい。本当にごめんなさい」キャロルは落ち着かなげに椅子の背にもたれた。「あなたは列車で帰ったほうがいいかもしれないわね」

「かまいません――それが一番いいと思うのなら」

「あなたを巻きこみたくないの。わたしを尾行したければ、アラスカまででもついてくればいいのよ。今のところ、どこまで調べ上げているのかはわからない。あまり多くはないと思うけど」

テレーズは身をこわばらせて椅子に浅く腰かけた。「探偵は何をしているのかしら――わたしたちの行動を逐一記録するとか？」

先ほどの老店主が水を運んできた。

キャロルはうなずき、店主が下がるのを待って答えた。「盗聴器を仕掛けたりとかね。そこまでやるかどうかはわからないけれど。ハージがそこまでするかしらね」キャロルは口の端を震わせ、くたびれた白いオイルクロスの一点を見下ろしていた。「盗聴していたとしたらシカゴだわね。わたしたちが十時間以上同じ場所にいたのはあそこだけだから。いっそ録《と》ってくれていたらいいのに。ずいぶんと皮肉じゃない。シカゴに泊まった日を覚えている?」

「もちろん」テレーズは努めて落ち着いた声を出したが、それはあくまでうわべだけのことだった。それは愛する存在が目の前で死んでいるのを見ながら、必死に平静を装うのにも似ていた。キャロルとここで別れなければならないなんて。「ウォータールーでは?」ふいに、ホテルのロビーにいた男を思い出した。

「あの晩到着したのはずいぶん遅くなってからよ。そう簡単には盗聴器を仕掛けられなかったはずだわ」

「でも、キャロル、わたし見たんです——自信はないけれど、同じ人を二回見た気がするの」

「どこで」

「最初はウォータールーのロビーで。泊まった翌朝よ。それから、暖炉のあるレストランでも」つい夕べ、食事をしたレストランだ。

キャロルはその二回の状況と男の人相を事細かに訊ねた。男の人相は説明しづらかった。テレーズは必死に記憶を掘り起こして、ついには靴の色まで思い出した。もしかしたら想像の一部分であるかもしれない記憶を引っ張りだし、現実にあてはめようとするこの作業はとてつもなく奇妙で、おぞましいことをしているように思えた。ますます険しさを帯びていくキャロルの目を見ていると、自分が嘘《うそ》をついているような気さえしてきた。

「どう思います？」テレーズは訊ねた。

キャロルはため息をついた。「どうもこうもないわ。その男がまたあらわれるかもしれないから、気をつけて見ていて」

テレーズは皿を見下ろした。何も喉《のど》を通りそうになかった。「リンディのためなのね」

「ええ」キャロルはひと口も食べずにフォークを置くと、煙草を手に取った。「ハージはリンディを引き取りたいのよ。ひとりじめしたいの。この一件を利用すれば、望みがかなうと思っているんでしょうね」

「わたしが一緒に旅行しているというだけで？」

「そうよ」

「わたしはここで別れたほうがいいんですね」

「あのろくでなし」キャロルは部屋の隅《すみ》へ目をそらしながら静かにいった。

テレーズは待った。だが、いったい何を待つというのだろう。「ここからバスに乗って駅まで行って、そこから列車に乗るわ」

「帰りたい？」キャロルは訊ねた。

「もちろん帰りたくなんてないわ。ただ、それが一番いいと思うだけ」

「怖いの？」

「怖いですって？　とんでもない」テレーズはキャロルの目が、ウォータールーで愛を告白したあの晩と同じように鋭く見つめるのを感じた。

「それなら行かないで。一緒にいてちょうだい」

「本当に？」

「ええ。食べてしまいなさい。もう、馬鹿なことはいわないで」キャロルはかすかに笑みさえ浮かべた。「予定どおり、リノへ行く？」

「どこへでも」

「それなら、楽しんで行きましょう」

車に乗り込んでから数分後、テレーズは口を開いた。「二回とも同じ人物だったのかどうか、やっぱり自信がないんだけれど」

「本当は自信があるんでしょ」キャロルは、どこまでもまっすぐに延びる道の途中で急に車を停めた。少しのあいだ黙りこんで前方を見つめ、それからテレーズを振り返る。「リノへは行けないわ。離婚で有名な町へ行くなんて冗談がきつすぎるでしょ。それより、デンバーの南にすてきなところがあるの」

「デンバー？」

「ええ、デンバーよ」キャロルはそう宣言すると車をUターンさせた。

18

朝の光がさしこんでからもしばらく、テレーズとキャロルは互いの腕のなかにいた。

窓からさんさんと降り注ぐ陽光が、名前も知らない小さな町のホテルにいるふたりを温めてくれている。外では雪が地面を覆《おお》っていた。

「エステスパークも雪ね」キャロルがいった。

「エステスパークって?」

「きっと気に入るわ。イエローストーンとは違うの。一年じゅう開いているし」

「キャロル、心配していないわよね」

キャロルはテレーズを抱き寄せた。「心配しているように見える?」

テレーズも怖くはなかった。最初に感じたパニックは消えていた。周囲に目を配ってはいたが、ソルトレークシティを出たばかりの昨日の午後ほど神経を張りつめてはいない。キャロルは一緒にいたいといってくれた。何が起ころうと、逃げ出さずにふたりで立ち向かえばいい。恐れていながら人を愛することなんてできはしない。恐れと愛は両立しない。ふたりでいることで日ごとに強くなっているというのに、なぜ怯える必要があるのだろう? 昼だけではなく夜ごとにも。同じ夜は二度となく、同じ朝も決して訪れなかった。ふたりは一緒に奇跡を紡《つむ》ぎ続けていた。

エステスパークへの道は下り坂になっていた。両脇《わき》に積もった雪の壁はどんどん高くなり、やがて街の灯《あか》りが見えてきた。立ち並ぶモミノキに吊《つ》るされた灯りが道路上にアーチを形作っている。この村では家も店もホテルも茶色い丸太でできていた。音楽が流れ、人々は魔法にかけられたように昂然《こうぜん》と顔をあげ、明るい通りを歩いている。

「ほんと、すてきな場所だわ」テレーズはいった。

「だからといって、例の男に注意するのを忘れちゃだめよ」

テレーズとキャロルは部屋に携帯用の蓄音機を持ちこみ、買ったばかりのレコードやニュージャージーから持ってきたレコードをかけた。テレーズは『イージー・リビング』を何度かかけ、キャロルは腕組みをして離れた椅子《いす》の肘《ひじ》置きに腰をかけながら、そんなテレーズを眺めていた。

「わたしのせいで嫌な思いをさせてしまったわね」

「まあ、キャロル――」テレーズは笑顔を浮かべようと努めた。キャロルの気がふさいでいるのは今だけのことだ。そうわかってはいても、テレーズは無力感に打ちひしがれずにはいられなかった。

キャロルは窓を振り返った。「そもそも、なぜわたしたちヨーロッパに行かなかったのかしら。スイスとか。せめてここまで飛行機を使えばよかった」

「でもそれじゃつまらなかったわ」テレーズは椅子の背にかかっている黄色いスエードのシャツへ目をやった。キャロルが買ってくれたものだ。キャロルは色違いの緑をリンディに送り、銀のイヤリングと本を二冊、トリプルセック・リキュール一本も買いこんでいた。三十分前までふたりは幸せで、意気揚々と通りを歩いていたのだ。「きっと下で飲んだライウィスキーのせいね」テレーズはいった。「ライを飲むと落ちこみやすくなるのよ」

「そう？」

「ええ、ブランデーよりも効くわ」

「サンバレーのこちら側でわたしが知っている、一番すてきな場所に連れていってあげる」

「サンバレーではだめなの？」キャロルがスキーを好きなことをテレーズは知っていた。

「とにかくサンバレーはふさわしくないの」キャロルは謎《なぞ》めいた言い方をした。「これから行くのはコロラドスプリングスの近くよ」

デンバーでキャロルは車を停めると、宝石店に入ってダイヤモンドの婚約指輪を売り払った。本当にいいのかしらとテレーズは気になったが、キャロルはなんの思い入れもないといった。そもそもダイヤモンドは大嫌いだし、銀行に送金を頼むよりも早いのよと。キャロルはコロラドスプリングスから数キロ離れているホテルに泊まろうといった。以前に泊まったことがあるからということだったが、ホテルに着くか着かないうちに考えを変えた。あまりにもリゾートっぽすぎるというのがその言い分だった。そこでふたりは町に背を向け正面が山に面しているホテルに入った。

ホテルの部屋はドアから窓までの奥行きが長く、庭を見下ろす床《ゆか》まで届く四角い窓の向こうには、赤と白のまだらになった山々が見えていた。うっすらと雪化粧をした庭には石で造られた奇妙な小ピラミッドがいくつも配され、白いベンチや椅子が置かれていたが、背景の壮大な景色に較《くら》べるとなんとも滑稽《こっけい》だった。平たい隆起が山々となって連なり、世界の半分を集めたかのように地平線に広がっている。室内の家具はキャロルの髪の色に似た淡い金色で、舌なめずりしたくなるほどなめらかな手触りをした本棚にはたいした本は入っていなかったが、ところどころ良書も混じっている。どうせこの部屋に滞在するあいだは一冊だって本など読めないだろう。大きな黒い帽子をかぶり、赤いスカーフを巻いた女性の肖像画が本棚の上にかかり、入り口近くの壁には茶色い毛皮が飾られていたが、本物ではなく、茶色いスエードを毛皮のように見せかけたものだ。その上には蠟燭《ろうそく》を灯《とも》す小さなブリキ製のランタンがかけられている。キャロルはドアでつながっている隣の部屋も借りたが、スーツケースの置き場として使うことすらなかった。ふたりはここに一週間、もしも気に入ればもっと長く滞在しようと計画していた。

二日目の朝、テレーズがホテルの敷地内をひととおり見てから部屋に戻ると、キャロルはサイドテーブルの脇に立っていた。テレーズをちろりと見ると、化粧テーブルに歩み寄って下をのぞきこみ、次は壁板に作り付けになった細長いクロゼットのなかを検分した。

「もう大丈夫」キャロルがいった。「これで心おきなく楽しめるわ」

テレーズはキャロルが探していたものがわかった。「そんなこと、考えてもみなかった。探偵なら、うまくまけたんじゃないかしら」

「でも、もう今頃はデンバーに入ったかもしれないわ」キャロルは穏やかな口調で答える。顔には笑みが浮かんでいたが、その唇はわずかにゆがんでいる。「そのうちここまで追ってくるでしょうね」

もちろん、それは間違いない。ソルトレークシティから引き返すところを探偵に見つかって、ここまで尾行されている可能性もごくわずかながらある。ソルトレークシティでは逃げきれたとしても、探偵はホテルを訊《き》いて回ったかもしれない。だからこそキャロルはホテルにデンバーの連絡先を置いてきたのだ。もともとデンバーに来るつもりなどなかったから。テレーズは肘掛け椅子に体をあずけてキャロルを見つめる。キャロルは盗聴器を探していたが、その物腰に怯《おび》えたところはなかった。それどころか、ここに来ることでさらにトラブルを引き起こしている。なぜこんな矛盾《むじゅん》した行動を取るのか、それに答えられるのはキャロルだけだが、おそらく彼女自身にも答えは出ていないのだ。ドアに向かっていったかと思うとまた戻ってくる、ゆっくりとした、だが落ち着きのない足取りにそれはあらわれていた。平然と頭をそびやかすさまにも、あるいはいらだたしげにひそめられたかと思うと、次の瞬間もう元に戻っている眉の動きにも。テレーズは広い室内を見回して高い天井を見上げ、大きくて四角い飾り気のないベッドへ目をやった。室内は現代風であるにもかかわらず、どこか古風な広々とした印象を与える。それは下階の乗馬用厩舎《きゅうしゃ》で見かけた巨大な鞍《くら》のように、アメリカ西部を連想させた。そこにはある種の清廉さのようなものが感じられた。だが、キャロルは盗聴器を探し出そうとしている。テレーズは、まだパジャマと化粧着のまま歩み寄ってくるキャロルを見つめた。このままキャロルに駆《か》け寄って抱きしめ、ベッドに倒れこみたいという衝動がこみ上げてくる。今ではテレーズがそんなことをしても、キャロルが緊張したり身構えることはない。そう思うと、控えめながらも向こう見ずな高揚感がテレーズの胸を満たした。

キャロルは顔を上向けて煙を吐き出した。「もうどうだってかまやしないわ。いっそ新聞にかぎつけられてハージが困ればいいのよ。五万ドルの探偵料が無駄になればいい気味だわ。今日の午後は、めちゃくちゃな英語を聞きながらドライブする気はある？もうミセス・フレンチに訊いた？」

昨夜ホテルの娯楽室でふたりはミセス・フレンチという女性と知り合い、彼女に車がないと聞いてキャロルは今日のドライブに誘っていた。

テレーズは答えた。「ええ。昼食後すぐに出られるそうよ」

「スエードのシャツを着て」キャロルはテレーズの顔を両手でぎゅっと包みこむとキスをした。「今すぐに」

クリップルクリーク金鉱を訪れてユート・パスを通り、山を下る六、七時間にわたるドライブのあいだ、ミセス・フレンチはひっきりなしにしゃべっていた。老婦人は七十歳くらいでメリーランド訛《なま》りがあり、補聴器をつけていた。人に支えられなければ歩けないのに、いつでも車から降りてどこへでも登りたがった。テレーズは、本当のことをいえばミセス・フレンチに触れるのも嫌だったが、彼女のことが心配で気が気ではなかった。転びでもしたらミセス・フレンチの体は、ばらばらに砕けてしまいそうな気がした。キャロルはミセス・フレンチとワシントン州の話をしていた。ミセス・フレンチはこの数年ワシントン州に息子と一緒に住んでいるので、あの土地をよく知っていたのだ。キャロルが水を向けると、ミセス・フレンチは立て板に流れる水のごとくしゃべりだした。十年前に夫を亡くしてから旅行ざんまいの日々を送っていること、ひとりはワシントン州、もうひとりはハワイのパイナップル会社で働くふたりの息子のこと。ミセス・フレンチはすっかりキャロルに魅せられてしまったらしく、これからも一緒に過ごす機会が多くなりそうだった。三人がホテルに戻る頃には十一時近くになっていた。キャロルはバーでの夕食にミセス・フレンチを誘ったが、老婦人はもう疲れきってしまったので、ルームサービスでホットミルクとシュレッデッドフィート（小麦粉を原料として切り刻み、焼き上げた朝食用シリアル）をとってそのまま休みたいといった。

「よかった」ミセス・フレンチがいなくなるとテレーズはいった。「ふたりきりになれてほっとしたわ」

「あらそう、ミス・ベリヴェット？　それはどういう意味かしら」キャロルはバーのドアを開けながら問いかけた。「じっくり聞かせてもらおうじゃない」

だが、ふたりきりの時間は五分そこそこで終わった。男性のふたり連れが近づいてきて同席してもいいかと訊《たず》ねたからだ。ひとりはデイブという名前で、もうひとりの名前は知らなかったが、テレーズは知りたいとも思わなかった。デイブとその友人は昨夜も娯楽室でふたりに近づいてきて、トランプゲームのジンラミーに誘っていた。キャロルは誘いを断ったが、今夜は受け入れた。「もちろんよ。どうぞお座りになって」キャロルとデイブはたちまち楽しそうに会話を始めたが、テレーズは加わりにくい位置に座っていた。そしてテレーズの隣に座った男は別の話をしたがり、スチームボートスプリングズで乗馬を楽しんできたばかりだといった。夕食後、テレーズはいつ席を立てるかとキャロルからの合図を待ったが、キャロルはすっかり会話に夢中になっている様子だった。恋人が他人の目にも魅力的に映ると人は格別の喜びを覚えるものだ、と前にどこかで読んだことがある。しかしテレーズ自身はそんな喜びをみじんも感じなかった。キャロルは時折テレーズへ視線を投げてウィンクをした。そこでテレーズは一時間半じっと座り、我慢して礼儀正しくふるまった。キャロルがそれを望んでいるとわかっていたからだ。

バーや、ときに食堂で同席する人々はまだいいほうで、誰よりもミセス・フレンチがうとましかった。いまやミセス・フレンチは毎日といっていいほどドライブについてきた。テレーズは他人のせいでキャロルとふたりきりになれないのが腹立たしかったが、同時にそんな気持ちを恥じてもいた。

「ダーリン、自分もいつか七十一歳になると考えたことはある？」

「ないわ」テレーズは答える。

それでもふたりきりで山のなかをドライブした日もあった。行き当たりばったりに山道を走り、一度など通りかかった小さな町を気に入って一泊したこともある。パジャマも歯ブラシも持たず、過去も未来もない夜は、時間の海原《うなばら》に浮かぶ新たな小島となってテレーズの胸に、記憶にくっきりととどめられた。もしかしたらこれこそが幸福というものかもしれない、とテレーズは思う。類《たぐ》いまれなる完全な幸福。それゆえにほんのひと握りの人しか味わえない幸福。だが、それは純粋な幸福だったとしても、いまや通常の限界を超えて別なものに、とてつもない圧迫感のようなものに変わっていた。手にしたコーヒーカップの重みも、猫が庭園を横切るスピードも、雲と雲の静かな衝突さえも、耐えがたいほどに強烈に感じられる。そして一カ月前に突然訪れた幸福感を理解できなかったのとまったく同じように、今の状態も理解できなかった。まるで後遺症のようだった。楽しみよりも苦しみのほうが多い。もしかしたら自分には、ほかの人にはない深刻な欠陥があるのかもしれない、と思うこともある。まるで背骨が折れたまま歩き回っているような気がした。時折、キャロルにそれを打ち明けたい衝動に駆られても、言葉は舌の上で溶けていった。それは恐怖のせいもあったが、自分の反応が信用できなかったからだ。自分の反応はほかの人々とはまったく違っていて、キャロルでさえ理解してくれないのではないかという気がした。

午前中はたいてい山へドライブしては、車を降りて丘陵を登った。山頂から山頂をつなぐ、白いチョークで引いた線のように曲がりくねった道に、あてもなく車を走らせる。遠くからあおぐと、雲がまとわりついているように見える切り立った山頂をめざして走っているとﾞ、まるで地上よりも少しばかり天に近い空中を飛んでいるような気がする。テレーズのお気に入りの場所は、クリップルクリーク上方のハイウェーからの眺めだった。突然、道路は巨大な窪地の縁ぎりぎりに迫り、何百メートルも下には、密集した廃《はい》墟《きょ》と化した金鉱町が小さく見えた。ここでは、目と脳が互いをあざむこうとする。町を見下ろすと大きさの感覚が狂い、人間の尺度が使いものにならないのだ。目の前に掲げた手は、ごく小さくも、巨大にも見えた。そして町は、巨大な地上のごくわずかな一部にすぎず、まるではかり知れないほど広大な精神領域に置かれた、たったひとつの経験、たったひとつのありふれた出来事にしか思えなかった。テレーズの目は空《くう》を泳いだあげく、やがて車に轢《ひ》かれたマッチ箱のような一点に、人の手が作りだした猥雑《わいざつ》さを象徴するちっぽけな町へと戻るのだった。

テレーズは絶えず口の両脇にしわのある男の姿がないかと目を走らせていたが、キャロルは一度もそのようなことはしなかった。コロラドスプリングスでの二日目以降、十日が過ぎた今日まで、探偵のことを一言たりとも口にしない。テレーズたちが滞在しているホテルのレストランは有名で、広いダイニングルームには毎晩のように新しい客が訪れた。テレーズはいつもひとわたり見渡したが、探偵の姿を探してというより、用心が習慣になっていただけだった。いっぽうキャロルは、毎晩カクテルの注文を取りに来るウェイターのウォルター以外にはいっさい注意を払おうとしなかった。だが、店内でもっとも魅力的な女性であるキャロルは常に注目を集めずにはいなかった。テレーズはそんな彼女と一緒にいられるのが心底から嬉《うれ》しくて誇らしく、キャロルしか目に入らなかった。キャロルがメニューを見ながら、テーブルの下でテレーズの足を爪先《つまさき》でそっと撫《な》でると、そのたびに微笑《ほほえ》まずにはいられなかった。

「夏にはアイスランドに行かない?」キャロルが訊ねる。席についたばかりで会話が途切れたら旅行の話をしようとふたりは決めていた。

「わざわざそんな寒い場所を選ばなくてもいいんじゃない。それに、わたしはいつ仕事をすればいいの?」

「野暮なことはいわないの。ミセス・フレンチを誘う? わたしたちが手をつないだら、彼女は嫌がるかしらね」

ある朝、手紙が三通届いていた。リンディとアビー、そしてダニーからだ。アビーからキャロルへの手紙はこれで二通めだった。電報以来、新しい知らせは何もない。キャロルがリンディの手紙を先に開封したことにテレーズは気づいていた。ダニーの手紙には、仕事の面接をふたつ受け、両方の結果をまだ待っているところだと書いてあった。手紙にはハークヴィーがイギリス劇『臆病者』の舞台セットを三月に制作する予定だというフィルからの伝言も伝えていた。

「ねえ、これを聞いて」キャロルがいった。「『コロラドでアルマジロは見ましたか。一匹送ってください。カメレオンはいなくなってしまったの。パパと家じゅう探したんだけど。アルマジロなら大きいから、すぐに見つけられるわ』それから『綴《つづ》りのテストでは九十点を取りました。でも算数では七十点しか取れませんでした。算数なんて大嫌い。先生が大嫌いなの。それじゃあね。ママ、大好きよ。アビーおばちゃまにもよろしくね。リンディ。キスをこめて。追伸。革のシャツをありがとう。パパは普通サイズの自転車を買ってくれたの。クリスマスには、まだ体が小さいからと買ってくれなかった自転車よ。わたしはもう小さくないの。すてきな自転車よ』以上。お手上げだわ。ハージはいつもわたしの上を行くのよ」キャロルは手紙を置いてアビーの手紙を取り上げた。「どうして『アビーおばちゃまにもよろしく』なの。アビーが一緒だと思っているのかしら？」

「違うわ」キャロルは木製のペーパーナイフで開封していた手を途中で止めた。「たぶん、わたしがアビーに手紙を書くと思っているのよ」そういって封筒の残りを開封した。

「まさかハージがアビーと一緒だなんて吹きこんだんじゃないでしょうね」

「それはないわよ、ダーリン」キャロルはアビーの手紙を読みながら答えた。

テレーズは立ち上がると部屋を横切り、窓辺に立って山並みを眺めた。今日の午後、ハークヴィーに手紙を書かなくては。三月の『臆病者』のチームで助手をやらせてもらえないか訊いてみよう。テレーズは頭のなかで文面を考えた。山々は威風堂々たる赤いライオンのようにテレーズを見下ろしている。キャロルは二度笑い声をあげたが、手紙を読み上げようとはしなかった。

「何か新しい知らせは？」読み終えたキャロルにテレーズは訊ねた。

「ないわ」

車がほとんど通らないふもとの道で、キャロルはテレーズに運転の仕方を教えた。テレーズは今まで習ったどんなことよりも早く覚え、二、三日後にはコロラドスプリングスまで運転した。そしてデンバーで試験を受けて運転免許を取った。帰りはニューヨークまで交代で運転しましょうか、とキャロルはいった。

男は夕食時のレストランで、キャロルの左うしろのテーブルにひとりで座っていた。テレーズは何も喉《のど》につかえていないのに息が詰まり、思わずフォークを置いた。心臓がどきどき打ち、胸を破って飛び出しそうだ。どうして食事が半分すむまで見過ごしていたのだろう。テレーズが視線を上げるとキャロルと目が合った。グレーの瞳《ひとみ》がテレーズを見つめ、表情を読み取ろうとしていた。その目から先ほどまでの穏やかさは消えている。キャロルは話の途中で言葉を切った。

「一本いかが」キャロルは煙草《たばこ》をテレーズに差し出して火をつけた。「相手は、顔を知られているとは思っていないみたい?」

「ええ」

「それなら、向こうに気取られないようにね」キャロルはテレーズに微笑《ほほえ》みかけると自分の煙草に火をつけ、探偵の反対側へ顔を向けた。「とにかく落ち着いて」同じ口調でつけ加えた。

言葉でいうのは簡単だ。今度探偵に会ったらじっくり観察してやろう、とテレーズは思っていた。だが、顔面を砲丸で直撃されたようなショックで、とても観察どころではなかった。

「今夜はベイクトアラスカ（ケーキにアイスクリームをのせてメレンゲで包んだものを焼いたデザート）はないの？」キャロルはメニューを見ながらいった。「がっかりね。じゃあ、これにしましょう」キャロルはウェイターに声をかけた。「ウォルター！」

いつものようにウォルターが、キャロルたちに給仕するのが無上の喜びだといわんばかりの笑顔でやってきた。「お呼びでしょうか、マダム」

「レミーマルタンをふたり分お願いね」

ブランデーもたいした慰めにはならなかった。探偵は一度もテレーズたちのほうを見ようとせず、金属製のナプキン立てに本を立てかけて読んでいる。この期《ご》に及んでもテレーズは、ソルトレークシティを出たあとにカフェで話を聞いたときと同じくらい信じられない思いでいっぱいだった。男が探偵だというたしかな知識よりもこの確信のなさのほうが、なぜか恐ろしく思えた。

「あの人の横を通らなくちゃだめ？」テレーズの背後にはバーへ通じるドアがあった。

「そうよ。こちらから出るわ」キャロルはいつもとまったく変わらない様子で微笑むと眉を上げた。「嚙《か》みつきやしないわよ。銃を突きつけられるとでも？」

テレーズはキャロルのあとについて、男からほんの三十センチと離れていないところを通った。男は本にいっそう顔を近づけた。テレーズの前を歩いていたキャロルは、ひとりで食べているミセス・フレンチへ優雅に身をかがめて挨拶《あいさつ》をした。

「わたしたちの席にいらっしゃればよかったのに」とキャロルはいい、ミセス・フレンチといつも一緒に食事していたふたりの女性が今日旅立ったことを、テレーズは思い出した。

キャロルは少しのあいだ立ち止まってミセス・フレンチと会話を始めた。テレーズはそんなキャロルに感嘆したものの自分は耐えられず、レストランを出るとエレベーターの前で待っていた。

部屋に戻ると、キャロルはサイドテーブルの裏の奥のほうに取りつけられた小さな装置を見つけだした。そして絨毯《じゅうたん》へと延びる這《は》うコードを両手を使ってはさみで断ち切った。

「ホテルの人が彼をここに入れたのかしら?」テレーズはぞっとする思いで訊ねた。

「たぶん、何にでも合う鍵《かぎ》を持っているんだわ」キャロルが引っ張ると、盗聴器がテーブルからはがれて絨毯の上に転がった。コードがついた小さな黒い箱。「見てよ、まるでネズミみたいな姿だわ。ハージそっくり」キャロルはふいに顔を紅潮させた。

「コードはどこまで続いているの」

「どこかの部屋でしょ。録音していたんだわ。たぶん廊下の向かい側で。敷きつめられた絨毯で隠されていたのよ!」

キャロルは盗聴器を部屋の中心めがけて蹴った。

テレーズは四角い小箱をみつめた。これが夕べのふたりの会話をひとつ残らず呑《の》みこんだのだ。「いつからあったのかしら」

「あの男はどれくらい前から滞在していたと思う?」

「せいぜい昨日だと思うけれど」でも、もしかしたら間違っているかもしれない。テレーズだってホテルにいる人全員の顔を見られるわけではないのだ。

キャロルは首を横に振った。「ソルトレークシティからここまで追ってくるのに二週間近くもかかると思う? 違うわ。あいつが今夜わたしたちとディナーをとる気になっただけのことよ」キャロルはブランデーが入ったグラスを片手に本棚から振り返った。顔の赤みは引いていた。今ではテレーズに小さな笑みさえ向けている。「まぬけな探偵ね」キャロルはベッドに腰を下ろすと背後に枕《まくら》を置いてもたれた。「いいわ、ここにはもう、ずいぶん長居をしたことだし」

「いつ出発する?」

「明日ね。朝、荷物をまとめてお昼を食べたら出ない?」

その後、ふたりは車を出して闇《やみ》のなかを西へドライブした。でも、わたしたちは西部へは行けないのだ、とテレーズは思った。彼女は体の奥底でうごめくパニックを踏み消すことができないでいた。それはもう存在しない何かなのだ。今起こっているこのことではなく。テレーズは不安だったが、キャロルはそうではなかった。冷静なふりをしているのではなく、本当に恐れていないのだ。キャロルはいった――あの男はしょせん何もできはしないわ。でもこそこそかぎ回られるのは我慢ならない。

「それで思い出した。あの男がどんな車に乗っているのか確かめてきてくれない？」キャロルはいった。

その夜、地図を広げて明日のルートを相談し、まるで見知らぬ者同士のようにそっけない会話を交わしながら、テレーズはきっと今夜は昨夜のようにはならないだろうと思っていた。しかしベッドに入っておやすみのキスをした瞬間、互いのなかで何かが解き放たれ、突如として激しく呼応しあうのを感じた。まるでふたりの体が触れあうと欲望の炎が燃え上がる素材でできているかのように。

19

探偵の車を確認することはできなかった。車は個別にガレージに入っていたからだ。サンルームからガレージを見渡すことはできたが、その朝探偵が出てくるところは見かけなかった。昼食時にもその姿はなかった。

出発を知るとミセス・フレンチは、ぜひコーディアルをご一緒したいと自室にふたりを招いた。「お別れの杯《さかずき》をさしあげたいわ」ミセス・フレンチはキャロルにいった。「まだ連絡先もうかがっていないのよ」

以前キャロルとミセス・フレンチは球根を交換する約束をしていた。ふたりは車のなかで球根について談義を始め、それをきっかけに意気投合したのだ。キャロルは最後まで驚くほど辛抱強かった。彼女が一刻も早く出発したがっているとは誰も想像できなかっただろう。ミセス・フレンチの部屋のソファに座り、手にしている小さなグラスはミセス・フレンチによって何度も満たされた。ミセス・フレンチは別れ際、キャロルとテレーズの頰《ほお》にキスをした。

テレーズたちはデンバーからハイウェーをワイオミング方面へ北上し、途中でレストランに立ち寄ってコーヒーを飲んだ。カウンターとジュークボックスがある、ふたりが好きなごくふつうの店だ。ジュークボックスに次々と五セント硬貨を投げ入れていったが、これまでとは何かが違っていた。キャロルはこのままワシントン州に行って、カナダまで行こうと今でもいっていたが、これまでと旅行がまったく違ったものになってしまったことをテレーズは感じていた。キャロルの目的地がニューヨークだということも。

その夜は、ティピと呼ばれるテント小屋風の建物が環状に並んだ旅行者向けの宿泊施設に泊まった。キャロルは服を脱ぎながら、すべての柱の先が一点に集まっている天井を見上げてうんざりしたようにいった。「こんな手間をかけるなんてずいぶん物好きもいるのね」なぜかテレーズはそれがおかしくてたまらず、あきれはてたキャロルから、今すぐ笑うのをやめなければブランデーを飲ませるわよと脅《おど》かされる始末だった。テレーズがまだくすくす笑いをしながらブランデーグラスを片手に窓辺に立ち、キャロルがシャワーから出てくるのを待っていると、一台の車が事務所の大きなティピに近づいて停まった。男がひとり車から降りて事務所に入った。少したってから男は外に出てくると、ティピがぐるりと並んでいる暗がりのなかを、きょろきょろ見回した。テレーズは男のあたりをはばかるような歩調に注意を引かれ、突然確信した。顔が見えなくとも、姿さえろくに見えなくとも、あれは例の探偵に違いない。

「キャロル！」

キャロルはシャワーカーテンを開け、テレーズに視線を向けると体を拭《ふ》く手を止めた。

「ひょっとして――」

「わからないけど、たぶんそうよ」キャロルの顔にゆっくりと怒りが広がり、表情がこわばっていく。それを見たとたん、テレーズはわれに返った。それが自分自身に対する、あるいはキャロルに対する侮辱《ぶじょく》だということにたった今気づいたかのように。

「なんてこと！」キャロルはタオルを床《ゆか》に叩《たた》きつけ、化粧着をはおってベルトを結んだ。

「それで――あいつは何をしているの？」

「ここに泊まるみたい」テレーズは窓の脇《わき》へ戻った。「少なくとも、車は事務所の前にまだあるわ。部屋の明かりを消せば、もっとよく見られるんだけど」

キャロルはうめき声を漏らした。「いえ、いいわ。そんなこと、したくもない。もう、ごめんだわ」いかにもうんざりしきったような嫌悪もあらわな口調だった。

テレーズは思わず唇がゆがみ、またしても笑い出したくなるのをなんとかこらえた。

こんなところで笑い出したりすれば、キャロルは怒り狂うに違いない。やがて男の車が向かいのティピのガレージに入っていくのが見えた。「やっぱり泊まるんだわ。黒いツードアのセダンよ」

キャロルはため息をつきながらベッドに腰を下ろし、つかのまテレーズに微笑した。そこには疲労と倦怠《けんたい》、あきらめと無力感、そして怒りが入り混じっていた。「シャワーを浴びてらっしゃい。そうしたら、また服を着てね」

「だけど、あれが彼かどうかもわからないのに」

「そんなことはどうでもいいのよ、ダーリン」

テレーズはシャワーを浴び、服を着たままベッドに入るとキャロルの隣に横になった。部屋の明かりはすでに消されている。キャロルは暗がりのなかで煙草《たばこ》を吸いながら、しばらく何もいわなかったが、やがてテレーズの腕に触れてこういった。「出るわよ」宿泊施設を出たのは午前三時半だった。料金は到着時に払ってある。明かりはどこにもなく、探偵が暗い部屋から見張っているのでないかぎり、見ている者は誰もいなかった。

「どうする？　どこかで寝直す？」キャロルが訊《たず》ねる。

「いえ、いいわ。あなたは？」

「わたしもいいわ。どれだけ距離を稼げるか試してみましょう」キャロルはアクセルを踏んでスピードを上げた。ヘッドライトに照らし出された道路は見通しがよく平坦だった。

夜が明ける頃、ハイウェーパトロールにスピード違反で止められた。キャロルはネブラスカ州のセントラルシティという小さな町で、二十ドルの罰金を払わなければならなくなった。パトカーについてセントラルシティまで五十キロ戻るはめになったが、キャロルは黙って罰金を払った。いつもこうやって止められたときはパトロール警官たちとやりあったり、なだめすかしたりして逮捕を免れようとしてきた——ニュージャージーでもそうしていた——彼女らしからぬことだった。

「まったく癪《しゃく》にさわる」キャロルは車にふたたび乗り込んでからいったが、何時間ものあいだで口にした言葉はそれだけだった。

テレーズが交代しようかと申し出ても、キャロルは運転を続けるといってきかなかった。目の前にはネブラスカの大平原が広がり、刈り取られた黄色い麦の切り株がどこまでも続き、ところどころで茶色い地面や岩がむき出しになっている。白い真冬の陽《ひ》ざしが、温かいような錯覚を起こさせる。前よりも少し速度を落としているせいで、テレーズは少しも進んでいないような焦燥感を覚えた。足元の砂が流れていくのに、自分はじっと同じ場所に立っているような気がしてならなかった。テレーズは背後に目をやり、パトカーや探偵の車、そしてコロラドスプリングスからずっと追いかけてきているような気がする、名づけようのない形のない何かを探した。そして大地と空に目をやり、空中でゆっくりと旋回するハゲタカや、風に吹かれてわだちを転がっていくタンブルウィードの行き先や、煙突から煙が出ているかいないかといった、どうでもいいことに意識をそらせようとした。八時を過ぎると激しい睡魔に襲われて瞼《まぶた》が重くなり、頭がぼんやりとしてきた。そのためにずっと注意していた黒っぽいツードアのセダン車を背後に見つけてもあまり驚かなかった。

「例の車によく似たのがうしろを走っているわ。黄色いライセンスプレートをつけている」テレーズはいった。

キャロルはすぐには答えず、ミラーに視線を走らせると口をすぼめて息を吐き出した。

「どうかしらね。だとすれば、思っていたよりも腕がいい探偵だわ」キャロルは車の速度を落とした。「相手が追い越したときに顔を確かめられる？」

「ええ」これまでも、ちらりと見ただけでわかったのだから。

キャロルは停止しそうなほど速度を落とすと地図をハンドルの上に広げて見た。後続車はみるみるうちに近づき、追い越していった。あの男だ。

「やっぱりそうだわ」テレーズはいった。男はテレーズのほうをちらりとも見なかった。

キャロルはアクセルを踏み込んだ。「間違いないのね」

「ええ」速度計の針が百キロを超えていく。「どうするつもり？」

「話をするわ」

男の車に追いつくとキャロルはアクセルをゆるめた。男は並行して走る車のほうを見たが、唇は長い一文字を描き、灰色の点のような目と同じように無表情だった。キャロルが手を下に振ると男は車の速度を落とした。

「窓を開けて」キャロルはテレーズにいった。

男は車を路肩の砂地に寄せて停めた。

キャロルは後部のタイヤをハイウェーに残して車を停め、テレーズ越しに話しかけた。

「わたしたちと一緒に来たいの？」

男は車を降りてドアを閉めた。二台の車は約三メートル離れており、男はその途中まで歩いて立ち止まった。生気のない小さな目の灰色の虹彩《こうさい》は黒で縁取られ、無表情に一点を見つめる人形の目のようだ。年齢はさして若くはない。その顔は車で過ごした長い年月にさらされてくたびれ、顎髭《あごひげ》の影が、口の端の二本のしわをいっそう深く見せていた。

「ミセス・エアド、わたしは自分の仕事をしてるだけでね」

「見ればわかるわ。汚い仕事よね」

探偵は煙草を親指の爪《つめ》に軽く叩きつけると、吹きすさぶ風をものともせず、芝居がかったゆっくりとした仕草で火をつけた。「少なくとも、もうすぐ終わる」

「だったら、もうわたしたちを放っておいたら？」キャロルの声は、体を支えるためにハンドルをつかんでいる片腕に負けないほどに張りつめていた。

「だが、こっちはあんたの旅行中はずっとついていくようにと指示を受けているものでね。でも、そっちがニューヨークへ戻るというのなら別だ。わたしとしては戻ることをお勧めしますがね、ミセス・エアド。これからニューヨークへ？」

「いいえ」

「こっちは重要な情報をつかんでるんですがね――あんたが今すぐ帰って手を打ったほうがいいような情報を」

「それはどうも」キャロルは皮肉めいた口調で返した。「ご親切いたみいるわ。今すぐ戻るつもりはないの。だけど今後の予定を教えてあげてもいいわよ。そうすれば、わたしたちを追いかける必要もなくなって睡眠不足を解消できるでしょ」

探偵はうつろな愛想笑いをキャロルに向けた。まったく人間らしさを感じさせない、ひたすら決まった軌道を突き進むぜんまい仕掛けの機械を思わせる笑みだ。「あんたはニューヨークへ戻りますよ。わたしのいうとおりにしたほうが身のためだ。下手《へた》をすればお子さんを失うことになるかもしれない。それはご存じですね」

「あの子はわたしのものよ！」

探偵の片頬のしわがぴくりと動いた。「人はものじゃない」

キャロルは声を荒《あら》らげた。「ずっとついてくるつもりなの？」

「ニューヨークへ戻りますか？」

「戻らないわ」

「いいや、きっと戻ることになりますよ」探偵はゆっくりと踵《きびす》を返して車へ戻っていった。

キャロルはアクセルを踏んでエンジンをかけた。手を伸ばして、一瞬、安心させるようにテレーズの手をぎゅっと握る。そして車は急発進した。テレーズは膝《ひざ》に両肘《ひじ》をつくと手に額《ひたい》を押し当て、これまで味わったことのない屈辱感と激しいショックに身をゆだねていた。探偵の前ではずっとこらえていたのだ。

「キャロル！」

キャロルは声をあげずに泣いていた。への字型に曲げられた唇のカーブはキャロルのものとは思えなかった。まるで顔をくしゃくしゃにして泣いている幼い少女のようだ。テレーズはキャロルの頬《ほお》を伝う涙を信じられない思いでみつめた。

「煙草をちょうだい」キャロルはいった。

テレーズが煙草を渡して火をつけるまでに、キャロルは涙を拭《ぬぐ》い、泣きやんでいた。キャロルは少しのあいだ煙草を吸いながらゆっくりと車を走らせていた。

「後部座席に行って、そこにある銃を取ってきて」キャロルがいった。

テレーズはすぐには動かなかった。

キャロルがテレーズに視線を向ける。「お願い」

スラックス姿のテレーズは、身軽に後部座席へ移るとネイビーブルーのスーツケースを座席にのせた。留め金を外してスーツケースを開け、セーターに包まれたままの銃を取り出す。

「こっちにちょうだい」キャロルは穏やかな口調でいった。「ドアのサイドポケットに入れておきたいの」テレーズはキャロルが肩越しに差し出した手に銃の白い握りをのせ、助手席へ戻った。

探偵は百メートルほど車間をあけてまだついてきた。途中で、馬に引かれた農家の荷馬車が未舗装道路から合流し、探偵の車の前を走った。キャロルはテレーズの手を握ったまま、左手で運転している。テレーズはそばかすが薄く浮き出たキャロルの指を見下ろした。キャロルの冷たい指先が、テレーズの手のひらに強く食いこんでいる。

「もう一度話してみるわ」キャロルはアクセルを踏んだままいった。「あなたは次のガソリンスタンドかどこかで、待っていてもいいわよ」

「離れたくないわ」テレーズは答えた。キャロルは探偵に録音したものを引き渡すよう要求するつもりなのだ。キャロルが撃たれる姿が脳裏《のうり》に浮かぶ。銃を扱い慣れている探偵は俊敏な動きで銃を抜き、キャロルに引き金を引く暇さえ与えずに撃つだろう。でも、そんなことは起こらない。そんなことはさせない。テレーズは唇を嚙みしめ、キャロルの手を握ったまま指先で撫でた。

「わかっているわ。心配しないで。話をするだけだから」キャロルはいきなりハンドルを左に切り、ハイウェーを離れて細い道へ入った。草原のあいだに続く坂道を上り、カーブを曲がると森に入った。キャロルは悪路をものともせず、スピードをゆるめようとはしなかった。「ついてきているわよね」

「ええ」

うねる丘陵には農家がぽつんと一軒建っているだけで、あとは見渡す限り低木が生えているだけの岩場が続き、カーブにさしかかるたびに見通しがきかなくなった。キャロルは急な上り坂のカーブを曲がると、車体を道に半分残していきなり車を停車させた。キャロルはサイドポケットから銃を取り出した。キャロルが銃の一部を開くと、なかに弾《たま》がこめられているのがテレーズからも見えた。だが、キャロルはフロントガラス越しに前を見て、銃を持った手を膝に下ろした。「いいえ、だめ、だめよ」早口にそういうと銃をサイドポケットに戻した。そして坂道の端に車を寄せてまっすぐに停めた。「なかで待っていて」そう言い残して車を降りる。

背後から探偵の車の音が聞こえてきた。キャロルが音のほうへゆっくりと歩み寄ると、ほどなくしてカーブを曲がって探偵の車があらわれた。速度はさほど出ていなかったがけたたましいブレーキの音に、キャロルは道端へよけた。テレーズはわずかにドアを開けて窓の下枠にもたれた。

探偵が車を降り、風に負けまいとするように声を張り上げる。「今度はなんですか」

「わかっているでしょ」キャロルは探偵に少し近づいた。「わたしに関するものすべてをこちらに渡して――盗聴テープも何もかも」

灰色の点のような目の上にある眉をぴくりともあげず、探偵は自分の車のフェンダーにもたれて薄い大きな口をゆがめて笑った。彼はテレーズに視線を投げ、そしてキャロルへ戻した。「すべて送ってしまいましたよ。メモが少し残っているだけです。時間と場所を書き留めたものが」

「それでもいいわ、それを渡して」

「買い取ろうというんですか？」

「そうはいってないわ。渡してといったのよ。売りたいの？」

「わたしを金で買おうとしてもむだです」

「お金のためでなければ、なんのためにこんなことをしているの？」キャロルはじれたように訊《たず》ねた。「ハージより高く買うわよ。いくらなら渡してくれるの」

探偵は腕組みをした。「すべて送ったといったでしょう。買い取ったところで、金をどぶに捨てるようなものだ」

「コロラドスプリングスからの盗聴記録はまだ手元にあるはずよ」

「ほう、そうですかね？」探偵は皮肉めいた口調で答える。

「ええ。そちらの言い値で買い取るわ」

探偵はキャロルを上から下までしげしげと見ると、今度はテレーズをちろりと見て、ふたたび口元に笑みを浮かべた。

「出して――テープも記録も、何もかも」キャロルの言葉に探偵が動いた。

男は車のトランクへ回った。テレーズは鍵をじゃらつかせながらトランクを開ける音を聞いた。それ以上じっとしていられなくなって車を降り、キャロルにあと数メートルの距離まで近づいて立ち止まる。探偵は大きなスーツケースのなかに入っているものを取り出そうとしていた。男が体を起こしたひょうしに、上げてあったトランクの蓋《ふた》にぶつかって帽子が落ちた。探偵は風に飛ばされるのを防ぐために帽子のつばを自分の足で踏みつけた。手には何かが握られていたが、小さすぎて見えなかった。

「二本あります」と彼はいった。「五百ってところでしょうか。ニューヨークにまだ何も送っていなけりゃ、もうちょっと値が張ったんですがね」

「大したセールスマンだこと。その手には乗らないわ」キャロルはいった。

「おや、そうですかね。ニューヨークじゃ、こいつをお待ちかねの人たちがいるのに」

探偵は帽子を拾い上げてトランクを閉めた。「だが証拠なら、すでに十分にある。だからあなたもニューヨークに戻ったほうが身のためだといってるんですよ、ミセス・エアド」探偵は煙草を地面に捨てると靴先で踏みにじった。「これからニューヨークに戻りますか」

「わたしの決心は変わらないわ」

探偵は肩をすくめた。「わたしはどちらの味方でもない。しかしあんたがニューヨークへ戻れば、それだけ早くけりがつく」

「今すぐけりをつければいいじゃないの。それをこっちに渡したら、車を出してまた追いかけてくればいいわ」

探偵は中身が入っているかどうかを当てるゲームのように、拳《こぶし》をゆっくりと突き出した。「こいつに五百出しますか」

キャロルは探偵の手に目をやるとショルダーバッグを開き、札入れから小切手帳を取り出した。

「現金のほうが、ありがたいんですがね」探偵はいった。

「持ち合わせがないわ」

探偵はまた肩をすくめた。「いいでしょう。小切手でいただきます」

キャロルは車のフェンダーに小切手帳を置いて書きこんだ。

探偵がキャロルをのぞきこむように身をかがめたので、その手に握られた小さな黒い物体がテレーズにも見えた。さらに近づいてみる。探偵は自分の名前の綴《つづ》りを教えた。そして差し出された小切手を受け取ると、キャロルの手に小さな箱のようなものをふたつ渡した。

「いつから録《と》っていたの」キャロルが訊ねる。

「聴けばわかりますよ」

「ふざけないで！」キャロルは声をうわずらせた。

探偵は笑顔で小切手をたたんだ。「わたしが忠告しなかったなんていわないでくださいよ。今渡したのが全部じゃない。ニューヨークには山ほどあるんだ」

キャロルはバッグを閉めると、テレーズに目をくれずに車へ引き返しかけた。だが足を止めるとふたたび探偵に向き直った。「ハージが必要なものを手に入れたのなら、もういいでしょう。もうやめると約束してもらえるわよね」

探偵は自分の車のドアに片手をかけて立ち止まり、キャロルへ目をやった。「あいにくとわたしの仕事はまだ終わっていないんですよ、ミセス・エアド。こっちも事務所に雇われている身ですからね。あんたがすぐにニューヨーク行きの飛行機に乗るというのなら話は別ですよ。ニューヨーク行きでなくてもいい。わたしをまけばいいんです。事務所には何かいうことを考えなくちゃならないな。コロラドスプリングスでのここ数日間の情報がないんですから。これよりも面白い話をでっちあげなきゃならない」

「そんなもの、連中に考えさせればいいでしょ！」

探偵はわずかに歯を見せて笑った。そして車に乗りこんだ。ギアを入れると頭を窓から突き出し、背後を見ながら車をバックですばやくターンさせる。車はあっという間にハイウェーに向かって走り去っていった。

エンジンの音がたちまち遠ざかっていく。キャロルはのろのろと自分の車へ歩み寄って乗りこみ、数メートル先に隆起する乾いた地面をフロントガラス越しに眺めていた。その顔はまるで気を失ったかのようにうつろだった。

テレーズも助手席に乗りこみ、キャロルの肩に片腕をまわした。コートに包まれた肩を抱く手にぎゅっと力をこめながら、なんの役にも立たない他人のような思いを噛みしめていた。

「どうせ、ほとんどはったりよ」唐突にキャロルがいった。

しかし顔からは血の気が引き、声には力がなかった。

キャロルは拳を開いてふたつの小さな丸い箱を見た。「ここでいいわ」そういうなり車から降り、テレーズもあとに続いた。キャロルは箱を開くとセルロイド製とおぼしき巻かれたテープを取り出した。「ずいぶん小さいのね。燃えるはずだわ。燃やしてしまいましょう」

テレーズは車で風をよけながらマッチをすった。テープはすぐさま燃え上がったが、地面に落とすと風で火が消えた。キャロルは川に捨てるからいいという。

「今、何時？」キャロルが訊ねる。

「十二時二十分前よ」テレーズが車に戻るとすぐにキャロルは車を発進させ、ハイウェーに引き返した。

「オマハに着いたらアビーに電話をするわ。弁護士にも連絡しなくては」

テレーズは道路地図を見た。南に少しばかりそれれば、次の大きな街がオマハだ。キャロルは疲れた表情をしていた。まだ静まらない怒りが沈黙に満ちている。車はわだちを乗り越えたひょうしに大きく揺れ、缶ビールが前部座席の床を転がってどこかにぶつかり、音を立てた。旅の一日目に開けそこねたビールだ。テレーズは空腹だった。何時間も前から、ひどく空腹だった。

「運転を代わりましょうか？」

「そうね」疲れた声だったが、まるですべてをあきらめてしまったかのような穏やかな口調だった。すぐに彼女は車のスピードを落とした。

テレーズはキャロルと席を交代してからいった。「どこかで朝食を食べない？」

「何も食べられないわ」

「何か飲むだけでも」

「まずはオマハに入りましょう」

アクセルを踏みこむと速度計の針は百キロを超え、テレーズは百十キロすれすれに速度を保った。ハイウェー三〇号線を走り、やがて二七五号線でオマハに入ったが、お世辞にも整備が行き届いているとはいえない道路だった。「ニューヨークに盗聴テープを送ったなんて、きっと嘘よね」

「その話はやめて！　もううんざり！」

テレーズはハンドルを握りしめたが、意識して体の力を抜いた。ふたりのあいだに、そして前方に間違いなく待ち受けている、まだその姿の一端をあらわしたばかりの大きな悲しみを感じた。ふたりは今まさにそこに向かって飛び込もうとしていた。探偵の顔を思い出すと、ほとんど表情の読み取れなかったあの顔に浮かんでいたのはまぎれもない悪意だった。口ではどちらの味方でもないといっていたが、あの笑顔には悪意がこもっていた。あの探偵はたしかにふたりの仲を引き裂くことを望んでいた。テレーズとキャロルがひとつだということを知っていたからだ。これまでは漠然と感じているだけだったが、テレーズは今青天の霹靂《へきれき》のように悟《さと》っていた。わたしたちは世界じゅうを敵にまわそうとしているのだ。そして自分とキャロルが共有しているものはもはや愛でも幸福でもなく、突然ふたりのあいだにあらわれた怪物と化していた。わたしたちはその両手にひとりずつ握られているのだ。

「あの小切手のことが気になるわ」キャロルが口を開いた。

テレーズの心は、さらにもうひとつの石が投げこまれたように重くなった。「家のなかも調べると思う？」

「調べるかもしれないわね。ひょっとしたらの話だけど」

「見つかりっこないわ。テーブル掛けの下に入れて奥のほうまで押しこんだもの」でも、本にはさんだはずの手紙がある。とたんに奇妙な誇りが一瞬テレーズを高揚させ、そして消えていった。あれはとても美しい手紙で、いっそ小切手よりも手紙が見つかればいいのにと思う。だが、やはりこれも重要な証拠とみなされ、どちらも穢《けが》れたものとして扱われるのだろう。テレーズが出さなかった手紙、テレーズが換金しなかった小切手。どう考えても、手紙が見つかる可能性のほうが高い。しかしテレーズはキャロルにそれを言い出すことができなかった。単に怖かっただけなのか、それとも今はこれ以上キャロルを苦しめたくないからなのか、自分でもわからない。前方に橋が見えてきた。「川だわ。ここはどう？」

「いいわね」キャロルは小さな箱をテレーズに渡した。テレーズは燃えかけのテープを箱に戻した。

テレーズは車を降りると金属製の手すり越しにテープを投げ捨てたが、川に沈むのは見届けようとしなかった。反対側からオーバーオール姿の若い男がやってきて橋を渡るのを見て、いわれのない敵意を抱くと同時にそんな自分を嫌悪した。

キャロルはオマハのホテルから電話をかけたが、アビーは外出中だった。夕方六時には戻っているはずだというので、その頃にかけ直すと伝言を頼んだ。キャロルがいうには、弁護士は東海岸時間の二時過ぎまで昼食に出ているだろうから、今は電話をしても無駄だとのことだった。顔を洗ってさっぱりして何か飲みたいわ、と彼女はいった。

ふたりはホテルのバーに入ると、おし黙ったままオールドファッションドを飲んだ。キャロルが二杯目を頼んだときにテレーズもお代わりをしようとしたが、何かお腹にいれたほうがいいとキャロルに止められた。ウェイターは、バーでは料理を出せないといった。

「彼女は食べたいといってるのよ」キャロルは頑として言い返した。

「ダイニングルームでしたらロビーの向かいにあります。喫茶室も――」

「キャロル、あとでいいのよ」

「メニューを持ってきてくださらない。彼女はここで食べたいの」キャロルはウェイターへ視線を向けた。

ウェイターはためらっていたが、やがて「かしこまりました」と答え、メニューを取りに行った。

テレーズはスクランブルエッグとソーセージを食べ、キャロルは三杯目のカクテルを飲んでいた。やがて彼女は途方にくれたような声でこういった。「ダーリン、わたしを許してくれる？」

問いかけ以上にその口調が、テレーズの胸を締めつけた。「愛しているわ、キャロル」

「だけど、それがどういうことかわかっているの？」

「わかっているわ」たしかに車中では無力感に打ちひしがれた。でも、ほんの一瞬のことだ。そして今のこれも単なる一時的な状況にすぎない。「いつまでもこのままだとは限らないわ。そのせいで何かが壊れるとも思えない」彼女は真摯《しんし》な口調でいった。

キャロルは顔にあてていた片手を下ろして椅子《いす》の背にもたれた。あいかわらず疲れた表情を浮かべてはいても、テレーズが知るキャロルらしさが戻っていた。穏やかであると同時に厳しい眼差しはテレーズを探り、知的な赤い唇は、上唇こそわずかに震えてはいるが、力強く、それでいてふっくらとしている。

「そう思わない？」訊ねたとたん、それがウォータールーのホテルでキャロルが言葉にせず投げかけたのと同じくらい、重要な意味を持つ問いかけなのだということに気がついた。事実、それは同じ質問だった。

「そうね、あなたのいうとおりよ」とキャロルはいった。「あなたのおかげでわかったわ」

キャロルは電話をかけに行った。時刻は三時になっている。テレーズは伝票を受け取って席で待ちながら、いつになったらこれが終わるのだろうかと考えていた。キャロルの弁護士もしくはアビーから安心できるような言葉をもらうことができるのか、それとも事態はますます悪くなっていくのだろうか。キャロルは三十分ほどして戻ってきた。

「弁護士はまだ何も聞いていないそうよ。わたしからもいわなかったわ。いえなかったの。手紙を書かなければ」

「たぶんそうすると思っていたわ」

「あら、そう?」キャロルはその日初めて笑顔を見せた。「ここに部屋を取らない? これ以上先へ進む気になれないわ」

キャロルは部屋に昼食を運びこませた。それからふたりで昼寝をしたが、五時十五分前にテレーズが目覚めるとキャロルはいなかった。室内を見回すと、化粧テーブルの上にはキャロルの黒い手袋が置かれ、肘掛椅子《ひじかけいす》のかたわらにはモカシンがきちんとそろえられている。テレーズはまだ眠りから覚めきれず、震えながらため息をついた。窓を開けて下を見る。部屋は七階だったろうか、八階だったろうか、思い出せない。ホテルの前を路面電車がのろのろ通り過ぎ、舗道の上を大勢の人々が思い思いの方向へ歩いている。一瞬、飛び降りてしまおうかという思いが頭をかすめた。灰色のビルディングが描きだす、くすんだちっぽけなスカイラインに視線をそらせ、目を閉じる。やがて振り向くと、キャロルが戸口に立ってテレーズを見つめていた。

「どこに行っていたの」

「いまいましい手紙を書いていたのよ」

キャロルはテレーズに近づいて両腕で抱きしめた。キャロルの爪《つめ》がテレーズの上着の背中に食いこんだ。

キャロルが電話をかけたいというので、テレーズは部屋を出てぶらぶらとエレベーターに向かった。そして下階へ降りるとロビーに腰かけ、『トウモロコシ生産業者新聞《コーングロウワーズ・ガゼット》』を広げてマメゾウムシについての記事を読んだ。アビーはこうした、トウモロコシにつくマメゾウムシについてもくわしいのだろうか。二十五分を過ぎたところで部屋に戻った。

キャロルはベッドに寝そべって煙草を吸っていた。テレーズはキャロルが口を開くのを待った。

「ダーリン、ニューヨークに行かなくてはならなくなったわ」彼女はいった。

テレーズにはなんとなくそうなるのではないかという予感があった。彼女はベッドの足元に近づいた。「アビーはなんていってたの？」

「ボブ・ハヴァーシャムという人にまた会ったそうよ」キャロルは片肘をついて上半身を起こした。「でも、今の時点ではボブもたいしたことは知らないみたい。何かが起こりそうだ、ということ以外に誰も何もわかっていないみたい。わたしが帰るまでたいしたことは起こらないと思う。でも、帰らなくちゃならないの」

「もちろんよ」ボブ・ハヴァーシャムはアビーの知人であり、ニューアークにあるハージの会社で働いている。アビーにとってもハージにとっても親しい友人というほどでもないが、ふたりを結びつけている線――それもかなり細い線に過ぎないが――であり、ハージの動きを知っている可能性のある人物だ。彼が探偵の存在に気がつくか、電話の一部をたまたま耳にいれていればの話だが。でも、それだけではなんの役にも立たない、とテレーズは思った。

「アビーが小切手を取りに行ってくれることになったわ」キャロルはベッドに起き上がるとモカシンに手を伸ばした。

「お宅の鍵を持っているの？」

「そうだとよかったんだけど。フローレンスから借りなくてはならないわ。でも大丈夫。アビーに入れ知恵しておいたから。フローレンスには、わたしから頼まれて送るものがあるとでもいえばいいわ」

「だったら手紙も取ってきてくれるように頼んでくれない？　わたしが泊まった部屋に置いてきた本に、あなた宛ての手紙がはさんであるのよ。黙っていてごめんなさい。アビーに行ってもらうなんて知らなかったから」

キャロルは顔を曇《くも》らせてテレーズを一瞥《いちべつ》した。「ほかには？」

「ないわ。もっと早くいわなくてごめんなさい」

キャロルはため息をついて立ち上がった。「いいのよ、もう心配するのはやめましょう。ハージたちが家まで調べるとは思えない。とりあえず手紙のことはアビーにいっておくわ。どこにあるの」

「『オクスフォード英詩選』にはさんであるわ。ベッド脇のサイドテーブルの上だと思う」キャロルは室内を見回したがテレーズを見ようとはしなかった。

「やっぱり、ここに泊まるのはやめにしましょう」キャロルはいった。

三十分後、テレーズとキャロルは車で東に向かっていた。キャロルは今夜のうちにデモインまで行くと言い張った。一時間以上、無言で運転していたがふいに車を道端へ寄せて停めると頭を垂れて罵《ののし》った。「くそっ!」

通り過ぎていく車のライトに照らしだされ、キャロルの目の下にくっきりと隈《くま》ができているのがわかった。夕べから一睡もしていないのだ。テレーズは声をかけた。「前の町に引き返しましょうよ。デモインまでは、まだ百二十キロもあるわ」

「アリゾナへ行きたくない?」まるでUターンするだけですぐに着くかのような口調でキャロルはいった。

「まあ、キャロル――なぜそんな話をするの」にわかな絶望感がテレーズを襲った。震える手で煙草に火をつけ、キャロルに渡す。

「真剣に考えてほしいからよ。あと三週間休める?」

「もちろん」考えるまでもなかった。どこであれ、どんな形であれ、キャロルと一緒にいること以外に大事なことなんてあるだろうか。三月にはハークヴィーの舞台がある。それがだめでも、ハークヴィーが別の仕事を紹介してくれるかもしれない。でも仕事はどれも不確定なものばかりだ。キャロルは目の前にいる。

「ニューヨークにいるのは、長くてせいぜい一週間だわ。離婚手続きの準備はすべてすんだと、今日、弁護士のフレッドがいっていたの。だからアリゾナで二、三週間過ごさない？　ニューメキシコでもいいわ。冬をニューヨークで過ごすなんてまっぴら」キャロルはゆっくりと車を走らせた。先ほどとは目の表情が違っている。今では、目にも声にも生気がよみがえっていた。

「ぜひ、そうしましょうよ。場所はどこでもかまわないわ」

「決まったわね。さあ、デモインまで行くわよ。しばらく運転してくれない？」

ふたりは席を交代した。デモインのホテルに入ったのは深夜零時近くだった。

「よく考えれば、あなたがニューヨークに戻る必要はないのよね」キャロルがいった。「車は置いていくから、トゥーソンかサンタフェで待っていたら？　わたしは飛行機で帰るわ」

「それであなたとは離れ離れになるってこと？」髪をとかしていたテレーズは鏡から振り返った。

キャロルが微笑《ほほえ》む。「『離れ離れ』ってどういうこと？」

キャロルの提案はテレーズにとって思いがけないものだった。キャロルの視線はじっと彼女を見つめてはいるが、すでにテレーズを心から締め出したかのような、もっと重要なことのために頭の隅《すみ》へ追いやったかのような表情をしていた。「そのまんまの意味よ」そういって、テレーズは鏡へ向き直った。「そうね、それがいいかもしれない。あなたもそのほうがてっとり早いでしょうし」

「あなたは西部に残りたいんじゃないかと思ったのよ。ニューヨークで何か用事があるのなら話は別だけど」キャロルはいつもと変わらない口調でいった。

「ないわ」キャロルが忙しくて会えない日々を、凍《こご》えるマンハッタンで過ごすことを考えただけでぞっとした。それに探偵のこともある。キャロルは飛行機で帰れば、探偵につきまとわれる心配もないだろう。すでに彼女は東部にひとり到着したキャロルが、心の準備のしようがないことに立ち向かおうとする姿を想像していた。そしてまた、キャロルから電話はないか、手紙はまだかとサンタフェで待ちわびる自分の姿も。しかしキャロルから三千キロも隔てられることについてはまったく想像がつかなかった。「一週間だけよね、キャロル」テレーズは髪の分け目をふたたびブラシでなぞり、長い黄金色《こがねいろ》の髪を片側に寄せながら訊ねた。ふいに、体重は増えているにもかかわらず、顔が前よりも引き締まっていることに気づいてひそかに喜びを覚えた。前よりも大人びて見える。

鏡のなかでキャロルが背後に近づき、答える代わりに両腕をテレーズにまわした。たちまちテレーズは何も考えられなくなる。しかし、自分でも思いがけないほど素早く身をよじって化粧テーブルの端に立ち、キャロルとまともに向き合った。ふたりの会話も時間と距離も、今互いを隔てている一メートルも、三千キロも何もかもがつかみどころのないものに思え、つかのま激しい狼狽《ろうばい》を覚えた。テレーズはもう一度髪をとかし始めた。「本当に一週間だけですむの？」

「そういったでしょ」キャロルの目は笑っていたが、その口調はテレーズの問いかけに負けないくらいとげとげしかった。まるで互いに挑み合っているかのように。「車が邪魔だというのなら、わたしが乗っていくけれど」

「そんなことはないわ」

「それから探偵のことは心配しないで。これから戻るとハージに電報を打つわ」

「そんなこと、心配していないわ」なぜキャロルはこんなにも平然としていられるのだろう。ほかのことは考えても、離れ離れになることは考えないのだろうか。テレーズは化粧テーブルにブラシを置いた。

「テレーズ、わたしが行きたくて行くと思う？」

テレーズは探偵のことや離婚のこと、彼女に向けられる敵意といったキャロルが直面しなければならないすべてに思いをめぐらせた。キャロルがテレーズの片頰《かたほお》に触れたかと思うと両手で彼女の頰をはさみつけ、テレーズの口を魚のように開かせる。テレーズは思わず笑いだした。そして化粧テーブルの脇に立ったまま、キャロルがストッキングを脱いでまたモカシンをはくその手や、脚の動きのひとつひとつに見入った。もう言葉はいらない、と彼女は思った。これ以上なんの説明や質問、約束を口にする必要があるだろうか。視線を合わせる必要さえなかった。キャロルが受話器を取り上げるとテレーズはベッドに腹這《はらば》いになり、明日午前十一時の飛行機の片道チケットを一枚予約するやりとりを聞いていた。

「どこで過ごすつもり？」キャロルが問いかけた。

「どうしようかしら。スーフォールズに戻るかもしれない」

「サウスダコタに？」キャロルは微笑《ほほえ》みかけた。「サンタフェにしたら？　スーフォールズより暖かいわよ」

「サンタフェは、あなたが戻るまで取っておくわ」

「コロラドスプリングスは？」

「まさか！」テレーズは笑いながら立ち上がると歯ブラシを持ってバスルームに入った。

「一週間あるなら何か仕事をしようかしら」

「どんな仕事？」

「なんでもいいわ。ただ、あなたのことを考えずにすめばいいの」

「わたしは考えてほしいわ。でも、デパートはやめておきなさい」

「そうね」テレーズはバスルームの戸口に立ち、キャロルがスリップを脱いで化粧着をはおるのを眺めた。

「またお金の心配をしているんじゃないでしょうね」

テレーズは化粧着のポケットに両手を入れて脚を交差させた。「文無しになったってかまわない。使い果たしてから心配するわ」

「明日、車の維持費に二百ドル渡すわ」キャロルは通り過ぎざまにテレーズの鼻をつまんだ。「車があるからって、行きずりの人を拾っちゃだめよ」そういうなりバスルームに入ってシャワーの栓《せん》をひねる。

テレーズもバスルームに入った。「わたしはトイレを使いたいんだけど」

「バスルームはわたしが使っているのよ。でも入れてあげる」

「それはどうも」テレーズもまた化粧着を脱ぎ捨てた。

「それで?」キャロルが問いかける。

「何かしら」テレーズはシャワー室に入った。

「なんて厚かましいの」キャロルもシャワーに入るとテレーズの片腕を背中でねじりあげたが、テレーズはくすくす笑いをあげるだけだった。

テレーズはキャロルを抱きしめ、キスをしたかった。降りそそぐ湯の下で空《あ》いているほうの手をとっさに伸ばしてキャロルの頭を引き寄せる。すると足を滑らせる派手な音が響いた。

「やめて、転んだらどうするの!」キャロルが声を張り上げた。「まったく、ふたりで静かにシャワーも浴びられないの?」

20

テレーズはスーフォールズに入ると、キャロルと泊まったウォリアー・ホテルの正面に車を停《と》めた。時刻は夜の九時半になっていた。キャロルは一時間ほど前には家に着いているはずだ。午前零時になったらテレーズから電話をかけることになっている。テレーズは部屋を取って荷物を運ばせると、外に出てメインストリートをそぞろ歩いた。映画館がある。そういえば、キャロルと映画を見たことはなかった。そんなことを考えながら映画館に入った。キャロルに少しだけ声の似た女優が出ていたが、映画のストーリーを追う気にはなれなかった。女優の声は、まわりに聞こえる平坦で鼻にかかった声とはまるで違っていた。今は千五百キロ以上離れているキャロルのことを思い、今夜はひとり寝になるのだと思ったとたん、テレーズは席を立って外に出た。ある朝、キャロルがティッシュと歯磨き粉を買ったドラッグストアがあった。あのときキャロルはこの角で標識を見上げて通りの名を読みあげていった。ネブラスカ・ストリート、フィフス・ストリート。テレーズはドラッグストアで煙草《たばこ》を一箱買うとホテルへ戻り、ロビーに座って煙草を吸った。キャロルと別れてから初めての煙草を味わい、久しぶりにひとりの気分に浸った。でも、こんなものは単に物理的な問題にすぎない。ひとりでいても、孤独だとは思わなかった。しばらく新聞に目を通すと、コロラドスプリングズで受け取った、ダニーとフィルからの手紙をハンドバッグから取り出して目を通した。

フィルの手紙にはこう書かれていた。

……一昨日の夜、パレルモに行ったらリチャードがひとりでいた。君のことを訊《き》いたら、奴さんはもう手紙を書いていないといっていた。どうやら君たちのあいだでちょっとしたいさかいがあったらしいが、それ以上何も訊かないでおいた。リチャードは話したくなさそうだったし、知ってのとおり、僕たちのあいだもあまりうまくいってないからね……フランシス・パケットという後援者に君のことを売り込んでいる。四月にフランスのある芝居をこっちに持ってくることができたら、そいつが資金を五万ドル出してくれることになっているんだ。プロデューサーもまだ決まっちゃいないが、強力に君を推していくことにする……ここにダニーがいたら、君によろしくというだろうな。ダニーはもうすぐどこかへ行っちまうらしい。顔を見ていればわかる。どうやら別の冬ごもり先か同居人を探さなくてはならないようだ……ところで僕が送った『小雨』の切り抜き記事は見てくれたかい？

元気で。

フィル

ダニーの手紙は短かった。

親愛なるテレーズ

僕は今月の終わりに西海岸へ移ることになるかもしれない。カリフォルニアで働く話があるんだ。これ（研究所の仕事）とメリーランドにある化学薬品会社のどちらかを選ばなくてはならない。もし君とコロラドかどこかで会えるのなら、少し早めに出発しようと思う。カリフォルニアの仕事のほうが将来性がありそうだから、たぶんこちらを選ぶことになるだろう。だから、その頃にはどこにいるのか教えてくれないか。どこでもかまわない。カリフォルニアへの行き方はいくらでもあるからね。君の友達がかまわなければ、君と数日過ごせたらと思っている。いずれにしても、二月二十八日まではニューヨークにいるよ。

愛をこめて。
ダニー

テレーズはダニーに返事をまだ出していなかった。明日、この町で落ち着き先を見つけたらすぐに住所を知らせよう。だが次の行き先についてはキャロルと相談しなければならない。次の行き先をキャロルが決められるのはいつになるのだろう。今夜ニュージャージーで彼女を待ち受けているものを考えると気が気ではなかった。新聞を手に取って日付けを見る。二月十五日。キャロルとニューヨークを出てから二十九日だ。たったそれだけしかたっていないなんて信じられない。

部屋に戻ると電話交換手にキャロルの家につなぐように頼み、入浴してパジャマを着た。やがて電話が鳴った。

「もしもし」受話器の向こうから、待ちわびていたかのようなキャロルの声が流れた。

「ホテルの名前は？」

「ウォリアーよ。だけどここに長くは泊まらないつもり」

「道で行きずりの人を拾ったりはしなかったでしょうね」

テレーズは笑った。キャロルの声がまるで実際に触れられているかのように、ゆっくりと全身に広がっていく。「何か進展はあった？」テレーズは訊《たず》ねた。

「今夜？　いいえ、何も。この家は寒くて凍えそうだし、フローレンスは明後日にならないと来られないんですって。アビーが来ているんだけど、彼女と話す？」

「そばにはいないわよね」

「もちろん。二階の緑の部屋にいるわ。ドアも閉めてある」

「今はアビーと話す気になれないわ」

キャロルはテレーズの一日をひとつ残らず聞きたがった。道中はどうだったのか、今日着ているのは黄色いパジャマなのか、それとも青いほうか。「あなたが一緒じゃないから、今夜はなかなか寝つけそうにないわ」

「そうね」たちまち、どこからともなく涙がこみ上げてきてテレーズの目を刺した。

「それだけ？」

「愛しているわ」

キャロルは口笛を吹き、しばらく何もいわなかった。「ダーリン、アビーが例の小切手を回収してくれたんだけど、手紙はなかったわ。わたしが手紙のことを知らせた電報は間に合わなかったんですって。でもどちらにしても手紙はなかったわ」

「本はあった？」

「本はね。だけど何もはさまれていなかったわよ」

あの手紙は結局自分のアパートにあったのだろうか。しかし手紙を栞《しおり》代わりに本にはさんだ記憶はたしかにあった。「誰かが家捜しをしたということは？」

「見たところ、それはなさそうよ。心配しないで。ね？」

ほどなくしてテレーズはベッドに入り、明かりを消した。キャロルは明日の晩も電話をかけてほしいといっていた。しばらくのあいだキャロルの声が耳に残っていた。やがて哀《かな》しみが胸に広がっていった。テレーズは入棺を待つ遺体のように仰向けになって両腕を脇《わき》にまっすぐ伸ばし、体を包む虚空《こくう》を感じながら眠りに落ちた。

翌朝、テレーズは手頃な家を見つけることができた。上り坂の途中に建つ家の、道に面した広い一室だ。白いカーテンがかかった張り出し窓いっぱいに、植物が並んでいる。室内には四柱式寝台が置かれ、床には楕円形《だえんけい》のフックトラグ（布に毛糸などを差し込んで模様を描いた絨毯）が敷かれている。女主人は一週間七ドルだといったが、テレーズはそんなに長くいるかどうかわからないので、一泊ずつ借りたいと答えた。

「一泊一ドルだから同じことよ」女主人はいった。「どちらから、いらしたの」

「ニューヨークです」

「この町に住むおつもり？」

「いえ。友達を待っているだけなんです」

「男の人、それとも女の人？」

「女性です」テレーズは微笑《ほほえ》んだ。「裏のガレージに空《あ》きはありませんか。車があるんです」

女主人は、ふたつ空きがあると答えた。この家に住む人には無料で貸しているという。ミセス・エリザベス・クーパーは年寄りではないが、猫背気味でひどく華奢《きゃしゃ》な体つきをしていた。十五年前から部屋を貸すようになり、最初の下宿人三人のうちふたりは今でも住んでいるそうだ。

その日テレーズは、公立図書館近くで食堂を営んでいるダッチ・ヒューバー夫妻と知り合いになった。ダッチは五十がらみの痩《や》せた男で、好奇心の強そうな小さな目をしていた。料理をもっぱら担当しているのは肉づきのいい妻のエドナで、ダッチよりもはるかに口数が少なかった。ダッチは何年か前にしばらくニューヨークで働いていたそうで、ニューヨークのいくつかの場所について訊《たず》ねたが、どれもテレーズがまったく知らない場所ばかりだった。一方テレーズがあげた場所はどれも、ダッチがまったく知らないか、忘れた場所ばかりで、嚙《か》み合わないのんびりとした会話がおかしくてふたりは笑い合った。ダッチは、土曜日に町から数マイル離れた場所で開催されるオートバイレースを妻と見に行く予定だが、一緒に行かないかと誘い、テレーズは行くと答えた。

テレーズは厚紙と接着剤を買って帰り、模型を作り始めた。ニューヨークに戻ったらハークヴィーに見せたいプランがあった。十一時半になると、あと少しで完成する模型をそのままにして、キャロルに電話をするためにウォリアー・ホテルへ向かった。キャロル宅は留守で、電話には誰も出なかった。午前一時まで何度もかけてみたがやはり誰も出ないので、ミセス・クーパーの家へ戻った。

ようやくキャロルと電話で話せたのは、翌朝の十時半になってからだった。キャロルは前日に弁護士とひととおり話し合ったが、ハージの次の出方がわからないうちは動きようがないという。キャロルの口調は少しばかりつっけんどんだった。ニューヨークで昼食の約束があり、その前に手紙も書かなくてはならないと、彼女はいった。ここにいたってようやくキャロルも、ハージの動きが気になり始めたようだった。二度ハージに電話をかけたが、話ができなかったという。しかし何よりも、キャロルのそっけない受け答えがテレーズを不安にした。

「気持ちが変わったわけじゃないでしょ?」テレーズは訊ねた。

「もちろんよ、ダーリン。明日の晩、パーティを開くの。あなたがいなくて寂しいわ」

テレーズはホテルを出ようとして入り口の敷居につまずき、そのとたん初めてむなしさと寂しさに襲われた。明日の晩、わたしは何をしているのだろう。図書館が九時に閉館になるまで本を読んでいる? 舞台の次の模型を作っている? テレーズはキャロルがパーティに来るといっていた人々の名前を思い返してみた——マックス・ティベットとその妻クララ。夫妻はキャロルの家から程近いハイウェー沿いに温室を持っていて、テレーズも一度会ったことがあった。それからまだ会ったことのないキャロルの友人、テッシー。そしてスタンリー・マクヴィー。テレーズとキャロルがチャイナタウンに行った晩に、キャロルが会っていた男性だ。キャロルはアビーが来るとはいっていなかった。

そして、明日も電話するようにともいっていなかった。

ホテルを出て歩いていると、最後に見たキャロルの姿が、今また目の前にしているかのようによみがえってきた。デモイン空港で、キャロルは飛行機の搭乗口から手を振った。その姿はすでに小さく遠く見えた。タラップはすでに撤去されていたが、扉が閉まるまでにはまだ数秒ありそうだとテレーズが思っていると、キャロルがふたたび姿をあらわした。そしてほんの一秒ほどだったが搭乗口に立ち、テレーズを見つけると投げキスをした。でも何よりも嬉《うれ》しかったのはキャロルがもう一度出てきてくれたことだった。

土曜日、テレーズはダッチとエドナを乗せてオートバイレース場まで連れていった。ふたりの車よりキャロルの車のほうが大きかったからだ。レース後、テレーズは家で夕食を食べていかないかという夫妻の誘いを断った。その日テレーズはキャロルからの便りを待ちわびていたが、届かなかった。せめて走り書き程度でも届くのではと期待していたのだが。日曜日には気持ちがふさぎ、午後にビッグスー川沿いをデルラピッズまでドライブしてもいっこうに気分は晴れなかった。

月曜の朝には図書館へ行って戯曲を読み、昼食の混雑がおさまる二時頃にダッチの食堂へ行って紅茶を飲んだ。ダッチとおしゃべりをしながら、ジュークボックスでキャロルと一緒に聴いた曲ばかりを選んでかけた。ダッチにはすでに車を貸してくれた友人を待っているのだということは話してあった。そしてダッチから訊ねられるままに、キャロルがニュージャージーに住んでいることや、おそらく飛行機で戻ってくること、キャロルがニューメキシコに行きたがっていることを話していた。

「キャロルがね？」ダッチはグラスを磨きながらテレーズを振り返った。

テレーズはダッチがキャロルの名前を口にするのを聞いて、わけもなく嫌悪がこみあげてくるのを感じた。そしてこの町の誰にも、二度とキャロルの話をするまいと心に決めた。

火曜日、キャロルから手紙が届いた。ごく短い文面だったが、弁護士のフレッドは前よりもずっと楽観的な見通しを立てており、残るのは離婚の手続きだけで、二月二十四日には発《た》てるかもしれないと書かれている。読んでいるうちに自然と笑みが浮かんでくるのを感じた。外に出て誰かと祝いたい気分だったが、誘えるような相手はいなかった。散歩にでも出かけてウォリアー・ホテルのバーでひとり飲みながら、あと五日すればキャロルと会えるのだという喜びを噛《か》みしめるしかなさそうだ。いずれにしても、今一緒にいたい相手はいなかった。いるとすればダニーくらいだろう。あるいはステラ・オーバートンだろうか。陽気なステラに今会えたらいいのにと思う。もちろん彼女にキャロルの話をするわけにはいかないが、どうせ誰にも話せないのだ。テレーズは数日前にステラに葉書を出そうと思いながら、まだ出していなかった。

その晩遅く、彼女はキャロルに手紙を書いた。

すばらしいニュースだわ。ウォリアーへ行って、お祝いにダイキリを一杯飲みました。わたしは保守的なほうではないけれど、ひとりで飲むと一杯のお酒で三杯分の酔いがまわるのを知っていた？……わたしはこの町が大好き。だってこの町の何もかもが、あなたを思い出させてくれるんだもの。あなたが特にこの町を好きなわけではないのは知っているわ。でもそういうことではないの。あなたがここにいると思いさえすれば、あなたはここにいる。たとえ本当はいなくても……

キャロルからの返事にはこう書かれていた。

フローレンスのことは一度も好きになれなかったのよ。まず最初にこれだけはいっておくわ。フローレンスは、あなたがわたしに宛てた手紙を見つけてハージに売ったらしいの。しかもかなりの高額で。ハージにわたしたちの（少なくともわたしの）行き先が知れたのも、フローレンスが教えたに違いないわ。わたしが家で何か証拠になるようなものを出しっぱなしにしていたのか、フローレンスが盗み聞きしていたのかはわからない。自分では極力秘密にしていたつもりだったけれど、ハージがフローレンスを買収していたのだとしたら——今となっては間違いないと思えるけれど——彼らがどんな情報をつかんでいるのかわかったものではないわ。どのみち彼らは、わたしたちがシカゴにいることを突き止めたのだから。ダーリン、こんなことになるとは思ってもみなかった。今のわたしがどんな立場かというと——誰もわたしに何も教えてくれず、ただ突然、いろいろなことが明るみに出されていくの。事情を知っている人間がいるとすれば、それはハージよ。電話でハージと話したのだけれど、訊《き》いても何も教えてくれない。もちろん、わたしを怖気《おじけ》づかせて、戦いが始まりもしないうちに白旗を揚げさせようという魂胆なのよ。だとすれば、ハージ側の人間は誰ひとりとしてわたしを理解していないことになるわ。戦いとはいうまでもなくリンディをめぐる争いのことよ。残念ながら修羅場は避けられないみたい。だから二十四日には発《た》てないの。今朝《けさ》の電話でハージが手紙の話を突然持ち出したときに、それだけはわかったわ。あの手紙はハージにとっての一番の武器になっているみたい（わたしが想像する限りでは、盗聴はコロラドスプリングスどまりのようよ）。だからハージは手紙の存在をわたしに持ち出したりしたのよ。だけどわたしにはそれがどんな内容なのかおおよその見当がつくわ。今度の旅行に出る前に書かれたものだし、ハージだってそこからたいしたことは読み取れないと思うわ。彼はひたすらだんまりを決めこむという、いっぷう変わったやり方で脅《おど》しているだけ。それでわたしがリンディのことをあきらめる気になればと期待しているのよ。おあいにくさま。だから決着をつけるための対決のようなものは避けられないけれど、裁判沙汰《ざた》にならないことを願っているわ。でもフレッドはあらゆる事態に備えているの。彼はとても優秀で、唯一わたしに率直に話してくれる人よ。だけど残念ながら、フレッドも状況をほとんど把握しているわけじゃない。あなたのことを想っているかですって？　あなたの声を、あなたの手を思い出しているわ。そしてまっすぐにわたしを見つめるあなたの瞳《ひとみ》を。思いもよらなかったほどのあなたの勇気を。だからわたしも勇気を持てるの、ダーリン。電話をちょうだい。そちらの電話が廊下にあるのなら、わたしからはかけたくないの。コレクトコールで、できれば午後七時頃にかけて。そちらの時間では六時ね。

その日、テレーズが電話をかけようとした矢先に電報が届いた。

シバシ、デンワマテ。セツメイハアトデ。アイヲコメテ。キャロル

廊下で電報を読んでいるテレーズを、ミセス・クーパーが見ていた。「お友達から？」

「ええ」

「何かあったのでなければいいのだけど」ミセス・クーパーは妙に詮索《せんさく》好きなところがあった。テレーズは意識して頭を上げた。

「いいえ、彼女は必ず来ます」テレーズは答えた。「急用ができて遅れているだけです」

21

アルバート・ケネディ——気に入った相手に対してはバート——は、ミセス・クーパーが部屋を貸し始めた頃からの下宿人であり、裏手の部屋に住んでいた。サンフランシスコ出身の四十五歳だが、テレーズがニューヨークで会った誰よりもニューヨーカーであり、それだけでも避けたい相手だった。アルバートはしきりにテレーズを映画に誘ったが、つきあったのは一回だけだった。テレーズは落ち着かず、ひとりで歩きまわっているほうが気楽だった。寒さが厳しくて風が強く、とても屋外でスケッチをするどころではなかったので、たいていはただ周囲を眺めながら考え事をしているだけだった。最初のうちは気に入っていた景色も、あまりにも長いあいだ眺め続け、待ちぼうけを食らわされているうちにだんだん新鮮味を失い、スケッチをする気にもならなかった。彼女はほぼ毎日図書館へ行って長テーブルに座り、五、六冊の本に目を通し、あちこち道草をしながら部屋へ戻った。

帰っても、しばらくするとまた外に出かけた。時折吹きつける風に身をこわばらせ、あるいは風に導かれるようにして、ふだんは通らないような道を歩いた。明かりが灯《とも》る家々の窓をのぞくと、ある家では少女がピアノの前に座り、別の家では男性が笑い、また別の家では女性が縫《ぬ》い物をしていた。今キャロルに電話さえできず、今キャロルが何をしているのかさえわからないのだと思うと、自分が風よりも軽い存在になったような気がした。キャロルの手紙はすべてを知らせているわけではなく、最悪のことを伏せているのだと彼女は察していた。

テレーズは図書館でヨーロッパの写真が載っている本を眺めた。シチリア島の大理石の噴水や陽光降り注ぐギリシアの遺跡を見ながら、本当にキャロルと一緒にヨーロッパへ行くことができるのだろうかと思う。キャロルとまだしていないことがたくさんあった。まだ一緒に大西洋横断航海だってしていない。そこには多くの朝が、テレーズが枕から頭を上げてキャロルの顔を眺め、今日はふたりだけの日であり、何もふたりを引き離せはしないと信じられる、いくつもの朝があるはずだった。

テレーズは初めて足を踏み入れた通りで骨董《こっとう》屋を見つけた。その暗い窓をのぞきこんだとたん、そこにある美しいものに目と心を奪われた。忘れていた名状しがたい渇きがたちまち癒《いや》されていくのを感じる。その陶器製の表面には紺青や深紅《しんく》、緑といったあざやかな色をした小さな菱形《ひしがた》のエナメルがちりばめられていた。埃《ほこり》をうっすらとかぶってはいても、菱形のひとつひとつが、絹の刺繍《ししゅう》のような輝きを放つコインゴールドで縁取られているのが見て取れた。指を差し込むための金色の輪が縁についている。それは小さな蠟燭立《ろうそく》てだった。誰が作ったのかしら。いったい誰のために？

翌朝、テレーズはふたたび骨董屋へ足を運び、キャロルへの贈り物にするつもりで蠟燭立てを買った。

その朝、コロラドスプリングズから転送されてきたリチャードからの手紙が届いていた。テレーズが図書館通りに置かれた石のベンチに腰を下ろして手紙の封を切ると、なかから出てきたのは業務用の便箋《びんせん》だった。「セムコ液化石油ガス会社。調理――暖房――製氷」ポート・ジェファソン支店長として、リチャードの名前が最上部に書かれていた。

親愛なるテレーズ。

君の居場所はダニーから教えてもらった。君はこんな手紙は必要ないと思うかもしれないし、たぶんそうなのだろう。おそらく君はカフェテリアで話したあの晩と同じ霧のなかにまだいるのだろう。だが、僕としてはひとつだけはっきりさせておきたいことがある。それは僕がもはや――ほんの二週間前だろうと――同じように思ってはいないということだ。君に出したこの前の手紙は、血迷ったあげくの最後の悪あがきでしかなかった。あれを書きながらも僕は無駄だとわかっていた。君はどうせ返事をくれないだろうし、そのほうがいいと思っていた。あのときはもう、君を愛していなかったから。そして今君に対しては、最初から感じていた感情――

ている。君がみんなを遠ざけてしまうほどにあの女に執着していることと、すでに穢《けがら》わしい病的なものになっているであろう君たちの関係を僕は嫌悪する。最初から僕がいってるように、そんな関係が長続きするはずがない。君もいずれは、自分がどれだけそんなもののために自分の人生を無駄にしたのか悟《さと》って後悔することになるだろう。そう思うと君が哀《あわ》れで仕方がない。こんな不安定で子供じみた行為は、人生の糧《かて》であるべきパンと肉の代わりにロトス（ギリシア神話に登場する植物。その実を食べると夢心地になるという）の花や甘ったるいキャンディを食べて生きるようなものだ。凧を揚げた日に君が投げかけた問いを、僕は何度も思い返してきた。あのとき、手遅れにならないうちに手を打っておけばよかったと思う。あのときはなんとしてでも君を救い出したいと思うほど君を愛していたからだ。しかし、今はそんな気持ちはまったくない。

いまだに人から君のことを訊かれる。僕はいったいどう答えるべきなんだろうか。いっそみんなに本当のことを話してしまおうかとも思う。そうでもしなければ、いつまでたっても忘れられそうにないからね。これ以上、僕ひとりの胸にしまっておくことには耐えられない。僕の家にあった君の身のまわりのものはアパートメントに送り返した。ほんのわずかな思い出も、ほんのわずかな君との思い出や、君との接触を思い出しただけでも気が滅入り、君や君にまつわるいっさいのかかわりがいまわしく思える。しかし僕がいくらここで理を説こうと、君は理解しようとはしないだろう。でもこれだけは理解できるはずだ。僕は君とはもういっさいかかわりを持ちたくはないということを。

リチャード

手紙を書いているリチャードの姿が目に浮かぶようだった。薄くて柔らかな唇は、一文字に引き結ばれてはいても、やはり一方にゆがんでいるに違いない。一瞬、彼の顔が鮮明によみがえったが、書き連ねられた非難と同じように心に響くことはなく、遠くに感じられるかすかな衝撃を与えただけですぐに消え去った。テレーズは立ち上がると手紙を封筒に戻してふたたび歩きだした。いっそこれであきらめてくれればいい。だが、彼女は思い入れたっぷりにテレーズのことを言いふらしているリチャードの姿が想像できた。夜のパレルモ・バーで、フィルと肩を並べて飲みながら、一部始終を話している光景が目に浮かぶ。ケリー夫妻にも話すのだろう。リチャードが何をいおうと、こっちは少しもかまわない。

キャロルは今何をしているのだろう。十時、ニュージャージーでは十一時の今このときに。ろくに知りもしない人々から非難の言葉を投げつけられているのだろうか？　それともわたしのことを考えている？　そもそも、そんな時間があるのだろうか？

天気のいい日だった。空気が冷たく風はほとんどない。どこかへドライブするには絶好の日和《ひより》だ。だがテレーズはこの三日間、キャロルの車に乗っていなかった。なぜか突然、キャロルの車を使いたくなくなったのだ。キャロルからの手紙を読んで有頂天になり、直線道路をデルラピッズまで時速百五十キロ近くで飛ばした日が、はるか遠い昔に思える。

ミセス・クーパーの家へ戻ると、表のベランダに下宿人のミスター・ボーエンがいた。老人は脚を毛布でくるんで日だまりに座り、縁なし帽を目深《まぶか》にかぶって眠っているように見えたが、テレーズに声をかけてきた。「やあ！　調子はどうだね、お嬢さん」テレーズは足を止めてしばらくおしゃべりをし、関節炎の具合を訊ねた。キャロルがミセス・フレンチに対していつもしていたように、やさしく接しようと努めた。しばしミスター・ボーエンと談笑してから笑顔で部屋へ戻ったが、ゼラニウムの鉢植えを目にしたとたんに笑みは消えた。

ゼラニウムに水をやり、窓台で一番長く日が当たる端に置いた。先端の一番小さな葉の先ですら茶色くなっている。この鉢植えは、デモインでキャロルが飛行機に乗る直前に買ってくれたものだった。キャロルは育てるのが難しいという花屋の忠告にも耳を貸さずにキヅタも買ったが、こちらはすでに枯れていた。そして今ではゼラニウムも同じ運命をたどることになりそうだった。張り出し窓に並ぶミセス・クーパーの種々雑多な植物はあんなに元気に育っているというのに。

テレーズはキャロルへ手紙を書いた。「スーフォールズの町なかをずいぶんと歩き回りました。でも、ひたすら東へ東へと歩き続け、あなたのもとにたどり着けたらどんなにいいか。キャロル、いつこちらへ来られるの？　それともわたしが東部へ戻ったほうがいい？　あなたとこんなに長いあいだ離れているのはとても耐えられない……」

その答えは翌朝届けられた。封を切ると小切手が一枚、廊下に舞い落ちた。額面には二百五十ドルと書かれている。キャロルの手紙には——筆記体のわっかの部分はぞんざいに書きなぐられ、〝t〟の横棒が単語全体に伸びていた——少なくともあと二週間は行けそうにないと書かれていた。小切手を同封するのでニューヨークへ飛行機で戻り、車は東部へ運ぶように業者を手配してほしいと。

「どうか飛行機に乗ってちょうだい。待たずにすぐに出発して」最後の段落にはそう書かれていた。

おそらくキャロルはわずかな時間をやりくりして、この手紙を走り書きしたのだろうが、あまりにもそっけない文面にテレーズはショックを受けた。彼女はふらふらと外へ出て角まで歩き、前の晩にしたため航空便用の切手を三枚貼《は》った、ずしりと重い手紙を投函《とうかん》した。十二時間後にはキャロルに会えるかもしれない。そう思っても少しも不安は消えなかった。午前中に発《た》つべきだろうか？　それとも午後にする？　キャロルの身に何が起こっているのだろう？　電話をかけたりしたらキャロルは怒るかしら？　そんなことをしたらすべてがおじゃんになってしまう？

テレーズは店に入るとコーヒーとオレンジジュースを前にして座り、手に握っていたもう一通の手紙へ目をやった。そして左上隅《すみ》の差出人住所に書かれた、みみずがのたくっているような文字をかろうじて読み取った。差出人はミセス・ロビチェクだった。

親愛なるテレーズ

先月は、おいしいソーセージをごちそうさま。本当にご親切にしてもらって、心から感謝していることをお伝えできて嬉しく思います。長旅のあいだに、わたしのことを思い出してくれてありがとう。きれいな葉書もいろいろといただいて。特にスーフォールズからの大きな葉書はとてもすてきでした。サウスダコタはどうですか？　山やカウボーイは？　わたしは旅行といえばペンシルベニアにしか行ったことがありません。あなたは本当に恵まれているわ。若いし、かわいらしいし、そのうえ心も優しいなんて。わたしは今も働いています。デパートは相変わらずよ。変化といえば、ますます寒くなってきたことくらい。戻ってきたら、うちへ遊びにいらしてください。今度は出来合いのお惣菜ではなく、手作りのおいしい料理でおもてなしします。本当にソーセージをありがとう。おかげでごちそうを何日も楽しめました。どうぞお元気で。

ルビー・ロビチェク

テレーズはスツールから降りると、カウンターに金を置いて外へ駆《か》けだした。ひたすら走り通し、ウォリアー・ホテルに着くと電話をかけ、受話器を耳に当てて待った。しかしキャロルの家ではむなしく呼び出し音が鳴るばかりだった。誰も出ない。二十回鳴っても出なかった。キャロルの弁護士フレッド・ヘイムズにかけてみようかとも思ったが、思い直した。アビーにかける気にもなれない。

その日は雨が降っていた。テレーズはベッドに横になって天井を眺めながら、三時にまた電話をかけようと待っていた。昼頃、テレーズが病気だと思ったミセス・クーパーが昼食を運んできた。しかし食事は喉《のど》を通らず、テレーズは料理をどうしようかと悩んだ。

五時になっても、テレーズはまだキャロルに電話をかけ続けていた。やがて呼び出し音がやんだが混線しているらしく、ふたりのオペレーターが何やら相談しあっている声がした。そして悪態をつくキャロルの声が響いた。「まったく、もう！」とたんにテレーズの顔はほころび、両腕の痛みも吹き飛んだ。

「もしもし？」木で鼻をくくったようなキャロルの声がした。

「もしもし」回線の接続が悪いようだ。「手紙は受け取ったわ——小切手が入っていた手紙よ。何があったの、キャロル？……何が？」

雑音混じりのキャロルのいらだった声が繰り返した。「この電話は盗聴されているらしいのよ、テレーズ……元気でやっている？　帰ってくるの？　今はゆっくり話せないの」

テレーズは眉をひそめてしばらく黙りこんだ。「ええ、今日発てると思うわ」しかし思わず口走っていた。「どういうことなの、キャロル。何もわからないままでは、こんな状態にとても耐えられない！」

「テレーズ！」キャロルはテレーズの問いかけをかき消すように、名前を呼んだ。「とにかく帰ってきて。そうすれば話せるわ」

キャロルが受話器の向こうでいらだたしげにため息をつくのが聞こえたが、気のせいだろうか。「だけど今すぐ知りたいの。東部に戻ったらあなたに会えるの？」

「テレーズ、落ち着いて」

これがわたしたちの交わす会話？　わたしたちが交わし合った言葉はどこへ行ってしまったのだろう。「でも、会えるの？」

「わからないわ」

冷たいものが、テレーズの腕から受話器を握る指先まで走った。キャロルはテレーズを憎んでいるのだ。全部わたしのせいだから。わたしがへまをして手紙を置き忘れ、フローレンスに見つけられてしまったから。あれから何かがあったのだ。キャロルがテレーズに二度と会えない、あるいは会いたくないとさえ思わせるような何かが。「もう裁判は始まったの？」

「終わったわ。そのことを書いた手紙をあなたに送ったわ。もう切らなくちゃ。さよなら、テレーズ」キャロルはテレーズの返事を待つかのように言葉を切った。「じゃあね」

テレーズはのろのろと受話器を置いた。

ホテルのロビーに立ちつくし、フロントの前にいる人々のぼうっと霞《かす》む姿を見つめる。キャロルの手紙をポケットから取り出して読み直したが、いらだたしげなキャロルの声が頭のなかでこだましている。「とにかく帰ってきて。そうすれば話せるわ」小切手を取り出すと上下逆さのままそれを見つめていたが、やがてゆっくりと破り、真鍮《しんちゅう》の痰壺《たんつぼ》に捨てた。

下宿に戻って自分の部屋のなかを見回したところで初めて涙があふれてきた。真ん中がへこんだダブルベッド。机の上に置いたキャロルからの手紙の束。もう、この部屋には一晩たりともいる気にはなれない。今夜はどこかホテルに泊まろう。そしてキャロルがいっていた手紙が届かなくても、明日の朝には出発しよう。

テレーズは押し入れからスーツケースを引っ張り出してベッドの上で開いた。折りたたんだ白いハンカチの角が、スーツケースのポケットからのぞいている。ハンカチを手に取ると香りをかぎ、デモインの朝を思い返した。あの朝、キャロルはハンカチに香水を振りかけてポケットにさし、そのことで皮肉めいた冗談をいってテレーズを笑わせた。テレーズは椅子《いす》の背に片手を置いて立ち、もう片方の握りしめた拳《こぶし》を意味もなく上下させた。心に去来する感情は、にらんでいる目の前の机や手紙の束と同じくらいぼんやりとしていた。だしぬけにテレーズは、机の奥に並べた本に立てかけてあった手紙に手を伸ばした。こんなによく見える場所にあったのに、なぜこれまで目に入らなかったのだろう。テレーズは封を破った。きっとこれが、キャロルがいっていた手紙に違いない。それは長い手紙だった。明るい青のインクはページによって濃淡にむらがあり、線を引いて消した箇所もある。テレーズは一枚目を読むと、もう一度最初から読み返した。

月曜日

愛しい人

裁判で争う必要さえもなくなったわ。今朝《けさ》、非公開の話し合いで、ハージが裁判に提出するつもりの資料を見せられたの。やっぱりハージは、わたしたちの会話の盗聴記録を手に入れていたのよ――正確にはウォータールーの。だとすれば、裁判で争うだけ無駄だわ。あなたを証言台に立たせたくないのはいうまでもないし、娘のことを思うと、こんな証拠を持ち出されたりしたら、恥じ入らずにはいられないでしょう（わたし自身については恥じているという感覚はないのだけれど）。今朝は何もかもがとても簡単だった。わたしはただ降伏したのよ。今重要なのは、これからわたしがどうするつもりなのかだと弁護士たちにいわれたわ。ハージがリンディのいっさいの親権をいとも簡単に獲得してしまった今、ふたたび娘に会えるかどうかは、そこにかかっていると。あなたに（そして「あなたのような輩《やから》」にですって！）会うのをやめるかと訊《き》かれたわ。いいえ、そこまではっきりといわれたわけじゃない。でもその場に居並ぶ十数人が最後の審判のような口調で、わたしの責任や立場、将来について考えるようにとまことしやかなお説教を垂れたわ（あの人たちが決定したわたしの将来ってどんなものなのかしら。わたしが約束を守っているかどうか、六カ月後にでも調べるつもり？）。だからわたしは、もうあなたに会わないといったの。テレーズ、まだ若いあなたには、子供のために死にもの狂いになるような母親の愛情というものを知らないあなたには、わかってもらえないかもしれないわね。彼らはこの約束の見返りとして、すばらしい特権を提示したの。我が子に一年に二、三週間会えるという権利をね。

数時間後――

今、アビーが来ているの。ふたりであなたの話をしているところ――アビーがあなたによろしくですって。アビーは、わたしが百も承知していることを指摘したわ――あなたはとても若くて、わたしを一途《いちず》に思っていると。アビーはこの手紙を出さずに、あなたが戻ってきたら話すべきだという。そのことでずいぶんと言い合ったわ。わたしはアビーに、あなたよりもわたしのほうがテレーズを理解しているといったの。そして今では、ある意味でアビーよりもあなたのほうが、わたしをよくわかっているような気がする。わたしの気持ちについても。ダーリン、今日のわたしはあまり幸せな気分ではないの。ライウィスキーを飲んでいるのだけれど、あなたなら、気が滅入るのはこのお酒のせいだというでしょうね。だけどあなたと何週間も過ごしたあとで、こんなことに向き合う心構えができていなかったのよ。旅行のあいだは幸せだった――これはあなたのほうがよくわかっているわね。でも、わたしたちが知っているのはほんの始まりにすぎない。この手紙で伝えようとしているのは、あなたはそれからあとのことをまだ知らないし、おそらく今後も知ることはない、知ることはできない――そういう運命だということ。わたしたちは喧嘩《けんか》もしなかった。ふたりで一緒にいられさえすれば、あとはどうなってもかまわないという思いで旅から帰ってくることもなかった。あなたがわたしをそこまで思ってくれていたかどうか、わたしにはわからない。だけど、それが大事なことなのよ。わたしたちが知ったのは、ほんの始まりでしかなかったということが。それもごく短いあいだだけだったわね。だからわたしとのことは、あなたのなかにあまり深く根をおろしてはいないでしょう？　あなたはどんなわたしも、悪態をつくわたしも愛しているといってくれたわね。わたしはいつでもあなたを愛している。今のあなたを、これからのあなたも。あの人たちにとってそれが少しでも意味を持つのなら、あるいは何かを変えられる可能性があるのなら、わたしは法廷でも同じことをいうわ。この言葉を口にするのを恐れてはいないもの。だからダーリン、あなたにこの手紙を送ります。あなたはその理由をわかってくれるはず。そしてなぜわたしが昨日、あなたに二度と会わないと弁護士たちにいったのか、なぜいわなければならなかったのかも理解してくれるはず。あなたが理解できない、もしくは先延ばしを望んでいるなんて思うのは、あなたに対する侮辱《ぶじょく》になるわよね。

テレーズは読むのをやめて立ち上がり、書き物机へゆっくりと歩み寄った。なぜキャロルがこの手紙をくれたのか、たしかに理解していた。テレーズよりも自分の娘を愛しているからだ。だからこそ弁護士たちはキャロルをねじふせ、思いのままにすることができた。望まないことを無理やり受け入れさせられるキャロルなんて想像できない。だが、キャロルの手紙が何よりもの証拠だった。テレーズがキャロルにとって心の支えであったなら、どんな状況でもキャロルは屈しなかっただろう。一瞬、とてつもない現実感をともなってある考えが心をよぎった。キャロルは、彼女のほんの一部だけを与えてくれたにすぎなかったのではないか。そう思ったとたん、この一カ月のすべてが真っ赤な嘘《うそ》っぱちであったかのように、ぼろぼろとひび割れて崩れ落ちそうになるのを感じた。だが次の瞬間にはそんな考えを打ち消していた。でも、事実は変わらない。キャロルは子供を選んだのだ。テレーズは机の上にあるリチャードの封書をみつめた。リチャードにいいたかった言葉、決していおうとしなかった言葉が心のなかに奔流となってわき起こる。彼女が誰をどんなふうに愛そうと、リチャードにとやかくいわれる筋合いはない。リチャードはわたしの何を知っているというの。これまでだっていったい何をわかってたというのだろう。彼女は別のページを読んだ。

わたしたちのような関係はいたずらに騒がれると同時にひどくおとしめられているわ。でもわたしには、キスの快楽も、男女の営みから得られる快楽も、単なる色合いの違いでしかないように思えるの。たとえばキスを馬鹿にするべきではないし、他人にその価値を決められるものでもない。男たちは子供を作れる行為かどうかで自分たちの快楽を格付けしているのかしらね。まるで子供を作る行為だからこそ快楽が増すのだとでもいわんばかりに。結局は心地よく感じるかどうかが問題なのに。ソフトクリームとフットボールのどちらの快楽が勝るか、論じ合ってなんの意味があるというの。ベートーベンの四重奏とモナリザを比べるようなものだわ。そういうことは哲学者にまかせておけばいいのよ。でも、あの人たちときたら、まるでわたしの頭がおかしくなったか、目がくらんでいるといわんばかり（それに、とびきり魅力的な女性が男に見向きもしないのを悔しがっているふしもあるわね）。なかには〝審美学〟まで持ち出した人がいたわ。もちろん、わたしをやりこめようとしてね。わたしは、本当にこんなことを議論したいのかと訊いたわ。すると、この茶番劇で最初で最後の笑いが起こったのよ。けれどもわたしが口にしなかった一番大事なこと、あの場の誰も考えていなかったことがあるわ――それは男同士、あるいは女同士のあいだには絶対的な共感が、男女のあいだでは決して起こり得ない感情が持てるのではないかということ。そして世の中にはその共感だけを求める人たちもいれば、男女間のもっと不確実で曖昧《あいまい》なものを望んでいる人たちもいる。昨日わたしはこういわれたわ――直接いわないまでもほのめかされた――わたしはこのまま行けば、すっかり堕落して最低の人間になってしまうだろうってね。そうね、あなたを奪われてから、わたしはずいぶんと堕落した生活を送っているわ。こんなふうに監視され、責められ、ひとりの人間とじっくりつきあうこともできず、表面的なことしか知れずに終わってしまうというのなら、わたしは彼らのいうとおり最低の人間になってしまうかもしれない。自分の性《しょう》に合わない生き方をするなんて、それこそが堕落じゃないの。

ダーリン、わたしは包み隠さずあなたに打ち明けます［この後の数行は線で消されていた］。あなたはきっと、わたしよりも上手に生きられる。わたしを反面教師にしてちょうだい。今のあなたはもしかしたら耐えられないと思うくらい傷ついているかもしれない。そのために今わたしを憎んでいる――そうでなくとも、いつかわたしを憎むことがあるかもしれない――それでもわたしは後悔しない。アビーにもそういったわ。たとえ、あなたのいうとおり、わたしがあなたの出会うべき人、それもたったひとりの運命の人だったとしても、あなたはわたしとのすべてを乗り越えていけるはず。でももしそれができなかったら、こんな不名誉な失態にもかかわらず、わたしを忘れられないとしたら、あなたがあの日いったとおりなのかもしれません――「こんなふうである必要はない」。あなたがこちらへ戻ってきたら、ぜひ一度話をしたいの。あなたが会ってもいいと思ってくれるのなら、もう会いたくないと思っているのでないのなら。預かっている鉢植えは裏のポーチで元気に育っているわ。毎日、お水をやっています……

テレーズはそれ以上読み進めることができなかった。ドアの向こうで足音がする。誰かが階段をゆっくりと下りていき、やがて一階に達したのか、前よりもしっかりとした足取りで歩いていく。足音が聞こえなくなるのを待ち、テレーズはドアを開けてその場に立ちつくし、このまま何もかも放り出して家から飛び出したい衝動と戦った。そしてそのまま家の奥にあるミセス・クーパーの部屋へ向かった。

ノックに応《こた》えてミセス・クーパーがドアを開くと、テレーズはあらかじめ用意しておいた言い訳をして、その夜発つことを告げた。ミセス・クーパーは話を聞いているというよりも、テレーズのただならぬ表情に反応しているだけのようだった。突然テレーズは、ミセス・クーパーが自分を映す鏡のように思えて、彼女から目をそらせなくなった。

「そう、残念ね、ミス・ベリヴェット。予定が狂ったのだとしたら、残念なことだわ」そう答えるミセス・クーパーの顔には驚きと好奇心が浮かんでいるだけだった。

テレーズは自分の部屋へ戻ると荷造りを始めた。厚紙の模型を平たくたたんでスーツケースの底に入れ、その上に本をのせていく。しばらくするとミセス・クーパーの足音が、まるで何かを運んでいるようにゆっくりと近づいてきた。もしもまた食事を運んできたのなら、きっと自分は叫びだしてしまうだろう。ドアがノックされた。

「あなた宛ての手紙が来たら、どこへ転送すればいいのかしら」ミセス・クーパーが訊ねる。

「まだわからないんです。あとで手紙でお知らせします」立ち上がるとめまいがして、少し気分が悪くなった。

「まさかこんな夜遅くにニューヨークへ向かおうというんじゃないんでしょうね」ミセス・クーパーにとっては、六時を過ぎれば〝夜〟なのだ。

「いえ、今夜はそんなに先を急ぎませんから」テレーズは早くひとりになりたかった。ミセス・クーパーは手を灰色のチェックのエプロンの下に入れているのでエプロンの腹部がふくらんで見えた。柔らかな室内履《ば》きはひび割れてすり減り、紙のように薄くなっている。ミセス・クーパーはテレーズが来る何十年も前からこの室内履きで家のなかを歩き回り、テレーズがいなくなってからも同じ床を歩き続けるのだろう。

「そう。必ず様子を知らせてちょうだいね」

「はい」

テレーズは車に乗りこむと、いつもキャロルに電話をかけていたのとは別のホテルへ乗りつけた。じっとしていられなくて散歩に出たが、キャロルと歩いた通りは避けた。いっそ次の町まで行ってしまおうかとも考えて足を止めたが、車に戻る寸前で思い直した。やがて自分がどこを歩いているのかもかまわず、猛然と歩き始めた。体が冷え切る寸前まで歩いたところで、手近なところで暖を取ろうと図書館に向かった。テレーズは食堂の前を通りながら窓越しになかをのぞいた。ダッチが気づいていつものように下からのぞきこまなければ見えないかのように頭を下げて笑顔で手を振った。テレーズも思わずさよならの代わりに手を振り返しながら、唐突にニューヨークの自分の部屋を思い出した。ドレスはまだソファの上に広がり、敷物の端はめくれ上がったままに違いない。今すぐ手を伸ばして、せめて敷物だけでも直せたらいいのに。テレーズは足を止めて、丸い街灯に照らしだされた、まっすぐな小路を眺めた。人影が歩道を近づいてくる。テレーズは図書館の階段を上った。

司書のミス・グレアムがいつものように挨拶《あいさつ》をしてきたが、テレーズは主読書室には入らなかった。今夜、主読書室には数人ほどの利用者しかいない。そのうちひとりは、よく中央の机で見かける黒縁の眼鏡をかけた禿《は》げ頭の男だった。これまで何度あの机でキャロルからの手紙をポケットに入れ、キャロルをそばに感じながら座っていたことだろう。テレーズは階段を上がり、二階の歴史書と美術書の部屋を通り過ぎ、初めて三階に足を踏み入れた。三階には埃《ほこり》っぽい広い部屋がひとつあるだけだった。ガラス戸の本棚が壁沿いに並び、壁には数枚の油絵が飾られ、大理石の彫刻が台座にのっている。

机の前に座ると、体じゅうが痛んで力が抜けた。突然だるくなって眠気に襲われ、腕を枕《まくら》にして机に突っ伏したが、次の瞬間、椅子を引いて立ち上がった。恐怖で髪が逆立っているのを感じた。今の今まで、キャロルはいなくなってしまったのではないと自分を欺《あざむ》いてきた。ニューヨークに戻ればキャロルに会える、そうすればすべては元に戻る、戻らないはずがないと思っていた。テレーズは今の自分の考えを否定してくれるものが、思い直させてくれるものがないかと室内を見回した。一瞬、体が粉々に砕けるような、あるいは部屋の長い窓ガラスを突き破って放り出されたような感覚に襲われた。彼女はホメロスの白い塑像《そぞう》を見つめた。ホメロスはかすかに埃が積もった両眉を、問いただすように上げている。入り口を振り返った瞬間、戸口の上にかかっていた絵に初めて気づいた。

ただ似ているだけよ、とテレーズは自分に言い聞かせる。そっくりなんかじゃない。同じなんかじゃない。だが、彼女は心の奥底まで揺さぶられ、似ているという思いはどんどんふくれあがっていった。その絵はサイズこそずっと大きいが、テレーズがかつて学校で何度も見ていた絵とまったく同じものだった。テレーズがまだ小さい頃から音楽室へ続く廊下にずっとかかっていた絵――微笑する女性は飾り立てた宮廷衣装を身にまとい、片手を喉元にあて、不遜な表情で振り向きかけている。画家は女性が振り向きかけた一瞬をとらえ、両耳に下がる真珠《しんじゅ》さえもが揺れているように見えた。小さな引き締まった頬《ほお》、ふっくらとした珊瑚《さんご》色の唇の片端には微笑がたたえられている。その瞼《まぶた》は見る者を嘲笑《ちょうしょう》するように薄く開き、あまり広くはないが、いかにも意志の強そうな額は、絵のなかでさえ眼窩《がんか》の上にやや突き出しているように見えた。そのいきいきとした瞳はあらかじめ何もかもを見通しているようであり、哀《あわ》れむと同時に笑っている。まさしくキャロルそのものだった。絵の女は口元に微笑をたたえ、いつまでも目をそらせないでいるテレーズにまぎれもない嘲笑をこめて見返していた。最後のベールが取り除かれ、あからさまな嘲笑と勝ち誇った表情があらわになる。そこには完璧な裏切りに成功したといわんばかりの達成感に酔いしれる顔があった。

テレーズは震える息をつきながら、絵の下を通って階段を駆《か》け下りた。下階の廊下で、ミス・グレアムが心配そうに声をかけてきた。テレーズは息もたえだえにあえぎ、しどろもどろに受け答えをし、ミス・グレアムを通り過ぎて外へ飛び出した。

22

通りすがりのコーヒーショップに入ろうとしたが、キャロルと行く先々で聴いていた曲が流れてきたので、ドアを閉めてまた歩き続けた。歌は生きているのに、世界は死んでしまった。でも、歌もまたいつか死ぬ。世界はどうやったら生き返らせることができるのだろう。どうやったら生を取り戻すことができるというのだろう。

ホテルの部屋に入り、冷たい水でタオルを濡らして目にあてた。部屋は凍《こご》えそうなほど寒く、彼女は服と靴《くつ》を脱いでベッドに入った。

屋外で叫ぶ甲高《かんだか》い声が、がらんとした室内まで聞こえてくる。「『シカゴ・サン・タイムズ』!」

ふたたび静寂が訪れた。眠ろうかどうしようかと迷っているうちにも睡魔が襲い、まるで酩酊《めいてい》しているかのような、不快な波が打ち寄せ始めるのを感じた。廊下から、なくした荷物をめぐる会話が聞こえてくる。横になり、腫《は》れた目にのせた濡れタオルの薬品臭い匂いを吸い込みながら、絶望的な無力感が襲いかかるにまかせていた。廊下の声はさらに激しくなり、勇気も意志も奪われそうになるのを感じたテレーズはパニックを起こし、意識を外の世界へそらそうとした。ダニー、ミセス・ロビチェク、ペリカン・プレスのフランシス・コッター、ミセス・オズボーン、さらにはニューヨークにまだある自分の部屋へと。だが彼女の頭は働くことも停止することも拒絶し、心と同じようにキャロルを締めだすことを拒絶していた。廊下から聞こえてくる声のように、テレーズの頭のなかをいくつもの顔がぐるぐるとまわった。シスター・アリシア、そして母親の顔までも。昔、学校の宿舎でテレーズが最後に使っていた部屋を思いだす。ある朝、彼女は部屋を抜けだし、春に浮かれる若い動物のように芝生を走り回っていた。するとシスター・アリシアが同じように、猛然と芝生《しばふ》を駆け抜け、その白い靴が背の高い草越しにアヒルのように見え隠れしているのが見えた。シスターが脱走したニワトリを追いかけているのだと気づいたのは数分後のことだ。母親の友人宅で、ケーキに手を伸ばしたひょうしに皿をひっくり返して床に落としてしまい、母親に頰《ほお》を打たれた記憶がよみがえる。そして学校の廊下に飾られたあの絵も浮かんだ。絵のなかの女は今ではキャロルのように呼吸をして動き、邪悪な長年の目的を遂げたかのように、テレーズを嘲笑《あざわら》い、容赦なく拒絶していた。テレーズは恐怖に身をこわばらせたが、廊下の会話は周囲をはばかることなくいつまでも続き、池の氷が割れるような鋭い音のようにテレーズの耳に突き刺さった。

「いえ……」

「運んだとはどういうことだ」

「運んだのなら、下階の預かり所にあるはずだろう……」

「いえ、ですから……」

「わたしがスーツケースをなくしたことにしたいんだろう。そうすれば、おまえは仕事をなくさずにすむからな！」

テレーズは下手な通訳のように言葉のひとつひとつに意味をあてはめていったが、話すスピードに追いつけず、ついには何も理解できなくなった。

悪夢の残りがこびりついたままベッドに起き上がる。室内はいっそう暗さを増し、部屋の角《かど》には深く密度の濃い闇《やみ》がしみついていた。スタンドのスイッチに手を伸ばし、明かりのまばゆさに半ば目を閉じる。壁際のラジオに二十五セント硬貨を入れてつまみを合わせ、放送が聞こえてくるなり音量を思いきり上げた。男の声がして、すぐに曲がかかった。どこか陽気な東洋風の曲、学校の音楽鑑賞の授業でも聴いたことのある曲だ。すぐに『ペルシャの市場にて』というタイトルを思い出し、彼女の心はラクダが歩く光景を連想させる波打つようなリズムに乗って、これよりは狭い施設の一室へと戻っていった。あそこでは羽目板張りの壁の高い場所のいたるところに、ヴェルディのオペラの絵が貼られていた。ニューヨークでも時折この曲を耳にすることはあったが、キャロルと一緒に聴いたことはなかった。それどころかキャロルと知り合ってからは一度も聴いたことがなく、思い出すこともなかった。だが、それは今、誰にも手が届かないほど高い場所にある橋となって、時の流れをまたいでいる。テレーズはベッドテーブルから、荷造りをしたときにスーツケースに紛れこんだキャロルのペーパーナイフを取り上げた。ナイフの木製の握りを持つ手に力をこめて親指を刃に滑らせてみたが、そのたしかな感触はキャロルという存在を証明するというよりは否定しているように思えた。キャロルと一緒に聴いたことがない曲のほうが、まだ彼女につながっている。テレーズはかすかな憤りを感じながら、彼方《かなた》で微動だにしない沈黙する点のような存在となったキャロルを思った。

洗面台に行き冷たい水で顔を洗う。できれば明日にでも仕事を見つけよう。この町に滞在して二週間ほど働こうと決めていた。いつまでもホテルでめそめそ泣いて過ごしたりはしない。礼儀上ミセス・クーパーにも、ホテルの住所を知らせなければならないだろう。これもまた、気が進まなくともやらなければならないことだった。ハークヴィーにもう一度手紙を書いてみるべきだろうか。スーフォールズ宛てに届いたハークヴィーの手紙は、丁重だが何も約束していなかった。「……君がニューヨークへ戻ってきたら、ぜひまた会いたいと思う。しかし残念ながら今年の春は何も約束できない。むしろ、わたしの共同制作者であるミスター・ネッド・バーンスタインに会ってみてはどうだろう。彼のほうが舞台美術関係の事情にはくわしいから……」やはり、仕事のことで手紙を出すのはやめにしたほうがよさそうだ。

テレーズは下階へ行ってミシガン湖の絵葉書を買い、わざとはしゃいだ文章をミセス・ロビチェクに宛てて書いた。書いているときは嘘《うそ》を並べているような気がしたが、投函《とうかん》して足早に歩きだすと、急に体じゅうにエネルギーが満ちあふれるのを感じた。足取りは軽く、若い血潮が頬をほてらしている。ミセス・ロビチェクに較《くら》べれば、わたしは自由だし恵まれている。葉書に書いたことは嘘じゃない。自分には充分に余裕があるのだから。しわくちゃでもなければ目も悪くなく、痛いところなんてひとつもない。テレーズは店のウィンドウの前に立って口紅をさっと塗り直した。突風にあおられそうになって足を止めたが、冷たい風のなかに、温かく若い心臓が躍動する春を感じた。明日の朝、さっそく仕事を探そう。今手元にあるお金で生活して、ここで稼いだ分はそっくりそのままニューヨークまでの旅費にしなければ。もちろん銀行に電報を打って口座から残金を引き出すこともできるが、それはしたくなかった。二週間、知らない人々のなかで働いてみたい。ふつうの人たちがしているような仕事がいい。ほかの人たちがすることがしてみたかった。

テレーズは「要タイプ多少、応募者は直接来社のこと」という受付兼事務の求人広告を見て、事務所を訪ねた。事務所ではテレーズを採用しようと考えたらしく、午前中はずっと事務の業務を教えてくれた。ところが昼食後に重役が事務所にあらわれ、速記ができる女性がほしいといったが、テレーズは速記ができなかった。学校でタイプは教わっていたが、速記は教わっていなかったのだ。そこで即お払い箱となった。

午後も新聞の求人広告に目を通したが、ホテルからそう遠くない材木置き場の柵にかかっていた求人を思い出した。「女子一名募集。一般事務と在庫管理。週給四十ドル」速記が必要でなければ、自分にもできるかもしれない。三時頃、テレーズは材木置き場がある通りに入った。通りには強い風が吹いていたが、テレーズは胸をはって髪がうしろにたなびくのにまかせた。ふと、あなたが歩いている姿を眺めるのが好きよ、といっていたキャロルの言葉を思い出した——遠くから見ると、まるで十センチくらいのあたがわたしの手のひらを歩いているみたい。風のうなりに混じってキャロルの優しい声が聞こえ、テレーズは苦々しさと恐れに身をこわばらせた。愛と憎しみと怒りがないまぜになった沼に足を取られそうになって、そこから逃れようとほとんど小走りになった。

材木置き場の端に木造の小さな事務所があった。テレーズは事務所に入り、ミスター・ザンブロウスキーという男と話した。ザンブロウスキーは動きがゆったりとした、頭の禿《は》げた男で、その胸元には短すぎる時計の金鎖がぴんと張るようにかかっていた。テレーズが訊《き》くより先に速記は必要ないといい、これから明日までを試用期間にしたいと提案した。翌朝にはさらにふたりが面接に来て、ミスター・ザンブロウスキーは彼女たちも候補に入れたが、正午にならないうちにテレーズに決めたと報告してきた。

「ただ、毎朝八時には来てほしいんだがね」

「かまいません」その朝は九時に出社したが、頼まれれば、午前四時でも出社しただろう。

勤務時間は八時から四時半、製材所から材木置き場へ受注どおりに材木が運ばれていることを確かめて確認書を書くだけの仕事だった。テレーズの席からは、あまり木材は見えなかったが、ストローブ松材が切断されたばかりのようなすがすがしい匂いが漂い、トラックにのせられた木材が、がたごと揺られながら置き場の中央へ運ばれる音も聞こえてきた。テレーズは仕事を気に入り、ミスター・ザンブロウスキーも、事務所に来ては暖炉で手を温める木材伐採人やトラック運転手たちのことも好きになった。伐採人のなかに短い黄金色《こがねいろ》の顎髭《あごひげ》をしたスティーブというハンサムな若者がいた。彼は通りの先のカフェテリアへテレーズを昼食に二度ほど誘い、土曜の晩にはデートに誘った。しかしテレーズは、まだ夜の長い時間をスティーブとも誰とも過ごす気になれなかった。

ある晩、アビーから電話がかかってきた。

「あなたの居場所を知るために、サウスダコタに二回も電話をかけたのよ」いらだたしげな声だ。「そこで何をしているの。いつ戻ってくるの」

まるでキャロル本人の声を聞いているかのように、テレーズの胸に彼女の姿がまざまざとよみがえった。だが、喉元《のどもと》にこみあげてくるむなしいこわばりのせいで、すぐには返事ができなかった。

「テレーズ？」

「キャロルもそこにいますか？」

「彼女はヴァーモントよ。病気なの」アビーのハスキーな声はまったく笑いを含んでいなかった。「今は静養中よ」

「自分で電話をかけてこられないほど悪いということ？　なぜ先にそれを教えてくれなかったんです。容体はどうなんですか？」

「よくなってきているわ。あなたこそなぜ自分で電話をかけなかったの？」

テレーズは受話器を握りしめた。アビーのいうとおりだ。なぜ、電話をかけなかったのだろう。あの絵のことを考えていたからだ。キャロル本人ではなく。「キャロルに何があったんですか。彼女は――」

「いい質問だわ。何があったか、キャロルは手紙で知らせたわよね？」

「ええ」

「だったら、キャロルが自由に跳ね回っていると思う？　でなければあなたを探してアメリカじゅうを駆けずり回るとでも？　これは何のまねなの？　かくれんぼのつもり？」

かつてアビーとの昼食で交わした会話がよみがえり、テレーズを打ちのめした。アビーが考えているように、すべてはテレーズのせいだ。フローレンスに手紙を見つけられるという失態はとどめの一撃に過ぎなかった。

「いつ戻ってくるの」アビーは訊ねた。

「十日後に。キャロルがもっと早く車が必要だというのなら別ですが」

「それはないわ。十日じゃ、まだ家に帰らないもの」

テレーズは声を絞り出した。「あの手紙のことですが——わたしが書いたあの手紙が見つかったのは、前だったかあとだったかご存じですか？」

「どういう意味？」

「探偵が尾行を始める前かあとか」

「あとよ」アビーはため息まじりに答えた。

テレーズは歯を食いしばった。しかしアビーにどう思われようとかまいやしない。大事なのはキャロルがどう思うかだけだ。「キャロルはヴァーモントのどこにいるんですか」

「わたしがあなただったら、電話しないわね」

「でもあなたはわたしではないし、わたしは電話したいんです」

「やめておきなさい。これだけはいえるわ。わたしからキャロルに伝えることはできるけど——大事なことなら」冷たい沈黙があった。「キャロルは、あなたがお金に困っていないかどうか心配しているの。それから車がどうなっているかも知りたがっているわ」

「お金なら大丈夫です。車もちゃんとあります」もうひとつ訊《き》かなければならないことがあった。「リンディはどこまで知っているんでしょうか」

「〝離婚〟の意味は知っているわ。リンディはキャロルと暮らしたいといった。でもだからといって、キャロルの気持ちが楽になるわけではないわ」

もういい、もうわかった。テレーズはいいたかった。もうキャロルをわずらわせたりはしません。車のこと以外には、電話もかけないし手紙も書かないし、伝言もしません、と。テレーズは震えながら受話器を置いた。そしてすぐにまた取り上げた。「六一一号室ですけど、もう長距離電話はとりつがないでもらえますか――どんな電話でも」

テレーズはサイドテーブルの上にあるキャロルのペーパーナイフに目をやった。それはいまや生身のキャロル、そばかすのある、歯の隅《すみ》がちょっぴり欠けているキャロルそのものになっていた。わたしはキャロルに、キャロルという人間に負い目を感じるべきなのだろうか？　リチャードがいったように、わたしはキャロルにもてあそばれたのだろうか？　キャロルのあの言葉を今も覚えている。「夫と子供がいると、少し事情が違うのよ」テレーズはペーパーナイフを見つめながら顔をしかめた。なぜ急にただのペーパーナイフに戻ってしまったのだろう。取っておこうと捨てようとどうでもいいような存在に。

二日後、アビーから手紙が届いた。「気にしないで」という言葉とともに百五十ドルの小切手が入っていた。あれからキャロルと話をしたら、あなたからの連絡をほしがっていたからと、キャロルの住所も教えてくれていた。文面はやや冷たかったが、小切手は決して冷たさのあらわれではなかった。決してキャロルに頼まれたからではない、とテレーズにはわかっていた。

テレーズは返事を書いた。「本当にご親切に、小切手をありがとうございます。ですがいただいた小切手を使う気も、使う必要もありません。キャロルに手紙を書くようにとのことでしたが、書けそうにありません。書くべきだとも思いません」

ある夕方テレーズが仕事から戻ると、ホテルのロビーにダニーが座っていた。笑顔で椅子《いす》から立ち上がり、テレーズにゆっくりと近づいてくる黒い瞳《ひとみ》の青年を見ても、本当にダニーだとは、すぐには信じられなかった。しかし立てたコートの襟《えり》でさらに乱れた撫《な》でつけていない黒髪も、左右対称のほがらかな笑顔も、まるで昨日も見たかのようになじみのあるものだった。

「やあ、テレーズ。驚いた?」

「ええ、びっくりしたわ。もう会えないとあきらめていたのよ。なんの連絡もないから――この二週間」そこまでいってから思い出した。ダニーがニューヨークを発《た》つといっていた二十八日に、自分はシカゴにやってきたのだ。

「僕もあきらめかけていたんだよ」ダニーは笑いながらいった。「ニューヨークを出るのが遅れてね。たぶん運が良かったんだろう。だって君に電話をかけたら、下宿のおかみが君の居場所を教えてくれたんだから」ダニーはテレーズの片肘《かたひじ》をしっかりと握って放さなかった。ふたりはエレベーターへゆっくりと歩み寄った。「元気そうだね」

「そう？　会えて本当に嬉《うれ》しいわ」目の前のエレベーターの扉が開いた。「わたしの部屋に行く？」

「何か食べに行こう。それとも早すぎるかい。僕はまだ昼食を食べていなくてね」

「それなら、少しも早すぎることないわ」

テレーズは評判を聞いたことのあるステーキハウスへダニーを連れていった。いつもは飲まないダニーは珍しくカクテルも注文した。

「今はひとりなのかい。スーフォールズのおかみから、君はひとりで発ったと聞いたんだ」

「キャロルは結局、来られなかったのよ」

「そうか。そして君は予定より長く旅行することにしたんだね」

「ええ」

「いつまで？」

「そろそろ終わりよ。来週帰るわ」

ダニーは驚いたそぶりも見せず、温かな黒い瞳をテレーズの顔から一度もそらさなかった。「東に戻るのはやめて、カリフォルニアで少し過ごさないか。僕はオークランドで働くことになったんだ。明後日までに行かなくちゃならない」

「どんなお仕事？」

「研究だよ。望んでいたとおりの仕事さ。試験の結果が思っていたよりも良かったんだ」

「クラスで一番?」

「わからないけど、それはどうかな。一番、二番というつけ方じゃないんだよ。まだ、僕の質問に答えていないね」

「わたしはニューヨークへ戻るわ、ダニー」

「そうか」ダニーは微笑《ほほえ》んでテレーズの髪に、そして唇へ視線を向けた。テレーズはちゃんとした化粧をしてダニーに会ったのはこれが初めてだということに気がついた。

「急に大人びたね。髪型を変えた?」

「少し」

「もう、怖がっているようには見えないよ。あまり生真面目《きまじめ》そうにも見えない」

「嬉しいわ」テレーズは気恥ずかしさを感じたが、ダニーに対してはリチャードに決して感じたことのなかった親近感のようなものを覚えていた。もっとぞくぞくするような、ぴりっとした刺激のようなものを。彼女はテーブルに置かれたダニーの手に目をやり、親指のつけ根の盛り上がった強靭《きょうじん》な筋肉を見た。あの日、ダニーの部屋で肩に置かれた彼の手の感触を思い出す。それは決して居心地の悪いものではなかった。

「テリー、少しは僕に会いたいと思ってくれていた?」

「もちろんよ」

「だったら僕を好きになってくれる可能性はあるかな？　たとえばリチャードに対するのと同じくらい」その声には驚きがにじんでいた。突拍子もない質問だということを本人も自覚しているかのような。

「どうかしら」テレーズはそそくさと答える。

「だけど、リチャードとはもう終わったんだろう？」

「そうよ。あなただってもう知っているんでしょ」

「だったら誰を気にしているんだい。キャロルを？」

テレーズは急に、むきだしにされてダニーの前に座っているような気がした。「ええ。前はね」

「でも、今は違う？」

驚いたことにダニーはまったく動じた様子もなければ、不快感も見せなかった。「ええ。それは——このことは誰とも話したくないのよ、ダニー」自分でも穏やかな落ち着いた声で答えていた。まるでほかの人が話しているのを聞いているかのような。

「もう終わったことなら、忘れたいとは思わない？」

「わからないわ。どういう意味？」

「つまり、後悔しているかどうかということさ」

「いいえ。やり直せるとして同じことを繰り返すかと訊かれれば、イエスよ」

「別の人と？　それともキャロルと？」

「キャロルとね」テレーズは唇に微笑を浮かべた。

「悲しい終わり方をしたのに？」

「ええ。今度はちゃんと終わりたいの」

「まだ終わってはいないんだね」

テレーズは答えなかった。

「また彼女に会う？　こんなふうにあれこれ訊《き》いてもかまわないかな」

「かまわないわ」テレーズは答えた。「いいえ、もう彼女には会わない。会いたくない」

「でもほかの人とは？」

「女の人という意味？」テレーズは首を横に振った。「いいえ」

ダニーはテレーズを見てゆっくりと笑みを浮かべた。「それならいいんだ。というよりはそれなら大丈夫だというべきかな」

「どういうこと？」

「君はまだこんなにも若いんだ、テレーズ。人は変わっていく。そのうち忘れられるよ」

自分が若いという実感はなかった。「リチャードから聞いたの？」

「いや。ある晩、話したそうにしてたけど、僕が止めた」

テレーズは口元に苦い笑みを浮かべ、短くなった煙草《たばこ》をもう一度吸ってから消した。

「聞いてくれる人がいるといいんだけど。リチャードには、聞き手が必要なのよ」

「彼は自分が捨てられたと思っている。プライドを傷つけられたとね。頼むから僕がリチャードと同じだと思わないでくれ。僕は、人生は誰のものでもなく本人のものだと思っている」

ふいにキャロルがいっていた言葉が頭に浮かんだ。大人は誰でも秘密を持っているものよ。キャロルがいつものさりげない口調でいったその言葉は、フランケンバーグの伝票に書かれたキャロルの住所のようにくっきりとテレーズの脳裏《のうり》に刻まれている。テレーズは思わず、ダニーにすべてを話したい衝動に駆られた。図書館で出会った絵のこと、学校にあった絵のこと、絵ではない現実のキャロルのことを。子供と夫がいて、手にそばかすがあり、悪態をつく癖があり、思いがけないときに憂いに沈み、わがままを通す悪い癖がある女性。サウスダコタにいたテレーズよりも、ニューヨークではるかに苦しんでいた女性。テレーズはダニーの目を、わずかに割れた顎《あご》を見た。そして今の今まで、この世でキャロル以外は目に入らない魔法にかかっていたのだと気づいた。

「何を考えているんだい」

「ニューヨークであなたがいっていた、最後まで着古してから捨てるということを」

「キャロルからそんな仕打ちを受けたのかい」

テレーズは微笑んだ。「わたしがするのよ」

「今度は、捨てたくならない相手を見つけるといい」

「長持ちする相手をね」

「手紙をくれる？」

「もちろん」

「三カ月後にくれないか」

「三カ月後？」そういってから突然、ダニーのいわんとしていることを理解した。「それより前ではだめなのね」

「ああ」ダニーは揺るぎない眼差しをテレーズにそそいでいる。「そのくらいあれば、いいだろう？」

「そうね。わかった。約束する」

「もうひとつ約束してほしいんだけれど――明日は休みを取って僕と一緒にいてくれないか。明日は夜の九時までここにいられる」

「それは無理よ、ダニー。仕事があるし――それにボスに一週間後に辞めるといわなくちゃならないんだもの」それが本当の理由ではないとテレーズにはわかっていた。おそらく、テレーズを見ていたダニーにもわかっただろう。彼女はダニーと明日一緒に過ごしたくなかった。あまりにも危険すぎる。ダニーといると自分自身と直面しなければならなくなる。まだその心の準備はできていなかった。

翌日の正午にダニーは材木置き場へやってきた。ふたりは昼食をとるつもりだったが、まるまる一時間、レークショアドライブを散歩しながら語り合った。そしてダニーは夜の九時の飛行機で西部へ発った。

八日後テレーズはニューヨークへ向かった。できるだけ早くミセス・オズボーンの下宿を引き払うつもりだった。それから去年の秋から避けていた人たちに会いに行こう。これから新たな人々との出会いもあるだろう。春になったら夜間学校へ通いたい。服装もすっかり変えよう。ニューヨークのアパートメントのクロゼットにある服を思い出すと、何年も前に着ていた服のようにどれも子供っぽく思える。シカゴでは店を見て回り、ほしい服があったがまだ買える余裕がなかった。今は、髪型を変えるのが精一杯だった。

23

テレーズはニューヨークの部屋に戻るなり、絨毯《じゅうたん》の端がめくれていないことに気づいた。おまけになんて狭苦しくみすぼらしく見えるのだろう。それでもテレーズの部屋であることに変わりはなく、本棚の上のちっぽけなラジオも、寝台兼用の長椅子《ながいす》に置かれたクッションも、遠い昔に書いたきり忘れていた署名のように、まぎれもなく自分のものだ。壁には厚紙で作った舞台セットの模型がいくつかかかっていたが、テレーズは見ないようにした。

銀行へ行って残金二百ドルのうちの百ドルを引き出すと、黒いドレス一着と靴《くつ》を一足買った。

明日になったら、とテレーズは考えた。アビーに電話をかけてキャロルの車をどうやって返すか相談しよう。でも今日はしない。

同じ日の午後、ハークヴィーが舞台美術を手掛ける英国劇の共同制作者、ネッド・バーンスタインと会う約束を取りつけた。バーンスタインに見せるために、西部にいるあいだに制作した模型のなかから三個と『小雨《こさめ》』のセットの写真を選んだ。ハークヴィーの助手になれたとしても、それだけでは生活できないだろうが、ほかの仕事をかけもちすればいい。少なくとも、デパート以外にも働く場所はある。たとえばテレビの仕事とか。

バーンスタインは気のない様子でテレーズの作品を眺めた。テレーズは、まだミスター・ハークヴィーにはお会いしていないのですが、あの方が助手を必要としているかどうかご存じではありませんかと訊《たず》ねてみた。バーンスタインは、それはハークヴィーしだいだが、知る限りでは助手は足りているようだと答えた。バーンスタイン自身も、さしあたって人手を必要としているようなスタジオには心当たりがないという。テレーズは六十ドルをはたいて購入したドレスのことを考えた。預金はあと百ドルしか残っていない。それなのにミセス・オズボーンには、いつでも好きなときに部屋を見せてもらってかまわない、近く引っ越す予定だからといってしまった。まだ引っ越し先さえ決まっていないというのに。テレーズは立ち上がり、作品を見てくれてありがとうございますと礼を述べた。顔には笑みさえ浮かべて。

「テレビの仕事をやってみる気はないかね」バーンスタインが訊ねた。「テレビからやってみるというのはどうだい。そっちのほうが入りこみやすいからね」

「実は今日、デュ－モントの人に会うことになっているんです」一月にドナヒューが何人かの名前を紹介してくれた。バーンスタインも、さらに数人を紹介してくれた。

その後テレーズはハークヴィーのスタジオに電話をかけた。ハークヴィーはちょうど出かけるところだが、模型を今日スタジオに置いていってくれれば、明日の朝に見るという。

「ところで明日の五時から、セントレジス・ホテルでジュヌヴィエーヴ・クラネルのためにカクテルパーティが開かれることになっているんだ。よかったら君も来ないかね」ハークヴィーはもの柔らかな声に数学のような正確さを与えるかのような、歯切れのよい口調でいった。「そうすれば明日会える。パーティに来られるかい」

「ええ、ぜひうかがいます。セントレジスのどちらですか」

ハークヴィーは招待状を読み上げた。スイートルームDにて、五時から七時まで。

「わたしも六時には行っている」

テレーズはたった今ハークヴィーのパートナーに選ばれたかのように、有頂天で電話ボックスを出た。ハークヴィーのスタジオまで十二ブロック歩き、模型を若い男性スタッフに預けた。一月に見かけた若者とは別人だった。ハークヴィーは助手をよく代える。テレーズは彼の仕事場を敬意の目で見回してからドアを閉じた。もしかしたら思ってるよりも早くここで働けるかもしれない。それも明日にはわかるだろう。

テレーズはブロードウェイのドラッグストアに入るとニュージャージーのアビーに電話をかけた。アビーの声はシカゴに電話をしてきたときとはまるで違っていた。たぶんキャロルの容体がよくなったからだろう。けれどもテレーズはキャロルの具合を訊ねなかった。彼女が連絡をしたのはあくまで車を返すためだ。

「わたしが取りに行ったほうがよければ、そうするわ。だけどキャロルに電話して訊《き》いてみたらどうかしら。あなたから電話があれば喜ぶわよ」アビーは前とは打って変わった口調でいった。

「でも――」テレーズは気が進まなかった。自分はいったい何を怖がっているのだろう? キャロルの声を? キャロル自身を? 「わかりました。直接キャロルに返すことにします。彼女が嫌だといわなければの話だけど。もしもそうなったら、またあなたに連絡します」

「いつかけるの。今日の午後?」

「ええ。このあと少ししたら」

テレーズはドラッグストアの出入り口まで行くと、しばし立ち止まってキャメルの広告を眺めた。巨大な顔がこれまた巨大なドーナツのような煙の輪をいくつも吐き出している。車体の低い、不機嫌そうなタクシーがサメの群れのように、マチネがはねたあとの混雑を縫《ぬ》うように走っていた。眼前にはレストランやバーの看板や日除け、正面階段や窓が雑然と並ぶ見慣れた光景が広がっている。ニューヨークの通りの多くがそうであるように、この界隈《かいわい》にも赤褐色の建物がひしめきあっていた。テレーズはかつて、褐色砂岩の建物が並ぶ西八十丁目付近の通りを歩いた日を思い出した。大勢の人々が生活を営むその場所では、始まったばかりの人生もあれば、終わろうとしている人生もある。あのときのテレーズはそれを思うと気分がふさぎ、アベニューへ出ようと急いだのだった。あれはほんの二、三カ月前のことだった。今では同じような通りを見ると心がわくわくして、ためらわずに飛びこんでいきたくなる。看板や劇場の入り口のひさしが並び、人々がぶつかり合いながら足早に行き交う歩道を歩きたくなる。テレーズは振り返って電話ボックスへ戻った。

ほどなくして、キャロルが電話に出た。

「いつ戻ったの、テレーズ」

キャロルの声を聞いたとたんに胸が震えたが、それもほんの一瞬だった。「昨日よ」

「元気？　変わりない？」そばに誰かがいるかのように押し殺した声だったが、キャロルがひとりきりだとテレーズにはわかっていた。

「そうともいえないけれど。そちらはどう？」

キャロルはすぐには答えなかった。「なんだかあなた前と違うみたい」

「ええ」

「会えるかしら？　それともいや？　一度だけでもいいのよ」キャロルの声でありながら、キャロルではないような話し方だった。その口調はどこか探るような、ためらうような響きがあった。「今日はどう？　車はある？」

「今日はこれから人に会わなくちゃならない予定があって。時間がないわ」キャロルに誘われているのに自分から断るなんて、これまであっただろうか。「明日、お宅まで届けましょうか」

「いいえ、わたしが取りに行くわ。病人じゃないのよ。車はいい子にしていた？」

「快調よ」テレーズは答えた。「傷ひとつないわ」

「あなたは？」テレーズが答えずにいるとキャロルは言葉を継いだ。「明日会える？　午後に少し時間を取れない？」

テレーズは四時半に五十七丁目のリッツタワーのバーで会う約束をして電話を切った。

キャロルは約束の時間に十五分遅れてきた。テレーズはバーのガラスドアが見える席で待っていた。そしてついにドアを開けてキャロルがあらわれると、それまでぴんと張りつめていた神経の糸が小さな鈍い痛みとともにほぐれていくのを感じた。キャロルはふたりが初めて出会った日と同じ毛皮のコートを着て、黒いスエードのパンプスをはいていたが、つんと上げたブロンドの頭を、今日は赤いスカーフが引き立てている。テレーズを見つけると、以前よりも痩《や》せた顔に驚きの表情と微笑を浮かべてみせた。

「こんにちは」テレーズはいった。

「見違えたわ。すぐにはわからなかったくらい」キャロルはつかのまテーブルの横に立ったままテレーズを眺め、それから座った。「会ってくれてありがとう」

「そんなこといわないで」

ウェイターが来るとキャロルは紅茶を注文した。テレーズもほとんど何も考えず同じものを注文した。

「テレーズ、わたしを憎んでいる？」

「いいえ」キャロルの香水がふわりとテレーズの鼻をかすめたが、あれほどなじみのあるはずの香りは不思議なほど何もかきたてなかった。テレーズは握りしめていた紙マッチをテーブルに置いた。「そんなことができるわけないでしょう？」

「きっと憎んだはずよ。少なくともしばらくは」キャロルはまるでそれが事実であるかのような口調でいった。

「あなたを憎む？　いいえ」憎しみというほどのものではない、といってもよかったかもしれない。だが、口にはせずとも、キャロルの瞳《ひとみ》はテレーズの表情から読み取ったに違いなかった。

「もう、すっかり大人ね——髪型も、服装も」

テレーズはキャロルのグレーの瞳をのぞきこんだ。その顔は以前と同じように毅然《きぜん》と上げられてはいたが、瞳にはどこか思いつめた、切なげなものが浮かんでいる。テレーズはその表情がどういう意味を持つのか理解できずに目を伏せた。キャロルは今でも美しい。ふいに激しい喪失感がテレーズの胸を締めつけた。「少しは学んだってことかしら」テレーズはいった。

「なんですって？」

「わたしは……」とたんにスーフォールズで見た肖像画が目に浮かび、彼女は言葉に詰まった。

「今のあなたはとてもすてきよ」キャロルはいった。「まるで生まれ変わったみたい。わたしと離れたから？」

「違うわ」テレーズは早口に答え、飲む気のしない紅茶に目を落として眉をひそめた。キャロルが口にした「生まれ変わる」という言葉から誕生を連想し、そのことで動揺していた。そう、たしかに彼女はキャロルと別れて生まれ変わった。図書館であの絵を見た瞬間に生まれ変わった。あのときの押し殺した叫びは、無理やりこの世へ引きずり出された赤子の産声《うぶごえ》だった。テレーズはキャロルへ目を向けた。「スーフォールズの図書館で、ある絵を見たの」そして感情をこめずに手短に、他人の身に起こった出来事のように絵について語った。

キャロルは一度もテレーズから視線をそらさずに耳を傾けていた。まるで自分では助けようのない人を遠くから見ているような表情だった。「不思議な話ね」静かにいった。「それに恐ろしいわ」

「そうね」キャロルは理解してくれたのだ。彼女の瞳にいたたまれしげな表情が浮かぶのを見てテレーズは微笑《ほほえ》んだが、キャロルは笑みを返さず、じっとテレーズを見つめている。

「何を考えているの？」テレーズは訊ねる。

キャロルは煙草《たばこ》を手に取った。「なんだと思う？　デパートで出会ったあの日のことよ」

テレーズはふたたび顔をほころばせた。「あなたが近づいてきたとき、本当に嬉《うれ》しかった。でも、なぜわたしだったの」

キャロルはすぐには答えなかった。「本当にくだらない理由なんだけれど、あのなかで忙しそうじゃない店員はあなただけだったから。それにたしか、あなたはスモックを着ていなかったわよね」

テレーズは吹き出した。キャロルは微笑しただけだが、コロラドスプリングスにいた頃のような、まだ何もなかったときのような彼女らしい表情になった。突然、テレーズはハンドバッグのなかの蠟燭《ろうそく》立てを思い出した。「あなたにと思って買ったの」そういいながら、白い薄紙で簡単に巻いただけの蠟燭立てを手渡した。「スーフォールズで見つけたのよ」

キャロルは蠟燭立てをテーブルに置くと薄紙をはがした。

「チャーミングね」キャロルはいった。「まるであなたみたい」

「ありがとう。わたしはあなたみたいだと思ったの」テレーズは、親指と中指の先で蠟燭立ての繊細な縁《へり》をつまんでいるキャロルの手を見た。コロラドで、シカゴで、そしてもう忘れてしまったいくつもの場所で、コーヒーカップの受け皿に触れるキャロルの指先を何度こんなふうに眺めたことだろう。テレーズは思わず目を閉じる。

「愛しているわ」キャロルがいった。

テレーズは目を開けたが、顔を上げようとはしなかった。

「あなたはそうじゃないのね。違う？」

テレーズは思わず否定しようとした。でも、否定できるだろうか。キャロルと同じ気持ちではないというのに。「わからないのよ、キャロル」

「同じことよ」キャロルの声は穏やかだったが、イエスかノーかのはっきりとした答えを求めていた。

テレーズはふたりのあいだに置かれた皿に並べられた三角形のトーストを見つめた。ふとリンディのことが思い出された。これまでずっと問いかけるのが恐ろしくて先延ばしにしていたのだ。「リンディには会った？」

キャロルはため息をつき、蠟燭立てから手を離した。「ええ、この前の日曜日に一時間ほど会えたわ。あの子は年に二回くらい、半日だけはわたしに会いにくることになったわ。つまりはめったに会えないということね。完全なる敗北だわ」

「一年に二、三週間は会えるんじゃなかったの」

「それが、また少しばかりいろいろとあって――個人的にハージとわたしのあいだでね。彼は山ほどの約束を押しつけてきたけれど、わたしははねつけたの。すると今度はハージの家族までもが介入してきたの。わたしは彼らがでっちあげた、不品行のリストみたいなくだらない約束に縛られるのは我慢がならなかった――たとえ人食い鬼扱いされて、リンディから遠ざけられるとしても。そしてそのとおりになったわ。ハージは弁護士たちにすべて話したの――まだ彼らが知らなかったことすべてを」

「なんてこと」テレーズは小さな声をあげた。彼女にはそれがどういうことなのかわかるような気がした。リンディはお目付け役の家庭教師につきそわれて、午後だけの約束で訪ねてくる。家庭教師はキャロルに気をつけるように、前もっていわれているだろう。おそらくリンディからも目を離すなとも。やがてリンディはすべてを知ることになるだろう。そんなふうに面会したところで何が楽しいというのか。ハージは――テレーズはこの名前を口にするのもいとわしかった。「裁判所のほうがまだ寛大だったでしょうね」テレーズはいった。

「実のところ、わたしは裁判所での要求にもあまり応じなかったの。きっぱりはねつけてやったわ」

テレーズは思わず微笑《ほほえ》んだ。キャロルが拒絶したこと、今なお誇りを失なわずにいることが嬉しかった。

「でも、あれは正確には裁判ではなかったのよ。ただ丸テーブルを囲んで話し合っただけ。彼らがウォータールーでどうやってわたしたちの会話を録音したと思う？　壁に大《おお》釘《くぎ》みたいなものを打ちこんだんですって。わたしたちがホテルに着いた直後らしいわ」

「大釘？」

「金槌《かなづち》で叩《たた》くような音がしたのを覚えているわ。わたしたちがシャワーを浴びたすぐあとだと思う。覚えている？」

「いいえ」

キャロルは笑みを浮かべた。「その大釘みたいなものが音を拾っていたのよ。探偵は隣の部屋にいたの」

テレーズは金槌の音は覚えていなかったが、すさまじいまでの一連の出来事が怒濤《どとう》のようになだれを打って押し寄せてきた。

「何もかも終わったわ」キャロルはいった。「わたしはね、もうリンディに会わないほうがいいかもしれないと思っているの。リンディが会いたくないといえば、無理強《じ》いはしない。すべてはあの子しだいよ」

「リンディがあなたに会うのを嫌がるなんて」

キャロルは眉《まゆ》を上げてみせた。「ハージが何を吹きこむか、知れやしないわ」

テレーズは黙りこんだ。キャロルから目をそらし、時計に目をやる。五時三十五分。カクテルパーティに行くのなら、六時前には会場に入らなければならない。そのために買ったばかりの黒いドレスをおろし、白いスカーフを巻き、新品の靴と黒い手袋をしてきたのだ。だが、今は服装のことなどどうでもいいように思えた。ふいにシスター・アリシアから贈られた緑の毛糸の手袋を思い出した。あれは今でも古い薄紙に包んだまま、トランクの底にしまってあるのだろうか。あの手袋を捨ててしまいたい。

「人はなんでも乗り越えられるものよ」キャロルがいった。

「そうね」

「ハージとわたしはあの家を売りに出すことにして、わたしはマディソン・アベニューに部屋を借りたわ。それから信じられないかもしれないけれど、仕事も見つけたのよ。四番街の家具屋で仕入れ係として働くわ。きっとわたしのご先祖様のなかには大工さんがいたのかもしれないわね」キャロルはテレーズへ視線を向けた。「とにかく生活のためには働かなくてはならないし、仕事を楽しめると思うわ。新居はすてきなお部屋よ。それに広いの――ふたりでも暮らせるくらい。あなたが一緒に住んでくれればと思っていたんだけど、無理なようね」

テレーズは心臓が跳ねあがるような気がした。デパートにキャロルが電話をかけてきたあの日と同じように。意思に反してテレーズのなかで何かが反応し、たちまち幸福感と誇らしさに包まれていく。キャロルにそこまでの行動をとらせる勇気が、そのような言葉を吐かせる勇気が、その勇気を持ち続けるであろうキャロルが誇らしかった。あの田舎道でもキャロルは勇敢に探偵と正面から対決していたではないか。テレーズはどきどき高鳴り始めた鼓動を静めようとつばを呑《の》んだ。キャロルはテレーズを見ようともしなかった。ただ煙草の先を灰皿に何度もこすりつけている。キャロルと暮らす？　それはかつては実現するはずのない夢であり、テレーズが世界じゅうの何よりも焦《こ》がれた夢だった。キャロルと暮らし、すべてをともにすること。夏も冬も一緒に過ごし、歩き、読み、旅をする。同時にテレーズはキャロルを恨んでいたときのことも思い出していた。あのとき彼女は一緒に暮らそうというキャロルをはねつける場面を思い浮かべていた。

「どう？」キャロルがテレーズへ顔を向けた。

テレーズは今とてつもなく危ういバランスを取っているような気がした。もはやキャロルを恨んではいない。選択のみが残されている今、どちらの側にも押し引きするものがない状態で、空中にぴんと張られた細い線の上に立っているかのようだった。片側にはキャロル、片側には空っぽの疑問符。キャロルを選んだとしても、前と同じようにはならないだろう。ふたりとも変わってしまったのだから。かつてテレーズが初めて足を踏み入れた世界がそうであったように、これからのキャロルとの生活も未知の世界だ。しかしいまや障害物はなかった。テレーズは先ほどキャロルの香水から何も感じなかったことを思い出した。〝埋めるべき空白〟とキャロルなら呼ぶだろうか。

「どうかしら？」キャロルはしびれを切らしたように笑顔でうながした。

「いいえ」テレーズは答えた。「やっぱり、やめておきます」だって、あなたはまた裏切るかもしれないから。それこそは彼女がスーフォールズで考え、いずれキャロルに投げつけようとしていた言葉だった。しかしキャロルは裏切ってはいなかった。わが子よりもテレーズを愛していたのだ。ハージたちの要求を拒んだのは、それがあったからだろう。今、キャロルは路上で探偵から証拠を取り上げようとしたあの日と同じように、賭《か》けに出ようとした。そしてまたしても賭けに負けたのだ。テレーズはキャロルの顔にかすかな驚きとショックが浮かぶのを見た。たぶんテレーズ以外には誰も気づかないほどのささいな変化だったが、一瞬テレーズの思考は停止した。

「それがあなたの答えなのね」キャロルはいった。

「ええ」

キャロルは卓上のライターをじっと見た。「そう」

テレーズはキャロルを見つめた。今でも両手を伸ばしてあの髪に触れ、きつく指に絡ませたかった。キャロルは自分の返事に迷いを聞き取らなかっただろうか？　テレーズは突然逃げ出したくなった。あのドアから飛び出して一目散に駆《か》け去りたい。時計を見ると、六時十五分前だった。「これからカクテルパーティに行かなくてはならないの。仕事につながるかもしれない大事な約束なのよ。ハークヴィーが来るわ」ハークヴィーから仕事をもらえるとテレーズは確信していた。今日の昼頃にスタジオに電話をして、置いてきた模型のことを訊くと、ハークヴィーはどれも気に入ったといっていた。「昨日、テレビの仕事も決まったし」

キャロルは顔を上げて微笑《ほほえ》んだ。「わたしのかわいい大物さん。今のあなたは、何かすばらしいことをしそうに見えるわ。話し方も前とは違うのに気づいている？」

「そう？」その場所に座っているのがますます耐え難くなり、テレーズは口ごもった。

「キャロル、よかったらパーティに一緒に来ない？　ホテルのスイートを借り切った盛大なパーティですって。ハークヴィーのお芝居で主役を演じる女優さんの歓迎会なの。

わたしが誰か連れていっても、みんな気にしやしないわ」なぜキャロルを誘っているのか、テレーズにもよくわからなかった。自分でも気乗りがしないカクテルパーティに、なぜ万が一にもキャロルが行きたがると思ったりしたのだろう。

キャロルは首を横に振った。「いいのよ、ダーリン。あなたひとりで行ったほうがいいわ。実はわたしも、エリゼで約束があるの」

テレーズは膝《ひざ》から手袋とハンドバッグを取り上げた。手の甲に淡い色のそばかすがちりばめられたキャロルの手を見て――結婚指輪はもうはめていない――それから彼女と視線を合わせた。これきり、もう会えないのではないかという気がした。あと二分、いや二分もしないうちにふたりは歩道で別れてしまう。「車は持ってきたわ。お店の正面の左側に停《と》めてある。鍵《かぎ》はここに」

「ええ、さっき、停めてあるのを見たわ」

「まだここにいる?」テレーズは訊ねた。「支払いはわたしがすませておくわ」

「いいのよ」キャロルはいった。「急いでいるのなら、行きなさい」

テレーズは立ち上がった。しかしふたつのティーカップとふたりの吸い殻《がら》が残るテーブルの前にキャロルを置いてはいけなかった。「出ましょうよ。一緒に」

キャロルは驚いた顔で問いかけるような視線を投げた。「いいわ。うちにあなたのものがあるけれど、あれは――」

「気にしないで」テレーズはさえぎるようにいった。

「あなたのお花もあるわ。鉢植えが」キャロルはすでに運ばれてきていた伝票を見て勘定を払った。「わたしがあげたお花はどうなった?」

「あなたがくれたお花は——枯れてしまったわ」

キャロルと目が合い、テレーズは一拍置いて視線をそらした。

ふたりはパーク・アベニューと五十七丁目の角で別れた。テレーズがパーク・アベニューを走って渡りきるとすぐに信号が変わった。テレーズは歩道に上がってから振り返ったが、車の流れに邪魔されてキャロルの姿はとぎれとぎれにしか見えなかった。キャロルはリッツタワーの入り口を通り過ぎてゆっくりと歩いていく。これでいいのよ、とテレーズは思った。未練がましく手を握り合ったり、何度もあとを振り返ったりすることもない。テレーズはキャロルが車のドアに手をかけるのを見て、今でも前部座席の床に転がっているはずの缶ビールを思い出した。リンカーントンネルからニューヨーク方面へ向かう傾斜路《ランプ》を上ったときに聞こえた缶の転がる音が耳によみがえる。車をキャロルに返す前に拾っておかなければと思っていたのに忘れていたのだ。テレーズはホテルへ急いだ。

すでにふたつの戸口から廊下へ出てくる人々もいて、ウェイターはアイスペールをのせたキャスター付きのトレイを部屋に入れるのに四苦八苦していた。パーティ会場は騒々しく、バーンスタインもハークヴィーも見当たらなかった。見覚えのある人といえば、何カ月も前にどこかで仕事がらみの話をした男性がひとりいるだけだが、結局その仕事は実現しなかった。テレーズがうしろを振り返ると男性が立っていて、背の高いグラスをテレーズの手に押しつけた。

「マドモアゼル」男は歌うようにいった。「これをお探しではありませんか」

「ありがとうございます」テレーズはすぐにその場を離れた。部屋の隅《すみ》にバーンスタインの姿を見た気がしたのだ。大きな帽子をかぶった女性が数人、テレーズの行く手をふさぐように立っていた。

「女優さんですか」先ほどの男性も、人ごみをかき分けながらついてくる。

「いいえ。舞台デザインをやっています」

やはりそれはバーンスタインだとわかり、テレーズはふたつの人の輪のあいだを横歩きですり抜けるようにして近づいていった。バーンスタインは歓迎するようにテレーズへ肉づきのよい片手を差し出しながら、腰かけていたラジエーターから立ち上がった。

「ミス・ベリヴェット！」バーンスタインは声を上げた。「こちらはミセス・クローフォードだ。メイクアップ・コンサルタントの――」

「こんなところで仕事の話はやめましょうよ！」ミセス・クローフォードが甲高《かんだか》い声をあげた。

「ミスター・スティーブンズ、ミスター・フィーネロン」バーンスタインから次々と紹介され、テレーズは十人以上に向かって会釈をし、そのおよそ半分に「初めまして」と挨拶《あいさつ》をした。「それからアイヴァー……アイヴァー！」

細面の顔に短い口髭《くちひげ》を生やした細身のハークヴィーがあらわれてテレーズに微笑みかけ、手を差し出して握手をした。「やあ。また会えて嬉しいよ。ああ、君の作品は気に入った。不安が伝わってくる」ハークヴィーは短く笑った。

「何かお仕事をいただけるほど気に入っていただけました？」

「それを知りたいんだね」ハークヴィーは微笑んだ。「よし、いいだろう。明日の十一時頃にわたしのスタジオにおいで。来られるかい」

「はい」

「話はまたあとで。知り合いが帰るようだから、挨拶をしてくるよ」そういってハークヴィーはその場を離れた。

テレーズはテーブルの端にグラスを置いてハンドバッグから煙草を取り出した。ついにやった。テレーズは戸口のほうに目をやった。ブロンドの髪をアップにした、あざやかな青い瞳の女性がちょうど入ってきたところで、周囲に小さな興奮のざわめきを引き起こしていた。女性は無駄のない、自信にあふれた身のこなしで人々を振り返っては挨拶をし、握手を交わしている。主役を演じるイギリスの女優、ジュヌヴィエーヴ・クラネルだ。スチール写真を何枚か見たことはあるが、写真とはまったく印象が違う。動いているときのほうが魅力を増す顔だ。

「みなさん、こんにちは！」ジュヌヴィエーヴは室内を見回しながら、全員に向かって挨拶をした。と、その視線が一瞬テレーズの上に留まり、キャロルに出会ったときと少しばかり似たショックがテレーズを貫いた。ジュヌヴィエーヴの青い瞳には、自分がキャロルに向けていたものと同じ関心がきらめいていた。テレーズが見返すと、相手は目をそらして背を向けた。

テレーズは手にしていたグラスに視線を落とし、にわかに顔も指先までもかっと熱くなるのを感じた。体内を、血と思考だけではない何かが駆けめぐっている。紹介されるのを待たずとも、ジュヌヴィエーヴがキャロルのような女性だとわかった。そしてジュヌヴィエーヴは美しかった。図書館の肖像画とは全然似ていない。テレーズはグラスに口をつけながら微笑した。そして気持ちを静めるためにさらに長いひと口を飲み下した。

「いかがですか」ウェイターがたくさんの白蘭《びゃくらん》をのせた盆を差し出した。

「どうもありがとう」テレーズは蘭をひとつ手に取った。ピンで服に留めるのにてこずっていると、誰かが——ミスター・フィーネロンかミスター・スティーブンズのどちらかが——そばに来て手伝ってくれた。「ありがとうございます」

ジュヌヴィエーヴ・クラネルがミスター・バーンスタインをしたがえてやってきた。彼女はテレーズの隣にいる男性とごく親しげに挨拶を交わした。

「ミス・クラネルに会うのは初めてかね」ミスター・バーンスタインがテレーズに訊ねた。

テレーズはジュヌヴィエーヴのほうを向いた。「テレーズ・ベリヴェットです」ジュヌヴィエーヴが手を差し出し、ふたりは握手を交わした。

「初めまして。あなたが舞台デザインの担当者？」

「いいえ、ただのスタッフです」握手のあともジュヌヴィエーヴの手の感触が残っていた。テレーズは熱い高ぶりを感じていた。激しく、愚かしいほどに。

「どなたか飲み物を取ってきてくださらない？」ミス・クラネルがいった。

ミスター・バーンスタインがジュヌヴィエーヴに飲み物を手渡した。バーンスタインはジュヌヴィエーヴとは初対面だという周囲の人全員を彼女に引き合わせた。ジュヌヴィエーヴは、飛行機で着いたばかりで荷物はロビーに置きっぱなしなのよといいながら、話し相手の男性たちの肩越しにテレーズへ二、三度視線を投げた。テレーズは美しい女優のうなじや、上を向いた愛嬌《あいきょう》のある鼻にひどく惹《ひ》かれるものを感じていた。ジュヌヴィエーヴのほっそりとした優雅な顔立ちのなかで、唯一、鼻だけが気取らない印象を与えている。唇はやや薄めだ。ぴりぴりと神経を研《と》ぎ澄ませていると同時に、何事にも動じない冷静沈着さを兼ね備えた女性だった。けれどもテレーズは、ジュヌヴィエーヴがもう話しかけてこないのではないかという気がしていた。理由はただひとつ、テレーズに話しかけたいからだ。

テレーズは壁にかかった鏡に近づいてのぞきこみ、髪と口紅を直す必要がないか確かめた。

「テレーズ」近くで声がした。「シャンパンはお好き？」

振り返ると、ジュヌヴィエーヴ・クラネルが立っていた。「もちろんですわ」

「そうだと思ったわ。あと少ししたら、六一九号室へいらっしゃい。わたしのスイートルームよ。このあと内輪でパーティをやるの」

「光栄です」

「だからハイボールは控えたほうがいいわ。そのすてきなドレスはどこで見つけたの」

「ボンウィット・テラーで。わたしにとっては、とてつもない散財なんです」

ジュヌヴィエーヴは笑い声をあげた。彼女の着ている青いウールのスーツこそが、とてつもない散財にふさわしいものだった。「ずいぶんお若いようね。年齢を訊《き》かれても気にならないくらい」

「二十一歳です」

女優はやれやれというように目で天を仰いだ。「信じられないわ。今でも二十一歳の人がいるのね」

ジュヌヴィエーヴは周囲の注目を集めていた。テレーズはひどく得意な気分だったが、それがジュヌヴィエーヴに対して抱いている、もしくは抱くかもしれない感情にかえって水を差していた。

ジュヌヴィエーヴはシガレットケースを差し出した。「最初、あなたが未成年じゃないかと思ったの」

「未成年では、いけませんか」

女優は答えず、ただ微笑をたたえた青い瞳をライターの炎越しにテレーズへ向けている。彼女が自分の煙草に火をつけようと顔をそらした瞬間、テレーズは唐突に悟《さと》った。カクテルパーティのこの三十分が終われば、この女性はわたしにとってなんの意味もない存在になる。今感じているときめきは続かず、ほかの機会にかきたてられることも二度とない。なぜそんなふうに思うのだろう。ジュヌヴィエーヴの煙草から最初の煙が立ちのぼり、テレーズはぴんと吊《つ》り上がったブロンドの眉を見つめたが、そこに答えはなかった。ふいに後悔にも似た強い悲しみが胸に広がった。

「お住まいは、ニューヨーク？」ジュヌヴィエーヴが訊ねる。

「ヴィヴィ！」

部屋に入ってきたばかりの一群が女優を取り囲み、テレーズを脇に押しやった。テレーズはふたたび微笑みを浮かべてグラスを飲み干した。酔い始めのスコッチの心地よい温かさが体に広がっていく。テレーズは昨日ミスター・バーンスタインのオフィスで少しばかり顔を合わせた男性や初対面の男性と言葉を交わし、部屋の戸口へ目をやった。今はぽっかり空いた戸口の長方形を見ながら、キャロルのことを考えた。もしかしたら思い直してここにあらわれて、一緒に暮らそうともう一度いってくれるのではないか。いや、以前のキャロルならともかく、今のキャロルはそんなことはしないだろう。約束どおりに、エリゼのバーで人と会っているのだろう。相手はアビーだろうか、それともスタンリー・マクヴィー？　今にも本当にキャロルが姿をあらわし、もう一度断らなければならないような気がして、テレーズは戸口から目をそらした。ハイボールをもう一杯受け取り、心のなかの空虚がゆっくりと満たされていくのを感じる。テレーズがその気になれば、ジュヌヴィエーヴとつきあうようになれるかもしれない。深入りする気はないけれど、彼女に愛される可能性はある。

テレーズのそばにいた男性が訊ねた。「『失われたメシア』の舞台装置を担当したのは誰だったかな、テレーズ。覚えているかい？」

「ブランチャードじゃない？」テレーズはうわのそらで答えた。頭のなかではまだジュヌヴィエーヴのことを考え、たった今の思いつきに嫌悪と恥ずかしさを感じていた。そんなことがあるはずはない。テレーズはブランチャードと別の誰かをめぐる会話に耳を傾け、加わりさえしたが、彼女の意識には何本もの糸が交わり、絡まり合った結び目で立ち往生していた。糸の一本はダニー、一本はキャロル、一本はジュヌヴィエーヴだ。結び目より先へ、どこまでも伸びている一本があったが、テレーズの意識は結び目に引っかかったままだった。煙草に火をつけようとしてうつむくと、絡まり合った糸が作りだす網にさらに沈みこんでいくような気がして、ダニーの糸にしがみついた。だが頑丈な黒糸はそこで途切れていた。あたかも天からの予言を聞いたかのようにはっきりとテレーズは悟った。ダニーとは、これ以上先へは進めない。ふたたび突風が吹きつけるような孤独感に襲われて、なぜかふいに涙がこみあげてくるのを感じ、はためにはわからないほどうっすらとではあったが瞳を濡らした。テレーズは顔を上げて、もう一度戸口へ目をやった。

「忘れないでね」いつのまにかジュヌヴィエーヴがかたわらに来て、テレーズの腕を軽く叩きながら早口でいった。「六一九号室よ。そろそろここを引き上げるわ」彼女は行きかけてから戻ってきた。「あなたも来るわよね？　ハークヴィーも来るわ」

テレーズはかぶりを振った。「ありがとうございます。ご一緒できるはずだったんですけれど、急に約束を思い出して」

ジュヌヴィエーヴはいぶかしげな顔をした。「どうしたの、テレーズ。何かあったの」

「いいえ」テレーズは笑顔でいうと出口へ向かった。「誘ってくださってありがとうございます。きっとまたお会いできますよね」

「ええ、きっと」

テレーズはパーティに使われている広い部屋の隣の部屋に入り、ベッドに山と積まれたコートのなかから自分のコートを引っ張り出した。急いで階段へ向かう途中で、エレベーターを待っている人々を通り過ぎた。ジュヌヴィエーヴもそのなかにいたが、彼女が見ているかどうかもかまわず、何かから逃げるように大階段を駆け下りた。テレーズは知らず知らずのうちに微笑んでいた。ひんやりとして心地よい空気が額《ひたい》を撫《な》で、翼のはためきに似た音が耳元でする。飛んでいるような気分で通りを抜けて縁石を走った。テレーズはキャロルへ向かって飛んでいた。おそらく今この瞬間にも、キャロルはテレーズが来るとわかっているに違いない。前にも同じような予知をしたことがあるのだから。もうひとつ通りを渡るとエリゼの日除けの前に着いた。

ボーイ長が玄関でテレーズに向かって声をかけたが、テレーズは「待ち合わせをしているの」と答えて戸口へ向かった。

テレーズは戸口に立ち、ピアノが流れる店内のテーブル席を見回した。照明は控えぎみで、最初のうちはキャロルがどこにいるのかわからなかった。キャロルは奥の壁にテレーズのほうを向いて座っていたが、その姿はなかば影に閉ざされていたからだ。キャロルにもテレーズが見えていないようだった。向かいには、テレーズの知らない男性が座っている。キャロルが片手をゆっくりと上げて髪をかき上げるのを見て、テレーズは微笑んだ。あまりにもキャロルらしい仕草だったからだ。テレーズが愛している、いつまでも愛し続けるキャロルだった。もちろん以前とは違う形で愛することになるだろう。なぜならキャロルは前と同じキャロルではなく、一から知り合うのも同然なのだから。それでも彼女はキャロルであり、ほかの誰でもないキャロルだった。ふたりでこれから訪れる千の都市、千の家々のキャロル、ふたりが巡る異国の地、天国あるいは地獄のキャロルだった。テレーズは待った。そして自分から近づこうとしたちょうどそのとき、キャロルがテレーズに気づいた。キャロルは一瞬、信じられないようにテレーズを見つめていたが、やがてその顔にゆっくりと笑みが広がっていった。突然、彼女は片手を上げるとテレーズに向かって、これまで見たこともないほどに大きく振った。テレーズはまっすぐキャロルに歩み寄った。

あとがき

この小説の着想を得たのは一九四八年末、ニューヨークに住んでいた頃のことだった。ちょうど『見知らぬ乗客』を書き終えてはいたが、出版は一九四九年まで待たなければならなかった。クリスマスが近づいていて、わたしはなんとなく憂鬱《ゆううつ》で懐《ふところ》具合も寂しく、収入を得るためにマンハッタンの大きなデパートで働きだした。クリスマスのかき入れどきは約一カ月続くが、わたしが売り子をしたのはせいぜい二週間半ぐらいだっただろう。

わたしはおもちゃ売り場に配属されて、人形売り場を担当した。高価な人形、それほど高価ではない人形、天然もしくは人工の毛髪を使っているものと、さまざまな人形が並んでいたが、客は何よりも人形の大きさと服装にこだわった。子供たちは母親か父親、あるいはその双方を連れ、ガラスのショーケースのてっぺんに鼻がかろうじて届く程度の小さな子までもが人形めざして突進し、そこに飾られている新品の人形に目を奪われていた。泣き声を上げる人形もあれば、目を開けたり閉じたり、二本の足で立たせることができる人形もあった。もちろん、子供たちは着せ替えの服も欲しがった。長いカウンターのなかは目がまわるほどの忙しさで、わたしも同じ売り場の四、五人の若い女性も朝の八時半から昼休みまで立ちどおしだった。そしてそのあとはといえば、午後も忙しさは変わらなかった。

ある朝、この騒然とした売り場に、毛皮のコートをまとったブロンドの女性がやってきた。女性は人形を買おうかそれとも別のものにしようか迷っているように、人形売り場にゆっくりと歩み寄ってきた。その女性はぼんやりと手袋を片手に軽く叩《たた》きつけていたと思う。わたしが女性に目を留めたのは、彼女がひとりだったから、あるいはミンクのコートが珍しかったからかもしれない。そのブロンドの髪はまるで光を放っているように見えた。女性はやはり思案深げな様子で、わたしが見せた二、三体のなかから一体を買った。人形を隣の州まで届けてほしいというので、わたしは女性の名前と住所を受領書に記入した。それはごくありふれた手順であり、女性は代金を払って帰っていった。しかしわたしは妙な気分になって頭がくらくらし、気を失いそうになっていた。同時に神々しい幻視を見たかのように気持ちが高揚していた。

いつものようにわたしは仕事を終えると、当時ひとりで暮らしていたアパートメントに帰った。その夜、毛皮のコートを着た気品あるブロンドの女性を主人公にした物語のアイデアと筋立てをノートに手書きで一気に八ページほど書きこんだ。これこそが後に『キャロル』と改題される『ザ・プライス・オブ・ソルト』である。導入部、中盤、結末と、物語の全体像がどこからともなくあふれてペン先から流れ出した。書き留めるのに二時間ほど、いや、それほどもかからなかったかもしれない。

翌朝、わたしはますます妙な気分で、熱が出ていることに気がついた。あれは日曜だったに違いない。なぜなら朝、地下鉄に乗ったことを覚えているからだ。その当時は土曜日の午前中は働くのが普通であり、クリスマスのかき入れどきとなれば一日じゅう仕事だった。わたしは列車に乗り、気を失いそうになりながらつり革につかまっていた。会う約束をしていた友人は医学的な知識があり、わたしはひどく気分が悪く、朝シャワーを浴びたときに腹部に小さな水疱《すいほう》を見つけたと話した。友人は水疱をひと目見るなり「水疱瘡《みずぼうそう》」だといった。わたしは子供の病気はほぼすべて体験していたのだが、あいにく水疱瘡にはかかったことがなかった。大人が水疱瘡にかかるとやっかいで、四十度の熱が二、三日続き、さらに悲惨なことに顔や胴体、二の腕、はては耳や鼻の穴さえも水ぶくれが覆《おお》い、あるいは帯状に並び、それらがいっせいにかゆみを伴い、破裂する。寝ているあいだに引っかきでもすれば、傷跡や穴が残ってしまう。一カ月間、血がにじんだ水疱とつきあわなければならず、空気銃の一斉射撃にでも合ったかのような顔を人前にさらすはめとなる。

月曜日、わたしは仕事を続けられなくなったむねを、デパートに知らせなければならなかった。おもちゃ売り場で鼻水をたらしていた小さな子供の菌が、わたしのなかに植え付けられたのだ。しかし、わたしのなかには同時に小説の種も植え付けられていた。

熱は想像力を飛翔《ひしょう》させてくれる。わたしはすぐにはこの小説を書きだささなかった。数週間かけてアイデアが熟するのを待つのがわたしの流儀だ。『見知らぬ乗客』が出版されてすぐに、アルフレッド・ヒッチコックが映画化の権利を買い取ると、出版社の人々とわたしの代理人は口をそろえてこういった。「同じジャンルの本を書きなさい。そうすれば君の名声はたしかなものに……」いったいなんの名声が？　『見知らぬ乗客』はハーパー・ノベル・オブ・サスペンスの一冊として当時のハーパー&ブロス社から出版された。そこでわたしは一夜にして〝サスペンス〟作家となったわけだが、わたし自身は『見知らぬ乗客』をカテゴライズするつもりはなく、単に面白い小説だと思っていた。もしもレズビアンの恋愛を扱った小説を書いたなら、レズビアン小説作家というレッテルを貼《は》られるのだろうか。たとえ二度とそういう作品を書く気にならなくとも、その可能性はあった。それで別名義で出版することにした。作品は一九五一年に書き終えた。もう一冊〝サスペンス〟小説を書いたほうが利口かもしれないという商業的な理由のためだけに、この小説を十カ月間頭の隅に押しやって別の作品を書くことはできなかったのだ。

『ザ・プライス・オブ・ソルト』がハーパー&ブロス社から拒絶されたため、わたしは別のアメリカの出版社を探さなくてはならなかった。わたしはできるだけ同じ出版社から出したいほうなので、これは残念なことだった。『ザ・プライス・オブ・ソルト』が一九五二年に単行本として出版されると、まともなかつ優れた批評をいくつか得ることができた。しかしこの作品の本格的な成功は、ペーパーバック版が出版された一年後に始まった。ペーパーバック版は百万部近く売れ、間違いなくそれよりも多くの人に読まれた。読者はペーパーバックの出版社気付けでクレア・モーガン宛てに手紙をくれた。何カ月もわたしは十通あるいは十五通の封書を週に二、三度受け取った。その多くに返事を出したが、わたし自身が作ったのではない定型化した手紙なしではそのすべてに返事を出すことは不可能だった。

わたしの小説に登場する若い主人公テレーズはやや内気な印象を与えるかもしれないが、当時はゲイバーといえばマンハッタンのどこかにある薄暗い店で、客は同性愛者だと疑われないように、地下鉄を店の最寄りのひとつ手前か先の駅で降りるような時代だった。『ザ・プライス・オブ・ソルト』の魅力は、ふたりの主要キャラクターが幸せな結末を迎える、あるいは少なくとも将来をともにしようとして終わる点だ。この本より前のアメリカ小説に登場する同性愛者は男女を問わず、世間の規範から逸脱した代償として手首を切ったり、プールで入水《じゅすい》自殺を遂げたり、異性愛者に転向していった（といわれていた）。あるいはひとりぼっちで、みじめに、人々から避けられて地獄も等しい憂鬱に転落していった。わたしの元へ届いた多くの手紙には次のような内容が書かれていた。「こういう小説で幸せな終わり方をしたのは、あなたの作品が初めてです！　わたしたち全員が自殺するわけではなく、多くは元気に暮らしています」「こういう話を書いてくれてありがとう。わたしの身の上に少し似ています……」「わたしは十八歳で、小さな町に住んでいます。誰にも打ち明けられず孤独です……」ときにわたしは、多くの出会いがある、もっと大きな都市へ行くように勧める返事を書くこともあった。女性と同じくらい多くの男性からも手紙があり、この小説にとって幸先《さいさき》が良いことだとわたしは感じていた。そして思っていたとおりになった。ファンレターは数こそ減っても何年も続き、今でも一年に一、二通は届く。わたしはその後、このような小説を書いていない。次に出版された作品は『妻を殺したかった男』だ。レッテルは貼らずにおきたい。レッテルを好むのはアメリカの出版社だ。

一九八九年五月二十四日

二〇一〇年版序文

ヴァル・マクダーミド

世の中には人生を変えてしまう本がある。これもその一冊だ。

近年タイムズ紙が世界の偉大なミステリ作家ベスト五十を選出したが、その第一位を飾ったのはパトリシア・ハイスミスだった。一九九九年、アカデミー賞にノミネートされた『リプリー』は彼女の作品のあらたなる読者層を広げた。だが、彼女の作品のなかでも最高傑作のひとつといわれる作品は、長きにわたって人々に知られることはなかった。その理由としてはこの作品が別名義で発表されたことがあげられるだろう。

ハイスミスは一九五二年、今では『キャロル』というタイトルで知られる『ザ・プライス・オブ・ソルト』を上梓《じょうし》した。驚異的な成功をおさめた第一長編『見知らぬ乗客』に続く作品にもかかわらず、大手出版社のハーパーはレズビアンの恋愛があからさまに扱われているという理由で出版を断った。やがてこの作品はカワード・マッキャンという小さな出版社から刊行され、ハイスミスの作家としての名声を守るためにカバーの著者名はクレア・モーガンとなった。にもかかわらず一九五三年にその作品のペーパーバック版が刊行されると全米だけで百万部近くを売り上げたのだ。

それは決して偶発的な出来事などではなかった。『キャロル』の登場は単なる隙間《すきま》というよりはぱっくりと口を開けた空白を埋めるものだったのである。その当時文学におけるレズビアンのイメージといえば、惨《みじ》めな性的倒錯者、もしくは性欲をかきたてる猥《わい》雑《ざつ》なパルプ・フィクションのスキャンダラスな住人と相場が決まっていた。ふたりの女性の関係を真摯《しんし》に、なおかつエロチックでありながら格長高い文体で描いた小説は、サードアベニュー・デリに出現したヒョウに匹敵するほど珍しかったのだ。すでに潜在的に存在していた読者たちは新たな情熱をもってこの作品に飛びついた。口コミによる伝《でん》播《ぱ》力は驚異的だった。ハイスミス自身、何カ月にもわたって歓喜に満ちた読者から一週間に二度、十通から十五通の手紙を受け取ったと書いている。

ときとして『キャロル』は――作者ハイスミス自身も認めているが――ハッピーエンドを迎える初めてのレズビアン小説だといわれることがある。だが、その見方はあまりに単純すぎると思う。キャロル自身は愛のために多大な犠牲を払わなければならなかった。その先に待ち受けているものがなんであれ、この関係はもろ手をあげて喜べるものではない。『キャロル』において何よりも重要なのは、これがレズビアンを主人公とする初めてのまじめな小説であり、最後に自殺を遂げたり、絶望におちいったり、すばらしい男性の愛によって救済されたりする物語ではないということなのだ。レズビアンの恋愛を中心に描いてはいるものの、この本をちょっとした願いがこめられたスリラー小説として片づけてしまってはならない。多くの重要な文学がそうであるように、この作品は特殊でありながら普遍性をもっている。ここで作品から一部を引用させてもらおう。

「古典とは——」喉《のど》がつまり、うわずった声が出た。「古典とは時代を超越した、人間の業《ごう》を描くものだと思います」

彼女自身が作品中で定義しているとおり、これこそがハイスミスの創りだしたものなのだ。『キャロル』には偏狭なところはまったくない。申し分のないエロチックなラブストーリーでありながら、典型的なハイスミスの作品でもあるのだ。その中心には、登場人物たちを道徳的なジレンマに追いやる緊迫した心理ドラマがある。それ以降の彼女の作品に共通するのはその語り口だ。緊張と、不安、常にサスペンスをはらんでいるところなど、まさにスリラー小説そのものだ。読者は一度読み始めたら、最後はどうなるのか見当もつかない。だが、その奥には欲望と依存と真の感情に身を委ねたいという衝動の巧みな分析が行われている。われわれはすでにハイスミスを特徴づけるふたつの魅力、すなわち強迫観念と道徳的複雑性をここに見いだすことができる。『キャロル』を生み出したインスピレーションは、作家がいかにしてささいな日常のエピソードから、必要なものだけを取り出して、その可能性に磨きをかけ、ついには見事な物語に昇華させていくかという典型的な見本といえるかもしれない。

この小説のヒロインと同じように、当時ハイスミスは寂しい懐《ふところ》具合を補うためにデパートのおもちゃ売り場でアルバイト店員として働いていた。そこへ美しい裕福そうな既婚女性が子供のためのプレゼントを買いにあらわれ、ハイスミスはたちまち彼女に魅了されてしまう。彼女は家に帰るやいなや、小説のアウトラインを八ページにわたって書きつけた。デパートの伝票から彼女の住所をつきとめ、実際に何度かその女性の住む家まで車で訪れている。現実の世界ではそこで終わる。作家はストーカーになる必要はない。あとはただ頭のなかの妄想を小説のなかに転換することで、とりついた悪霊を退散させることができる。

かくして読者はテレーズ・ベリヴェット――舞台美術家の卵であり、婚約者がいる若い娘――そしてキャロル・エアド――娘へのクリスマスプレゼントを買いにおもちゃ売り場にやってきた、離婚がうまくいかず悩んでいる女性――に引き合わされる。ふたりのあいだには瞬時にときめきの火花が散るが、どちらもどう反応していいのかわからない。ふたりは互いに惹《ひ》きつけられ、友情を築こうとするが、もっと深く惹かれあう感情を抑えることができない。危険と欲望が背中合わせになったランデブーは、ほとんど耐え難いほどの緊張を引き起こす。

娘と強制的に引き離される苦しみから気をそらせるために、キャロルはテレーズを自動車旅行に誘う。やがてふたりが結ばれることが、控え目ながらもエロチックな描写で語られる。だが、ふたりはキャロルの夫が雇った探偵がすぐそこまで追いかけていることを知らない。そして当然ながらふたりの秘密が暴露されることで、彼女たちの関係は破壊されてしまう。すべての優れたスリラー小説がそうであるように、価値あるものは永遠に失われたように見える。

だが、ハイスミスはおよそ一九五二年という時代に反して、このふたりの将来にある程度の幸福の含みをもたせた。いかにもハイスミスらしく曖昧《あいまい》ではあるが、きわめて説得力がある。その文体はスリラー小説独特の吸引力を持ちながら、ロマンスのイマジネーションをも持ち合わせている。使われている言葉は感傷を排除し、冷酷で、歯切れよく明快だ。不安と緊張が、まるで地下室の発電機のように絶えずぶーんと鈍いうなり声をあげている。彼女の文章は読者を強烈に引きずりこむ力を持っている。一度読みだしたら止めることはできず、読者は赤い目をこすり、心臓をどきどきさせながら、夜遅くまで読むのをやめられなくなるだろう。

『キャロル』の魅力は、そのストーリーやテンポもさることながら、そこに描きだされた一九五〇年代初頭のアメリカのミドルクラス像にもある。それは決して微に入り細を穿《うが》つような描写ではないのに、ハイスミスは遠くもあると同時になじみのある時代を見事に浮きぼりにしてみせた。車やアルコール、煙草《たばこ》やモーテル、当時のファッションや食事、労働者の絶望的なほどに単調な毎日、勃興《ぼっこう》しつつあるミドルクラスのうつろな栄光、お上品な世界にひそむシニシズム。それらすべてが、当時流行していたノワール映画のようにいきいきと鮮明に描きだされる。

ではなぜ、これほどまでに洗練された完璧な作品が長年無視されてきたのか？　そのテーマゆえに過小評価されてきたというのも理由のひとつだろう。作品自体の認知度は長続きせず、後世のレズビアンの読者によって見過ごされてしまったのだ。もしこれがハイスミス名義のもとで復刊されていれば、その運命は劇的に変わっていたかもしれない。だが、それはアメリカでは一九九一年、ナイアド・プレスがハイスミス本人のあとがきとともに復刊するまで待たなければならなかった。

その最初の成功と、レズビアンたちによる二度目の温かな歓迎のはざまで、この作品は八〇年代から九〇年代にかけて怒濤《どとう》のごとくあふれでたレズビアン小説のなかに埋もれてきた。その多くは五〇年代から六〇年代にかけて量産されたパルプ・フィクションほどの文学的意義もなかったかもしれない。だがこうした小説は政治的急進主義とフェミニズムの波のなかで自分自身のセクシュアリティを発見しつつあった女性たちに直接働きかけるような先進性とエロチシズムがあった。

だが、近年になってそれらは変わりつつある。とりわけイギリスにおいてレズビアン文学は驚くべき開花を見せた。サラ・ウォーターズ、アリ・スミス、ジャッキー・ケイ、ジャネット・ウィンターソンといった新しい作家たちや、女性桂冠詩人であるキャロル・アン・ダフィが登場し、彼女たちはゲットーにこもらないでも、文学におけるジェンダーとセクシュアリティを探求できるのだということを証明した。ここにいたってようやく『キャロル』が読まれるのにふさわしい時代がやってきたのだ。

長年にわたり、ハイスミスはスリラー作家として受けるべき正当な評価を受けてはこなかった。彼女の描く曖昧なモラルの世界は時代の先端をいきすぎていたのだ。彼女がデビューした頃、人々はひたすら安定と現状維持を求めていた。人々は彼女のイマジネーションの暗部に心をかき乱されるのを好まなかった。だが、いまや時代は変わり、ハイスミスはようやくその真の読者を見いだした。それは『キャロル』だけでなく、彼女の作品の大多数にもあてはまる。これはようやく読まれるのにふさわしい機が熟した本なのだ。

二〇一〇年一月

訳者あとがき

本作の作者パトリシア・ハイスミス（一九二一－一九九五）はカレッジ時代から短編を投稿し、最初の長編『見知らぬ乗客』がヒッチコックによって映画化され（ちなみに脚本はレイモンド・チャンドラー）、さらに『太陽がいっぱい』がルネ・クレマン監督で映画化されることで、一躍人気作家の仲間入りを果たします。彼女がもっとも得意としたのが、孤独で不安定な人間が、ほんのわずかな齟齬《そご》や思い込みがもとで不安を増幅させ、まわりの人間たちを巻きこんで破滅していくという心理サスペンスでした（ある意味では「イヤミス」の祖といってもいいかもしれません）。その一方では『太陽がいっぱい』のトム・リプリーを主人公とするシリーズのように、白か黒かを決めないグレーゾーンの自由人を描いて本国アメリカよりもむしろヨーロッパで人気を博しました。彼女自身も生まれ育ったアメリカよりもヨーロッパを好み、後半生のほとんどをヨーロッパで過ごしています。人間嫌いで知られ、晩年はスイスのロカルノという寒村で、二匹のシャム猫とともにほとんど引きこもるようにして暮らしていたといわれています。

『キャロル』を読んでからこのあとがきに目を通された方は、意外に思われるかもしれませんが、本作はハイスミス作品のなかではむしろ異色な存在であり、唯一といってもいいほどの素直な恋愛小説なのです。

パトリシア・ハイスミスがレズビアンであったことは、生前から公然の秘密でしたが、彼女自身はほとんど自分の私生活や内面について語ることはありませんでした。そのプライベートが明らかにされたのは、死後に残された八千ページに及ぶ膨大《ぼうだい》な日記をもとに著されたアンドリュー・ウィルソンの*Beautiful Shadow*が発表されてからのことです。その作品の与える印象から、人間嫌い、自分勝手、狷介《けんかい》、一匹狼といったイメージがまとわりついているハイスミスですが、実はいつも創作のミューズになってくれる恋人（女性）がいなければ生きていけない恋愛体質の女性であったことが、この伝記によって明らかになりました。しかもその恋愛は、しばしば手の届かない相手に一方的に恋をして燃え上がるが、いったん成就《じょうじゅ》してしまうと、今度は自分のほうがいやになってしまうというパターンのくり返しで、さらにレズビアンというマイノリティであったことが、彼女の感情生活をいっそう複雑なものにしていたようです。

とはいえ、ハイスミスが同性愛について直接的に扱っている作品は少なく、ホモエロチシズムを匂わせるリプリー・シリーズを除いては、遺作となった『スモールgの夜』、そしてこの『キャロル』くらいしかありません。ハイスミス自身のあとがきにも出てきますが、『キャロル』は若かりし日のハイスミスの、ほんの一瞬の邂逅《かいこう》をもとに描かれたものでした。執筆の経緯については、ハイスミスのあとがきにも述べられているので多少重複しますが、ここでもう一度説明させていただきます。

一九四八年、後にヒッチコック監督によって映画化される『見知らぬ乗客』を書き終えたハイスミスは、経済的な理由からクリスマス・シーズンまっさかりのブルーミングデールズというデパートでアルバイト店員を始めます。当時のハイスミスは短編がぽつぽつと採用され始めたばかりの駆《か》け出しの作家で、もっぱらコミックの原作を書くことで生計を立てていました。クリスマス商戦まっただなかのおもちゃ売り場に配属され、戦目の回るような日々を送っていた彼女の前にある日、優雅な金髪女性が出現します。戦場のような喧噪《けんそう》のなかで、そこだけぽつんと光をはなっているような、ミステリアスな存在にハイスミスはたちまちひとめ惚《ぼ》れしてしまいます。娘のために人形を買いに来たその女性は、配達先の名前と住所を記すとデパートを出ていき、ふたりは二度と会うことはありませんでした。ハイスミスは日記にこう書いています。「彼女がわたしを見た瞬間、わたしも彼女と視線があった。その瞬間、わたしは恋に落ちていた」その夜、ひとり暮らしの部屋に戻ったハイスミスは、昼間出会った毛皮のコートの女性のイメージをもとに、憑《つ》かれたように物語の導入からラストまでの梗概《こうがい》を書き上げていました。謎《なぞ》の金髪女性との物語は実際にはそこで終わりなのですが、ハイスミスは持前の想像力と恋の熱でさらに物語を膨《ふく》らませていきます。

若き日のハイスミスの分身ともいえる舞台美術家の卵、テレーズ・ベリヴェットはひとり都会に出て、自分のキャリアをなんとか築こうと悪戦苦闘する日々を送っていました。彼女にはリチャードという理解あるステディな恋人がいるのですが、いざ本格的に結婚へ進もうとなると、どうしても踏み切ることができません。前の職場を突然クビになったテレーズは、クリスマスセールのデパートで臨時のアルバイト店員として働くことになるのですが、デパートが象徴する息が詰まるような「管理社会」にもなじむことができません。そんなある日、娘のプレゼントのために人形を買いにきたという金髪美人があらわれます。その美しくミステリアスなたたずまいに、たちまち心を奪われたテレーズは、女性客の残していった伝票の住所を暗記し、思い切ってクリスマスカードを出します。

意外なことに女性からすぐに連絡が来て、テレーズはその女性がキャロルという名前で現在離婚訴訟中であることを知ります。生まれて初めて本当の「恋」を知ったテレーズは、年上のキャロルに夢中になりますが、娘の親権をめぐって夫と争っているキャロルはテレーズに好意を示しながらも、なかなか心のうちを見せてくれません。それでも彼女の一途《いちず》さはキャロルの心をしだいに溶かし、やがてふたりは心を通わせるようになります。そしてキャロルからアメリカ縦断の旅に誘われることになるのですが……。

この小説のもうひとつの魅力は、テレーズという不安定で未熟な女性のうぶな目から見た、一種の「ゆがみ」にあります。その若さ、未熟さゆえに、「大人の世界」や「老い」や「性」に対する反感がいっそう増幅されて、一種の幻想じみたグロテスクさをかもしだすあたりは、ロマン・ポランスキー監督の『反撥《はんぱつ》』のヒロインをほうふつさせるところがあります。自分はほかの人間とは違う特別な才能を持った人間だと思いたい。けれどももし才能がないただの凡人だったら、という絶望的な未来への恐れはミセス・ロビチェクという老婦人となって登場します。ミセス・ロビチェクに集約される「醜さ」に対するほとんど憎しみといってもいいほどの感情は、キャロルの究極の美に対する感情とは究極の対比をなしていて、そこに生まれる落差が独特の繊細なサスペンスを生み出しています。このあたりは後にグレアム・グリーンをして『不安の詩人』といわせしめたハイスミスの面目躍如といえるでしょう。この小説はまた、そうした自分の目を通してしか世界を把握できなかったテレーズが、キャロルとかかわることで必死に自分の頭で考え、決断し、行動する大人へと成長していく物語でもあるのです。

　ふたりの迎える結末がどうであれ、最後にはテレーズだけでなく、キャロルもまた生まれ変わり、未来に向かって歩きだしていくという結末は、ハッピーエンディングともいえるかもしれません。ちなみに発表当時の原題は *The Price of Salt* ですが、salt には「生気・刺激などを与える要素」という意味があります（さかのぼれば「好色さ」という意味も）。真実の生のために必要な刺激を与えてくれるものであるが、そのために払わなければならない代償、とでもいえばいいでしょうか。テレーズの恋人のリチャードは「人生の糧《かて》であるべきパンと肉の代わりにロトスの花や甘ったるいキャンディを食べて生きるようなものだ」といって非難しますが、キャロルもまさに salt のために多大な犠牲を払わなければなりませんでした。

『キャロル』(発表当時は『ザ・プライス・オブ・ソルト』)が発表された一九五一年はマッカーシズムの赤狩り旋風が吹き荒れるまっただなかであり、同性愛者もまた、国家の人間の健康を心身ともにむしばむ、犯罪予備軍とみなされ、苛烈な弾圧を受けていた時代でした。制裁は社会のみならず、内面生活にも及び小説や映画などもアンハッピーエンディングでなければ許されなかった時代を考えると、この『キャロル』のエンディングはかなり大胆な結末だったといえます。ハイスミス自身も結末をハッピーエンドにするかどうかでかなり迷ったと日記には書かれています。一九五〇年代当時の小説に登場する同性愛者は「世間の規範から逸脱した代償として手首を切ったり、プールで入水《じゅすい》自殺を遂げたり、異性愛者に転向し」なければなりませんでした。ハイスミス自身も同性の恋人とのうまくいかない恋愛に悩みながらも「結婚できる状態になる」ことを目標に精神療法を受けていたといわれています。この作品は当時ハイスミスが作品を刊行していた大手出版社のハーパーから出版を断られ、一九五二年にクレア・モーガン名義で小さな出版社から刊行されることになりました。しかし翌年ペーパーバック版が出ると、百万部近くも売れる大ベストセラーとなり、女性だけでなく男性からも毎週何十通もの手紙が出版社のクレア・モーガン気付に送られてきたそうです。それでもアメリカにおいてハイスミス名義で刊行されるのは四十年近く後の一九九一年のことでした。なお初めてハイスミス名義となったのは一九九〇年刊行のドイツ語版とイギリス版で、このとき『キャロル』と改題されています。

ここからは蛇足になりますが、ハイスミスの作家としての運命をある意味では決定したともいえる、あの謎の金髪女性、つまり現実のキャロルのその後についてもアンドリュー・ウィルソンの伝記は明らかにしています。キャロルのモデルとなった美しい金髪女性の名前はキャサリーン・センン。郊外の住宅に住む富裕層のマダムであり、社交界の花形でもあった彼女は「信じられないほど満ち足りていて、こわいものしらずだったけれど、不幸なことにアルコール依存症で、ニューヨークの病院に入退院をくり返し」た後にガス自殺を遂げています。ヴァル・マクダーミドの序文にもあったとおり、ハイスミスも『キャロル』執筆中に、愛しい人が住んでいる家を何度か訪ねています。二度と会うことはありませんでしたが「目を閉じても、家の様子や、おとぎ話の塔のような外観が思い描けるようにしっかりと記憶した……あの瞬間がどれだけ自分の人生を変えたかを思い返しながら」。

後年、人間嫌いの作家として、あるいは今でいうところのイヤミスの始祖として知られることになるパトリシア・ハイスミスにとって、この『キャロル』はレズビアン小説におけるマイルストーンであるだけでなく、ふたたび戻ることのない青春の甘やかな記憶であり、おくめんもないほど素直な恋愛小説でもあったのです。

最後になりますが、この作品が陽《ひ》の目を見るまで色々と協力してくれたレズビアン小説翻訳ワークショップのメンバーと溝口彰子さんにこの場所を借りて御礼を申し上げます。

二〇一五年十一月

柿沼瑛子

Patricia Highsmith :
Carol
First published in 1952 under the title “The Price of Salt”
Revised edition with an afterword by the author

By arrangement through Meike Marx Literary Agency, Japan

キャロル

二〇一五年一二月二〇日　初版発行
二〇一六年　二　月二八日　3刷発行

著　者　P・ハイスミス
訳　者　柿沼瑛子《かきぬまえいこ》
発行者　小野寺優
発行所　株式会社河出書房新社
〒一五一－〇〇五一
東京都渋谷区千駄ヶ谷二－三二－二
電話〇三－三四〇四－八六一一（編集）
〇三－三四〇四－一二〇一（営業）
http://www.kawade.co.jp/

ロゴ・表紙デザイン　粟津潔
本文フォーマット　佐々木暁
印刷・製本　中央精版印刷株式会社

Printed in Japan　ISBN978-4-309-46416-9

高慢と偏見

ジェイン・オースティン　阿部知二〔訳〕　46264-6

中流家庭に育ったエリザベスは、資産家ダーシーを高慢だとみなすが、それは彼女の偏見に過ぎないのか？　英文学屈指の作家オースティンが機知とユーモアを込めて描く、幸せな結婚を手に入れる方法。永遠の傑作。

マンハッタン少年日記

ジム・キャロル　梅沢葉子〔訳〕　46279-0

伝説の詩人でロックンローラーのジム・キャロルが十三歳から書き始めた日記をまとめた作品。一九六〇年代ＮＹで一人の少年が出会った様々な体験をみずみずしい筆致で綴り、ケルアックやバロウズにも衝撃を与えた。

孤独な旅人

ジャック・ケルアック　中上哲夫〔訳〕　46248-6

『路上』によって一躍ベストセラー作家となったケルアックが、サンフランシスコ、メキシコ、ＮＹ、カナダ国境、モロッコ、南仏、パリ、ロンドンに至る体験を、詩的で瞑想的な文体で生き生きと描いた魅惑的な一冊。

オン・ザ・ロード

ジャック・ケルアック　青山南〔訳〕　46334-6

安住に否を突きつけ、自由を夢見て、終わらない旅に向かう若者たち。ビート・ジェネレーションの誕生を告げ、その後のあらゆる文化に決定的な影響を与えつづけた不滅の青春の書が半世紀ぶりの新訳で甦る。

ロビンソン・クルーソー

デフォー　武田将明〔訳〕　46362-9

二十七歳の時に南米の無人島に漂着した主人公が、自己との対話を重ねながら、工夫をこらして農耕や牧畜を営んでいく。近代的人間の原型として、多様なジャンルに影響を与えた古典的名作を読みやすい新訳で。

服従の心理

スタンレー・ミルグラム　山形浩生〔訳〕　46369-8

権威が命令すれば、人は殺人さえ行うのか？　人間の隠された本性を科学的に実証し、世界を震撼させた通称〈アイヒマン実験〉——その衝撃の実験報告。心理学史上に輝く名著の新訳決定版。